〈中篇小说集〉

程皎旸——著

作家出版社

（京权）图字01-2024-5373
图书在版编目（CIP）数据

打风 / 程皎旸著. -- 北京：作家出版社，2025.5 --
ISBN 978-7-5212-3243-1

Ⅰ. I247.5

中国国家版本馆CIP数据核字第20259SJ494号

打　风

作　　者：程皎旸
责任编辑：宋辰辰
装帧设计：小贾设计
封面摄影：程皎旸
出版发行：作家出版社有限公司
社　　址：北京农展馆南里10号　　邮　　编：100125
电话传真：86-10-65067186（发行中心及邮购部）
　　　　　86-10-65004079（总编室）
E-mail:zuojia@zuojia.net.cn
http://www.zuojiachubanshe.com
印　　刷：河北京平诚乾印刷有限公司
成品尺寸：142×210
字　　数：247千
印　　张：13
版　　次：2025年5月第1版
印　　次：2025年5月第1次印刷
ISBN 978-7-5212-3243-1
定　　价：68.00元

作家版图书，版权所有，侵权必究。
作家版图书，印装错误可随时退换。

程皎旸（中国香港）

  在武汉出生，北京长大，18岁移居香港，BUDA街舞社成员，硕士毕业于香港大学，曾为文化记者、国际4A广告公司策划师、金融集团市场营销、大学讲师等，现为《香港文学》特邀栏目主持人，已出版小说集《飞往无重岛》《乌鸦在港岛线起飞》《危险动物》；作品《香港快车》入选"青鸟作家导演起飞"计划；曾获香港青年文学奖、《广州文艺》"都市小说双年展"新人奖，入围台湾时报文学奖等。

目录

狂夏夜游　　001

香港快车　　023

海滨迷葬　　057

金丝虫　　　085

纸皮龟宅　　156

狗人　　　　177

逃出棕榈寨　214

海胆刺孩　　257

条形码迷宫　285

两个夏天　　343

孖天使　　　365

狂夏夜游

七月，酷暑纵欲生猛，诞下一城癫狂细菌，经过汗液、氟利昂、热融的脂肪，传播在滚烫艳辣的玻璃幕墙反光阵、晦冥腐臭的公屋长廊、堆满人肉丁的速冻地铁车厢。莫名失业的职员刺害上司，还不上高利贷的母亲杀死婴孩，无人看管的健硕精神病人在商场里随机砍人。被炽夏烧到死角的人们，开始浴血消暑。但这一切还未发生在半山青雾缭绕的私家庭院，也不能放映于举办异国主题派对的跑马地会所厢房，对于热爱征服阳光浪潮的白沙湾游艇会会员来说，这甚至是最宜出海美黑的好天气。

罗伊常常希望时光停在那日艇上的午后。烈阳如金黄啤酒，翻滚层层气泡浮云，融入海色钻面，闪烁着鸢形切割后的波光。偶有几只亮橘独木舟同行，微小如柳橙丁切片。她想象自己所在的亮白小型游艇,好似巨型冰刀,平稳有力地剪开海面,裁出一大片透明的风。她躲在孔雀色沙滩罩裙里,伶仃得似一只大蓝光蝶,扑闪在甲板栏杆边,思绪飞过加州圣塔莫尼卡的海,暮色降临,天空仿佛是千万朵玫瑰搅碎融合后的琥珀;又掠过日本镰仓的海,穿着鲨鱼战衣的女人踏在藏蓝色的浪里;还钻进侯麦电影里的海、莫奈油画里的海,以及一幅被拍卖小锤子定下价格、裱在架子里最后挂在她卧室里的海。望着眼前这片平平无奇的蓝,她感到难以言喻的空虚,它比海更辽阔,比雾霾更令人窒息——直到一道银灰闪电冲出海域,溅起她的尖叫,待视线冷静,才辨认出浮在浪中的银色扇面,是巨型生物的嘴。它对着天空不断张合,好像打了一串漫长哈欠——"鲸鱼!"她惊呼,将舱内人类引出来围观。这其中有资深猎头尤斯夫,一个在南非长大的伦敦人;珠宝设计师艾莉,葡澳混血儿;区块链投资者麦克斯,摩洛哥人;红酒生意人伊莎贝拉,法国人;以及艺廊老板张鹤,他和罗伊一样,都是来港发展的大陆人。这忽然跃起仿佛为他们表演的鲸鱼,远胜于所有哈雷摩托车盘山时发出的肾上腺素,令他们扶摇直上,化成自豪的氢气球,与逐渐升起的白月对望,俯视小岛。他们意犹未尽地不想离散,纷纷驾车,深入密林里的渔村部落,沿着盘山公路而下,掠过挂满猩红灯笼的码头,直达一座幽静的私人屋苑,那是罗伊新居所在的地方。他们决定在此狂欢一夜。

音乐开到最大，冷气调到最低，威士忌、雪茄、德州扑克。大家微醺摊在实木地板，身后是三米宽的落地窗，窗外夜晚如巨大蓝紫花瓣，山脉是瓣面上的纹路。罗伊倚靠着鸭绒软垫，俯视楼下泳池，宛如一条矩形蓝宝石，流淌着香槟气泡似的灯光。夜晚九点多，只有一对情侣在夜泳，划动着的亮白臂膀，仿佛海鸥翱翔的翅。池边蒲葵树影摇曳，像刺青般印在水中，形成一个飘忽的挑衅表情，好像在对窗边的罗伊挤眉弄眼：嘿，你为什么不下来游个泳？莫名闪烁的新念头如同彩宝配饰，瞬间在罗伊脑子里挤出点多巴胺。她忽地跳起来，踮脚经过地面上四仰八叉的肢体，走过挂满油画与艺术照的长廊，进入衣橱，从中翻出新买的泳衣。"……你去哪儿啊？"张鹤摊在客厅的沙发上喊。她已换了人字拖，打开大门："我要下去游个泳。"说完她小跑离开，关门声在金碧辉煌的走廊里回响。

室外是一片寂寞的热。日照离开的同时，也夺走了空气中的风。罗伊穿银色露背连体泳衣，三十岁后几乎强迫症般的减脂训练令她纤瘦得像一条鲔鱼，穿梭在水里；刚学会游泳没多久，心里想着教练的话，深吸一口气，沉下去，四肢伸长，头低一点，放松，浮起来，再运动四肢。她只敢在浅水区徘徊，瓷砖在飘忽的视野里变形，橘色灯光好像放大的萤火虫；浮出水面时听到朋友在夜空欢呼她的名字，抬头望自家阳台，夹在黑暗二楼与闪着明黄灯光的四楼之间。她趴在瓷砖堤岸，大力向朋友剪影挥手，好似微服私访的公主，仿佛如是扮演下去，就可以抹去十余年来紧绷不息的阶级爬坡、明枪暗箭的商场厮杀、七零八碎的原生家庭，其中的跌宕暗涌、几近雪崩的瞬间，只有被她渐次抠光的利他林锡纸包装壳才知晓。池中情侣上岸了，从罗伊手边经过。她想独自多游一阵，就上去，但再次浮出水面抬头望，朋友已不在阳台，只有一窗寂寥的冷蓝夜光，从蕾丝窗帘后浅浅漏出。

"小姐。"忽然有人唤她，声音自上而下，"你係咪怕水呀？"

她向上看，发现蒲葵树下藏着一男人，身穿救生员制服，坐在银色高梯上，鸟瞰着守护泳池。

罗伊凝望他在深夜里乌黑粗糙的脚板，想起曾经睡过的发霉床垫。抱着对过去自我的同情，她露出礼貌可亲的笑容。

想不到救生员却从梯上蹦下来。

"你要自信啲。去深水区玩下啊，好好玩架。"说着他扑通一声跃入池里，水珠溅到罗伊脸庞，像是手机靠近POS机完成线上支付时发出的滴滴提示。她记起高额贷款和物业管理费，怀疑这穿着救生服的是假扮人类的黑猩猩。为了明早在业主群里的投诉，她要记住他在波光里滑稽的样貌：方脸，络腮胡，长发扎了小马尾……然而扫描还没结束，脚踝就被抓住、用力向下拉，她尖叫着沉入水中。

一切好像被按了慢放键。罗伊在慌乱中大力划水，好似陷入流沙的盲鸟，徒有飞翔的记忆，却无限下沉。氯水呛入鼻腔，酸楚胀满五官，死亡恐惧填满太阳穴时，一切倏忽轻松了，她的鼻子干燥清爽，水流灌入嘴里，从两侧皮肉里流淌出去。伸手一摸，面颊竟生出腮片。水中视线骤然清晰，仿佛多年来的散光瞬间消失。刚才还在身边打转的救生员，此刻不见了，取而代之的是一条乌黑发光的怪鱼，足有一米多长，牛头蛇尾，肥硕鱼身上生着翅膀，鳞片好像上了釉的银饰，发出孔雀蓝光。它在水中发出哞——的长啸后，蛇尾一甩，缠住罗伊胳膊，拖着她往前游。池子尽头有一扇贝壳状白门。一把小小的钥匙从水上坠下来。怪鱼身子一跃，牛角顶着钥匙，像传球般扔向罗伊。她还没来得及接住，就已被蛇尾大力甩向贝壳门。门自动敞开，将罗伊吸了进去。她瞬间像坐上水中过山车，在长长隧道里不断翻滚，尖叫化成一连串气泡，直到她顺着出口跌出来，猛地站起身，再次浮出水面。

水外已天明。火辣阳光如一锅热油，从头浇下来。她感到满身水花被瞬间煎干，热腾腾的空气被鼻腔吸进去又呼出来，一摸脸，鱼鳃没了，倒起了一片小疹子，那是紫外线过敏的老毛病。她发现自己站在鹅蛋形小泳池里，砖红堤岸上架着墨绿太阳伞，伞下摆着无人乘坐的鹅黄躺椅，其后是扇虚掩的玻璃门，光洒在门上，倒映出她全身银色的模糊轮廓，塞窣人声从影后流出来。这地方她似乎来过。假如没记错，外面有一条山径，将带她通往西贡市中心。可为什么我会在这里？她想。脑子里不断弹出出海画面，鲸鱼，家楼下长达五十米的宽阔泳池。她习惯性地摸摸大腿，以为可以从裤兜里翻出手机，却想起自己根本没带任何行李。准确来说，她是从自家泳池一路游到了这里。一道金属光闪烁在眼皮，低头一瞅，脖上挂着一把钥匙。一阵拖鞋踩踏瓷砖的脚步传来，她抬头看，瞥见一女人推开玻璃门。萧晴？罗伊认出对方——她矮矮胖胖，披散染成金色的卷曲长发，肉感曲线被香槟真丝吊带裙轻轻包裹。"快点进来啦，外面太晒了。"萧晴说着南方口音浓厚的普通话，牵着罗伊往里走，经过一个大大的空鱼缸，进入室内餐厅，长桌上摆着酒水、意大利面、墨西哥粟米片、牛油果三文鱼沙拉……桌边早已围着一群女人，她们穿着清凉，头发湿漉漉的，仿佛都刚刚从泳池里回来。这些面孔逐渐在罗伊脑海里蹦出身份信息。自创护肤品牌的金妮，开牙齿美容诊所的丽娜，经营生意转让平台的璐璐……与罗伊一样，曾经只是萧晴的保险客户，逐渐被发展为闲聊聚餐的姐妹，经常被邀到祖传村屋里，分享最新开张的Omakase，值得入手的复古手袋，以及可以互通有无的潜在顾客联系方式。女人们纷纷与罗伊拥抱，献上惊喜的贴面吻。"你真的太久没有跟我们catch up了。你到底在干吗？"她们这样说。也许是为了迁就罗伊，又或者要练习国语，她们每次聚会都坚持不说作为母语的广东话。"By the way，你就穿这泳衣过来的吗？"

这场面令罗伊感到前所未有的惊奇。她不确定自己到底是前一天喝多了，独自夜游，跑到这里，还是说现在正灵魂出窍，幻想置身于这个派对。

"我最近一直都想邀请你，但是你总说没空……"萧晴一边喂罗伊吃西瓜块，一边解释。

冰凉的甜腻令罗伊恢复清醒。

"你看到我的包包了吗？"罗伊说，"我要打个电话。"

"没有呀。"萧晴说，"你就这样来的。一来就跳到泳池里。我还问你怎么回家，你说反正会有人来接你。"

"那借我打个电话可以吗？"

"当然。"萧晴将手机递了过去。

罗伊望着键盘，一时无法确定要打给谁。也许打给张鹤？他是昨天派对上与自己最要好的人了。他兴许还在自己家里酣睡。但要输入电话时，她却怎么也想不起他的号码。

一种神秘的不确定感像雾霾般笼罩罗伊。她尝试在其中摸出一丝线索，却茫然，只好将手机塞回萧晴手里，向着远处走。

"欸，你去哪里啊？不吃饭吗？"萧晴对着罗伊的背影喊。

"我要回家。"罗伊说。她熟门熟路地穿过方方止止的客厅，经过摆满佛像、琉璃、玉器的陈列柜，与走廊里吸尘的菲佣擦肩，最后推开它子大门，热浪再次没顶而过。眼前是一条看似永无尽头的山道，积木似的村屋渐次分布在树影前后。此刻正值中午，罗伊站在路口，觉得阳光如同狗头铡，从上而下垂直砍着自己的脖子。她不知该去往何方。身后忽然传来一阵嬉笑。一群少年从密林里冒出来，骑着单车，像飞鸽那般驰骋下去。她望着他们裸着的上半身，露出晒得发红的皮肉，听着浪花拍打岩石般的大笑，倏忽感到久违的放纵，恍惚回到若干年前的青春期。那就走走看吧。她想。

这条山径，她不是没有来过，只是每次都坐在车里。两岸生着叫不出名的树木。有的高，有的低，有的枝丫痴怨缠绕着。曾经她惧怕独自深入西贡的山，因听了许多游人消失在西贡结界的传说。但此刻她孤身一人，没有手机，没有钱包，赤裸后背与四肢，还踩着一双不知从哪来的不合脚的拖鞋，竟感到一无所有而不怕失去的自由。仿佛一个野人，无须在意人设、暧昧关系、KPI、ROI、房贷利息，以及未来五年的人生规划。转念一想，假若真的困于结界里，那是不是山外的一切，她过去所付出的，以及即将得到的，都与此刻的自己再无关联？这想法令她感到虚无，唯有大力迈步，甩动胳膊，才能集中感受肌肉在下坡时给膝盖带来的些许震动。

道路再次平坦开阔，莫名出现一座被铁艺雕花栅栏围起来的欧式别墅，与途经的石砖村屋相比，它好像站在小精灵里的盛装王子。三角屋顶下是一片梅子色外墙，墙面上用瓷砖堆砌出一只宝蓝色公鸡。她曾有一次经过它，坐在车里，远远望见这神气刺眼的公鸡，心想怎样浮夸的主人才能驯服它。那时有一个肥胖男子在三楼阳台上奋力踩动感单身，一大片九重葛顺着窗台边缘盛放。如今只剩枯枝散落在栅栏边，还有招财猫的残碎肢体。她顺着铁栏杆之间的空隙向里望,灌木兀自生长,芭蕉树摇曳着尖刺光影,一架月亮形的藤木秋千椅在宅子紧闭的大门前暴晒,身旁还立着一尊跟她差不多高的景泰蓝花瓶,里面插着一把萎缩的孔雀羽毛。几张破碎海报凋零在地面上,她眯眼睛仔细瞧,在积尘里辨认出"移民""甩卖"这样的字眼。

身后传来一阵怪叫。好像是鸟,却不见任何生物飞过,这令罗伊有些紧张。她离开宅院,继续向前走。右手边有一片盛开在盘山道上的篮球场,绿色地皮闪闪发光。前方有一小石屋,挂着"永福士多"的手写招牌,她小跑过去,想要买瓶汽水,却发现店铺大门关闭,窗子被黑色的布遮蔽。

"你做咩呀?"

有人忽然出现在她身后。是一个竹竿似的高男人,粗布背心挂在身上,下搭一条印花沙滩裤,乌黑肌肤泛着锅底陈年积累的油光。不知他是从哪冒出来的,也许是斜对面的公厕,也许是树上。

"我要买水。"罗伊说。

男人点头,从口袋里掏出一把钥匙,开了士多门锁,露出蒙在阴影里的货架、雪柜和收银台。罗伊想跟着男人进去,乘乘凉,但被他阻止,示意在门口等着就好。门再次关闭。

罗伊便站在那里等,仿佛等火山爆发,台风过境。聚满热量的火球,不断撞击双眼,燃烧脚板底,炎热成了耳鸣,发出嗡嗡嗡的暗响。她不知等了多久,似乎快要昏倒,忽觉身后飘来一阵风，是冰凉的冷气，她高兴地回过头，却被一道白影惊吓。还是刚才那个男人，却在身上贴满白色口罩，从脖子到脚踝，从大臂到指尖，宛如一具木乃伊。他并没给她找水，反而塞给她一沓布满干枯血渍的口罩。"俾你呀，用得唔好嘥。"他说。她吓坏了，一顿乱跑，但又不敢太快，担心会滚落下山，像被热油煎着的青蛙，弹起又坠落。好在男人并没追上来，她才放缓脚步。眼前是三岔路口，一个写着"去往西贡市中心"的路牌指着左下方，那有一条螺旋向下的道路。她终于看到了希望。只要到了市中心，一切都好说。

这是一段不那么陡峭的山径，没有凹凸不平的石块，没有遮蔽视线的杂乱树林，是被人工修葺后的大道。过了正午，阳光不再那么猛烈直射，转而从侧面发力，像削鱼鳞一样，斜斜地剜她的肉。她顺着前方拐弯，视野豁然开朗，前方有一块小小的观景平台，像是画框一样，呈现远处山脉、海域及其上漂浮的船只。她差一点忘记，自己前一日还在那片海域漂浮，看到一头鲸鱼，现在就滑稽地出现于此，一身臭汗。她向着平台走去，才发现被巨石遮蔽的空地上，有一个长椅，椅上坐着一少女，满头橙发湿漉漉，穿着芭比粉色运动背心、橄榄绿色运动短裤。太好了，总算碰到正常游客了。罗伊暗喜。她还是想给张鹤打一通电话，尽管她不太确定自己是否能回想起他的号码。

"哈喽。"罗伊跟少女打招呼，"不好意思，请问可以借你的手机用一下吗?我忘记带……"

少女打断罗伊:

"电话?"

罗伊点头。

少女摊摊手:

"无啊,我无电话啊。我依家咩都无啦。"

少女摇头的姿态仿佛上了发条的娃娃,令罗伊感到毛骨悚然。然而少女继续自顾自地说:

"佢地烧死左两千只仓鼠,又杀死我阿爸,奸左我阿妈,我打电话过去问,佢地又扮唔知喎。"

少女继续摇头,并不断地说:"无架啦,呢个世界唔会好架啦。"

罗伊迅速向前踏步,尝试佯装冷静地退出少女视野,但仍隐隐担心,不知是担心少女会跳崖,还是担心被追赶,总之一边下山,一边斜斜地回头看看,那个橙色的油头在罗伊视野里逐渐缩小,直到它燃起一团火苗,火焰迅速蔓延,在山间烧成一团炽热的太阳。

罗伊一边向下跑,一边高声呼救,但无人响应,只有鸟雀展翅的振动在视野死角里传播。她闻到烧煳的味道,竟与楼下邻居在自家花园烧烤时散出的味道相似。风中飘下黑色颗粒,也许是少女焦灼的皮发纤维,钻入罗伊鼻腔,令五官失去控制,眼泪和鼻涕不断流出,两颊皮肤又痒又胀。但她已经来不及体会不适并心疼自己，求生欲令她不知倦累，踏着一串又一串石阶，长的、短的、陡峭的、平坦的，似乎用双脚弹奏肖邦夜曲里突变噩梦般的琶音，直到键盘消失，琴弦崩断，热闹的世俗在山脚恢复到她眼前。

绿色小巴驰骋而来，停靠路边，下了一串欢腾雀跃的肉体，挥舞着登山杖，背着行囊，挂着游泳圈，在灼日下金光闪闪地经过罗伊，有个和她一样穿着泳装的男人对她挥手表示High Five——或许以为她也是刚刚从码头归来的泳者。汗液和浊尘将静立的罗伊凝结成一块酸臭的琥珀，她大口喘气，调整呼吸和心跳，再次行走，四肢的大幅甩动扇动气流，迎来若有似无的风。一种午睡醒来的怅惘在她脑海里散开，精力在麻酥的肌肉里逐渐聚散。她一边走，一边回望来时的山头，它如油画里的色块，静静堆积在清亮的天空里，没有火苗，也没有散开的浓烟，她怀疑刚刚的一切根本不曾发生。快走吧，别回头，她对自己下命令，只要火速穿过这几条街口，直达码头，离家就更近了。

经过7-11便利店、满记甜品、好利来餐厅、一片画着彩色金鱼的墙，她拐入街心公园。不同肤色的小孩子在尖叫着荡秋千、滑滑梯，老人们如离巢的鸟雀停在凉亭里歇息，一些穿着清凉的年轻人聚在各个酒吧的露天档口，在太阳伞的阴影下消磨啤酒泡沫和炎夏。吉他的演奏伴随浅唱从室内吧台传播出来。闲散明艳的气氛似乎起到令人误以为可以抵挡滚烫炽晒的错觉。这大概是房地产中介强调西贡是香港人后花园的缘故吧，类似于当代桃花源的存在。她愈发坚信刚刚在山上一切惊悚所见都不过是宿醉的副作用。虽然她不愿承认，但多年前试过一次喝断片，醒来发现自己的头枕在商场男厕小便池。至今也无法解释，她那次是如何从位于尖沙咀的公司年会派对房，跑到了旺角的商场里。不过那已是差不多十年前的事，她确实不应该在三十多岁还冒这样的险。

忽然，一团白色云朵朝着罗伊飞来，在她脚踝不断缠绕，那是一只小小的马尔济斯犬，戴着蓝色的太阳帽。

"Lucky?"她记得这只狗，这是她邻居的狗，住在七楼。虽然搬入新家还不满一个月，但已在电梯里与它偶遇多回，它每次都尝试从主人的怀里跳出来，伸长脖子对着罗伊吐舌头。她蹲下来，不断挠着Lucky肚皮，软绵的触感令她觉得幸福的生活在手掌里回归。她已经迫不及待想要躺在家中浴缸里，看五彩Lush浴球缓缓融化。正准备起身离去，一个中年女人走近，是Lucky的主人梅丽，罗伊认得她，两人曾因为Lucky的热情而多聊了几句。印象中，梅丽总是穿真丝长裙、芭蕾舞平底皮鞋，优雅经过会所长廊，今天却忽然换成了麻质衫裤，裸露四肢看上去比之前干瘦了一圈，曾经波浪卷的花白头发也被剪短，利索地飘在耳边，鼻上那副无框金丝边眼镜倒是没换，依然散发着严肃神情，暗自渲染她曾是大学教授的身份。

"你好吗？"梅丽坚持用英文与罗伊交流，飘着一股沉香，令自认为浑身发臭的罗伊向后退了几步。

"我很好啊。"罗伊略感尴尬,她真不想让这个自视清高的邻居知道自己的窘况,便强行美化记忆,"我昨天跟朋友出海,他是白沙湾会员,自己开船,玩得太开心了,喝多了,都在船上睡了一夜。非常即兴,都没有带换洗衣服,现在刚刚从码头走过来。那些花花公子真是的,玩起来太疯了。你知道吗?我们还看到了鲸鱼呢。等我回家把照片发给你看。"

梅丽不断对罗伊点头微笑,温情的双眼莫名令罗伊感到不安。

"亲爱的,其实,如果你有任何需要帮忙的,尽管告诉我。你的事情,我都能理解。"梅丽说。

什么事?罗伊想。难道自己昨晚在泳池里撒酒疯,闹得人尽皆知?她顿时感到谎言被看穿的羞赧,耳朵根都发烫了。

梅丽继续说:

"这三年大家都很艰难。你曾也是我们业委会的一员,其实每个人都很记挂你。人生就是这样的。但这真的没关系。振作起来。"

业委会?罗伊不确定是自己英文听力下降了,还是失忆了。她是记得自己有一次跟梅丽在花园里闲聊,说自己也想加入业委会,毕竟那是一个可以决定物业管理方案的组织,不过八字还没一撇呢。不过,起码这证明了她刚刚的谎言并未被揭穿。罗伊大舒一口气。

"我不太明白你在说什么，但是，不管怎样，谢谢你的好意。"罗伊说。她开始假装繁忙地四顾，随时准备结束对话。

梅丽却不愿放过罗伊似的，从手袋里翻出一张卡片，硬塞到罗伊手里。上面写着，福音互助小组，以及联系电话。

"我在这里面做义工。如果有需要，你随时可以打电话过去。你说是我介绍的就好。"

罗伊在心里翻了个白眼。看来退休真的很可怕，就连大学教授退休后也神神叨叨。但她不想再多说，堆满笑容向梅丽连连致谢，随后转身向码头疾走。

今天应该是星期六吧？码头海鲜排档堆满了人，一台又一台的油光嘴唇，吮着硬壳里的鲜肉，龙虾壳子成堆趴在盘上，猩红的色块令罗伊想起刚刚自焚的少女。她快步穿梭在生猛的人浪里，经过坐在婴儿车里的小狗们、排队等待上船的游客们、在街边兜售手工艺品的老婆婆。眼前忽然跃起一块巨石状的雕塑，扭曲的弧线彤令她觉得十分眼熟，走近发现那是一头鲸鱼跃出海面的造型，与她昨日在游艇上见到的那只差不多。她奇怪这突兀的雕塑是何时出现在码头大街的，但身边涌动的人流却没一个驻足观看，仿佛它只是一个早就存在的路灯那样见怪不怪。一架客运船在她身后的渡口停靠，新一波人潮从舱里淌出来，他们大多都穿着高尔夫球套装，有的还拖着装满球棍的背囊，一对熟悉的身影闲步走来，　高一矮，老夫老妻，她一眼就看出来，那是张鹤父母。可以说这是她在香港最喜的前辈了。他们总是那样和气友善，家中用品总是一尘不染，根据不同的气候，请她品用不同的茶叶，并且坚持不请菲佣，大小事务都会亲自完成，典型的来自内陆的白手起家的勤劳儒商。她有时在想，为什么自己不可以是他们的女儿？如果她有这样的父母，肯定可以少奋斗十年。这样的想法也曾让她动过勾引张鹤的念头，但那个只知道做白日梦的文艺男，又的确不是她的菜。

"张叔叔，张阿姨！"她甚至连脸上的汗水都没有擦，就跑过去拦住他们，因为她知道，他们是多次鼓励她做自己、从不会以貌取人的长辈，在他们面前，她总是那么放松，像一个小女孩。不过，她的忽然出现，着实令二老吓了一跳，那些笑意凝固在鱼尾纹和双下巴里。

"你看我，是不是跟野人似的？"她憨笑着给自己解嘲，"都怪张鹤呢。我昨天让他从白沙湾开船，带我和朋友出海，结果我们在海上看到了一头鲸鱼！瞬间嗨了。然后一帮人都跑我家聚会，喝多了。你看，我这穿着泳衣就跑出来了，手机也没带……"

张爸似乎还没有反应过来，张妈率先笑了，并从胸前挂着的小袋里掏出湿纸巾，给罗伊擦汗。

"你呀，不要太焦虑了，看看这一身大汗的，要多休息。"

"不焦虑。我就是累坏了，从山上跑下来的。"

"不焦虑就好，做生意嘛，都是起起伏伏。"

张妈似乎还想多说些什么，却又被张爸忽然的干咳给打断。

这对夫妇的反常互动，令罗伊有了一种生疏的尴尬。她也不知该如何化解，唯有说些客套话，便与二老告别，只是转身的时候，隐隐瞥见他们面面相觑的不安神情，有一种令她无法形容的怪异。

大街实在太多人了。罗伊决定走小路，进入游客渐少的居民区。这里有果蔬市场、红酒精选店、超市，以及一排房地产中介。一些印着"减价""跳楼价"的广告，贴在中介落地窗。就在她要匆匆经过时，一个男人从"美福地产"里走出来。他也许吸够了冷气，出来暖一暖，穿着黑色西装，对着人流伸了个懒腰，一转眼，望见了罗伊。两人对视之时，罗伊认出他是李先生，当初就是经过他的推介，才买了西贡的那所公寓。那确实是个好选择，因为可以先入住两年，再慢慢缴清首付。当初为了让罗伊签单，他也花了不少时间，又带她游车河，又送她奢侈品礼券的，两人后来也算是互利互惠的伙伴，时不时互相交换一些客源。但罗伊此刻并不想让他看出自己，觉得浑身臭汗很狼狈，有失形象。但李先生却好像将双眼黏在了她身上一样，并迅速推开身后的门，不知对着里面的同事们说了什么，那些穿着西装革履的年轻男人，还有穿着职业套装的中年女人，纷纷追了出来，像是狂犬病发作，一窝蜂像罗伊冲去。她起初以为他们是热情地想要向她推销新的楼盘，但逐渐看清楚他们狰狞发怒的表情，顿感大事不妙，唯有再次奔跑。

"救命啊——"她一边跑，一边呼叫。路人们避之不及，或惊喜地看热闹，大概很少有人会见到一个穿着泳装的女子，被一群商务人士追杀。就在她快要被追上时，忽然上来一群好事的外国人，他们个个人高马大，卸下肩上的行囊，像是盾牌一样拦截李先生等人。

"佢係骗子呀！佢呃钱架，宜家破产就唔洗还呀……"李先生正焦急解释，但被同事打断，改用口吃般的英文转述，但罗伊已经跑远，逆着回家的路，拐入窄巷，躲在一个巨大的垃圾桶后。

臭气令她头昏眼花仿佛贫血。她不明白原本熟悉的人怎么都变得奇奇怪怪，欲言又止，既忧郁又愤怒。她只是醉了一夜，却怎么像过了一世那样。怎么太阳还不下山呢？她感觉自己就要被斜阳的鞭子抽打致死。也许过了五分钟或更久，她察觉无人追上来，便从垃圾桶后出来，捶打着酸麻大腿，一瘸一拐地走出巷子。眼前是少人经过的避风塘，海上停泊着早已无人使用的船，而在对面，是一片幽静草坪，一头牛安静地趴在草上，静静凝视前方。罗伊看着这头牛，想起第一次来西贡，应该是十一二年前，她还只是一个卖保险的小姐，有个周末，因为要拜访一个住在西贡的大客户，来到码头。那是一个挑剔的老太太，一会让她陪自己在海边喝早茶，一会又让她去天后庙上香拜神，之后又让她去市场买了半头烤乳猪，才带她去到自己独居的在市中心的小公寓里，结果又磨磨蹭蹭，一起看了场粤语长片，才终于答应看看保险合约，但在签名前，又忽然反悔，说要再想想。她记得自己点头哈腰地从门里走出来，顺便将老太太的一大袋垃圾扔掉，然后漫无目的地恍惚散步。那时天气还不热，四下沉浸在薰衣草色的暮光里，她顺着海滨走，盯着头顶的大王椰子树，想着自己如果不看路，到底可以走多远，直到双眼发花，低头时发现一块棕色起伏的轮廓在不远处，眼神聚焦才看清那竟是几头棕色的牛，好像土堆一样，趴在草坪上。她非常惊讶，怎么在香港这样的地方居然还能看到牛？似乎是她小时候在外婆乡下过暑假才能看到的生物。她惊喜地凑过去，盯着牛，好奇它们来自哪里，又会去往何方。她就一直站在那里等着，想看看能不能跟踪牛回家，但是它们却好像静止了一样，就那样趴着，甩着牛尾，唇齿摩擦着反刍，直到夜色渐沉，她双腿酸痛，打道回府。时隔数年，此刻她的目光再次被眼前的牛吸引，一个奇怪的想法萌生，它觉得这头牛的大眼睛一直也在盯着她，好像一汪看不到底的泳池，装满了她的秘密。于是她悄悄地向牛走过去，与它对视几秒后，觉得自己想法过于疯癫，打算转身离去时，牛却忽然哞的一声长啸，甩出它的尾巴——它不再是牛尾，而是一条粗粗的蛇尾，将罗伊卷了过去，与此同时，它的毛发褪去，生出鱼鳞，一双翅膀从它的肋骨处生长出来，扑扇着起飞，并向着海里冲去。

那种刺激的感觉再次回归，罗伊感到鱼鳃从面颊突兀出来。原来一切都不是酒后的幻觉,她是真的被这个牛一样的怪鱼带领,从自己泳池的夜晚,游到了山中泳池的中午,又走到了刚才的黄昏。就在她于水中反复翻滚时,她好像听到了救护车在鸣笛,众人恸哭,座机电话响个不停,一串刺眼的闪光灯在水中晒得她睁不开眼,下一秒,她停止了旋转,从水中站起。

水外还是夜晚,脚下踩着的还是自家楼下的那个方形池,但池里壁灯已经熄了,水冰凉的。她望了望,周围无人,池边的高架上也没有坐着猩猩似的救生员。液体粘在身上,竟她让感到一丝秋意。她双手抱着自己肩头,从池子里爬出来,不确定现在到底是几点,但猜测大概已转钟,否则泳池的灯光不会关闭。她抬头望向自家阳台,那里已是一片黑黢黢的洞,窗上交叉贴着几条粗胶布,在夜色里好像人脸的疤痕。

谁在我家搞恶作剧?罗伊慌张了,滑溜溜地翻越泳池的低矮栅栏,经过种满绿植的小花园,走到自家单位所在的那栋单元,对着门禁系统按下密码,大概按了三次,锁才开了。她推着玻璃门入内。大堂仍然金碧辉煌,被暖色灯光填满,但原本应该有一个穿着制服的年轻保安坐在接待处,此刻却变成了一个秃老头,还在打着盹。看来管理费真的白交了……她条件反射地想,这个想法令她莫名忧伤。她穿过接待处,进入无人的电梯间,望着红色的数字在屏幕上渐次减小,叮的一声,门升了。这声响惊醒了那个老头，当她进入电梯的时候，她瞥见矮小驼背的他躲在走廊里望她，一脸惊恐，当电梯门即将关闭时，她听到他低声对向对讲机说："罗小姐又返黎啦，我需要backup……"罗伊很生气，但电梯已经在上行。四面刺眼的镜光令她思绪混乱，一些陌生的画面在脑海里闪过，令她害怕。她好像看到了不断下降的资产数据图，被扔到碎纸机的合约，一条条长串的追债信息——她不清楚这些画面是怎么来的，却又真实得好像真的发生过一样。她不断搓揉太阳穴，恨不得要将头撞墙，但这些画面就是不停止。三楼到了，她逃命似的从电梯里跑出来，向着最尽头的那扇门跑去。她害怕那里发生任何崩塌，不过还好，门还是那扇棕色的、有着凹凸金色波纹的、二米高的实木门。很好，只要回家了，一切都好了。她攥起挂在脖子上的钥匙，插向锁眼，却怎么也戳不进去。

但她还是反复地戳，使劲地戳，仿佛错的是门，而不是自己。

不知戳了多久，她感到手也酸了。停歇的瞬间，一些窸窣人声从门里传出来，仿佛有人在焦急地踱步，并窃窃私语。

她按门铃，没人回应。她拍门，越来越大力气，并不断地对着门里大喊：

"有人吗——开门啊——是你吗？张鹤，你在里面吗？别玩啦，放我进去，我要回家——"

然而，她的叫喊却令窸窣声戛然而止。她逐渐放下手掌，感觉全世界都静悄悄的。这时，叮叮声从走廊那头传来，她听到急促的脚步，这样的场景更加清晰地唤起她其他回忆，例如众筹晚会、律师信、来自家乡的死讯、线上葬礼、医院、锡纸包裹的身体、堆成山的尸体、逃亡的供应商、打不通的电话、追债信、警车、黑暗的房间……三年化成飞速旋转的火焰，燃烧着她的泪眼。她想起来了，门里其实什么也没有，那些她精心挑选的真皮沙发、欧式桌椅、画、衣帽柜……通通被搬走了。脚步越来越近了，似乎就站在她身后了。但她忽然不再紧张了，因为她知道，很快，自己也要再次被抓走了。

香港快车

○

香港骤然降温那日,阿石曾给海莉发微信:收工打边炉?大家乐,一人锅。海莉没回。彼时她在电脑前厮杀。金融公司,数据分析师招聘笔试,SQL理论及应用,抓取数据,分析饼状兼条形的报表。手机振动了一下,令她分神。落地窗外的海岸线,沉浸在蚊香片似的紫,几只白灿大船漂在维多利亚港。她将手机调成免打扰模式。交卷时再抬眼,蚊香散尽,荧光成片在海燃烧,大船不见了。

她小跑在告士打道,夜风在玻璃幕墙间盘旋,扑棱棱鞭打雪纺衫里的蝴蝶骨。胡乱拐入骆克道,瞬间粉紫霓虹,一整排妈妈桑,干瘦,痴肥,翠绿金黄,闲懒坐在酒吧门口,身后黑帘紧闭，暧昧熏香隐隐飘出：原来金融街背面便是红灯区。她开手机，google map，这才看到阿石的约饭信息，赶紧回：啊你吃了吗？我去找你啊？随后又给他补了电话，可惜没人听。行至地铁站附近，她随意进了家茶餐厅，点了车仔面。沙爹浓汤底将她魂魄都暖了回来。

一周后，她拿到金融公司的offer。

返工第一个月，她每日收工都要去吃那家车仔面，汤浸萝卜、咖喱鱿鱼、猪红猪润，一直吃到圣诞节。平安夜气温莫名回升，她穿绿格短上衣、酒红包臀裙，露出一整条小腿，大把时间不知如何消磨，想起阿石。她给他发微信：今晚有什么活动啊？奇怪的是，他竟没回。

不久她转正，车仔面也吃腻。朝九晚六，周一挨到周五，Happy Friday，去尖沙咀中环SOHO，喝酒蹦迪，周六睡到下昼。如是重复着，香港就忽然初夏。她在潮热中经过一家新开的餐厅，可以一人食的日式烧肉，忽然想起阿石约她吃一人锅的夜晚，居然已是去年的事。她有点惊讶，这条友居然这么久都不曾主动找她。

她给他发微信，打电话，通通没回音。

她开始询问他们的共同好友。此前他酷爱社交，在香港生活的这八年，友谊触角达至金融、政治、媒体、航天、幼儿教育。然而这些领域的友人通通无法联系到他。他们也很想知道，他到底去了哪里，发生了什么。

也许阿石消失了，不一定会再出现了。

她望着手机屏幕发呆，很久没有回过神来。

一

海莉与阿石曾一起度过一次平安夜。2011年，在尖沙咀，从海港城到1881，再到半岛酒店。头顶是金灿灿的圣诞老人，驾着鹿车，静止在夜空。

在那晚之前，海莉和阿石算是"有计倾"。他们是同一个学校的学生。校区只有一栋楼，五层，银灰金属外墙，人称"港大空间"。他们时常将学生证上的"空间"遮住，伴装去了港大，但其实心知肚明，自己是在港大附属学院，读副学士课程。那一届学生近一万人，只有五十多个大陆生。海莉和阿石在一门选修课相遇，起初她主动靠近他，觉得他长得像黄宗泽，可惜一张嘴就暴露笨拙，好似不懂主谓宾，词组或短句胡乱蹦出来，偶尔被迫回答教授提问，英文讲得"一旧旧"。分组做功课，海莉假装不认识阿石，尽管他在她斜后方，一直小声对她"喂喂喂"。她选了英文流利的菲律宾男孩和戴着金丝边眼镜、穿着中学校服、每节课都要回答问题的本地女同学作为组员。她要小组功课拿A，GPA爆4，这样才有机会通过Non-jupas申请入读真正的港大。下课她不好意思看向阿石，但他却如常问她：喂，中午吃什么？

港大空间没有学生食堂,他们需要穿过几条街,到最近商场,混迹在午休的上班族里,吃着比学生餐贵一倍的食物。服务生语速好快,她完全听不明,点餐都是他帮忙。他是深圳人,说起粤语时,她觉得他还是有点像黄宗泽。她让他教粤语,他就专门教些不正经的:蛋散、粉肠、仆街、冚家铲、溝仔、溝女。你受唔受溝啊?我係你条仔。你係我条女。唔好啊?咁你做女神,收我做兵咯。海莉笑着翻白眼。

阿石的粤语让他很快就与本地学生混熟。有时他会叫其他同学一起午餐,什么护理的、土木工程的、法律的,他居然都有认识的。起初所有人都会迁就海莉,说不流利的普通话,但聊开了就自动变回粤语。她看着他们夸张滑稽的表情,仿佛在看一场周星驰粤语电影,却没配字幕。

有次下课,他神秘兮兮对她说:带你吃好的。坐地铁到九龙塘,混到城市大学里,学生食堂平靓正,他们吃了很多。吃完闲逛,什么都要看,民主墙、泳池、户外餐吧。无意撞见一座凉亭,亭边有池,水如琥珀,倒影玫红簇簇,是盛开的簕杜鹃。海莉一边拍照,一边感叹:如果可以申请到城大就好。阿石摆手:算罢啦,城大 Non-jupas 不收大陆生。

下午没课,他们从城大通道行至又一城。只是 11 月而已,商场里已布置了二十一米高的圣诞树。他们直达最高层,趴在走廊栏杆向下望,树尖顶着一颗大星星。

不如一起去尖沙咀看圣诞树咯,平安夜,听说很好玩,阿石提议。我要看看时间,期末好忙,海莉说。做功课?过完圣诞再说啦,阿石继续怂恿。海莉没说什么。

其实海莉在撒谎。她的平安夜想和Jari一起过。那日她去港大听讲座,了解今年Non-jupas招生信息。一个男生向她走过来,高高大大,肩膀开阔,穿墨绿色衬衫,软软法兰绒,好像被雨浸软的爬山虎。你好,我叫Jari,有什么可以帮到你的吗?他说英文,递给她一份信息册。她仰视他,觉得他下巴线条硬朗,脸型好似狮子,但深棕色眼神却不凶狠,仿佛嵌在海水里的月亮。原来他是学生大使,社科系优秀学长,今天来帮忙解答疑问。她找他要了手机号,时不时给他发信息:请问文科副学士申请学士是不是竞争很大?GPA一定要过4吗?IELTS是不是一定要7.5以上?Jari宛如写邮件那样回复她的信息,十分严肃。她希望说点轻松的。例如:他住在哪里,中学在哪读的,平时喜欢做什么,是不是单身。他也回复:他小时候住英国,因为爸爸是英国人,后来爸妈离婚,他跟妈妈搬回香港,住在湾仔,喜欢运动,加入了港大击剑学会,有一个从中学就在一起的女朋友,不过三个月前分手了。她透过文字艳羡他的生活,幻想自己加入他的青春,成为美剧里啦啦队队长一样的女生。

对了,他话锋一转,后天是否有空?一起吃个晚餐怎么样?有些话题想与你讨论。

他与她约在一家中餐厅,在铜锣湾。远远见她来了,他站起来，为她拉开椅子，请她坐下。她精挑细选，穿了件粉色碎花连衣裙，外搭白色粗线毛衫，而他穿得随意，黑色卫衣，胸前有一个小小的logo，是Ralph Lauren的。看看想吃什么？他说的是中文，普通话，但有点生硬，带着西方人的口音。那时她还没有习惯香港物价，看什么都觉得贵，一盘茄子而已，也要一百五。我吃什么都OK，她说。那吃鱼吧？我记得你说你喜欢吃鱼，他说。她咯咯笑起来。她的确说过，夹在一些无聊的废话里，他居然记得。

  吃饭时，他陆续问了她很多问题。例如，她为什么要来香港？大陆朋友是否了解什么是副学士？大学毕业后，打算留港发展吗？居港七年才能拿到香港永居身份，是否感觉太久？她答得心不在焉，为一些小事感到甜蜜，例如他一直给她夹菜，他的声音好温柔，他对她好像很感兴趣。

  晚上他们在铜锣湾随意走了走。街上树枝挂满金灿灿灯饰，时代广场大屏幕放映圣诞老人飞过的动画，天地间都飘着 *I wish you a Merry Christmas* 的旋律，一对对情侣双手缠绕着与他们擦肩而过。你是不是走得累了？他问她，指着她的高跟鞋。还好，只是脚后跟有点疼，她说。他便轻轻挽住她的胳膊。她紧张得连谢谢也忘了说。他一直扶着她，把她送到地铁站，入闸口。路上说了什么，她都不太听清楚，心里一直为胳膊上的那只手而兴奋。临行，他对她说，谢谢你啊，今天回答了很多疑问，这对我的论文很有帮助……她本来想说没事，一张嘴，就变成了：圣诞节可以跟你出去玩吗？他和她都愣住了。Well，我约了朋友，是击剑队的，可能有party，他说。那可以带我一起去玩吗？她明知不妙，却继续追问。这不合适吧……他说。她赶紧大笑，哎呀我开玩笑啦。

夜晚到家，她收到Jari的信息。安全到家了吗？她没有回。一早起来又收到他的信息：Hey，你没事吧？我不是不想带你去party，但我们是不同的social group。

social group，她思索这个词的含义，是指交友圈、阶层，还是更多别的？

没关系啊，你们玩得开心点！她回复他。那天是21号，圣诞前四天。她觉得有什么东西从心里被连根拔起。想了想，她还是给阿石留言：我平安夜可以跟你出去逛，到时晚上八点在尖沙咀地铁站见吧。

怎么，不用做功课了？阿石很快回应她，附带一个坏笑表情。到时见咯。他说。

她想，有人陪，总好过没有，这毕竟是在香港的第一个圣诞。

然而平安夜，阿石却迟到了。

她在地铁口站了一个钟，盯着路人来来往往。怎么香港女孩连平安夜都不过分打扮？几乎都是简单素色长袖T恤，将针织衫披在肩上，砖红或浅啡，裹一条包臀裙或紧身牛仔裤。她望着自己的伞裙摆，金色玫瑰在黑夜里闪光，不禁觉得不入流。为什么阿石还没来？她已经想要离开，结果他又从地下通道里冲出来，扒开身前路人，顶着一脑门大汗，身上套着一件荧光绿冲锋衣，好像来加班的交警。

你今天穿这么隆重哦？他憨笑着跟海莉打趣。经他这么一说，她愈发觉得自己的装扮不对劲，瘪瘪嘴，说：你怎么迟那么久？我从深圳赶过来，他喘着气解释。为什么跑回深圳？她问。我爸咯，他有点毛病，我送药回去，说着，他斜嘴一笑，怎么，想早点见到我？她翻了个白眼，自顾自向前走。

路上人好多，他们举步维艰，但还是坚持走到海港城，看到一排五彩缤纷的小圣诞树，每一颗上面都挂着名牌，好像是捐赠者的姓名。会不会有我的名字Hayley呢？她找了一圈也没有发现。他们又去了1881，维多利亚式古建筑，在夜晚散发神话故事般的光。圣诞树旁有梦幻南瓜车，女生们都围在车边照相，海莉好不容易排到位置，让阿石给她拍照，事后检查照片，都是糊的。你怎么什么都不会？她抱怨他。怪你手机太烂咯，他笑嘻嘻。

他们漫无目的闲逛，随便瞎聊。

最近考了雅思，他说。考得怎么样？她问。很烂，还不到5分。这么烂？她毫不掩饰自己的嫌弃，我考了7分，但我想冲7.5。他露出夸张的表情，说：犀利啊！等你去港大，带我飞啊！她却仿佛听不见，只是回想起Jari的英伦腔，以及那个原本充满憧憬的佟晚。

还不到十一点，她就说要回家。不倒数吗？他问。她摇头，指着自己的脚：这个高跟鞋穿得我很难受。虽然是借口，但也是事实。想不到阿石又发出恶作剧般的笑声：那你赤脚咯。海莉无语。她希望Jari还可以在她身边，轻轻挽着她的胳膊。

终于入了地铁站，里面的人比外面还多。阿石和海莉一前一后站在扶手电梯上，忽然，一辆列车呼啸进站，他赶紧小跑而下，并对她挥手，说：快快，追上这班车。她也想跟着他跑，但脚底板痛得厉害。她想对他背影大喊：喂，慢点，等等我。但她不好意思，在这么多人面前喊出普通话，那似乎比她的衣着更不入流。阿石终于冲进车厢，一回头，才发现自己丢了海莉。他想出来，却被不断拥入的乘客阻拦。"车厢即将关闭"的警报响起，他不管不顾，好不容易踏了一只脚出去，却被车门夹住，众人一阵尖叫，好在门又开了，他被周围乘客扯回车厢，门关了。她已走到月台，看他贴着玻璃门，挤眉弄眼对她做手势，示意她在下一站等。那一刻，她感到所有人都在回头看她，蠢极了。

车开走了，她望着他贴在玻璃门上的憨笑远去，心想，以后不要再跟他走那么近了。他不是她想要的。她要的是像Jari那样的绅士，本地人，高材生。

那晚以后，海莉全心全意复习，准备期末考试，无论阿石给她发什么信息，她都不再回复。有时，她一觉醒来，会

031

发现静音的手机有一串未接来电,都是阿石打来的,她也懒得回应。

一个寒假过去,又开学了,海莉和阿石没有相同的选修课了。偶尔,他们在港大空间的走廊相遇,她会假装看不到他,匆匆走过。起初,他还会厚脸皮追过去,但逐渐他意识到,她不是没有看见他,而是不想理他。于是,他也不怎么追她了。

又过了一学期,海莉收到了理工大学的offer,虽然不是港大,但她也心满意足。她终于可以离开那个配不上自己的空间了。

二

阿石失踪以后,海莉的生活并没受到太大影响,只是有时在她一时兴起,想要找个搭子陪自己吃饭、闲逛或吹水时,便少了他这个选项。

有一次,她在街上看到一个背影,一米七五左右,廓形西装耷拉在屁股上,走路时脑袋微微左倾,好像在思考问题。阿石?她觉得很像,小跑追过去,却发现不是他。

香港很小,她曾有次真的在街上碰到阿石。那是2016年,她大学毕业后第一个春天,在上环一家财经公司,做双语文案。工作并不开心,上司有情绪病,时常因为一点小事,例如文件名忘记标注时间,而把海莉骂到流泪。那天下午,她到公司楼下711买咖啡,出来后听到有人叫自己名字,循声望去,有个剪影冲她挥着手跑来。她戴上近视眼镜看,跑来的竟是阿石。那年离开港大空间,她再没见过他。据说五十个大陆生,只有两个人拿到香港八大的offer,其中一个就是她。其他人不是去了外国读野鸡大学,就是中途退学回老家。她以为阿石也早就不在香港,毕竟,在她记忆中,他的成绩实在太烂了。

但他没走,他居然也成功留在香港,并不再穿荧光色冲锋衣,而是一套挺括的深灰西装,all back发型令他看上去更像黄宗泽了。

哗,好耐无见啊!她见到他很开心,给了他一个欧美式友好拥抱,这是她没预料到的。也许因为他变了,那身西装令他看起来不再像个傻小子。

广东话进步左咁多?他对她斜嘴一笑,腔调还是那么欠打。

他们站在7-11前聊了聊,她才知道,他后来花大钱找了留学中介,帮他制作许多文件,终于申请到一家私立大学,读工商管理。学校很烂,没什么人知道,工作难找,好在他朋友多,托人介绍,才进了一家公司,也在上环,离她很近。

什么工作啊?要穿西装,卖保险吗?海莉拿他打趣。屁啦,我才不卖保险,我做移民的,阿石说。哦,我知道啦,不卖保险,卖人头……海莉笑。嘘,阿石故作玄虚,低调点,我是上环揸fit人,不要到处说……

两人笑作一团时,她看到一坨乌云飞过,是喜欢讲是非的同事。果然，她一回到办公室，就有人问她，为什么要在工作时段拍拖？她翻了个白眼，没有理会，却频繁约阿石在公司附近午餐，似乎故意彰显她的叛逆，给那些八婆看看。那段日子，阿石带她吃了不少美味。苏杭茶餐厅、九记牛腩、熟食中心里的泰式炒饭。中午时段总是很多人，阿石如果不忙，会提前半个钟去餐厅霸位。有时实在没位，他们就在街边买小吃，韩国紫菜卷、日本寿司、泰式烧烤，五光十色一起打包，拎到新纪元广场花园，坐在石板阶梯上享用，四周是棕榈树，树后是水蓝色玻璃幕墙，风吹起她的头发，她在模糊间看向阿石的侧脸。

我辞职了哦，阿石忽然说。下？为什么？海莉吃惊。这里太远，每天通勤四个钟，想死。阿石这么一说，海莉才知，他为了省房租，住在深圳家里。那你之后做什么？海莉问。新工在落马洲，离家近，阿石说。哈哈什么公司啊，开在落马洲？海莉好奇。阿石不说，她更好奇，不断逼问，他支支吾吾，说：十八禁啦。她不明白。哎呀就是成人用品啦，他说。海莉笑得前仰后合。那你做什么，模特吗？她笑。屁啦，我做admin啦，他说。

两个星期后，阿石不再来上环。

如今，阿石到底去了哪里呢？她又给那帮共同朋友发了一波信息，但依然无人与他取得联络。

犹豫再三,她从通讯录里翻出一个形同僵尸粉的账号,头像是一个穿着婚纱的新娘背影。

阿石前女友,这是她给那个账号的备注名,其真名是林清。

三

海莉只见过林清一次,和阿石一起。三个人,在西贡海滨吃泰餐。海莉与林清面对面,望见她中指戴一颗闪亮亮钻石戒指,好像海面上的波光。他上周跟我求的婚,林清说,太突然了,我一点妆都没有化,拍的视频都发不了朋友圈。金色午光流泻在她向上扬起的苹果肌,圆美笑容,让海莉莫名想起费列罗巧克力,灿烂的一颗球。那必须要杀你个措手不及咯,阿石笑。刚好服务生端来铁板蚝仔,"滋滋滋"对着林清冒油。阿石马上扯开一大块擦脸巾,将铁板与林清隔开。海莉望着那坎白白小幕巾,绽开一点点油星子,好像林清眼皮上若隐若现的银色闪粉。

求婚是在尖沙咀星光大道搞的。林清把视频给海莉看。阿石单膝跪地,身后站了一排人,穿着不同角色的卡通服,米奇、米妮、唐老鸭、布鲁托,纷纷摘下头套,露出真人面目,大喊:嫁比佢,嫁比佢,嫁比佢。海莉认得他们每一个人。做幼儿园老师的玛利亚,做护工的肯尼,做红酒营销的阿李,做区议员的东哥。这是阿石从港大空间到工作后陆续结识的朋友,他都有介绍给海莉,有的一起吃过糖水,有的帮过海莉一些忙。为什么不叫我去求婚啊?海莉笑着质问阿石。他没有回答,低着头切盘里的牛肉,叉起一块蘸蘸酱汁,喂给林清。不知怎,她忽然想起当初那个丢下她飞奔到车厢,中途还被车门夹住的傻子。怎么他如今变得那么懂得照顾女孩?然而为什么没人这样对待我呢?这个想法顿时令她没了胃口。

后来她给自己解围,一定是因为自己太忙,无心捉紧爱情。

大学毕业后的那两年,她也不知自己忙忙叨叨些什么,没什么工可以长久。广告文案、网站编辑、娱乐记者、电视台公关,她都试过,但不是因为选题风格与主编不合而愤然离职,就是因为不愿莫名为上司背黑锅而被炒鱿鱼。她不是本地人,大学毕业后要拿IANG工作签证才能继续在香港生存。到了需要续签的时候,她再次被炒鱿鱼。这一次她没做错什么,只是那公司成立不久,听说要帮她续签还需上交什么财务证明,太麻烦,反正她也没过试用期,可以随时被解雇。只剩下十天,她必须找到一个新工作,且公司同意为她办理签证,否则,她要被遣返大陆。但她不能走,她只差两年就可以拿到永居,此刻离开,功亏一篑。她给许多人发求救信息,大学时的讲师,实习时的上司,做普通话家教时认识的有钱家长。没人回复。后来她寄希望于大学同学。很多相熟的大陆生毕业就去了外国,或回老家发展,本地同学跟她不算走得近。有 个回复,说自己认识中介公司，可以帮忙续签，但需要五万块钱。最后，她联系阿石。尽管那时候，她跟阿石关系很好，时不时发微信吹水，但她总觉得他只是一个在香港边缘地带做成人用品公司admin的傻小子。然而他很快回复了：你找东哥，可以帮你搞掂。

就是那个在求婚现场扮演布鲁托的议员东哥，三十多岁，戴金丝边眼镜，清靓白净，高瘦但驼背，他叫海莉去办公室见他。在牛头角公屋社区附近，一间挤在惠康与公厕之间的一百英尺①办事处，堆满宣传册、单张、横幅，清一色印着东哥大头像及其纲领。马上要选举了，需要麻烦你，这三个月帮我多多宣传，派发传单，东哥说，IANG不用担心，我今天就跟你签合约，但不会注明你是暑期工，你可以当作是长工合约那样递给入境处，反正之后也不会有人来调查。她觉得天大的事情，就这样轻松解决了。你是阿石的朋友嘛，东哥说，去年选举，他也帮我拉票。你们怎么认识的？海莉好奇。她知道阿石喜欢交朋友，从港大空间那时就这样，只是想不到他的触角可以伸到政界。青年交流会嘛，我在里面做副会长，他是会员，很活跃的。原来如此。海莉想起来，之前阿石经常叫她去参会，什么同乡会、商人联谊会、港漂交流会。那些会搞活动，组团吃潮汕火锅，到老人院做社工，到惠州一日游，诸如

---

① 1英尺=30.48厘米。

此类。她没兴趣。她喜欢的是巴塞尔艺术展、国际电影展、游艇会开放日，高端大气上档次。

喂，我要请你吃饭哦，感谢你帮我搞定签证，海莉给阿石留言。看看咯，最近我下班要赶回家，阿石回。那周末？周末不在香港，他说。后来约了好几次，他都没出来。最后还是从东哥那得知，阿石恋爱了，业余时间都在陪女友。

阿石居然恋爱了，海莉当时有点意外，也许因为他没在她面前提过其他女生。有时他会问她，有无拍拖啊？她都说等他介绍靓仔。但其实她有过一段感情，那个男人合乎她对伴侣的所有幻想，美国留学回来，做创意总监，身材高大，话不多，平时很忙，但一得闲就会带她四处游玩，钻入星街参观独立画廊，深夜在中环speakeasy酒吧听爵士乐，漂在赤柱海面的游艇上品尝来自五个国家的生蚝。他对她花钱大方，似乎想娶她，有次趁她两个室友回老家，到她租住的公寓约会，望着那个只有三百英尺、四壁布满霉斑、客厅堆满杂物的空间，他说，我会带你住更好的家。她那时很感动。在她心目中，他只有一个缺点，那就是他已婚。被分手的时候，她闹得很僵，把他送的礼物，一件一件砸到他的脸上。后来，她似乎无法爱上其他人。同龄人不够那男人好，与他差不多的又令她不敢信任。

恋爱后的阿石，不怎么给海莉发微信吹水了。她也识趣不理他。不知过了多久，大约在林清出现的前几个月，阿石忽然又约海莉吃饭。我失恋了，他说。

那次阿石大概是喝过酒才来，说东说西，毫无章法。谭仔米线的辣汤令他嘴唇比眼睛还红。如果我是富二代就好咯，大把女倒追我。你记得阿林吗？就我之前那个移民公司小老板，也是深二代，新移民，揸Porsche，住跑马地，天天发朋友圈。顶佢个肺。我天天累得要死，我妈还嫌我赚得少。她想让我在香港买楼。你以为我不想吗？我那点人工，都过不了贷款压力测试咯。话说你要不要考虑上车？我们两个可以一起咯，联名投资。

海莉一边嗦米线，一边说些废话：别想啦，向前看啦，旧的不去新的不来嘛。但阿石好像有点认真，他问：讲真，如果我跟一个女生说，我可以跟她联名贷款，在香港买楼，她会不会嫁我？如果是你，你会考虑吗？

海莉没有考虑，她觉得阿石说疯话。但想不到，后来，他真的问了林清这个问题。他和林清在一个港漂相亲派对上相识，两人被分配到一组跳一曲交谊舞，在一前一后的三步踩里，他知道了她也是广东人，前一年来香港读硕士，现在毕业卖保险，她也知道了他是深二代，在香港住了六年多，很快就可以拿永居。后来一起喝酒，微醺时，他就问了她这个问题。她当时没回答。第二天，他给她送礼物，因为记得她说自己气血不足，他买了一大堆中药补品寄给她。第三天，他把自己与房地产中介人的聊天记录发给她。那些对话显示，他家愿意出资一成首付，贷款上车，但他目前收入不够通过压力测试，如果可以有一个跟他差不多收入的伴侣，两人可以联名申请贷款。所以你放心，你的名字会在房产证上，他补充。又过了三天，她同意与他交往。

话说最近阿石有跟你联系过吗？不好意思打扰你，但我们所有朋友都联系不到他，差不多有大半年了，很担心他出事，海莉给林清留言。对话框里还显示着她们上次的聊天记录，是2017年底。林清说：今天很开心见到你啊，谢谢你告诉我那么多阿石的趣事，好好玩！海莉说：哈哈哈，说真的，我觉得他跟你在一起，比以前成熟多了，期待参加你们的婚礼！然后两人互相发了几个可爱的表情包。那时，海莉真的觉得，阿石会和林清结婚，因为他跟她在一起的时候，面上少了些揶揄人的坏笑，多了几分静谧的凝视，甚至说话也流利了，还能运用四字成语，这变化很微妙，也很致命，也许，这就是真爱带来的化学反应。后来，他们开始准备婚礼。阿石时不时分享照片给海莉，问她意见，例如，我穿哪件礼服更好？婚礼灯光用紫色真的合适吗？请柬这样设计OK吗？不久到新年，他如常给她发祝福微信，但没再提与婚礼相关的事。情人节那天，他又给她发微信：你今晚怎么过啊？海莉反问：怎么这么得闲关心我，你老婆呢？他说：她回娘家咯。她没明白：你不跟着回去？他说：她退婚了。

林清终于回复了海莉,是在第二天清晨。她连发了几条:

没有阿石的消息欸。

其实,我也很担心他,他对我好像有些误会。

分手后,他就把我拉黑了。

前阵子,也有另一个朋友问过我,但我真的联系不到他。

不过,我有他亲戚的微信,好像是表姐,我其实也可以问一下她,但是她也把我屏蔽了……

你要加她问一下吗?

好啊,谢谢你,海莉回复。

阿石表姐的ID名称是小雨。

小雨很谨慎,问了海莉几个问题,例如她是怎么认识阿石的,在哪里认识的,确认海莉是他在港大空间的同学后,才通过好友申请。

阿石在那边过得很好,小雨说。什么意思?海莉不理解,阿石发生了什么事吗?具体情况,我不能告诉你,但你可以放心,他现在恢复得很好,小雨答。请问他是生病了吗?如果可以的话,我和朋友们可以去看望他,大半年没有见过他,真的很担心。海莉试探。有心了,但不能探望,除了他妈妈,没有人可以见到他。很明显,小雨不愿透露真相,但那时的海莉不是轻易放弃的人。她发语音,说:我知道这样追问不太礼貌,但我真的很关心阿石,我跟他认识七八年了,他是我在香港为数不多的朋友，无论发生什么事情，我都愿意帮他。过了好一阵，小雨才回复：知道有你这样的朋友关心他，我为他感动，但为了保护他的隐私，我真的不能说，不过你可以理解为，他之前情绪状态不佳，现在恢复中，我会把你的关心转告他，等他好起来，他自己会联系你的。

抑郁症吗？海莉想，但是没可能啊，阿石是一个擅长把烂事变成冷笑话的人。难道是为情自杀？她回看阿石与她的聊天记录。在约她打边炉之前，他只是分享一些搞笑视频，或新开张的餐厅推荐。偶尔有一次，他深夜发了一大堆吐槽，她没及时回复，因为她那时忙着改变人生轨道。遭受文科生在香港揾食艰难的磨难后，她决定转行。有个学姐，文科转码成功，现在硅谷工作，她受到鼓舞，业余时间修读大数据分析及应用高级文凭，夜晚七点下班后才开始上课，十点多到家还不能睡，对着屏幕温习那些挖掘数据的代码，凌晨喝咖啡提神，夜夜挨到三点多。当那夜收到阿石的信息，看着那堆长长的心里话，她还以为自己在发梦：……哎，我被当水鱼了；她在深圳的房租，每月都是我妈在给；我只是出差，两个星期没理她，她就甩了我；我用小号偷窥她的微博，有个男的一直跟她互动……

等海莉翌日清醒，准备回复时，他却好似没事人那样，给她发了一个女生照片，眼大大，面尖尖，穿着暴露，双乳要跌出屏幕似的。这女的好看吗?他问她。神经啊,她说。心里在想,这么快就到处看美女,果然男的都不是好东西。

也许他比想象中痴情,她想。也许他无法忘记林清,所以得了抑郁症,现在被送去精神病院康复。真的这么狗血吗?如果是这样,那么他还蛮罕有的。在这个分秒必争如飞车盘山而上的香港,真情好似蜉蝣般昼生夜死。那我当年是错过了一个痴情男孩吗?她问。但无人回应她。那时她已经从逼仄的公寓里搬出来,数据分析师的工资足够她独自租住,位于坚尼地城的精装修studio。卧室大窗垂落木地板,青蓝色,映出她独自的倒影。

四

与小雨交谈后,海莉不再时不时想起阿石,仿佛对着深井喊了一声,终于听到了回音,他还活着,只是不想社交了,仅此而已。她的生活慢下来,工作是稳的,工资是满意的,是时候找个稳定对象,分享自己的喜怒哀乐,否则体面却无情地活着,与机器人又有什么区别。她开始玩交友软件,像打开地球之窗,每星期都要约会一个男人。这周法国人,下周澳洲人,下下周荷兰人。他们跨越大洲大洋,共赴香港,在某个寂寥时刻与我相遇,这多浪漫——她沉溺其中,好似坐在快速旋转的万花筒里,每转一下,都是一种全新的可能。后来她对其中一个叫做Felipe的动了心，是一个工程师，西班牙人，只比她大四岁，但身上有一种微雨气息，让人感觉忧郁，但很平静，可以安心入眠。他没有像其他外国男人那样，总要带她去酒吧或西餐厅，饭后很快就想去她家坐坐。他听说她喜欢吃辣，就带她到尖沙咀吃麻辣香锅。他说他年轻时看过一个中国人写的小说，英文版的。Xiao Hong，他说。萧红吗？她很激动，那是我中学时喜欢的作家。他说他平时爱看电影，有一部，他不记得名字，但是阿莫多瓦拍的，改编自一个女作家的小说……*Julieta*？她问。啊，是的，是的……他微笑着看她，那你最近还看谁的电影？她想了想，说：伍迪·艾伦。他若有所思，那我等下带你去个地方，也许有点像《曼哈顿》里的场景。

那是尖沙咀的一个小公园。不知道他是如何发现的，在一个后巷，沿着小坡路往上爬，便有一处平原，藏在高楼大厦的背后。海莉不戴眼镜，眼前景色是模糊的，好像起了雾的过塑相片。山底传来歌声，她和他坐在一条长椅上。他问她：你家乡在哪里？她用手指在夜空给他画出一个京九线的走向，然后指出中间位置，说：就在这里。那你呢，你的家庭是怎样呢？他说：我的爸爸是一个服务员，妈妈是一个清洁工，所以是蓝领家庭。那你小时候开心吗？生活艰难吗？她问。他说：艰难，但开心。啊，她忽然想起，说，我之前看过一个导演的电影，很喜欢拍蓝领的故事，是英国人，想不起来叫什么了……

他说：Ken Loach 吗？——是的就是他。我还有一个妹妹，他说，但妹妹其实生来是弟弟，只是五年前变性了。她有点惊讶：那你爸妈怎么说呢？他们当初反对吗？她问，同时想象自己假如做了这样的决定，她的母亲会不会揪着她的头发去跳江？他摇摇头，蓬松卷发好像树叶轻摇：我爸阿尔茨海默，他不记得谁是谁，我妈最初有点担心，因为手术副作用很大，但现在见我妹恢复很好，她就很开心了，他说，语调平静，好像只是在述说今晚天气不错。

之后不久，海莉和 Felipe 交往。从 2019 年 9 月到 11 月，几乎每周五晚，Felipe 都会到海莉公寓，两人窝在草绿色布艺沙发里，选一套心仪电影来看。有次电影很长，累了一周的海莉会忍不住睡着，侧卧在沙发上，头枕着他的膝盖，随着他忽然捧腹大笑而起伏的肌肉战栗忽而醒来，光影像夜色里的湖泊，一层一层，荡漾在她身上。12 月，Felipe 放假回家，他差不多要开始准备圣诞节。我会把你介绍给我的家人，他说。她本想送他去机场，但那日有人在湾仔闹罢工，交通受阻，她一直堵在公司附近。新年没多久，疫情出现，他被困在西班牙。

世界被按下暂停键，连香港这快车也得慢下来，她居家办公，倒着时差，隔着屏幕，与他恋爱。

2020 年 9 月，Felipe 在西班牙喜欢了别人，决定不再来香港，向她提出了分手。她重启交友软件，但似乎滑不到什么外国人。11 月，她要过二十七岁生日，想约朋友，却发现之前保持联络的两三个好友，一个随家人移民到加拿大，一个跳槽到新加坡发展，还有一个回大陆老家结婚生子。于是，她罕有地给家乡的母亲打了电话。母亲顶着一头酒红色短发，穿着印花棉睡衣，叼着烟，在麻将桌跟她视频，身旁不断传来乡音的笑骂，还有麻将碰撞的哗啦声响。母亲还没说两句就急着收线，她对着黑掉的屏幕，忍不住大哭。

疫情一时好转，一时又暴发。2021年底，她被猎头挖到一家金融科技公司，初创企业，做数据分析部门主管。说是主管，其实一个人就要做一个团队的事，但工资涨了不少。适逢房东说要移民，房子要卖出去，可能下半年不能租给她，她不舍精心布置的公寓，但也没办法，开始认真考虑买房，还是得做业主，自己说了算。当房地产中介跟她提起压力测试那些事，她猛地想起阿石。林清已经在朋友圈炫耀二胎的照片，阿石还没任何音讯。她想问问小雨，但信息打到一半，又删掉了。回想过去的事，她觉得阿石已经成了一个符号，停在记忆地图的某个站点，而她已经远去，远到连来时的路都记不清了。

2022年5月，下班路上，她在地铁上打盹，忽然被手机振动吵醒，一看，收到微信，是阿石发来的。

傻瓜，他说，你干吗跑去问那贱人？

海莉想了想，才理解阿石在说什么。他在责怪她，不应该去联系林清。想不到他消失那么久，忽然出现后的第一句居然是这个。而他又是怎么知道的呢？他跟林清又恢复联系了？林清告诉他的？她一时不知该怎么回应，感受不到想象中那种久别重逢的兴奋，也许是她的新工作太累，又或者是疫情抽干了她的感情。

但阿石好像有很多东西要跟她汇报。他给她发照片，精装修的公寓，落地窗，窗外是城市街景。这是我在深圳的房子，他说。你不回香港工作了吗？她问。香港有什么好的？工资又低，又累，我现在在深圳，本地人，福利多。这样的说法，仿佛急于自证，不像之前那个遇到什么刁钻问题都斜嘴一笑的阿石。

其实你之前去了哪里？她忍不住问。就在一个工厂打工，他说，那个工厂规矩很多，不让员工用手机。

她不信，但是也没有追问。

他又把话题转移到林清身上。想不到她都生二胎了，看来是傍大款了，他说。不知道为什么，这话题令海莉感到厌烦。过去了这么久，他居然还没有走出来吗，是不是也太脆弱了。她便没有再回他。

他还是时不时给她发信息，都是些可回可不回的废话。

2023年初，香港终于开关，她去了深圳一趟，并发了条朋友圈，定位庆祝。阿石给她留言：怎么来深圳不找我？她没说什么，回了一个偷笑的表情。后来，她经常去深圳，都是为了工作，有时也想找阿石见面叙旧，但实在行程太紧，就作罢。有一天，她忽然收到了林清微信。

在吗？林清问，我想跟你说个事。

什么事？海莉想，是不是搞诈骗？她没回。

不久，林清又追了一条信息：是关于阿石的。

出于好奇，海莉给林清打了个语音电话。

什么事啊？海莉问。最近阿石有跟你联系吗？林清反问。呃，还好，大家都很忙，没什么机会聊天，怎么了？林清叹了口气，阿石去年忽然加我微信，说自己前阵子出了点事，有点挂念我，又跟我聊些有的没的，我当时没多想，就正常回复，他应该也看得出来，我朋友圈里都是老公孩子照片，很明显不是要搞婚外情的，后来他就没再找我，但最近又突然出现，天天给我发微信，找我要钱，特别凶，好像黑社会……他是不是遇到什么事了，急用钱啊？林清问。海莉听完一愣，不确定是否应该相信，隐约记起阿石说他妈妈替林清交房租的事情。海莉问，那你是欠他钱了吗？没有，林清说，分手时，我把他替我垫付的房租还了，订婚戒指也退了，他还送过我一个包，Coach的，后来我也买礼还他了，价钱是差不多的，他现在说我欠他两万，不知道这个数字是怎么来的。林清声线逐渐变高，好像糖果在地上弹起，发出脆蹦蹦的声响。这一切听上去都不像阿石当初对海莉所叙述的。如果林清说的是真的，那么为什么阿石要骗我，海莉惊愕，那么多年来的善良都是伪装吗？

既然不欠他的，你就别理他，把他拉黑，海莉建议。我是这么做的，但是他跑去给我妈妈的抖音账号发私信，恐吓我妈妈……海莉不敢相信，你有截图吗，我看看？她说。林清发过去了。

你女儿是个婊子，你管好她，让她把钱给我，不然小心你的外孙和外孙女，我在广东认识很多人，我知道你的地址。

重复的话语，连着发了几十次，从早到晚。

此外，还有一张是微信截图。阿石对林清说，看你有二胎了，你还当了老板娘。林清说，这都是表象，我和老公自主创业，遇上疫情，现在都负资产，养孩子也不容易。阿石说，两万打到我卡里，我就放过你。

我没有回了，林清说，我直接把他拉黑，但想不到他跑去恐吓我妈，我觉得他真的很贱，我妈妈有心脏病欸……林清好像哭了。海莉不知道要怎么安慰。也许阿石不会那样做……她说，可能他还是爱你，气你当年不要他，所以吓唬你？

你知道为什么我跟他分手吗？林清话锋一转，将哭腔收起来。他好像跟我讲过，海莉回忆，他说好像那时他出差，没有理你……

他嫖娼。林清说，他一直嫖，大学毕业后就开始了，还带很多香港人去，顺便赚点中介费。你知道为什么连议员都跟他做朋友吗？因为可以跟他一起去嫖娼，有优惠。

海莉哑巴了。她的回忆飞速倒车，东哥的脸，挂满栏杆的横幅，东哥请阿石还有海莉一起吃糖水，走在夜晚的牛头角，空气里有一种潮湿的温热。

你怎么知道的呢？海莉问，她还是不愿相信。

我堂哥告诉我的，他跟着阿石一起去嫖过，三次，他本来以为我跟阿石只是谈谈恋爱，就没告诉我，后来听说我们订婚，还在准备婚礼，就忍不住跟我说了，他还把当时的消费记录给我看，林清说，我看完整个人都傻了，是从头到脚僵在那里，我身边所有人都知道我要结婚了，但我的未婚夫却是个大淫虫，你说我该怎么办？他还找我要分手费，说是我出轨……

林清的声线在海莉的脑海里飘远。她仿佛看到原本含着夜明珠入葬的记忆，被莫名挖掘毁坏，瞬间腐朽，变形，化作令她惊骇的魂。

海莉莫名成为林清的军师，和她一起思考，如何回应阿石的恐吓信息。也许你应该找他最怕的人，海莉说：也许你应该跟他妈妈说？有道理，林清认同。她赶紧编辑了一大段信息，将她如何发现阿石嫖娼，到分手时如何被阿石骚扰，再到现在阿石多年后诈尸般的勒索，从头到尾陈述一遍。

这样发过去可以吗？林清问。你再加点狠话，例如，如果你儿子再继续恐吓我的家人，我就会使用法律手段制裁他，海莉说。

林清发过去了。之后好几天没再找海莉。

反而是阿石，又给海莉发微信，说他最近在深圳发现一家好玩的酒吧，问她要不要来。他的语气就像当年在课堂，悄悄对她说，带她去城大吃好的一样，一点也看不出有什么肮脏的念头。她顿时觉得自己有点对不起他，背着他跟林清结盟。她期望林清说的是假的，他发给林清的是气话，一切都只是前任之间互相折磨的闹剧。

然而事情还没完。林清后来又把截图发给海莉，这次直接是阿石妈妈的回复：她只字未回应自己儿子嫖娼的行为，只是反复强调，因为林清的突然退婚，令阿石备受折磨，身心受损，精神崩溃，无法从事正常工作，又赶上疫情，家里经济困难……

这什么意思，这是PUA你？海莉说，怎么自己儿子嫖娼，她还振振有词了。唉，林清叹气，我看阿姨这么说，我也有点不忍心，就打了几千过去，当作做善事吧……海莉无奈，说：你也太好骗了吧。

不久，阿石在朋友圈秀恩爱，他又找到了新的女友，比林清更漂亮。海莉忽然理解了他为什么那么着急要钱，因为要花钱拍拖。

后来，海莉在香港买了一个很小的房子，在元朗，三百英尺，和母亲一起凑钱交的首付。她把母亲接来香港住，母亲还是一如既往，一见到海莉就对她指指点点，说她老大不小还不嫁人，进屋又嫌弃她选的家具，惨白惨白的，好像死了人。尽管如此，海莉还是蛮喜欢拥挤的热闹，一早被筷子搅拌瓷碗打鸡蛋的声音吵醒，洗漱完毕便可以吃到母亲下的香辣牛肉粉，是小时候的味道。

她跟母亲在家玩自拍，两人在落地窗前，用了美颜滤镜，好像一对姐妹花。她把合照发到朋友圈，欢迎妈咪来暖房，她这样写。阿石很快回复，买的还是租的？她看到这行字，想起他勒索林清时的语气，竟感到一阵不安，想了想，回复他：其实是样板间而已啦，随后把他的账号加上"保持距离"这个分组标签。此后她的朋友圈，他都不会再看到了。

海莉与母亲的蜜月期逐渐消散，母亲要约朋友去澳门打牌，海莉不许她去，把她锁在卧室，两个人隔着一道门，吵得鸡飞狗跳，被邻居投诉。不久，母亲回老家了，海莉又是一个人了。

那天晚上，林清又给海莉发微信。

怎么办？他又来恐吓我了，他给我打电话，说周末要找我老公聊聊，我把他拉黑了，他又给我妈留言，说他手里有我床照……

海莉也不知道该怎么办。找律师吧，她说。

那天海莉睡得很差，做噩梦，梦见自己穿上那件浮夸的玫瑰伞裙，站在人头攒动的尖沙咀，远远望见阿石向她跑来，她挥手，结果他开始流血，皮肤、肉块，一点点融化，最终成了一团腐烂的泥巴，但他还在向她移动，她吓得想跑，高跟鞋却被焊死在地上，她怎么都动不了……

醒来一切无恙。

又过了一星期，林清告诉海莉一个惊天秘密。

我让律师查到一些东西，林清说，你猜阿石消失的那几年去哪里了？海莉想了想，去做一楼一凤管理员了？不是……林清说，他坐牢了。

震惊。海莉发了一连串的问号和感叹号过去。

因为嫖娼被抓？她问。不是，林清说，他暴力抢劫陪酒女……

说着，她将一份来自法院的文件截图发给海莉。

海莉看了几次，确定没有眼花。

文件名是：钟石抢劫二审刑事裁定书。

"……被告人钟某加入了一个应召陪酒女的QQ群，得知陪酒女都是有偿服务，认为这是不公平的，遂产生劫取陪酒女财物以劫富济穷的念头。2018年12月20日19时许，被告人钟某从上述QQ群得知有陪酒女要到本市罗湖区大都会酒店，遂到酒店停车场通道内等待其出现。当日22时30许，被告人钟某见被害人李某途经便尾随其后，至无人小巷，用左手控制被害人，用右手抢得李某手中一部小米牌手机，后携赃逃离现场。当日23时许，被告人钟某利用李某微信让李某母亲先后汇款人民币1700元到其提供的二维码。次日，被告人钟某将涉案手机以人民币300元的价格变卖……"

所以搞了半天，总共也只抢到了2000，海莉忽然相信这的确是阿石做的，他就是个笨贼。如果他聪明一点……她又想起很久以前的事，原来最初那个夹在车厢与月台间，连主谓宾都说不清楚的傻小子，已经彻底消失了。如果那时，她不是冷冷站在月台，而是将他从车里拉出来，或者她也与他跳入同一个车厢，如今一切是否会不同？

五

找了律师以后，林清不再需要海莉的意见。也许阿石怕了，不再骚扰林清了吧，海莉想，没有过问。她自己的生活继续加速向前驶。工作不能停，钱要赚更多，美国加息，香港房贷飙升，ChatGPT一时轰动全球，为了不被非人的科技取代，她开始修读AI课程。有与她经济条件相仿的男性同行向她示好，但不是已经秃顶，就是长得不错可惜已婚想搞婚外情。同龄的女性朋友，几乎都不跟她联系了，她们忙着帮孩子申请一流的幼儿园。偶尔星期五去喝一杯，她只能叫上自己的实习生。那是00后的女孩子，一口一个"姐姐"叫她。

三十岁生日前一周，海莉去深圳，参加一个大学同学儿子的周岁宴。他是香港男人，但娶了深圳老婆，住在福田，老丈人的房子。除了她，还有另一个曾经要好的女同学来了。女同学比以前胖了三倍，还是哺乳期，胸脯很胀，穿着吊带，说是方便喂奶。海莉抱了抱女同学的女儿，穿着粉蓝色的小衣服，软绵绵，像天使，但一到手就哭，眼泪沾湿她香槟色的缎面衬衫，那可是她从IFC原价购置的新品。女同学一把将孩子抱回去，并给海莉示范正确的抱姿。看着女同学那两团好像松软面包似的胳膊，她觉得自己那不断练习普拉提、每日只吃两餐、坚持鱼素才保持下来的不过百的精瘦身板，与周遭的肥腻温馨格格不入。

于是她提前离席了，一时又不想回香港，就到皇庭广场闲逛。那天是周六，广场里人来人往。她一会看看鞋子，一会试试衣服，一会又去河马超市买小点心，觉得自己快乐得像一个大学生。

当她捧着一大捆郁金香，从河马超市出来时，她的手机振动，收到微信，是阿石发来的。自从她知道阿石的犯罪史后，他的名字总是会令她心头一惊。但其实他也没对她做什么，她也知道他肯定不会对她做什么，但她只要看到他的名字，脑子便幻想出那些画面，黑夜里，他掐住一个陪酒女的脖子，露出猛兽般的凶恶。

她打开微信，信息的内容令她不安。

阿石说：你是不是又来深圳了？

这语气莫名让她觉得他在质问。

她不知道该怎么回。

我好像看到你了，阿石继续说，你刚刚是不是在皇庭广场？

她赶紧将花朵举高，遮住脑袋，微微弯腰，加快步伐。

你为什么来深圳不告诉我？阿石继续发。

她不知道该怎么回。她要见他吗？

手机开始持续振动，是阿石打电话过来。她不知道该不该接，一路向着人流密集的地方躲藏。她害怕那个熟悉的身影会向她跑过来。她不知经历了这么多事情后，该如何面对他，如何面对那些本应该美好的回忆。她要假装她什么都不知道吗？还是坦陈她其实已经知道了他是什么样的人，并对他感到害怕？

似乎无论哪一种，都无法倒车回到从前。

就在海莉犹豫不决时，阿石挂了电话，她的手机停止了振动。

海滨迷葬

一

黄樱站在甲板，脚下荡漾。风大，船虽泊岸，仍上下晃动，她望着啡色地面，淌呈不断起伏的流沙，震颤出令她耳鸣的音符，晕眩从胃里翻滚而上。她所在的是一架双体动力游艇，十米长，有地下室和飞桥，从远处望去，像一只白得发亮的巨大熨斗。它属于美涯湾游艇会，有一个媚俗的名字——"第一美"。甲板上还有两个男人，在她身边大声谈话。她矮小且略低头遮阳的姿态，令她视线集中于两只大肚腩，在随着其主人声音的释放而抖动。那个被紧紧束缚在海蓝Polo衫里的肚腩，属于她的上司，来自英国乡下却定居美涯湾十年的汤姆；另一个更大一倍，但慵懒躺在宽松迷彩T恤之下的肚腩，来自澳洲但定居芭提雅的理查德，他是一个航海裁判。此刻他们举着一幅地图，商量驾驶"第一美"出海参赛的行程。对话来来回回，像急促交战的乒乓球，从不给她插话的机会。偶尔她抬头，眼神撞到一抹暧昧，是站在理查德身后的助理菲利普，欧洲人的面孔，却肤色发棕，不知是晒的，还是混血，秃了头，面颊皱纹深如刀疤，运动背心露出文着斧头的大肌肉。他盯着她笑，左眼眨动，挑起眉毛，右眼珠却浑浊不动，那种呕吐感再次涨满她的喉咙，仿佛一坨生肉，粉色的、黏腻的，堵住她的呼吸。就在她差点昏厥时，一串脚步逼近，支起她的后背，她回头一看，一个高大黑实的青年，寸头下面长了张狼似的脸。他果断揪着她的肩膀，将她放置在围栏边的沙发。这终于打断了汤姆与理查德的对话，两人齐齐扭过头，远远俯视她。你还好吧？如果不舒服的话，可以先回办公室，汤姆说。她还没回话，理查德就大笑：哦我的甜心，你不是晕船吧？那你要跟我喝点酒，酒精是治疗晕船的最好药物。汤姆也跟着笑：现在是上班时间，她不可以喝酒，但，下班后，我就管不着了……

  两个中年男人的笑声混在一起，令她耳膜发胀，眼前冒出一片糜烂的粉，生了毛，粘了屎，是猪在拱，哄哄，哄哄，想象中的恶臭令她成了翻肚的鱼。

  忽然一片毛糙被塞到她嘴里，随后是散化在口水里的酸甜，令她不断打旋的思维集中回来。是陈皮，她尝出来。　个小小的透明罐子，在青年的手里握着，里面一块块三角形陈皮，好像枯叶碎片。好点未？他问，我晕船浪时就食陈皮。她呼吸逐渐平稳，视野清晰了，那段不断在她耳膜里鼓胀的鸣响也消失了。风散在被晒得发烫的胳膊上，她放松倚靠在沙发，侧脸向下望，是海，橘色的光随着它荡漾，好像漂浮的缎带。

多谢你，她说。我叫林景，他答。

那是黄樱入职游艇会的第三天，在市场部，担任宣传专员。此后她时不时在游艇会碰见林景。有时在刚刚开门的员工食堂，她独自站在咖啡机旁，等待奶泡降落杯中，忽然他就闪现，哈喽，他说。有时在去往码头的小路，她经过海事部办公室的玻璃大门，他便刚好从里面走出来，哈喽，他对她打招呼。更多时候，是他直接穿过一整片停泊客户船只的海滨长廊，直达她部门所在的办公室，为了传达他上司的一句话，或是转交一份文件，事后便走到她座位旁，哈喽，他对她挥手。

他是为了跟我说一句哈喽，所以特意跑来吗？她想，那也太张扬了吧。有时同事会因此起哄。我看阿景最近瘦了，就为了睇靓女啊，来来回回跑。他们笑成一团。什么啊，你去问我部门大佬咯，都是他让我来的，林景急忙解释，他依然站在她的座位后面，双手在空中比画，像海鸥展翅，阴影掠过伏在桌面的她。她噼里啪啦敲键盘，假装不得闲理会，心里倒生出奇妙滋味，像是陈皮在慢慢化开。

美涯湾游艇会是英式私人俱乐部，建立于1963年，会员多数是移居此地的欧美人，他们每年交一笔钱，便可将私家游艇停泊在码头，还可参与一系列会员活动，例如帆船比赛、节日派对、鸡尾酒晚宴，诸如此类，一种自认为安全的、小圈子社交。有时黄樱需要到会员餐厅摆放最新的宣传物料，开扬的半露天空间，碧蓝如梦的海岸线前，是一桌又一桌的大肚腩、光脑袋、下垂的蝴蝶袖，以及被晒得发红的白种人皮肤。他们会变身的，一到夜晚就不是人，珍姐说。她是在游艇会资历最深的保洁阿姨，酒红卷发盘在头顶，摘下黑色胶皮手套，露出焦黄圆厚双手，戴满十个戒指，金的、银的，都有。如果你见到一个高高瘦瘦，喜欢穿三件套西装的银发老头，你要避，他是个咸湿佬。说着，珍姐把偷拍的背影放大给黄樱看，一个穿着日本水手服的肥嘟嘟少女，坐在枯木似的大腿上，干瘪脱水的嘴，咬着水蜜桃似的脸颊。黄樱假装起身去拿水杯，没加入讨论。她很少浪费时间闲聊，这样的缺席令她成为同事的话题中心……其实她到底几多岁？看上去像个刚刚毕业的大学生，但做事又像见过点世面的样子……谁知呢，英文讲得好，不知是不是有鬼佬包养……可能是汤姆的情人呢……大家笑得鬼鬼祟祟。她多少有点察觉，但不在意，醉心于高效完成本职工作，朝九晚六，下班第一个走，上班第一个来。和大部分同事一样，她住得不远，毕竟美涯湾是个度假小岛，距离市中心需要一个小时路程,且不通地铁,没什么人愿意通勤那么久来上班。同事们收工免不了在巴士站碰见,寒暄,她还是会的,随后一起搭乘环岛小巴,陆续在不同站点离开。她次次都在终点站下,那是美涯湾中心码头,最热闹的地盘,海滨长廊,一整排海鲜排档,五彩墙壁的咖啡厅,兜售纪念品的店铺。我就住在那里,她指着其中一栋对海的唐楼住宅,告诉同事,并挥手道别。当她匆匆来到楼底,佯装从帆布袋里掏钥匙,四顾发现再无熟人,便继续行走,绕过唐楼,进入后巷,在尽头上山坡,隐在暗处。

几座五层楼高的洋楼,坐落在半山的平原。四周围着铁灰色栏杆。落地窗好像巨兽明亮的牙齿,在不远的夜空里,对她露出笑意。一个穿着制服的保安,替她拉开屋苑大门。经过四栋楼,最后一栋,她对着玻璃大门输入指纹,进入电梯,刷卡,按楼层数字。最后,穿过走廊,直到家门口,输入密码,"滴",门开了,她到家了。层层关卡令她感觉自己是仁在套娃里的果核,坚固,安全。她赤脚向着浴室走去,朝着额头,扯下齐刘海发片,将卡在后脑勺的绒毛鲨鱼夹取下来,褐色头发披散肩头。镜子光亮,她卸妆,撕下双眼皮,抹去打底霜,额头上显现一块拇指般大小的粉色疤痕。长舒一口气,她脱下衣服,坐在马桶上,镜子照出她蝴蝶骨凸出的背脊,那里有一串粉红新肉,好像被泼墨印染的花朵。

二

　　一切平安，如微风时的海面，毫无波澜。黄樱习惯了在美涯湾的生活，简单打扮，穿大学时期的旧衫，运动服、牛仔短裙、帆布鞋。每当同事询问，她都会说，自己大学毕业没多久，之前做过两份工，主要是在外国，工作假期。她逐渐放松下来，中午也开始和同事们聚餐，挤在休息间，那是个明黄色的铁皮屋，十几平米，有两扇小小的窗，可以望见一片海。海面上有时漂过几只小帆船，那是海事部的人在给会员授课。有时飞过一艘快艇，大概是维修部的同事运送物资。她喜欢坐在窗边，眺望随时幻变的海面。任何部门的人都可来此歇息，厨师、保洁员、会计、设计师、IT，当然少不了珍姐。她有次捧着一大束鲜花进来，猜猜是谁送的？她故作神秘，却很快忍不住曝出真相：是昨天那对闹事的狗男女送的。在场的吃客立刻起哄，一副要看好戏的表情。就是露西和马丁，那两个从欧洲来的酒鬼公婆，晚晚在这里饮到烂醉，昨天不知发什么癫，露西忽然发脾气，说我们吧台的小莉不礼貌，马丁也跟着一起骂，还扇了小莉一嘴巴。小莉完全不知发生什么，委屈到想死。结果今天一早，露西和马丁就醒了，派人送花道歉。小莉有骨气，她把花扔到垃圾桶。我看好靓，扔了可惜，就捡回来咯……

四周的人都在跟着笑骂，说那两公婆的坏话，什么虚伪的大学教授和妇科医生。她不想听，强迫自己思绪飘远，倚窗向外看，一架扬着荧绿色风帆的小艇靠岸，摇摇晃晃，两个金发碧眼的小男孩从船上滚下来，穿着防水服，你追我赶地奔跑打闹，消失在更衣室后。唯有那荧光绿，仍旧好像火苗，在风中摇曳不止，不久，竟晃出另一个人影来，高高直直，仿佛杨树，是林景，他戴着墨镜，穿着亮白色防风外套，黑色中裤紧贴大腿，正朝黄樱的窗口走来。

黄樱马上将视线收回来，心中冒出一丝做贼心虚的紧张感，随后觉得不妙，为什么自己会有这样的感觉？

哈喽，林景已经站在窗前，取下墨镜望着她。

喂呀，吓死人呀，无端端冒出个人头……珍姐拿林景打趣。马上有人接茬：人家是来找阿樱的，关你又事？林景变聪明了，不解释，直接走进来，站在餐桌边，拎起个牙签，叼餐盘里的水果吃。……今天不晒，出海好舒服，学生都几聪明，不讨好多废话讲……梨不错，谁带的？哦，多谢珍姐……他不断跟同事搭腔闲聊，为了延长自己站在铁皮屋里的时间似的，却一次也没主动与黄樱说话，只是黄樱每次将视线望向他时，都恰好与他投来的目光相撞。

他好像在偷看我，她这样想。

这种笨拙令她想起很多年前的自己，例如中学的时候，暗恋一个学长，想方设法经过他的班门口，经过他打篮球的操场，有时好不容易被他看到，打了个招呼，她却不知道该说什么。如果再早几年，她会故意对林景主动一些，撩起他的话题，引他入瓮，男生都享受被异性好奇，她熟能生巧。只是现在，她不确定该不该迈出这样一步，每当想起情情爱爱，她的思绪都会忽然震颤，好像琴弓抖动，拉出一连串的高音，刺向她。

夜晚，她如常收工，在最后一站下车，与同事道别，但没急着回家，去了码头边的超市，买牛奶、蓝莓，还带走一束雏菊，紫芋花瓣，柠檬花芯，扎成一捆，好像新鲜出炉的小甜饼。出来超市，路口多了一片光，是之前没见过的，好像萤火虫的聚会，原来是新开张的酒吧，在门前挂满灯饰。路人围在光前，她好奇，摇曳着花束过去，一个男人在酒吧门口表演魔术，将一束玫瑰塞入高高礼帽里，对着帽檐打个响指，从里面抽出银色长笛。长笛好似不听他的掌控，一下子飞起来，并对他脑门顶敲了一下，他作出夸张的惊吓神情，围观的孩子笑起来，紧接着，长笛在空中飘浮，摇摆，并自行发出一串音阶。这令大家感到不可思议，揣测这笛子背后的机关。但男人见好就收，捉住长笛，在一个滑稽的鞠躬后，开始演奏。笛声悠扬如溪，流过黄樱耳畔，宛如一抹温柔朝阳，放松她的疲惫。这似曾相识的舒心，却令她毛骨悚然。一只黑影从笛子里钻出来，逐渐立体，成型，挥起一条火鞭，向她劈面抽下去。啊——她在人群中发出一声怪叫——黄樱？她听到有人唤她，她的意识回归，笛声依旧，众人喝彩，黑影不见了，只有一条黑背德牧，在她脚边咬一只网球——黄樱？她再看，牵着狗的是林景。

不好意思啊，吓到你了，林景说，远处觉得背影似你，就喊你的名字。

黄樱愣了愣，眼前的林景已脱下防风外套，只有一件雾蓝快干T恤，轻轻涂在他黝黑上身，肌肉线条像是海边微微起伏的山坡。

这是你的狗？黄樱指了指她脚下的那条德牧。它不得闲理会任何人，沉浸式咬着嘴里的网球，一只耳竖起，另一只耳耷拉。

其实是邻居的，但他们移民，把它留在门口，我见可怜，就抱回家养，很乖的，不咬人，他说。

黄樱蹲下来，摸摸它的后背，棕黑交杂的毛发，软硬参半，好像晒干的毛笔刷。

感觉品种很纯正，居然也会被弃养？黄樱问。

一旦失去令主人开心的那些东西，什么品种的狗都会被弃养，有次碰到 只金毛，但瘦到皮包骨，远远见我就龇牙，但又不动，原来是后腿瘫痪，林景说。

它的那只耳朵怎么竖不起来？

不知，可能这也是主人不想要它的原因吧，不够完美，林景说，并蹲下来揉揉它的耳朵。

我能不能牵着它走？黄樱问。

当然——Coffee，起身啦，他这样唤它。

她很久没有牵着狗奔跑。手中的绳子被Coffee牵引，力与她的手掌产生摩擦。她想起自己曾经也有过一只小狗，白白的，马尔济斯，它自来熟，见到任何陌生人，都会像一团云似的飞过去，扑在对方的脚边甩尾巴，后来，它被一只脚踹飞，重重跌落在布满玻璃碴的地面，成了一团腥腥的红。

怎么收工从来都不见你？还以为你不住美涯湾，黄樱问。

我们海事部收工早嘛，而且我不坐小巴，我骑摩托，我就住那边，他指了指码头，光线的最深处，有一片三层楼高的村屋。

他与她并肩散步，海滨椰树的影子降落在Coffee的毛发上。

你在美涯湾长大吗？

算是吧，最初这里只是一片渔村嘛，我爸就是水上人，日日都要出海捕鱼的，后来有次出海，再没回来。他指了指海面，黑蓝之中，有几只漂浮的五彩小渔船。我爸之前就住这样的渔船，他说。

难怪你懂驾船，原来是遗传，她说。

有可能，我水性好，不过不太喜欢船，它们总是摇摇晃晃，让我感觉不确定，还是喜欢在陆地，最钟意骑摩托车，一个人，穿梭在大车之间，朝着我想要的那个方向，咻咻咻，风驰电掣……

黄樱笑起来。

怎么了？他有点不好意思。

没什么，只是第一次听你说这么多话，我还以为你只会跟我说哈喽，她说。

哦……他挠挠头，没有啦，那些同事，好烦，怕我跟你说太多，他们又要八卦，他解释。

那你呢？看你样子不像在美涯湾长大的人，什么时候搬进来的？

为什么不像？她反问。

你那么白，在这里长大的人啊，都经常下海啊，也不怎么去市中心，被晒得很黑，一看就是渔民后代，就像我。

黄樱不置可否，沉默却更引起他的好奇。

你有Instagram吗？可以加你？他问。

嗯，有，但很久没用……

没事啦，就加一下，保持联系咯。

好像忘记密码……她说，心想，这个借口听上去真烂。

OKOK，他赶紧收嘴，那等你想到密码，再说。

话题一下子停住了，只有他们的脚步在继续，以及Coffee的尾巴在前方摆动。

那我要先回家了，她指了指马路对面的唐楼，我就住那边啦。

哦，那我送你过去？

不用啦，你快陪Coffee继续跑步吧，它都快要被我们无聊死了。

他也没有再说什么。

她确认他没站在原处凝视自己后，继续像以前一样，迅速绕过唐楼，疾步向着真正的家走去。

三

隐居美涯湾以后，黄樱几乎与过去的社交圈断绝联系，她换了手机号，注销了所有的社交媒体账户，将那些尝试联系她的艺术公关逐一放入黑名单。她不看书，不听音乐，不想打开任何一部来自欧洲的艺术电影，她开始买菜，做饭，打扫屋子，研究用哪一种香料可以煲出她记忆中最喜欢的汤。闲下来的时候，她会在家外面的半山上跑步，有一段是她最喜欢的，沿着弧线形的山路向下，眺望到一片停满船只的避风塘，假如刚好是傍晚，华灯初上，夜幕未沉，船上灯光烁烁，流淌到海面成一片淡淡星空。

天呐，你这是出家了吗？金金在电话里问。金金是黄樱唯一保持联系的朋友，一个将头发坚持分成两半，一半永远粉红，另一个永远海蓝，从事各种奇怪设计的独立艺术家；如今她人在纽约，却几乎不需要隔着时差就与黄樱打视频电话，因为她总是夜晚不睡，白天不醒。

你就不打算继续创作吗？你不可以因为那个死男人就断送前程。金金在屏幕那边说，她一边说，一边给自己右边的头发补色，粉色颜料湿漉漉。

你有算过你这辈子花了多少钱在你的头发上吗？黄樱说。

嘿，不要岔开话题，金金回应，我说真的，你已经消失一年多了，你还想消失多久？人生很短暂的，你不要一蹶不振，浪费才华。

黄樱耸耸肩：

我不知道，我只是对过去的那些社交感到恶心，很多人，扒了衣服，还不如一条狗。

I know……金金打断黄樱，狗人很多，什么圈子都有，这才是为什么需要我这样的女权艺术家。你也可以转个路线，重新出山，做一个愤怒的人。说真的，你应该将那个死男人对你做了什么通通写出来……

黄樱摇摇头。

算了，我们说点别的。

Fine……金金妥协。她将粉色的头发扭成一坨，堆到头顶，并用保鲜膜将它保护起来。上次你说的那个男生，有什么进展吗？她问。

有一点吧，黄樱说，他是渔民的后代，好像很善良，收养了一只狗。

犬系男孩，不错啊，快去date，去爱吧，就像没有受过伤一样，金金说。

拜托你不要这么俗！黄樱大笑。

挂了电话以后，黄樱躺在沙发上，吊灯垂落，灯罩是镜面的，内里有橘色灯芯，发光时可以映出她模糊的影子。她想起自己曾坐在另一个类似的镜面吊灯下，在湾仔的旧公寓里，她躺在床垫上，在他的怀里，他们仰头看灯罩上模糊的倒影，觉得自己好像活在梦中——那居然已经是三年前的事情。那时她从MFA毕业，把头发染成鲜红，好像小美人鱼那样，游走在不同的艺术活动里，采访艺术家、导演、音乐人，一时兴起，去酒吧聚会，沉浸在戈达尔或阿巴斯的影像里，"虚构"以外的世界，与她无关。他就这样走入她的生活，在一个诗人家的阳台酒会里，她被邀请读一篇自己写的故事，短短的，好像寓言。你很像一个精灵,他走来对她说,你的文字让我耳目一新,随后他将那篇故事推荐给顶尖的文艺杂志,并很快就得到发表,刊在头条。一种狂喜将她击昏。她每日都与他约会,徜徉在百老汇电影院、爵士乐酒吧,还有他短租的studio,在一个工厂大厦里,四壁贴满他业余的摄影作品,一些被切割的人体,黑白的,光影斑驳。那时她真的爱他,并崇拜。他叫周洋,一个比她大八岁的艺术家,作品曾在纽约、法国、东京、曼谷等各地展出,他同时还是一个哲学研究者、古典音乐评论人,他喜欢给她念诵《理想国》英文版里苏格拉底的对白,播放贝多芬的《F大调第二号浪漫曲》——当他亲吻她的时候。贝多芬是我最尊重的艺术家,他说,想象一下,没有听觉,却可以继续创作,那种孤僻、狂热,让我崇拜……他说着,低下头,吻她的耳垂。那时是傍晚,屋里熄了灯,万物沉浸在温柔里,弦乐汩汩流淌,她以为自己是最甜蜜的人。忽然他的牙齿扎了下去,在她的耳骨上,钻心刺痛将她从微醺里揪醒,但很快,他再次轻轻吻过去,疼痛便消融了。她以为那是一种狂恋的表达,却不知它会随着他们关系的深入而逐渐频繁,加剧,成为一种束缚她的黑魔法——她想逃,却总是逃不掉。

叮叮——她手机响起来,是林景发来一张照片:
今天月亮好亮。

那天在海滨一起散步后，林景时不时给她发信息，但只是简单的几句，例如，今天我收工去跑步，Coffee认识了新朋友，码头新开的泰餐很好吃，诸如此类。每当看到林景生活碎片出现在手机屏幕里，黄樱都莫名感到心跳加速，好像一团小小的火焰，啪一声绽放在嗓子眼。她并不明白自己为何对这样一个青年有强烈的好感，他既不是她曾经爱慕过的那种艺术家，也不会为她传授任何人生的经验或资源，他普通得只剩下一身健康的皮囊，还有一股接近原始森林的气息。

有时他会试探性发出邀请，例如问她周末有什么安排，要不要一起出去逛逛。她其实可以欣然接受，但最终还是婉拒。她太清楚两个人一起出游后会发生什么，当褪下虚构的造型，露出满背伤痕，她要如何解释？她还没想好。

眼前是林景捕捉的那轮月，好像一个鹅黄釉面的圆满瓷盘，镶嵌在海蓝迷离的夜缎里。她望向窗外，那月在她卧室窗的斜后方，仿佛明亮的眼睛，望着她。她将它拍了下来，发回给林景。

我这里的月亮也很亮。

一种淡雅的甘甜充满她的心。她想起金金那句玩笑，去爱吧，就像没有受过伤害一样。

要不要迈出第一步呢？她想了想，决定做一个尝试。她打开音乐软件，播放那首被她禁闭的烂熟的《F大调第二号浪漫曲》。她选了现场版的演奏，开头是人群庄严的静默，她随之闭眼，等待，深呼吸。然而，当琴弓触碰琴弦，震颤出第一段旋律时，极度的晕眩与恶心再次袭来，浪漫音符温柔，绵绵入耳后却幻化成火，热辣烧灼全身，只见那团黑影再次从蓝牙音箱里一跃而出，不给她躲闪的时间，已经伸出冰凉如刀片的手掌，掐住她的咽喉，她的双手不断挣扎，她要窒息了，她要死掉了，而黑影却越来越庞大，如发疯的潮水涨满整个房间，她在缺氧的模糊间，望见了黑影的脸、高凸的眉骨、凹陷的双眼、瘦削的面颊、满是胡须的下巴，是周洋，他回来了，他回来了……

音乐减弱停止，观众掌声轰烈摇摆，满屋潮水在震颤中晃动退去，她感到被释放，灼烧感淡去，她还没死，在迷雾般的黑暗中大口喘着粗气。

四

雨季来临，海滨在阴雨连绵间变得晦暗黏稠。噩梦交织令黄樱头昏，总觉得天旋地转，无法站稳，屋子灯火通明，依然赶不走摇摇晃晃的黑影，她见它逐渐庞大，占满四角。

五日过后，黄樱依然告病不来，手头工作停滞，引起汤姆的不满。在收到他隐晦的慰问信息，表示"如果你无法应对这份工作，烦请告知，公司会做其他安排"后，她又重返游艇会。桌面上摆放着同事投喂的零食，他们还是像平日那样与她讲笑，分享八卦，仿佛她从未消失。林景一直给她发信息，但她不再回复。他又来她的办公室，她一见到他出现，便端起笔记本走向会议室，不好意思，我要跟客户开会了，她说。这样做是不公平的，她当然知道，然而她觉得，如果他不出现，她的情绪不会如初春的野猫般浮躁。绝缘浪漫，告别虚无，脚踏实地，开启另一种人生——她明明坚持得很好。她不允许任何人再次摩挲那盏记忆神灯，释放致命的黑影，包括林景。

你到底怎么啦，是我做错了什么吗？林景再次给她发信息，她想了想，还是没有回复。后来，林景便不再找她了。

她以为一切会过去。

返工的第四天，早上十点十五分，她接到一通陌生来电。你好，这里是美涯湾游艇会市场部，请问有什么可以帮到你？她如常回应。然而对方却不吭声，话筒那边传来一阵静默，以及微妙的呼吸。你好？她追问。就在她准备挂断电话时，对方传来一声咳嗽，是男人的声音，低沉的。你好，她继续说，这里是美涯湾……我知道你是谁，对方打断她，我知道你在哪里……啪，她瞬间挂了电话。那个熟悉的、迷雾一般的烟嗓，是周洋。她感到一阵闪电击中太阳穴，烈火顺着脖颈在后背燃烧一片,有什么东西从她的胃部翻卷而上,她捂着嘴巴冲去洗手间。

周洋回来了,她坐在马桶给金金发信息。怎么办怎么办怎么办,我要报警吗?

金金很快回复:你怎么了,是不是又做噩梦了?

不是,他回来了,他刚刚给我的办公室打电话了,他找到我在哪里了,怎么办?我该怎么办?黄樱说,她打字的拇指冰凉。

你别慌,他死了,你忘了吗?金金将一段新闻截图转发给黄樱:

> ……获得全额资助而驻地加拿大进行创作的先锋艺术家周洋,因误食使人有困意的药物,导致驾车不当,与对面货车相撞,抢救无效,死亡……

新闻发布的时间是一年半以前。

她的脑子瞬间闪过大片的白光。那是门前的积雪,如洁白的坟墓,淹没她在深夜的尖叫,以及他放大音量的浪漫伴奏,《F大调第二号浪漫曲》,他示爱的方式,如在冰上玩火。

记起了吗？就是因为他死了，你才能从他的身边逃走啊，金金说。

也对，黄樱回复，也许是我又失眠了，精神不好，听错了。

午休，黄樱跟着同事们回到明黄的铁皮屋，挤在叽喳的闲谈里，她又感到一丝回暖。墙壁上的小电视在播放新闻：半年前轰动全城的教授妻子离奇死亡案件，有了巨大突破，警方得到证据，初步判断，是教授事先将毒气注入瑜伽球，并故意令球体裂开小口，再将瑜伽球放入妻子驾驶的私家车厢，让毒气一点点释放，导致妻子死亡；昨晚，教授已被关押，等候审讯。

我都说啦，这些高档人啊，是会变身的，珍姐总结。读书读坏了脑啊，有人附和。忽然，林景推门而入，打断了话题，他径直走向躲在角落的黄樱，将一大瓶热红茶放在她面前。

哎呀，阿景又来找他的女神了。珍姐说。

这一次，还不及众人起哄，林景就反驳：关你屁事啊？大家一下愣住了，见林景面色铁青，便端着饭盒作鸟兽散。屋里就剩下林景和黄樱了。

窗外还在下着小雨，林景坐到黄樱身边，裸露的胳膊和小腿湿漉漉的。他们没有说话，安静的时候，黄樱才听到雨水敲打铁皮外壁的声响，滴滴答答。

我吃好了，黄樱端起饭盒起身，裙摆扫过他的双膝。他伸了伸手，似乎想捉住她，但是又放回去了。红茶还在桌上冒着热气，他起身换位到窗边，凝视着她逐渐远去的背影，觉得好像一抹渐渐消失的霞雾。

夜晚收工，黄樱刚刚走出游艇会大门，就听到一声滴滴的鸣笛，在路边急促响过，一瞥，是林景驾着摩托，在门口等她，深蓝车身，好像一架小型的艇。他对她伸出一顶驾驶帽，示意她与他同行，她没有理会，向着反方向走去。她要静一静，远离林景，远离人群，走路回家。

那是一段公路旁的小径，身旁来往车辆飞驰，她抱胸前行，小雨斜斜飘过视线——樱，樱——雨水似乎在风中呼唤她的名字。她顺着风向望，看到一团模糊的人，高大的、微驼背的、拄着拐杖，在马路对面，在迅疾连接的车龙之后，对她挥手，樱——他的声音越来越大，樱！在车龙被红灯疏散的间隙，他迈开步子，左腿踩地，右边的裤腿卷了上去，膝盖以下是空白，他一瘸一拐，高喊着向她跑来。是周洋，她认出来，她转身就跑。他没死，他被救活了，原来车祸只是拿走了他的一半右腿。

一辆小巴在前方靠站，她赶紧跑上车，躲入水族馆似的车厢，回头透过车窗望，雨水在金属色的灯光下泛滥，周洋扭曲的身影越来越小。他应该不知道我住哪里，她想，到家就好了。

然而她刚刚踏入家门，挂在门边的门禁视频系统就鸣叫起来。监控视频画面自动显示访客在单元楼下的身影，是周洋，还是那样高大瘦长，披散着蓬松头发，胡子拉碴，截断的右腿，让他看起来更加忧伤，那种迷离的气场，就如同之前每次她要离开，他都会忽然下跪，趴在她脚边，泪水打湿她皮肤的质感。我爱你，他说，你原谅我，我不能没有你。然后他会顺着她的小腿，以求饶的姿态吻上去。他吻她每一处被他击痛烫疼的肌肤，柔软的唇令她的不安很快消亡，并被那不断回响在房间里的浪漫弦乐所取代。恢复平静后她觉得耻辱，但她又觉得逃不掉，他有她的把柄，她的影像资料，光怪陆离、千姿百态的。

原谅我吧，他对着监控器说话，她通过视频画面认出他的嘴型，我爱你。

她吓得赶紧关闭视频，反锁房门，并将几个椅子推到门边。她给保安打电话。……楼下有坏人，她说，你们快把他赶走，快。……女士你好，请冷静，我们这边没有权利做出这样的举动，如您有需要可以报警……

不，不可以报警，不可以让别人知道，不可以。她赶紧挂断电话，以防那些好不容易生成的粉红新肉被话筒那边的手指撕开。忽然，她的手机再次响起来，一看，是林景发来信息。

你还好吗？感觉你今天好像不太高兴，林景说。

……救我，她给林景回信息，手指疯狂敲击屏幕。

林景收到信息的时候，其实刚刚到家，给Coffee系上狗绳，准备出门跑步。这样的求救信息令他瞬间紧张，但没有想太多。

告诉我你的地址，我马上到，他回复。

随后，他将狗粮倒了一碗给Coffee，四顾房间，抄起一个2kg的小哑铃，这是他平时健身时用的。他想，假如遇到什么歹徒，就用它砸到对方头上吧。

不久他收到一串地址：富丽花园5栋303，屋苑大门密码是0896——这完全不是她说起过的那个唐楼啊，难道她一直在骗人吗？算了，先不管那么多，他疾步出门。

雨下大了，雨水斜斜飘在他的机车面罩上。上坡，驰骋，进入隐藏在半山道的低密度高档社区，他先是输入密码，进入屋苑，再被门口保安拦下，登记访客身份信息，随后被放行，并拿着一个访客卡，用来刷卡搭乘电梯。很夸张的安保系统。能够破解到这样院落的坏人，可能不一般，他将藏在背包里的哑铃拿了出来，紧握手中。

小跑穿过走廊，前方就是303，他发现棕色大门是虚掩的，一段古典音乐如溪流从门缝里淌出来。他想起自己曾经看过的电影，里面有个变态，杀人时喜欢听古典音乐，这令他更加专注，屏住呼吸，小心翼翼推门试探。

屋子很亮，家居简单，客厅的吊灯下，只有一条墨绿色沙发，一个书架，还有一面全身镜。他看到黄樱，正蜷缩在角落，惊慌地指着他的身后：快，杀了他，杀了他！她反复念叨，双手挥舞，好像指挥乐队演出。

林景回头四顾，又走遍大约四十平米的一居室，确认了一个事实：这里除了他和黄樱，再无第三个人。

他再次回到客厅，走近黄樱，仔细看她，才发现她的齐刘海消失了，额头有一块肉粉色疤痕，这让他想起一只幼小的犬，粉白粉白的，卧在路边的越野车下，蜷缩着发抖。他走过去，蹲下来，像当初抱起小狗那样抱住黄樱。

嘿……不要怕，我在这里……他说。

但黄樱却愈发恐慌，双手疯狂挣扎，好像失水的鱼那样翻身，混乱中将衣服掀起，他看到她穿着内衣的纤瘦背脊，生着一串肉粉伤疤。他感到一阵心颤。

杀了他,快杀了他!黄樱哭喊。

好,好,他赶紧回应,我现在就杀了他。

说着,他迅速起身,挥舞哑铃,一边怒吼,一边对着黄樱所指的那团空气,狠狠砸去,一下,两下,三下……

黄樱望着林景的动作而逐渐恢复平静。

他死了吗?她问。

林景对着空气,伸手佯装试探死者的呼吸,点点头,说:他没气了。

黄樱大舒一口气,整个人瘫在地板。当她的肉身感受到木地板的平稳时,她的头不痛了,视线恢复正常,她清楚听到耳边在播放浪漫曲,吊灯散发橘色的光,她在光下看着林景,林景也看着她。

那我们接下来该怎么办?她说,指了指林景身边的黑影,他的尸体,不可以被其他人发现。

林景想了想,说:我们把他拖到船上,扔到海里,好吗?

五

下过雨的夜晚清爽如冰。林景拖着32英寸行李箱,里面装了半袋大米、半桶油,是从黄樱厨房里找出来的。他走在路上,黄樱挽着他,并肩下坡,乘坐网约车,假扮准备出游的情侣,在车上闲聊出海计划。不久,车子在美涯湾游艇会码头停靠,他们下车,将箱子拖出来。

打烊的游艇会静悄悄,办公室都熄了灯,玻璃窗隐在黑夜,停靠的船只在海面上轻轻摇晃,偶尔发出扑棱扑棱的水响。

林景一手拖箱,一手牵黄樱,小跑在浮桥,经过一艘艘大小不同的船只,直达最后那个,亮白的"第一美"。他几步踏上甲板,将箱子拖上来,再伸出手,拉黄樱上船。黄樱踩在啡色甲板,一时不明白自己为什么会在这里。她看着林景忙忙碌碌,解开船的绳索,拉着她进入驾驶舱,她看着他握着方向盘,其下有一块屏幕,显示着一些她看不明白的航海信息。他忽然想起什么,低头打开储物盒,拎出玻璃樽,倒出几片陈皮,塞到她嘴里。酸甜在她嘴里化开。她听到一阵嗡鸣,是马达开始运作,窗外的码头、海滨建筑,在逐渐离她远去,直到她看不到人为的灯光,只有墨色山脉,围绕海滨。他放下方向盘,迅速走出船舱,她紧跟其后,甲板上的风大,他摇晃着拖动行李箱,逐渐步至船身边缘。

小心!她说。

扑通——箱子被他踢入海里,迅速被马达翻起的浪花吞噬。

哗啦哗啦,呜呼呜呼。马达搅拌着海水,仿佛一种澎湃的歌唱。

他死了?她再次与林景确认。

是的，他死了，林景点头。

她顶风抬头，星光灼灼，如碎钻扑撒在一大片浓黑的眼瞳。她顿时觉得一粒巨大的薄荷糖在她内心爆炸，一串烟花似的旋律从她嘴里吟了出来。

这是什么歌？林景问。

我也不知道，她说。

他看着她，月光如糖粉，洒在她圆圆鼓鼓的额头，那凸起的疤，好像镶在奶油蛋糕的半瓣樱桃。而她身后是一片无限的夜，神秘的，融在海山里。

你这样站在我面前，好靓，他忍不住这样说，说完感到面颊滚过一股热辣。

她这才低下头，将视线从星海转移到面前的林景，他黝黑的脸庞，在月光下好像松果制成的雕像。

她眨了眨眼睛，对着他的嘴唇吻了下去。

就在那一瞬间，她的脑海里忽然放映一系列蒙太奇似的画面：大雪、火焰、混乱满地的破碎衣物，她看到自己的手，在昏暗中颤抖着操作，将治疗失眠的药丸与治疗胃痛的药丸交换，并把被她动过手脚的药盒，放入黑色的背包，镜头拉近，她看到那个背包里有一些私人物品，钱包、钥匙、身份证、护照——写着周洋的名字。

她愣住了。

怎么了？林景问，托起她的脸，摸摸她额头的伤疤，你好像经历了很多，有很多心事，都没有告诉我。

她甩甩头，那些蒙太奇又消失了。她顺风斜斜望去，船下是如心跳般永不停歇的海，海上泛起一层又一层破碎的星光。她回眼望着他，笑了笑，继续吻下去。

金丝虫

一

今年夏天，公司终于开始裁员。零售店铺锐减，新产品停止开发，存货被翻出来进行一轮轮大甩卖。为销售业绩锦上添花的市场部难逃此劫，短短两个月，原本三十人的团队被砍了一大半。我与共同受难的同事们一起吃散伙饭，约在一家可以抽水烟的中东酒馆里。有几个位高权重的阿姐也被炒了鱿鱼，摇着猩红的血腥玛丽，将玻璃酒杯撞得叮当响，伶仃手指上攀附着造型诡异的戒指，硕大珠宝好似璀璨的吸血虫，与其主人互相依存。有人提议一起去公司大楼底下静坐示威。"拒绝被失业"——她们商量起口号，并仰头清空一排龙舌兰。而我却窝在铺满阿拉伯式花纹的沙发里，安静地享受水中尼古丁，暗自将眼前的一切归为离职前的狂欢。收到遣散费的时候，我甚至有点窃喜。这一回，当老家亲戚问起我为何人将三十还没份工作时，我可以坦陈，这一切都是经济萧条所导致的必然结果。而我也可以心安理得地利用这段时间，写完我的小说。

无须通勤以后，我退掉了离公司只有一站地、月值八千、占地十平米的卧室，收拾了所有衣物，鸡零狗碎的，竟也装了三个蛇皮袋、两个纸箱。临搬家时，网约司机见我东西太多，嫌我原本谈好的服务费低了，好说歹说，最终也只答应帮我搬其中三个蛇皮袋。我只好舍了最沉的那两箱子，一箱装的全是书，一半是我买的，一半是五湖四海的写作朋友寄过来的他们自己出版的书籍；另一箱则是我囤的生活用品，大瓶大瓶的沐浴露，以及前公司用不完的小样，面膜、香水、卸妆水、护肤乳等等。我把它们留给了我的室友，一个从亚美尼亚来这里学习东亚研究的女孩。太甘写你了（太感谢你了）。她用不太标准的中文跟我道谢：主你一方风身（祝你一帆风顺）。

车子并没有像我想象的那样在公路上驰骋，让我可以在窗边看着逝去的风景，为即将开启的无业暑假高歌。在这炎热繁忙的周一早高峰，我在倾斜入侵的日晒下，浸泡在司机手机里不断响起的语音信息中，倍感烦闷，直到四周高低起伏的大厦逐渐消散，车子进入跨海大桥，心情才舒畅起来。

我新租的房子在美涯湾，一个远离市区的人工小岛。被填海而成的陆地上，长出一片高档公寓。一扇扇落地玻璃宛如透明天梯，将精致梦想送往青蓝天空，并让窗户的主人获得等价的海景观望权。这一片大型的海滨社区名为"美涯花园"，自带超市、商场、儿童乐园、水上世界。怒放的大叶紫薇好似华服，覆盖住该社区的钢铁围栏，浪漫地将其与渔村隔离出来。

渔村口有一株棕榈树，树干上挂着一个海蓝铁牌，上面刻着砖红大字："美涯村"。不知是谁跌了一盒雪糕在树下，一窝蚂蚁正围着那兜斑斓的甜蜜打转。密密麻麻的黑色斑点里，一抹刺眼的金光吸引了我，我仔细一瞧，竟见到一只仿佛受到辐射而被放大了三倍的甲虫，棕黑色的身子上生着不规则的金亮斑点，好似一粒粒被热油灼伤的烙印，本应敏感的触须此刻仿佛生了锈的铁丝，在蚁群的旋涡中心一动不动。

"小椰——"我听到有人唤我的名字，顺着声音望去，是夏屿。她见我从车上下来，便小跑着迎我。

她还是如我记忆中那般健硕，穿着牛仔背带短裤，露出古铜色四肢，头发高高盘起，碎发滑过圆鼓鼓的脸盘。阳光下，我依然能清晰望见她布满脸颊的痘印，圆眼睛好似扫过月球的流星，又大又亮。

当我回头确认车子后备厢没有遗漏的行李后，又下意识地看了眼那棵树下的大虫——原来是我刚才眼花了，那手掌大的东西并不是什么虫子，而是一只用来吓人的塑料玩具，被贴满了金色水钻。

"吃了没？"夏屿一边帮我扛箱子，一边跟我说，"我准备了饭菜，你要是饿了就可以跟我一起。这岛上的餐厅都是骗游客的，贵得要死。"

渔村曾经是这个小岛上唯一的人类聚集地。渔船泊在浅滩，两三排铁皮屋在岛屿的高处零星分布。后来整个小岛被地产商收购，填海扩大了陆地面积，五彩石砖取代了原始山路。每户渔民都被分得一栋三层楼的小屋，积木似的陈列在山坡旁，成了游客时不时来拍照打卡的景观。渔民们逐渐忘记祖辈赖以生存的大海，靠着租金将后代送去远方——这是夏屿房东讲给她听的故事。房东的小屋在整条街最末尾处。为了分租方便，小屋的每一层楼都隔离成独立空间，配备带锁的铁门。由于一楼过于潮湿，便不再住人，里面堆放着房东自家杂物。二楼曾是房东一家的客厅，如今成了夏屿独自的活动空间。门一打开，一团云就飞过来，低眼一瞧，是一只白汪汪的松鼠犬，它兴奋地狂甩尾巴，并不断在我腿边站起，左眼黑溜溜地盯着我，却不知为何少了右眼，只有白色绒毛兀自生长在眉骨下。

"你别害怕，它每次见到陌生人都自来熟，可会撒娇了。"夏屿一边把我的箱子往屋子里拖，一边跟我介绍。

我倒是挺想抱抱它，可惜腾不出手，一身臭汗，也不想脏了它。听夏屿说，这狗叫白白，是一只没人要的独眼狗。她做义工的时候给领养回来了。

夏屿先陪我把行李拖到三楼，那是独立的两居室，公共空间里有沙发、餐桌、储物柜等家私。两个卧室并排在一起，我租了其中较大的那间。淡紫色的墙壁上贴着几幅打印出来的画，朦胧晨雾，迷离湖泊，大块淡雅色彩被晕染在一起。

"欸，不好意思，忘记撕掉了……这些画都是上一个住户留下来的，是个西班牙的女孩……"

夏屿说着就打算伸手把那些画给清除，但被我阻止了。

卧室有一扇老式方窗，安全铁栏在玻璃外叉了个十字。窗外对着山坡，一片绿甚是清凉。蝉鸣在我推开窗的瞬间倾洒进来，我把头伸出窗外探了探，可以看到楼下的街景：几个年轻人背着冲浪板追跑而过；一辆黑色的宝马mini沉默地靠在路边；一对外国夫妻穿着泳衣，裹着浴巾，手里拎着一挂冰啤酒，向着美涯花园走去；还有一个裹着头巾的老太太，就坐在山坡前，摊开一张渔网，看着阳光将网上的小鱼晒干。

"别开窗，小心被虫子咬死。"夏屿替我把窗户关上，并按下窗机空调开关，老旧的机体发出巨大的轰鸣，大约十分钟后才逐渐恢复平静。

"这里虫子很多吗？"我又忽然想起村口的蚁群，以及那只奇怪的虫状物。

"这里生态环境好，别说虫了，还有野猪、牛、猴子……但租金也便宜。"

夏屿说着就已经下楼去了，她要给我张罗午餐。

由于这层楼暂时只有我一个租客，夏屿允许我把行李堆放在公共空间。接下来的日子里，我将一人独享整个两居室，而我要支付的房租只有过去的一半。

我迅速冲了个凉，把常用的衣物从箱子里翻出来，塞到卧室的衣柜里，然后又循例给我妈回微信，汇报说自己今天的工作很顺利，准备跟同事去吃午饭。

等我再下楼时，夏屿已经把饭菜端上桌了：

一盘粉蒸排骨、一弯剁椒鱼头、三对金黄酥脆的滑虾鸡翅，还有一客南瓜海鲜盅。

"喜欢吃就多吃，别客气。"夏屿说。

"我的妈呀！我真没看出来，你手艺这么好呢？"我惊讶。

"没有啦，这其实是我爸昨晚就做好的。"

"哦？你爸也来这边工作了吗？"

夏屿没有接话，她正在盛饭，瓷碗碰撞发出噼啪的脆响。白白则兴奋地围着她脚边打转。我忽然意识到自己好像问多了，如果没记错的话，夏屿父母很早就离婚了。她爸妈后来都没有管她，各自分开去生活，而她是跟着爷爷奶奶长大的。

等夏屿在餐桌边坐下，我转移话题：

"你是哪一年去了澳洲来着？"

"就是大学毕业的第二年。"

"工作假期好玩吗？"

"其实也没怎么玩，去不同的地方打工，酒店啦、餐厅啦、农场啦，反正眼睛一睁就是搞钱。倒是认识了蛮多人，各种各样的，这个房东也是我在澳洲认识的。"

"怎么又回来了呢？我感觉你还可以继续申请别的国家工作假期。"

"我不是认识了麦克吗？就是我那个前男友。他把我给搞回来的。我回来之后就在他的studio帮忙。后来我俩分了，我就租下这房子，然后做二房东。很多年轻人没闲钱外出旅行，就来这里度个假，打个卡，就当去地中海渔村了。然后还有些住不惯市区小公寓的老外，也很喜欢来这里短租。"

"房东一直没有发现？"

"她还在澳洲，现在回来也不方便。只要我不说，租客也不会说，毕竟都是一条船的蚂蚱。对了，房租的话，你月付就好。"

"哦好的。"我这才想起自己忘记转账了，赶紧拿出手机，要给她打钱。

"你方便给现金吗？"夏屿说。

"呃，我手头没有现金。那一会出去取点给你。不过为什么要现金？哦是不是这样不留记录，比较安全？"

夏屿忽然蹲下来，对着正在吃饭的白白拍手，白白很机灵地跑过来，躺在她腿边撒娇。

我感觉自己又多嘴了，不该过问人家这些灰色交易。

白白似乎也看出了我的尴尬，特地起身跑到我脚边，我顺势将它抱到怀中，逗它玩了好一阵子。

二

住在美涯村，我逐渐感受到什么是"日落而息"。

村子里几乎没有路灯。太阳一落山，窗外便陷入黑暗。去阳台晒衣服，能听到隔壁阳台上的邻居聊天，假如他们低头望见路过的熟人，还会隔空喊话拉家常。时不时，一阵轰隆划开浓黑的夜空,那是飞机从附近的机场起航。

我妈还是跟以前一样,每天问我吃得怎样,工作顺不顺利。我并没有告诉她,我已经被裁员了,以免她惊慌失措,再给我打一大笔钱来。

我给自己规定了一个期限,决心在这无业的夏天里写完一部小说,然后在九月投给出版社。但每当面对电脑,我又总觉得懒洋洋,想要去海边走走,跟白白玩耍。以前工作的时候,总觉得垃圾工作填满了我的时间,但时间多了起来时,我又沉浸于虚度光阴。

"这是一种社会分工给你打下的烙印。你根深蒂固地觉得,劳动力一定要换取金钱,否则你的劳作就失去了意义。然而所谓的意义又是什么呢。是消费吗?是娱乐吗?是通过拥有某种商品而获得身份的认可吗?"柯青在视频里回应我的日常牢骚,他一本正经的模样总是令我觉得很搞笑。

不过他并没有觉出我的凝视,只是自顾自地说着脑子里储存的理论,从涂尔干的社会分工论,说到韦伯的理性铁笼。屏幕里的他戴着贴着胶布的金丝边圆眼镜,干燥蓬松的卷毛随意披散在肩头,络腮胡子像爬山虎一样在瘦削下巴蔓延开来。他每当沉浸于知识的演讲时,手指总是情不自禁地在空中划来划去。

"那你最近怎样呢?暑假有什么要做。"我将柯青从"理性牢笼"给拉扯回来。

"哦,主要就是写论文。"柯青说。他的眼睛盯着键盘,似乎镜头里的自己会令他感到羞涩。

"还是关于那个什么悖论的那篇?"

"对。"

我挺喜欢听柯青跟我说一些我听不太明白的东西。例如什么连锁悖论、模态延展、五维主义。"曾经有一本书是专门研究这个世界上的洞",他这样跟我说。而我最喜欢的一则分享是叫做 experience machine 的思想实验。

"假设有一台机器,可以让你感受一切你想要的生活,你只要睡进去,你的大脑就会体验这一切,从出生到死亡,其中种种细节,你想要怎样的人生,都可以体验到,但前提是,你的肉身不可以从机器里出来,你会睡进去吗?"

"什么样的体验都可以吗?"

"什么样的都可以。"

"那我写小说拿诺贝尔奖呢?"

"也可以。"

"那我写小说的构思过程呢?"

"也有。"

"那我谈恋爱呢?"

"想跟谁谈就跟谁谈。总之你想要经历什么事件,想要遇到什么人,获得怎样的情绪,你都可以事先输入到这个机器,然后你只要躺进去,插上电,你的大脑就获得了所有的体验。"

"那大脑里的我会知道这只是一场体验吗?"

"你希望你知道吗?这都是可以设置的。"

"那我希望我不知道。这样会比较真实。"

"好的,那就不知道——那你会躺进去吗?"

这样的对话吸引着我与柯青的持续交往。我曾经一度担心他的生存。他仿佛除了这些奇奇怪怪的知识外,对这个世界一无所知。没有手机卡,不会网购,所有的衣物都是从二手市场捡回来的。我试过带他穿梭在时尚店铺,他却好似羊痫疯发作一样,头痛欲裂,几乎要撞柱子,好在被保安给拦了下来。

"我这是商业过敏。"他跟我说,"就像有人吃芝麻就会死一样,我看到那些商店、那些华丽的橱窗、那些资本家设置的陷阱,我会好像浑身被虫子给咬了一样,四肢疼痒,呼吸困难。"

我曾经因为喜欢听他说那些奇怪的内容而尝试跟他像情侣一样约会,但我没法接受他不出门就不洗澡、穿衣服不分正反、一头乱发从不梳理的习惯,最终只是把他当作一个奇怪的朋友。不过他怎样看待我,我就不知道了。

如今他在塞尔维亚的一所大学做研究型硕士,除了全额奖学金外,每个月还能得到一些生活费。

"现在我在攒钱。这里的人,几十万就可以买到别墅,真的。"这是他在塞尔维亚给我发的第一封邮件。他写了很长的一封信,讲述他的同学、老师、无须社交的学术生活。末尾他毫无来由地对我说,如果他攒够了钱,他希望能带我去那里生活,把我从资本主义的牢笼中解放出来,让我成为一个自由作家——他大概是这么个意思。

三

与夏屿同居了一阵后,我开始对她的生活感到好奇。虽然她说自己并不需要工作,但她每周都有那么三四天很忙,一大早就出门,晚上才回来。她回来时都会给我发信息,让我下楼跟她一起吃吃零食,聊聊天。有时她穿着一身印满油漆的工作服,上面写着"幸福新生部落"——那是个戒毒所,她告诉我,她最近在戒毒所里面做义工,给宿舍画壁画。有时她又会拖着几个大纸皮箱进屋,箱子上印满爱心图案,心形的右上角写着"安心保健"。她用小刀划开纸皮箱,从里面掏出一大樽卸妆水给我。我问她是不是加盟了什么不同的生意,她说只是顺手帮朋友清货。但我依然怀疑她在跟我说谎,这些产品看起来就像传销货。然而过几天她又会忽然抱回一只三脚小猫,说是宠物救助站新来的小可怜,暂时还没有人领养,她就帮忙照顾几天。看着那只软糯的布偶猫咪趴在白白背上打瞌睡时,我很难将一个充满爱心的义务领养人与谎言结合起来。

"可见资本主义已经将你的心灵扭曲得厉害。"柯青如此评价我的猜疑。他说我长期做打工仔,跟同事为了一点点利益就勾心斗角,自然而然就养成了固定思维,觉得全世界所有人都是资本主义的囚徒,做出的每一个决定都是为了换取金钱。

我有点诧异柯青会批判到我头上来,毕竟我只是想与他分享一点生活中的八卦。

"那你读书难道不是为了换取利益?"我反问他。

"当然不是了。"

"你读完书还是要出来工作,例如你去高校做教授,也是为了赚钱呀。"

"我不同意。我读书就是为了读书。到底是谁规定的,读书是为了毕业找工作呢？那是最糟糕的状态。更何况，就算工作，我也不希望用我的知识来赚钱。我希望我的课是不收费的、公开的。教育本就应该人人平等。那些高昂的学费都是资本家的陷阱。教育不是一种商品。假如我可以自己建立一个国家，我会希望我所有的国民都享受免费教育。而那些不愿意接受教育的人，则没有资格留在我的国度……"

柯青又陷入了慷慨激昂的自我演讲里。莫名其妙，我说。我觉得他完全不理解这个社会的运作才会说出这样的话来；他就是拿到了奖学金才会站着说话不腰疼，毕竟不是人人都可以像他这样好运，从小到大都可以凭着父母离异的清贫家境，以及优异成绩而得到特别资助。很简单的问题：如果不工作，谁给我付房租，谁让我在这个城市里活下去……

"不不不……"柯青挥着手打断我，"你理解错了。我说的是，钱，当然是要赚的，但我不会用我的知识去赚取。我也不会贩卖我的劳动力去赚取。我会用最智慧的办法来赚取。用最小的成本，来换取最大的利润。我一定要比那些资本家更聪明，只有这样，我的知识才会战胜资本……"

我不知道柯青在说些什么。他的言论越来越虚无缥缈，以至于我感觉这就是他为了打断我们的争吵而胡诌。于是我没有回应他，草草结束了这场对话。

然而柯青与我的讨论，倒是令我的小说有了全新的灵感。

我应该书写我所身处的这个时代。这个消费主义为核心的时代。城市俨然已成了一座座巨大的超级商场，所有的一切都在被贩卖，贩卖衣食住行，贩卖文化，贩卖梦想，贩卖教育，贩卖未来。也许有一天，大家一觉醒来，发现自己的手上生出了条形码。人们既创造商品，也成了商品……

这个点子忽然令我十分兴奋。我开始构建人物小传。这些年在职场摸爬滚打所遇到的各种角色，似乎都是为了我这次创作而存在。

我沉浸在超现实的构思里，以至于没有留意到夜色渐浓。

不知从何时起，一阵嗒嗒的声响从我身后的方窗传来。起初我以为是下雨了，没有理会，声音便消失了。看来是骤雨，我想。然而不一会儿，嗒嗒声又响起，持续打断我的思路。我回头望了一眼，见到一个手掌大的东西正附在我的窗上。它的轮廓在台灯的反光下发出金黄光晕，尖锐触角好似金针，不断敲击玻璃窗，嗒嗒，嗒嗒。我想起第一天在村口见到的巨大金虫，感到鸡皮疙瘩一层又一层地蔓延全身。我抓起拖鞋，对着玻璃狠狠敲打，希望可以吓走这只异变的小怪物。然而嗒嗒的声响还是不停。我忽然记起小时候，如果有飞蛾循着灯光钻入房间，只需关灯就可以令它离开的原理，便赶紧熄灯,屋子瞬间黑下来。嗒嗒,嗒嗒,这恼人的声音还在持续。待我的视线适应黑暗后,我凝视方窗,可那里只有一抹我自己的倒影,以及一点点蔓延开来的水珠。嗒嗒,嗒嗒,雨下起来了。虫子不见了。

我又打开台灯,并拉起窗帘,却无法再专注于小说的创作。为了消除紧张感,我决定下楼去找夏屿和白白聊聊天。顺便问问夏屿,她是否也曾在村里见过奇怪金虫。然而我一推开铁门,就听到一股响亮的击掌声从楼下涌来,夹杂着窸窸窣窣的对话。难道夏屿请了朋友来家里开派对?我快步走下去,想要推开铁门时,却发现它被反锁了。我按了按门铃,它也哑巴了。

"你在家吗?二楼好像有很多人,但我进不去,门被锁了。"我给夏屿发信息。楼道里并没有灯,只有手机的光投射在我脸上。莫名的幽森令我感到不安,我决定折返回三楼,但铁门里却忽然迸发出交响乐。琴弓不断划过琴弦,音律渐次高昂,仿佛逐渐狂热的暴烈夏雨。

一个女人大哭,伴随着音乐的震颤,一边哭,一边诉说着什么,我听不清楚。紧接着,又是一阵掌击的脆响。我仿佛看到满脸泪水的女人被狠扇耳光,噼啪,噼啪。

小提琴的奏鸣反复轮回。

一个男人的声音宛如天降福音，洪亮，沉着，似乎在念诵什么。

"过去的你已过去……如今的你已是新生……勇敢面对……断裂……鞭笞……"

我听不清，凑近铁门，将耳朵贴在上面。

噼啪——噼啪——这仿佛是某种物体鞭打着肉身。

忽然，我感到有人碰了碰我的肩膀，我触电似的缩起身子……

"你干吗呢？"夏屿出现在我身后的楼梯上。她按亮手电筒，并将其插在口袋里，一束温柔光芒慢慢晕染开来。只见夏屿穿着运动背心和短裤，正用毛巾擦汗；白白在我的脚边蹭来蹭去。

"忘记跟你说了，我们这里每个月都会有人来搞一次心灵互助会。"夏屿一边说，一边抬手看表，"看样子他们又超时了。热死了。我可以去你那里冲个凉吗？"

虽然我满心疑问，但也不好拒绝，毕竟整个房子都是她租的，我有什么理由不许她去三楼冲凉呢。

哗啦啦的水声从浴室里传出来。尽管白白不断在我身边打滚，露出它的肚皮，我也没有什么心情与它玩耍。

我忍不住隔着浴室与夏屿聊天。

我问她，楼下那是什么互助会？她告诉我，就是一些心情不好的人，例如失了业，得了绝症，死了老婆，或者生不出孩子的那些夫妻，为了互相鼓励，就时不时聚在一起，分享生活中的痛苦，然后彼此安慰。

"是吗？"我说，"可是很奇怪，我觉得楼下的人不太正经，好像在互相虐待……"

水声顿时停了。

夏屿裹着浴巾打开了门，一股雾气从里面冒出来。朦胧中，她已经换上一件宽大的男士T恤，也不知道她是从哪里翻出来这件衣服的。

她一边用浴巾将头发高高盘起，一边对着镜子照了照面颊上刚刚生出的暗疮，抱怨说自己吃了太多辣椒，皮肤又变差了。

我依然立在浴室门口，耐心等待着，希望夏屿能给出什么解释，然而她却一直没有再接茬，仿佛听不到我刚刚说的话。

嗒嗒——嗒嗒——嗒嗒，雨水打击窗户的声音再次响起，并逐渐增强，我警觉地四周张望，担心是不是又有金虫入侵，然而夏屿却小跑着到客厅，从角落拿起正在充电的手机——嗒嗒竟是她的手机铃。

她蹲在地上看了看信息，然后告诉我，她刚刚收到心灵互助会会长的通知，楼下的分享已经进入尾声，我们可以下去了。

走廊里有人在陆陆续续下楼离开。二楼的客厅里弥漫着一股迷离的清香。还剩下那么三四个人围坐在地板上，好像在等待着什么，直到看到白白进了屋，他们才雀跃起来，将它团团围住，几双大手一齐抚摸它的脑袋、后背，搓揉着那一身白汪汪的绒毛。我逐渐看不到白白的身影，只能听到它时不时发出急促的吠叫。

唯有一个中年男人倚靠在窗边抽烟。他的背影又瘦又长，穿着Polo衫、牛仔长裤，左手背在腰后，十分常见的中年人背影。夏屿朝他走过去，两人非常友好地聊起来。我正在犹豫要不要凑过去听听他们的对话时，夏屿忽然转头对我招手：

"小椰，你不是说你很好奇这个互助会吗？我来给你介绍一下咯，这就是程会长。"

那个男人也转过头来对我笑，他的嘴里刚好吐出一团烟，令他蜡黄的长脸看上去十分模糊。

我跟程会长在夏屿的撮合下尴尬地聊了聊，主要是听他跟我讲整个互助会的来龙去脉。原来这是一种为期半年的心灵课程，每个学员都需要在有限的时间内完成一些极限挑战任务，从而改善自己内心的缺陷，例如有些对自己身材感到极度自卑的同学，就会被要求穿着泳衣在地铁站游走；过分依赖父母的同学则被要求与父母进行冷战，宣布主权；成功毕业的同学，不仅可以得到学会颁发的文凭，还可以有资格再介绍新的学员进来，并因此也荣升为初级导师。程会长的声音充满磁性，听他说话宛如在听一款晚间电台节目，令我的思绪放松，并飘到远处。当我的眼神开始游离时，我才留意到，夏屿正在把白白从人群中抱回来，并开始逐一向那些与它互动过的学员收取红包。

她在利用白白赚钱吗？这个问题忽然就冒了出来。我记得坊间的确是有"治疗犬"，但那些小狗都是要受到专业培训才能上岗。

程会长忽然拍拍手，对那些学员说，时间不早了，大家还是早点回去休息，下次再见。于是，他与仅剩的那几个学员一齐往门外走，边走边跟夏屿道别，最后，我听到程会长站在门口对夏屿说了一句，"有合适的人我再联系你爸"，他就笑着消失在我的视野里。

四

心灵互助会的事情仿佛一场突如其来的雾霾，在我脑海里挥之不去。我很想把它说给柯青听，但上次不愉快的争论之后，他就说要闭关准备考试，一直没有再见他上线。

我打算把这件事情写进小说里，需要设计一个类似于夏屿那样的角色。我开始回忆与她的种种过往，将记忆中的她拼凑完全。

夏屿和我曾是小学同学，虽然不同班，但都是学校舞蹈队里的成员，临演出时都需要进行密集的训练，在老师的监督下互相拉筋、开胯，疼得哇哇大哭，因而也结下深厚的革命友谊。我们经常会在午休时约在操场大树下玩耍，并规定每周都要跟对方分享一个秘密。小时候哪有什么不可告人的秘密？我都是瞎编乱造，要么说我家保姆的坏话，把那些电视剧里的狗血剧情安在保姆身上，要么就是说一些灵异事件，例如有一天在女厕所听到奇怪的声响……夏屿从不质疑我说的秘密，甚至给予一种深表理解的眼神，然后跟我平静地讲述令我匪夷所思的事情。例如她有天晚上被巨响吵醒，哭着跑出去查看，爸爸刚好躺在客厅的地板上，捂着额头，满手是血，而妈妈则站在楼梯上（她家住的是复式楼），在黑暗里沉默。又例如有一天她放学回家，妈妈却没有做饭，画着一脸浓艳的妆容，扯着她上了车，说要带她去找爸爸；一路上妈妈疯狂踩油门，不停闯红灯，却怎么也没有找到爸爸；最后，妈妈把车停在路边，趴在方向盘大哭起来。最令我难忘的是学期末那天，我们两个都站在校门口等各自的保姆来接。忽然她悄悄对我说，她的爸爸妈妈已经离婚了，她可能再也不会回来这里上学了。那时候我对于"离婚"没什么概念，只觉得是一种不太好的事情。夏屿说一定要帮她保密，我答应了，但回家就告诉了我爸妈。我爸妈嘱咐我要多多关心夏屿，她是很可怜的小孩。于是我在寒假里多次给夏屿家打电话，但是却始终无人接听。等再开学，我就找不到夏屿了，听说她已经转学，去了外地。此后多年，我与夏屿都没有联系，直到上高中，校内网忽然流行，大家热烈搜索儿时伙伴的姓名，我也就是在那时接到了夏屿的好友申请，并与她恢复了联络。高中时，我学习很差，经常在课上看小说，和网上认识的大学生出去鬼混，结果高考之后只能去读二加二项目：前两年在国内大学，后两年去美国。拥有二加二项目的大学很多，我选了位于海城的一所，主要是看中这个城市的国际化水平以及经济实力。想不到夏屿高考后也来到了海城，入读了一家民办大学，主修市场营销。我很开心能在新的城市里与儿时伙伴重拾友谊，便常约她出去玩。她总是能挖掘这个城市里奇怪的地方，例如废弃的山中别墅、战时留下的隧道、树林里的艺术家社区等等。遇到什么意外也是互相照应。她那个大学没有学生宿舍，只能自己在外面租房子，结果遇到黑心室友，诽谤她偷东西，还把她给赶出去，她也是第一时间联系了我。我带着那时候的男朋友去夏屿宿舍给她撑腰，陪她收拾行李。那时候的男朋友是学视觉艺术的，满胳膊文身，倒是像个黑社会成员。我们黑白双煞似的杵在公寓门口，对那室友扬言说，要是再敢欺负夏屿的话，我们就找人卸她胳膊，给那女孩吓得脸都青了。那是大二下学期的事情了。那学期结束后，我就去了美国，有了新的生活、新的烦恼，逐渐与夏屿联系不那么密切，只会在社交媒体上看到她的动态，得知她不断打工，赚钱，参加各种各样的社会活动。而她的形象也在社交媒体上变得越来越坚强，时常背着比她人还高的行囊，去异国做沙发客，不再是舞蹈教室里时常被老师开胯开到痛死也不敢出声的小布丁。

回忆至此，我忽然觉得，夏屿距离童年时那个平静说出家中秘密的小孩，已经很远很远了。

而我仿佛也不曾真正了解过如今的夏屿，她到底是谁，过着怎样的生活，为何如此需要钱，一切的一切，都被蒙上了一层大雾。

五

在美涯村住了二十几天，我竟一次也没有离开过小岛。每天早晨我都会独自散步，从村口走到美涯花园，通过涂了金漆的花园围栏，窥视里面的精致园景。花园有很多不同的出口，时不时就会冒出几个晨运的居民。他们似乎都是从同一个工厂里生产出来的人偶，戴着几乎同款的无线耳机，穿着差不多样式的运动服，短裤上的品牌logo来来去去就是那么几个，就连配搭的颜色也无外乎黑白灰、霓虹粉、荧光绿、雾霾蓝。沿着花园外围走一阵，便能遇到一个巴士站，几乎都是棕色皮肤的女佣在这里排队等车，抱着金发碧眼的主人家孩子，或是推着即将被装满生活用品的杂物车。远离车站，就是一条几乎被树荫遮盖的沥青大道。不少居民在这大道上遛狗。我似乎从来没在市区里见过这么多的狗，牧羊犬、拉布拉多、哈士奇、藏獒、柴犬、吉娃娃、马尔济斯……狗与狗也是不同的，从美涯花园里走出来的狗，毛发都格外光亮、干净，与它们的主人一样，带着一种舒展与慵懒的气质。我想，这一定是因为这个社区里的平均居住面积都比较大，就连狗也活得比较自在。不像我那些蜗居在市区还要养狗的朋友，狗跟人挤地盘，日头里也只能在小笼子里打盹，好不容易出来放风也只能在逼仄人行道与人类急促的步伐赛跑。

有时我也帮夏屿遛狗。在林荫大道的众多名贵纯种狗里，独眼白白显得没那么娇贵，却总能吸引很多路人的爱抚。它很通人性，知道该缠谁，不该缠谁，绝不会让人感到害怕或尴尬。我有时想，狗子是不是也跟人一样呢，例如白白，知道自己天生少了只眼睛，于是就需要乖一点，讨人喜欢。就好像做人要知道自己几斤几两重，什么样的条件，可以换回什么样的价钱。但转念一想，我又觉得不对，我不该将人的势利强加在狗的身上，它们可没有受过什么资本主义的熏陶。

不遛狗的时候，我就喜欢靠右边行走，凭栏望海，天海交接处，便是美涯大桥勾勒的弧线。我知道，经过那条大桥，便能通向市中心，穿进玻璃幕墙筑起的迷宫——我便是从那里过来的。当我身处其中的时候，我只觉那些密集的繁华如五指山一般，将人类的原始美好压到脚下，而与它遥遥相望时，我又觉得桥那边的世界变得神秘与恢宏起来。

这一天，我照旧早早起身，下楼散步，但没有花时间在林荫道停留，而是继续向前走，前往美涯码头。我需要在码头登船，去往市区，应邀参加叶琪策划的艺术展。

说实话，收到叶琪的邀请时，我有点意外，我跟她其实并不熟。几年前，我还在一家报社做文艺版的记者，时不时要跑活动，在一次大型的艺术展上遇到她。她那时好像也是刚刚工作没多久，做公关助理，在活动入口给记者作登记。当我在名

单上签下名字时,叶琪忽然眼前一亮:

"你是《透明女孩》的作者吗?"

我很吃惊。那是我发表的第一篇小说,刊在一本纯文学杂志上,我以为除了写作者以外,几乎没有人会看它。

"我很喜欢那篇小说。"叶琪拉着我的手说,她似乎有很多想法要吐露,但碍于工作繁忙,又什么都没说。我们互换了电话,也互相在社交媒体上加了好友。那次活动后,她给我发过几次信息,说她自己也曾喜欢写作,不过不太写得出来;又说她不喜欢做公关,想要做点与艺术有关的工作。而我离开那次活动后,没多久也辞了职,离开了报社,转行去广告业发展,因为那里的工资会高一点,让我可以租住得好一点,买多一点时髦的衣服。我们一直相约说要找一天出来吃饭、喝酒,但一直都没有时间。一晃又几年过去了。如果不是她给我发来邀请,我也不知道原来她已经转行,去做艺术策展人了。

艺术展竟然安排在一家"speakeasy"酒吧里,这是我没有想到的。顺着地图指引,我来到一个海滨商城的最高层。在贴着1098与1100门牌号的商家中间,我看到一扇玻璃门,门后是一个墨绿色的公用电话亭。我按照邀请函上的说明书,推开玻璃门,然后在电话上按下了"5""2""0",一扇隐藏的自动门在电话亭后打开。我顺着光钻了进去。

内里空间宽敞，罗马柱的出现让我以为自己身处欧洲的地下宫殿。墨绿色的灯光给人一种恰到好处的迷离。原本应围满宾客的石桌上，摆放着一尊尊金属雕塑。一些嘉宾已经到了。他们三五成群地各自聊天。摄影师们则都对着那些展品拍照，咔嚓咔嚓的闪光灯此起彼伏。一个矮小的女孩忽然出现在我面前，她问我是哪家媒体的，签到了没有？

我说我不是什么媒体的，是叶琪邀请我来的，我的名字是马小椰。

女孩马上跟我道歉，然后自己对着iPad上的名单不断数下去。

"哦，马小椰女士你好，我这里的资料显示说你是《海城周刊》文艺版的记者对吧？"

我愣了一下，忽然明白了为什么叶琪会忽然邀请我过来，可能她一直记错了，以为我还在那个报社做记者吧。

我本想解释，但又觉得不知该如何解释，难道我要跟这个工作人员说，我其实只是一个无业游民吗？

算了。有时候，成功的人际关系往往始于美丽的误会。我什么也没有说，兀自去吧台那里领了一杯为媒体朋友准备好的气泡酒。

不断有人入场,都像我一样,瞄了那些展品一眼,然后便被事先约好的朋友拉走,围成一个小圈,举着酒杯交流。我正在周围巡视,好奇叶琪去了哪里时,她就忽然晃到我身边。

"哎呀不好意思,我刚刚完全没有留意到你来了。"叶琪拉着我的手跟我道歉。这么多年过去,她对我的那种亲切竟一点没变。不过她的妆容浓烈了,细长的眼睛扑闪着一双卷卷的假睫毛,眉骨四周飞扬着橘色调的眼影,颧骨附近闪着珠光。她比我记忆中瘦了很多,下颌没了肉,方形的棱角更清晰了;脖子上戴着一串由长方形黄水晶串起的项圈,不知是不是因为颈子过于纤细,我竟觉得她像给自己戴了一个枷锁。

"最近怎样呢,还在写小说吗?"她问我。

"在写。"我说,"打算9月完成一本长篇,投去出版社。"

"哇,好厉害的!我一直都等着你的书出版。欸,之前你不是说在准备短篇集吗?"

"是的,不过我的编辑跟我说,年轻人的短篇集不好卖,建议我先把长篇给出来,所以就搁置了。"

"嗯……"叶琪仿佛十分理解,对着我点点头,又好像根本没有在听我说什么,对我露出已经镶嵌在面颊上的微笑。

"你什么时候转的行呢?"我问她。

"一年多吧。之前都是做策展助理,这算是我第一次独立策展呢。"

"很厉害。你也算是梦想成真了。"

"没有啦,其实就在一个小公司里,名义上是策展人,其实什么都要我做,公关啦、文案啦,全是我一个人……"叶琪说着说着,声音弱了下去,举起酒杯仰头喝了一大口,再低头时,充沛的笑容回归了,继续兴冲冲向我介绍,"这次算是联展,邀请了几个本地的先锋艺术家,以'拜金'为主题,创作了一系列不同的金属雕塑。不知道你听过他们没有?陈亚、康文、后藤香子,还有紫药丸。哦今年年初的亚洲展会,他们也有参展。欸,不过那次我好像没有看到你?你现在是不是已经不跑活动了?"

"嗯……"我忽然很想骗骗她,"我已经被升职为文字总监了,几乎就不写稿,只负责审稿。"

"哦这么厉害!难怪我说怎么不常在活动见到你。"

"还好,主要就是在一个地方混得久,资历就上去了。"

"哎,也是。我其实也有点后悔跳槽……我之前那个公关公司的前同事,现在已经被升为部门领导了。"

叶琪面上滑过一丝稍纵即逝的焦虑,不过很快,她就调整过来,继续拉着我的手跟我说:

"那你这次可一定要安排个最好的写手给我这个展览哦。

我老板特别重视这个展览,请你一定一定要帮我美言几句呢。"

"没问题没问题。"我说,"回头你把资料发我。我转给我最得力的写手去写。"

看得出来,叶琪非常高兴。她反复强调自己对我小说的喜爱,不过说来说去也只有《透明女孩》里的情节。也许她实在想不出还有什么可跟我说的,便熟练地抛出结束语,相约下一次有空一定要约吃饭,然后向着其他的嘉宾走去了。

我本以为自己会因为刚刚那个小型恶作剧而感到好笑,但实际上却被一种莫名的低落感吞噬。如何形容这种感觉呢?也许是看似在文艺圈打转,实在根本上不了正席的感觉:写书却迟迟不能出版,转行做广告又被裁员,明明是无业游民,却借着过去的文艺版记者身份,得以在这个人均消费起码四百的高档酒吧里喝着免费酒水——那干脆再喝多一点,吃多一点。于是,我把手中的气泡酒一饮而尽,又找酒保要了杯Moscow mule,以及一盘nachos。

吃吃喝喝以后,我的心情舒畅多了,晕晕乎乎着向展览中心走去。

我绕开那些围在一起社交的人。绕开对着镜头直播的KOL。视线落在孤独的展品身上。那些雕塑造型各异,让我难以形容。一定是运用了什么后现代主义的手法,将抽象与传统结合吧。我一一数过去，一个高高耸起的金柱宛如在挑衅我的审美。起初我为这个艺术家的敷衍感到好笑，但近看才发现这个柱子雕刻细节颇多：底层是一双双狰狞的拳头，逐渐向上，拳头转变为一张张只有微笑但没有五官的脸，而在脸的上方，便只剩一颗涂满金粉的心脏。心的中空部分被掏空，里面若隐若现还立着一个什么细小的摆设，我凑近观察，竟是一坨密密麻麻的虫子，集体依附在心脏中，吸心的血，吃心的肉。而在这个雕塑底下，贴着作品的名字：《金丝虫》。

六

几天过去，柯青终于又上线了。他跟我说，他完成了一个长达一周的考试，然后又跟一个来欧洲旅游的老同学在塞尔维亚相聚，太忙了，一直没有找到合适的机会给我打视频电话。

我早就习惯了他的人间蒸发，并没因此感到什么不适，反而兴致勃勃地跟他说起我这几天的奇遇，从心灵互助会，到我与叶琪的重逢、我在酒吧撒的小谎，以及那个奇奇怪怪的金丝虫雕塑。

然而柯青却并没有像往常一样打断我，开启他长篇大论的演讲，也没有对我露出那种认真聆听却依然不明白我在说什么的迷茫神情——镜头前的他眼神涣散,看上去心思完全不在我的对话上。

我问他是发生了什么事情吗,为什么一副不想听我说话的样子。

他告诉我没什么,只是还在回想跟老友相聚时的一些对话。

"是哪个老友?"我问他。

"一个中学同学。之前跟你说过的吧,艾力克,那个学音乐的男生。"

"哦哦,我记得,那个拉大提琴的。怎么,他去欧洲演出吗?"

"不是。他已经不拉琴了。"

"居然不拉琴了?那他做什么。"

"说出来你肯定不信,他在投资比特币。"

"哈?"

我顿时对这个艾力克的经历充满好奇。一个曾经苦学音乐,几经辛苦才进入乐团,成为职业大提琴手的人,居然忽然转行搞比特币?于是柯青把艾力克的脸书分享屏幕给我看。他真是每天都在叹世界啊,去五星酒店staycation,趴在无际泳池里俯视城市夜空,收藏一些看起来就很贵的红酒,还有价值连城的古董小提琴……除此之外,他还会专门写长篇大论的币圈分析,各种数据图的分享。我反正是看不懂。但我也懒得看。

这种找素人进行口碑营销的手段，我之前的广告公司也常用啊。

"他不是打广告。"柯青笃定地告诉我。

"那他怎么会懂投资呢？他又不是学这些的。"

"谁说他不懂？他跟李达上了专业课程。你记得李达吗？也是我的中学同学。"

"哈？李达也搞比特币吗？他不是被保送去香港读数学系的学霸吗？我记得他还没有毕业就在网上开直播，给人讲如何用数学知识赌博，还蛮逗的。"

"对对。就是他。他就是用数学头脑来研究比特币啊，还开了私人课程。现在已经赚得盆满钵满，都在香港买房子了。"

"哈？"

柯青见我不信的样子，非要把李达的脸书也翻出来给我看。结果搜了半天，他忽然想起来，李达半年前就在网上宣布要戒断社交媒体，除了很熟的朋友以外，没有人能联系到他。

"总之，艾力克也从李达那里学到一套秘籍，现在也赚了一百万了。所以他也不在乐团工作了，就满世界旅游，顺便参加那些币圈峰会，认识更多志同道合的人。"

"真的假的？"

我忍不住大笑，夸赞艾力克和李达真的很会吹牛——果然老同学聚会就是为了吹牛。

但想不到柯青竟为此恼火，说我完全误解了他们。

"我的朋友都是我多年的知己，你不要把他们当作你那些职场上的同事好吧。他们对我从来都不会说假话。而且我也看过那些真实数据——但这些属于投资机密,我不方便告诉你。"

柯青微微皱眉,手指在空中划来划去,仿佛在跟我讲述什么了不起的学术理论。

"你不是真的相信比特币投资吧?你不知道币圈骗局有多火热?"

"这个要看你怎么看了。不懂投资的人,当然就会说那是骗局。但是懂得其中规律的人,例如李达,就不会把比特币当作骗局,而是将其视为一种最理想的赚钱工具。你还记得我跟你说过吗?钱是要赚的,但我要用最智慧的办法去赚,而不是出卖我的灵魂,贩卖我的知识……"

"可这就跟赌博没差,你赚了也只是因为一时的运气啊。你没听说很多人一开始炒币是赚了,结果很快被割韭菜,输到负资产?"

"但我相信我不会输啊。"

"可你为什么需要一下子赢那么多钱呢?学校不是给了你奖学金和生活费?"

"那不够啊。我现在多赚一点钱,以后毕业就可以不用工作啊。可以早一点退休啊。"

"所以你现在去赌博,就是为了赚快钱,然后以后几十年都不工作?"

"当然。我为什么要工作呢?我说过了,我不要成为资本主义的奴隶，我要用更智慧的办法去赚钱。我要把我的积蓄全部投进去……"

难以置信这些话是从柯青嘴里说出来的。而他说这话的样子又是那样充满希望，让人不忍反驳。

我忽然觉得，金钱的确是一个公平的好东西。这世界所有的不平等，站在金钱面前，都会变得平等起来。无论是什么人，面对金钱，都是一样地对它渴望，一样地被它控制。

而之所以还会有人说自己不屑于赚钱，大概只是因为金钱还没有站到他们面前吧。

柯青还在对着我述说一大堆一大堆的理论。他甚至提到了苏格拉底之死，说苏格拉底宁死也要捍卫哲学，他自己也是一样的。宁可加入币圈，也不要贩卖灵魂，贩卖劳动力，去换取在资本主义的一席之地——那在他看来是对知识的玷污。

其实我之前也为柯青在我的小说里设计了一个角色，基本上就是他的原型，一个绝对的反消费主义者。坚决不去超市买东西，所有的果蔬都是自己种植，反对食肉，反对商场，只穿从二手市场捡来的衣物。住在自制的铁皮屋里，研究学术，写作，稿酬只用于自己最基本的吃喝，剩下的全部攒起来，定期捐给文艺机构。一个充满理想的人，却好像从远古或天外而来的使者，最终被主流社会排斥在外，直到消失。

说实话，我曾经真的担心柯青的结局会跟我小说写的一样。

看来我的担心是多余的。我忽然明白为什么他对于我的工作嗤之以鼻，对于那些兢兢业业的上班族不屑一顾，原来并不是因为他反对资本主义，视金钱为粪土，而是想不付出劳动，就可以赚大钱，赚快钱。

我仿佛看到了一坨金丝虫已经钻进了柯青的心里，吃他的肉，喝他的血。

七

8月中了。

我给自己设置的暑假已经过去了大半。

我妈好似察觉出不对劲，问我为什么都不跟她说同事的八卦了。我赶紧撒谎，说这个月是公司的旺季，接了新客户，大家忙得没时间宫斗。

为了转移话题，我反过来问问我妈，家里生意怎么样？

她说不怎么样呢。现在大环境不太好，没什么人想加盟做实体店，各个都转行搞什么直播，虚拟货币，乱七八糟，浮躁得要命。

我几乎没有再跟柯青聊天。离开职场以后，竟也没什么人会给我发来信息问候。曾经的大学朋友，要么飘在不同的国家与城市，要么就已经结婚生子。曾经工作的时候，我总觉得自己站在文艺圈的外围。如今没了工作，我好像完全站在了这个社会的外围。

我安慰自己，如今这种孤独的情绪是最有利于创作的。小说已经写了大半，不要气馁。

我的创作思路已经越来越清晰，它是一个多线叙事的故事，由一组分布在不同地域的角色构成网状关系——看似陌生，却又相互作用。人人都是主角，人人也都是彼此的配角。他们之所以会同时出现在我的故事里，是因为具体一个共同点：在某一个时刻，忽然感觉日常生活被打乱，一阵大脑晕眩后，发现自己的手背上长出一串条形码。每个角色对此异象的反应不同：有人以为是自己太累了，出现幻觉，并不把它当回事；有人跑去看皮肤科医生，却被诊断出这是一种由内分泌失调引起的皮肤过敏；还有人则一口咬定是他的伴侣趁他烂醉时给他搞的文身恶作剧。直到有一天，其中一个人在超市的自助收银机付款时，灵机一动，用那个扫描条形码的机器对着手背一扫——"滴"——眼前的屏幕竟出现了一串货品信息……他发现，自己其实不是人，而是一台赚钱机器。

由于故事里的角色都能从我熟知的人身上找到原型，以至于我在长期沉浸式的写作后，产生一种虚实难辨的错觉：不知我是在虚构现实,还是我也是虚构中的一种可能。

有时写得太累了,我就会随意点开一部黑白电影来看。久远的时光荡漾在我的脸上,好似一汪深不见底的湖泊,盯着看久了,便会自然陷入沉睡。

这天我一觉醒来已是傍晚。屋子里什么零食都被我吃光了,饥肠辘辘的,我决定去找夏屿蹭吃蹭喝。我在内心里祈祷夏屿一定要在家啊,不然我还得步行到码头,吃贵得要死的游客餐。好在一开门,我就见到灯光从二楼散射出来,铁门也没关,看样子夏屿在家。我兴冲冲地冲进去,却一眼望见一个陌生男人的背影,裸着上身,穿着沙滩裤,站在开式厨房里,哼着小曲,摇晃着肥硕的腰肢,摆弄食材。

我赶紧屏住呼吸,蹑手蹑脚从二楼退了出去。

不得不感叹,那男人简直像是相扑手。一层又一层的脂肪宛如厚厚奶油,围住他的肩背、腰腹,黑实皮囊又令他好似一只套着人皮的大棕熊,让人不敢靠近。我不知道这又是哪来的野男人,难不成又是什么互助会的成员吗?怎么夏屿随便带人回家又不提前打招呼。我不爽,给夏屿打电话,但是没有人接。我只好给她发信息:

"怎么二楼里有个陌生男人啊?那是谁啊……你什么时候才回家啊……"

很快,夏屿就回了:

"哦那是我爸啦。哈哈哈哈哈。我刚刚在上厕所啦……你快下来吧,吃我爸做的大餐。"

哈?

我有点蒙。那是夏屿爸爸吗?好在我没有说出内心对他身材的各种比喻……

但那真的是夏屿爸爸吗?我隐约记得,我在小学见过夏屿爸爸。那是一个身材高挑的男人,一头乌黑的头发十分蓬松,脸型圆中带方,下巴很干净,从不见有胡须。有几次舞蹈队演出,我都能看到夏屿爸爸坐在观众席前排,一双欧美人似的大眼睛,目不转睛地盯着舞台,穿着花里胡哨的衬衫,总让我联想起在电视上看到的那些台湾男明星。

然而那相扑手一样的男人,的确是夏屿爸爸。脸还是那张脸,只是下巴底下多了几层赘肉。眼睛还是大大的双眼皮,只是眼角多了几层鱼尾纹,眼神也变得浑浊涣散。滚圆的肚皮好似大西瓜,藏在超大号的文化衫里面——就连文化衫也是印满了大块的花朵,像是从夏威夷买来的。他那黝黑的手掌、胳膊，通通都像充了气，比记忆中放大了好几倍。右手小拇指断了一大半，残肢末梢已经被时间磨得光滑。就连他原本笔挺的鼻子，也被灌了水似的，成了肉乎乎的大蒜头。

夏叔叔刚刚才忙活完，将一盘盘美味端到餐桌，话梅鸡、酸辣柠檬鱼、香脆烧腩肉、黄金炸藕夹，还有一大盘泰式菠萝炒饭……

"吃吃吃，不客气。"夏叔叔说起话来似乎十分吃力，鼻孔里不断发出沉重的呼吸声。他一屁股坐在两张并排的圆凳上，抽出一沓纸巾来擦头发、擦脸。

对于夏叔叔的突然到访，以及张罗的一桌好菜，我都不知道该说什么好，只能是连忙道谢。一开始还假装客气，只吃一小口——但那经过精心处理的肉类简直香美润滑，要是天天能被如此鱼肉喂养，谁也不能保证不会胖成夏叔叔那样。我忍不住大口大口吃起来。

夏屿好像对于一桌大餐早就习以为常，只是沉默地扒着米饭。

夏叔叔却根本不动筷子，倒是从冰箱里拎出一挂啤酒，开了一罐又一罐，酒嗝顺着他的呼吸被释放出来。随后，他又从兜里摸出烟来抽。吞云吐雾间，夏叔叔沉重的呼吸逐渐舒缓，整个人看起来放松多了。

"你跟小屿同龄是吧？"夏叔叔开始跟我没话找话说。

"差不多，我比她再大几个月。"

"听小屿说你没有工作？"

我愣了一下，心想怎么夏屿什么都往外说？

"不是啦。"小屿嚼着腩肉打圆场，"她是自由职业者，是个作家。"

"哦……"夏叔叔点点头，似乎对我流露出一种看破不说破的宽容。

他的这个回应反而令我莫名感到不适，我继续为自己解释，说我并不是不工作，也不是不想去赚钱，只是刚好最近经济环境不好，被公司裁员了。

"我本来就很喜欢写小说，也有出版社在约稿，索性就利用这段时间把手头的稿子写完。"我说。

"我年轻时也喜欢写作。"夏叔叔弹了弹烟灰，眼神望向远处。

"是吗?"我有点意外。

"我写诗，拉手风琴，跳霹雳舞……"

"是的是的，谁都知道，你年轻时是大校草……"夏屿冷不丁地打断夏叔叔，仿佛不想再听到这段已经让她烂熟于心的往事。

但夏叔叔并不受夏屿的干扰，自顾自地往下说，跟我说他年轻时多么风光，代表学校去参加比赛，写的诗总是被校报刊登在头版，他还经常当着全校人的面演讲。

"但搞这些鬼东西有用吗？没用的。听我劝，年轻人，还是要务实。"夏叔叔将手中的烟屁股掐灭在烟灰缸里，紧接着又从烟盒里抽出一条崭新的，拔出一根叼在嘴里。

"喂喂，我这里可是无烟民宿啊，你这都抽了多少根了……"夏屿在一旁念叨。但夏叔叔继续将她的声音当耳边风，点燃了嘴里的香烟。

"听说你是读的二加二项目？

"是。"

"有两年在美国？

"是。"

"她后来还在英国多读了一年研究生咧。"夏屿补充。

"厉害啊！你爸妈花了不少钱投资你啊。"夏叔叔说。

我假装没有听见，认真地啃食鱼头。

"我没有你爸妈那么能干，所以也没在小屿身上花什么钱，读的都是最普通的学校。不过小屿争气啊，你看她不也到处出国工作吗？现在又搞民宿，又搞投资……"

"欸欸，你别瞎吹牛了。"夏屿再次打断夏叔叔。

"小屿在做什么投资呢？"我想转移一下话题。

"高息回报的定期存款。"

"什么银行的？"

"不是银行，银行哪有什么高息？直接存到我公司这里，比存银行可靠多了。也别买基金什么的了，亏得脱裤子。"

说着，夏叔叔从手机里按出一个App给我看。是那种线上的金融交易平台，各种数据、图表。

"哎呀。"夏屿又打断夏叔叔，"人家是搞文学创作的，哪里需要什么投资。你是不是喝多了？赶紧别说那么多了。上楼歇着去。"

"叔叔还没有吃东西呢？"我说。

"我不吃。我减肥。"说着，他从兜里拿出一个透明小盒子，从里面抓出一把五彩六色的药丸，一口气塞到嘴里，然后就着啤酒咽下去了。

"我现在一天就吃一餐，然后晚上就只吃保健品。"说着，夏叔叔想起什么似的，走回厨房，从橱柜里拿出几个五颜六色的塑料小方袋。

"蛋白粉，各种各样的味道。抹茶啦，巧克力啦，草莓啦，看你喜欢哪种。拿去试试。"

我接过蛋白粉看了看，觉得包装上的心形图案很眼熟，右上方的"安心保健"提醒我了——之前夏屿也有扛回一大箱这个牌子的卸妆水。

紧接着，夏叔叔又从他的行李包里拿出一些瓶瓶罐罐来，什么洗衣液、洗头水、润肤乳。

"都是瑞士出品的。"他说，"还有洛桑大学认证，特别耐用。"

说着,他还抽出其中一瓶,轻轻按了一滴滴在自己手上,然后用手指反复揉搓,那一滴液体,就化成一大坨泡沫。

"产品浓度都很高,每次就用一滴滴,可以用很久,很值。"

夏屿好像很不想听到她爸爸在我面前说这些,她不断地打断他,并反复强调,我对这些东西真的不感兴趣,因为我是一个文艺青年。

夏叔叔可能听出夏屿的反感了,他也不恼,憨笑着把那些产品收回去。然后他话锋一转,说自己给大家表演一个霹雳舞好了。

说着,他就掏出手机,播放了一曲迈克尔·杰克逊的 *Beat It*,像模像样地舞动起来。他圆滚滚的身子,倒还十分灵活,有点功夫熊猫的样子。

夏叔叔似乎也很满足于给我们带来欢乐。不过他还是太胖了,扭了几下就喘得不行,不停调整呼吸。最后在夏屿的搀扶下,他到三楼的卧室睡觉去了。可能真的是累了太久,夏叔叔的鼾声像打雷似的,哪怕隔着楼梯,以及两道铁门,我在二楼的客厅里也能听得一清二楚。

"不好意思啊,我爸喜欢喝酒,喝多了容易瞎说话,你可别往心里去。"夏屿一边洗碗,一边跟我赔小心。

我说:"没事啊,我觉得夏叔叔还挺逗的。"

"是的,我爸是个很幽默的人。我有时候也会带他跟我一起去做义工,去养老院啊孤儿院什么的,让他给大家讲笑话,大家都说他是功夫熊猫。"

"啊是吧,我也觉得他有点像……"

夏屿笑起来。

"对了,"夏屿说,"那我爸刚好来海城开会,估计要在这里住一个多星期,就在三楼的小客房里,你不介意吧?"

我愣了一下。

说不介意是假的。我记得当时租房子的时候跟夏屿说过,我不希望有异性租客跟我合租三楼。那时候夏屿跟我说,暂时都没有接到订单,估计这两个月也只有我一个租客。

但怎么说夏叔叔也是夏屿的爸爸,不能跟其他的陌生异性相提并论。更何况,我刚刚才表示自己欣赏夏叔叔的幽默,如果拒绝,岂不是显得不近人情……

"没事。"我说,"我本来也只租了一间卧室而已。你怎么安排都是合理的。"

到了夜里,夏叔叔在我隔壁房间里睡沉了,鼾声逐渐减弱,从雷鸣变成嗡鸣。但我心里还是有点担心。于是把卧室反锁,又用行李箱和椅子顶住房门,并开了小夜灯,才算安心入睡。但一晚上也睡得不太好,我总仿佛听到门外传来一阵阵嗒嗒的声响,好像金虫再次出现,在敲击我的床头。醒来我想,

129

那估计只是夏叔叔打鼾的声音吧。

不过,我对夏叔叔的担心很快就消散了。他的确是个幽默的老好人,为原本有点幽森的小屋带来不少欢乐。例如有一天,他拎了一个跟白白几乎一模一样的狗娃娃回来。白白见到这个娃娃以为是来了同类,不断地围着它打转,示好,又因为得不到回应,有点恼羞成怒地咬着娃娃满屋打滚——把我和夏屿逗得不行。又有一次,他忽然抱回一沓十多年前的文学杂志,说是从他客户的家里淘回来的,送给我阅读。

我开始跟夏叔叔越来越熟,还会跟他聊起我正在写的小说。

"很有创意啊。"夏叔叔说,"我忽然想起来,我有个下游也是搞创作的,好像在什么电影公司做文学顾问,专门帮人选剧本。说不定我可以把你的小说推荐给他。"

"啊,真的吗?"我大喜。

"是啊,我最近也会跟他一起去开会。有机会你也来我们这里开会啊,聊聊天,可以把你介绍给他认识。"

不知为何,这话令我条件反射地警觉。前几年,我的作品小有成绩后,遇到太多想要"空手套版权"的电影人,现在真不敢随便跟影视圈的人聊聊了。我没有热烈回应,只是不断感谢夏叔叔的好意。他仿佛察觉出我的后撤,便又转移话题,聊了些最近他喜欢看的电视剧。

这天一早，我被一阵车鸣吵醒。扒开窗帘往下看，竟有一辆保时捷卡宴停在楼下，青蓝色的钢琴漆反射着白云浮动的光影。一个年轻人从驾驶位下来，穿着白色短袖衬衫，衣服整齐地扎到灰色的西装长裤里，双手还戴着米黄色的手套。他仿佛在车前迎接着什么重要人物。紧接着，一个熟悉的身影进入我的视野，痴肥，高大，走起路来有些摇晃——这不是夏叔叔吗？但他却一改往日的居家大叔形象，发胶将头发固定成复古绅士头，穿着定制一般合身的墨绿色短袖衬衫，虽然看起来还是个胖子，但衣料挺括，藏住他层层赘肉。裤子是最新潮的五分西装裤，粗壮的小腿下踩着一双锃亮的白色板鞋。圆圆的后脑勺上还反戴着一副茶色太阳眼镜。整个人看起来神清气爽。年轻人见到夏叔叔，连忙点头问好，并主动为他拉开后面的车门。这还是我认识的那个烟酒不离手、挺着大肚子在厨房里剁肉，还时不时从包里拿出保健品来推销的大叔吗？

我很好奇夏叔叔这一身行头是为了去见什么人，也很好奇那个车子是怎么来的。但是我也不好直接向夏屿打听，而且就算问了，她也不一定会告诉我实话。或许我可以趁夏叔叔晚上喝完酒，跟他聊天时套套话？于是我一直等啊等，中午过去，傍晚来临，太阳都落了山，夏叔叔都没有回家。我带着遗憾沉沉睡去。

然而翌日一早，我又再次被车鸣吵醒。我赶紧又扒开窗帘往下看，果然，又是那辆保时捷卡宴。站在车旁的年轻人也没换，他还是昨天那身打扮，规规矩矩的。不久，夏叔叔再次出现。他今天的造型不同了，戴了顶白色鸭舌帽，穿着虾粉色Polo衫，下搭一条卡其色运动中裤，身上还背着一套网球拍，再次在年轻人的护送下，进了车。

望着那辆车远去的影子，我脑子里浮现出夏叔叔打网球跑几步就大口喘气的模样，怎么都觉得不对头。我愈发好奇，夏叔叔这一天天的到底是在干什么。

这天，夏屿刚好在家，我还没想好怎么跟她打听夏叔叔的日常，她倒率先跟我说起来。她告诉我，夏叔叔可能还得再多住一个星期，他的那些会议还没有开完。

"哦，没关系。"我说。看来夏叔叔这几天还会再继续他的豪车之行。一个计划在我内心里萌芽。

又一天过去，我比平日早起了一个小时，洗漱、更衣。出门前，我特地透过隔壁卧室的门缝看了看，确认夏叔叔还在里屋睡觉。但我知道，再过一小时，他就会乔装打扮，到楼下乘坐豪车离开。

我静静下楼，尽量不引起任何人的注意，一路快走到美涯巴士站。路口有一辆特斯拉在等我,那是我朋友的朋友的朋友,最近也在待业,暂时做网约车司机聊以度日。我租了他一天,目的就是想跟踪夏叔叔。朋友有点担心,问我是不是在搞什么偷拍,万一被抓到可不好。我就跟他讲,夏叔叔是我的舅舅,是我舅妈托我跟踪他,因为怀疑他出轨。朋友还是有点不情愿,好像在做什么见不得人的勾当。于是我咬咬牙,给了一个比他预期高出两倍的价钱,成功收买了他。此刻,我们在车里闲聊,吃早餐,直到那辆卡宴缓缓地从美涯村的巷子里驶出来。

"跟上它。"我跟朋友说。他点点头,踩下了油门。

八

我们跟在卡宴后面,穿越海滨大道,穿越美涯大桥,一路驰骋,进入市区。车子开始有点难跟,因为路况变得复杂。卡宴并没有一直朝着繁华的商务中心进军,而是向着老城区开去。老城区的路不太好走,路窄,行人多,有几次因为盯着卡宴而差点撞上忽然穿过马路的行人——好在有惊无险。就这样提心吊胆地跟了大概一个半小时,车子终于停了。停在海城第二殡仪馆的门前。

朋友嫌晦气，不想到殡仪馆里面去，他想在另一个街口停车等我。我没有心力与他争论，因为我看到夏叔叔已经从卡宴里下来了。他今天穿着一身素黑，胸前戴着很大一块玉观音，手腕上也盘了几串佛珠。他的司机也下了车，也穿了一身黑色，手里还拎着一束白花。

我也赶紧下车，戴上一早准备好的大大遮阳帽、墨眼镜、口罩，悄悄跟了过去。

殡仪馆内些许清凉。来来往往的人影都自带一抹悲伤的云雾，大家仿佛都刻意与其他人保持距离，沉浸在自己的痛苦里，画地为牢。我也与夏叔叔保持不远不近的距离。他走得不快，并不太熟悉环境，左顾右盼，最后进了一个吊唁厅。

我不敢跟进去，怕被发现，只好在大厅门口来回走动。我一边走，一边透过路人往里瞥。几排宾客已经坐在安排好的位置上。大厅中间设有花坛，上面摆满一片白花。被花朵包围的是一张遗像，黑白的画面里是一副年轻男子的脸。他对着众人露出一抹清瘦的微笑。夏叔叔已经走近遗像，并将白花献了上去。紧接着，他向侧边移动，那里有三五个人围在一起讲话，见夏叔叔来了，都礼貌问好，并为夏叔叔让路。人群中心是一个瘦老头，尽管腰背驼得厉害，仍穿着一件熨烫笔挺的白色衬衫，第一个扣子也不解开。夏叔叔迎过去，勾着腰对那老头说着什么。老头好似被触动，忽然恸哭起来，像个小孩子似的，倒在夏叔叔怀里。夏叔叔顺势搂住他，两片厚嘴唇一直翕动着，好像在安慰老头。

进入这个吊唁厅的人越来越多。我的来回摇晃似乎引起了他人注意，有个穿着保安制服的人走过来，问我有没有什么需要帮忙的。我连忙挥手，速速离去。

我去殡仪馆旁边的街口找我朋友，坐在车里跟他商量，好说歹说，又加多了一点小费，才终于让他愿意把车子停到殡仪馆对面，这样夏叔叔一出来，我就能看到。

路人在殡仪馆来来往往。有人陆续从里面出来，也有人陆续从外面进去。朋友下车买了小吃，吃完了，又下车买了奶茶，也喝光了。日头逐渐毒辣。我差一点就要让朋友再换个阴凉的停车位时，那个庞大的熟悉身影，终于从殡仪馆里出来了。只见夏叔叔搀扶着老头，像哄小孩似的，一步一停地听老头絮叨，又不断从口袋里摸出纸巾来给老头擦脸。就这样缓慢地，缓慢地，老头脸上的泪水也干了。他在夏叔叔司机的护送下，坐进了那辆卡宴。卡宴启动，我让朋友赶紧跟上。

卡宴曲里拐弯，又从老城区开回商业中心，并上了去往半山区的盘山公路。

朋友又开始抱怨了，说万一要停在什么半山商场的停车场，停车费很贵，毕竟半山区是海城最高档的富人区。我明白他什么意思。我答应给他停车费，他也就不再多废话了。我忽然觉得自己是一个奇怪的消费者。也许大多数人喜欢消费名牌，而我喜欢消费真相。

卡宴并没有去往半山商场，而是停在了一家西餐厅的门前。这家餐厅我晓得，可以透过落地窗俯瞰整个海城，很多人都来这里打卡。我刚刚来海城的时候就进去过，是跟我爸妈一起，在里面庆祝我十八岁的生日。我记得这家的下午茶很精致，用金丝鸟笼装着五彩斑斓的小点心。我看见夏叔叔搀着老头从车里出来，直接被门口的服务生领了进去——看来提前订好位置了。我也下车，假装游客，在餐厅四周晃悠，其实是想透过玻璃窗看看能不能偷窥到夏叔叔。很走运，夏叔叔和老头就坐在窗边——望海的绝佳位置。一个小凉亭斜对着他们的窗，我便可坐在凉亭里，远远看到他们两个在窗边的一举一动——唯一美中不足就是完全听不到他们在说什么。

起初，老头很沉默，窝在软皮板凳里，像一个干枯的木偶。夏叔叔则拿着菜单，对着服务员一顿吩咐。待服务员离开后，夏叔叔便给老头倒茶。两人一开始也没什么交流，就是各自看着风景。忽然，夏叔叔从口袋里掏出手机，扒拉了一阵，递给老头。老头戴上老花眼镜，原本拧着眉毛费力地盯着屏幕，但很快又笑开了花。他好像在看着什么影片，笑着，看着，时不时又把屏幕举起给夏叔叔看。两个人算是又热络起来。老头又开始说话了，他的情绪看似不太稳定，不断地尝试用夸张的表情来表达自己，但褶皱的皮囊似乎经不起他那么大动静的折腾，说着就咳嗽起来。夏叔叔赶紧围过去，蹲在他身边，为他拍背，喂他喝水。老头逐渐平静下来。不久，服务生端来菜肴。我只能看见几盏亮白的大盘子，但看不到里面装着什么好东西，估计是些不便宜的东西吧。两人安静地吃了一阵后，老头放下刀叉，他又开始说话，时不时指指窗外的风景，时不时摇摇头，又或者从荷包里取出手帕来擦眼睛。夏叔叔就一直不断点头，流露出一种真切与关心。

就这样看着他们二人，我也有点倦怠，时不时眺望山下风景。不知过了多久，我看夏叔叔忽然从包里掏出一个药罐似的东西，递到老头手里。老头拿起来，仔细瞧了瞧，并没有露出特别感兴趣的样子。紧接着，夏叔叔又把手机递过去，他在老头的面前，对着手机屏幕点了几下，老头好似看到了什么新大陆似的，一脸惊奇。紧接着，老头也把自己的手机拿出来，递给夏叔叔，一脸急切的样子，仿佛在请求夏叔叔帮他什么忙。夏叔叔又连忙点头，挥舞着双手好像打太极一样说了些什么，老人好像明白了，恍然大悟似的点点头。

不久，夏叔叔便叫服务生来埋单，并把桌上剩菜打包。

卡宴再次启程，我也赶紧坐回车里，叫朋友再次跟上。

车子盘山而下，再次远离商务中心，驶回老城区。道路越来越狭窄，两旁的唐楼露出斑驳外墙。一些商贩在路边摆起地摊，令车行的空间更加狭窄。流浪汉躺在凉席上睡觉。几个穿着暴露的女人蹲在马路牙子上吸烟。一群小孩子趿拉着拖鞋，追跑着经过，完全不怕被车子撞到。最后，卡宴也发现自己与周遭格格不入，索性停在路边。当夏叔叔下车时，他那光鲜的庞大身躯引来不少路人注目。老头也下来了，他主动挽住了夏叔叔，将那粗壮的胳膊当作了自己的拐杖，颇有些炫耀的姿态，在街坊的注视下，拐着夏叔叔向一栋唐楼走去。

朋友有点不耐烦了，他问我，这跟踪到底有完没完？我也不好答他。我想，等多半小时吧，如果夏叔叔不出来，就算了。事情已经到了这里，我大概也能猜到是怎么一回事。但想不到，这次夏叔叔倒是很快就出来了。他一溜烟地从唐楼里奔跑出来，并没有上车，而是径直走出路口，拐弯去了大树下的一家银行。又过了大约十五分钟，夏叔叔从银行里出来，手里捏着一个鼓鼓囊囊的牛皮纸信封。他的大嘴裂开了笑容，一屁股坐进卡宴里。卡宴再次扬长而去。

我没有再让朋友跟踪下去了。

九

回到家的时候,家里空荡荡。夏叔叔还没有回来,估计他今天捞了一单大的,怎么也得请司机吃一顿吧。我想起曾经看过的那些新闻,什么诈骗集团的人专门找孤老下手,获得他们的信任,然后榨干他们的财产之类。我那时想,现如今还会有人相信这种骗子吗?想不到这样的事情就发生在我身边。

我忽然不想再在这个屋子里住下去了。想必那个什么心灵互助会跟夏叔叔也是一伙的吧?那个程会长不是对夏屿说,遇到合适的人选再介绍给夏叔叔吗?也许就是专门把那些遭遇不幸的人当作猎物。

或许我应该把这段时间的见闻写下来,无须加工,无须虚构,就是这样一篇纪实文章,投稿给媒体。

或许我真的应该这样做,我想着。现实往往比虚构更黑暗。

接下来的几天里,我几乎不怎么去二楼了。就算夏屿父女来喊我吃饭,我也以不舒服为由,躲在屋里。我已经把长篇小说暂缓,开始快速记录这段时间的遭遇。同时间,我也开始重新投简历，以及寻找新的租房信息。

那天晚上，我不知睡到了几点，忽然被一阵怪响惊醒。似乎是有什么东西在反复摩擦金属而发生的声响。

嗒嗒——咔嚓咔嚓——嗒嗒——咔嚓咔嚓——

我凝神听了听，这声音并不在我房里，似乎来自隔壁，也就是夏叔叔的房间。

是他在敲打什么东西吗？

嗒嗒——咔嚓咔嚓——嗒嗒——咔嚓咔嚓——

我有点怕，想假装什么也听不到，就睡觉好了。

但声音响个没完。

嗒嗒——咔嚓咔嚓——嗒嗒——咔嚓咔嚓——

紧张反而令我尿急。我翻来覆去睡不着，唯有爬起来。然而要去厕所，必须先经过夏叔叔的卧室。

我鼓起勇气，拧开了房门。

嗒嗒——咔嚓咔嚓——嗒嗒——咔嚓咔嚓——

声音变得格外清晰。一缕月光从隔壁屋子里透出来——夏叔叔睡觉居然也不关门。这么不注意形象？尴尬。也不知道他到底是睡了还是在梦游。总之为了避免让他觉得我是故意经过他的房间偷窥他的生活，我故意先干咳一声，并自言自语为自己解围："哎呀，水喝多了，又想上厕所……"

顿了顿，也不听夏叔叔有回响，只有那不断持续的怪声。

我只好硬着头皮向前走。本想目不斜视地飞速经过夏叔叔房间，无奈他身体过于庞大，硬要塞到我的余光里。这一刻我感到奇怪，怎么夏叔叔不躺在床上，反而席地坐在门边，双手好像还抱着他的大肚子？

嗒嗒——咔嚓咔嚓——嗒嗒——咔嚓咔嚓——

我下意识地转头一看——只见夏叔叔的肉身靠着门，脑袋耷拉着，而他那肥大身躯已经被开膛破肚，一个气球那么大的金色甲虫从他的肚子里钻出来，正趴在地上，咔嚓咔嚓地啃食着一沓钞票；它的触角尖锐如一对铁筷子，随着它的啮噬而不断敲击地板，发出嗒嗒、嗒嗒的声响……

十

我不确定看到金色大虫的那天晚上，我是怎样度过的了。是晕倒在地上了吗？还是躲回房间里睡着了？不知道为什么，我竟对那晚之后的事情失去了记忆，只记得我翌日醒来的时候，是躺在二楼沙发上的。我的身上搭着厚厚毛毯，而夏屿正给我的额头敷毛巾。

我问她，这是怎么回事？夏屿告诉我，说我昨晚一直在房间里哀号，把大家都吵醒了，结果发现我是发烧烧糊涂了。然后夏屿赶紧给我喂药，又要夏叔叔给我煲粥喝，两个人照顾了我一晚上，我才算是好些了。

我四周望了望，确定夏叔叔不在屋里后，连忙捉住夏屿的手说：

"我跟你说，你爸爸有问题！"

结果我话音刚落，就有人接茬：

"你瞎说！你爸才有问题，你们全家都有问题！"

一个精瘦的小男孩忽然从沙发底下钻出来，像个小猴子似的上蹿下蹿，大声呼叫："爸爸——你快下来——妈妈——你快下来——"

我盯着这小子不知所措，夏屿一脸无奈地跟我说，这是她同父异母的弟弟。还不待夏屿跟我解释完毕，夏叔叔就牵着个女人进屋了。

小男孩连忙蹦了过去，挽住他妈妈的大腿，指着我大叫："她说我爸有问题！她才有问题！"

夏叔叔哈哈大笑起来，一把将那吵闹的小男孩扛在肩上：

"你小子，还知道维护爸爸呢？"

而那女人则一脸温柔地看着我，走过来问我好些了没有。跟夏叔叔比起来，这个女人简直就瘦得只剩一身骨架似的，齐耳短发稀疏，面色苍白，五官寡淡，穿着一袭白色长裙——竟也因瘦得过分而有了一种病态美。

"这是钱阿姨。"夏屿跟我介绍，"他是我爸爸的现任妻了。"

"你好。"我对她简单打了个招呼。

"我陪你夏叔叔来开会,住几天就走。"她的声音温柔中带着几分虚弱,令她听上去好似被人捏在手中的蝴蝶,随时都有可能被搓得粉身碎骨。

夏叔叔把小男孩也抱到我面前。

"这是你的敦敦弟弟。"

敦敦并不正眼瞧我,只是一个劲地要往他爸爸肚皮上爬。

"我跟你说啊,你们年轻人就是要多补身体。蛋白粉吃了吗?你看小屿,天天吃蛋白粉,多健康……"

夏叔叔又开始唠叨他那一套健康理论了。而我的视线却被他肚皮上的敦敦吸引。那个男孩不高,跟他妈妈一样瘦,蜷缩在夏叔叔肚皮上的时候,有那么几分像我昨晚见到的那只巨虫。

这时候,白白也吧嗒吧嗒跑来凑热闹,硬是要往夏叔叔怀里凑,结果被敦敦一脚踹开,它委屈得嘤嘤直叫。

十一

钱阿姨虽然嘴上不断跟我赔着小心,保证自己不会骚扰我的生活,但她和敦敦的出现,简直令这座小屋鸡飞狗跳。我好似从没见过像敦敦那样聒噪的小孩,也不知道是哪里学来的毛病,一天到晚都要大声嚷嚷。

结果，敦敦一叫唤，白白也跟着叫——我之前还没见过白白对什么人如此狂躁，估计是记了那一脚的仇。噪声在屋子里此起彼伏，简直让我没法再专心写作。

而钱阿姨跟夏屿似乎也经常会在二楼争吵。如果不是亲耳听到，我不能相信钱阿姨的声线竟可以如此高亢。有时我也有点好奇，会站在楼梯听听她们在吵些什么。似乎是夏屿有一笔钱存在钱阿姨的账户里，但钱阿姨不还给她。不久，敦敦也加入战争。他破着嗓子号啕大哭，引得夏叔叔也加入混战，他好像在拍桌子，不断发出砰砰砰的声响。每次听到这种声音以后，钱阿姨与夏屿就都消停了，我的耳根才回归清净。

尽管如此，夏叔叔的"会议"也没受到家事的干扰，甚至搞得比之前更热闹。我已经养成了在那一声车鸣之前就醒来的习惯。似乎每天的期待，就是趴在窗台观察夏叔叔出行的新装束。有时，他会带上钱阿姨，钱阿姨一改朴素，穿金戴银，而夏叔叔的身上也印满名牌logo。有时，他会带上白白——给白白穿上一身狗西装，让它充满了贵族气息。他甚至还会带上夏屿——夏屿居然把头发散下来，披在肩上，化着妩媚的妆容，穿着一袭露背连身裙——我感觉小学毕业后就再也没有见过她打扮成这样了。但无论夏叔叔带谁去"开会"，敦敦是一定会留在家里的。为了避免听那孩子叫唤，我一般看完夏叔叔的出行，就会抱着电脑，去户外待一天，直到夜晚才回来。

有了钱阿姨以后，夏叔叔也不怎么做饭了，倒是时不时会带些外卖回来。我猜，那又是他请猎物吃高档餐厅后留下的剩菜吧。一开始，夏叔叔还是会像以往一样，招呼我一起吃。但钱阿姨却说她自己有乙肝，让我最好别跟着一起吃——夏叔叔和敦敦都打了疫苗，只有我没打，怕传染我，让我最好自己出去吃。

我自然明白她什么意思，无非就是找借口疏远我。但无所谓，我也不屑与他们这家人为伍，住在这里只是想赶在9月来临前，把手头的文章定稿。

这些同居的摩擦，于我而言真的不算什么——除了晚上所受的煎熬。如今，我依然每晚都会被嗒嗒——咔嚓咔嚓——的怪声给吵醒。然后又不得不经过夏叔叔的卧室去厕所。

现在夏叔叔一家睡在一起，卧室门关得严，我看不到里面的景象，但那怪声却愈发清晰、愈发响亮。有时我甚至在想，是不是三个人肚子里都养了一只吃钱的怪虫，它们的触角同时撞击地板，发出更加肆无忌惮的噪声。而当我回到房间，闭上眼睛，我的梦里也会出现一只只金光闪闪的小虫，它们密密麻麻，攀附在我房间每一处角落，不断吸食我的空间、我的氧气，直到它们的躯体越来越庞大，越来越拥挤，最后完全地将我吞食……

8月的最后一天,我写完了在美涯村的纪实文章。从心灵互助会,到夏叔叔去葬礼找客户,再到一家人的乔装"会议",我通通写了下来。就连夏叔叔肚里的吃钱怪,也被我记录在内。当然,为了保护当事人的隐私,我全部都给他们起了化名。编辑很喜欢我的稿件,她几乎一天内就看完了,大呼精彩,并称赞我的想象力又有进步了。

我跟她强调,这不是想象力,而是现实。我写的全都是我亲眼所见,无一虚构。所以,我希望她可以将这篇文章刊登在"非虚构"版面。

编辑却怎么都不信我说的,她怀疑我是想用"非虚构"之名来炒作作品。

"我知道,你很想有所成绩,但这样的炒作是得不偿失。早晚有一天会被人识破的呀。"

我不知该怎么说才好了。我告诉她,我只是希望更多人关注到这个事件,留意到这种诈骗行为,以及要审视自己或身边人是不是也被吃钱怪给侵蚀了。

"这个主题很好啊。"编辑说,"你放心,我这次会把你的小说刊登在头条。"

我还能说什么呢?这个刊物是我曾经一直想上却没有机会的。头条稿费高,关注度也高。我没有拒绝的理由。

"好吧……"当我敲下这两个字的回复时,我竟仿佛又听到了嗒嗒——嗒嗒——的声响。我知道,是那只小虫又在我的心头起舞了。

十二

搬离美涯村的那天,敦敦十分开心,翻着跟斗就爬上了被我占用了两个月的床。

只有夏屿为我送行。她帮我一起收拾行李,再把行李一件件拎到楼下。我叫的网约车还没来,她就陪我站在村口等待。

"不好意思啊。我也没想到我的家人会中途搬进来住……之前说好是把三楼留给你的……"

"没事啦。"我说。

"那你找好新去处了吗?"

"有啦。"

"那就好。"

看着夏屿那张圆圆的、黝黑的脸,我忽然明白为什么我总觉得她很眼熟了,我想起来她像谁了——像《星际宝贝》里那个小女孩。

不过我并没有说出我的想法。我俩谁都没有说话,沉默了一会。

我忍不住问她:

"那天我好像听到你跟钱阿姨吵架。她是抢走了你的钱吗?"

夏屿愣了一下。

"是吗？"我追问。

"也不算吧。但是我这几年的收入都存到她公司的App里了。之前她说好每个季度会返点给我的。结果大半年过去，一分钱也没给我。现在我想把本金取出来，她不让。"

"什么App啊？是你爸爸上次给我看的那个App吗？"

夏屿又作出一副听不到的样子，左顾右盼，忽然指着我身后说：

"欸，你的车来了。"紧接着，她拖着我的箱子，向着前方走去。

十三

车子开动了，窗外逐渐闪过熟悉的风景：美涯花园、林荫大道、码头、跨海大桥。大海如此广阔，不断奔腾，像是一片巨大的脉搏。那些高楼再次向我逼近，从四面八方压迫过来。

我新租的单间在一座商场上面，交通非常方便，一下楼就有一整条美食街。但房租也比之前更贵，差不多一万一个月。一个暑假过去，房租又全面上涨了。新房东对我这种还没有工作证明的人格外严谨，一分钱都不让价；此外，她要求我三个月内必须找到一份稳定全职工作，工资要高过房租，否则她无法相信我有能力交租，就会与我中断合约。于是我又加速了投简历的进程。有个公司的人事部主管竟然是我大学同学，她给我打电话的时候，雀跃着说起当年与我一起参加校园活动的往事。也是因为如此，她给我的初试打了很高分。不过我倒是对她的公司没什么兴趣，因为那是一家保险公司。我要做的工作就是替保险公司撰写广告文案、管理社交媒体平台等。但我实在不愿意为这种散播死亡焦虑的机构做宣传。然而金融业的工资水准果然如传说中的一样高。公司给出的薪水竟意外比之前高了百分之四十。我莫名有些感谢被前公司裁员了。

收到 offer 那天，我终于可以光明正大给我妈打视频电话了，给她炫耀一下涨工资和新公寓。当然，我还是隐瞒了在美涯村的那段无业假期。

我的长篇小说迟迟未写完。目前它还是停留在主角们发现自己是赚钱机器的那一章。后面的思路被那篇纪实短篇给打断后，一直也没有再续下去。我忽然觉得，自己好像那个小说里的主角啊。发现了一些什么，却又不知道该怎么办。似乎也的确没什么办法，唯有假装什么也不知道，继续生活下去。

而那个纪实短篇原本叫《我在美涯村的无业夏天》，但是被编辑改为《金丝虫》——取了我在艺术展看到的那个展品名字。这个名字我也蛮喜欢的，就没有提出异议。

《金丝虫》虽然过了编辑部的审核，但还在排期，也许要明年年底才能被刊出。我已经习惯了这样的等待。

不知不觉我就离开了美涯村已经一个多月，秋天已经到了。夏屿一直都没有再跟我联系，我也觉得她压根没有出现在我的生活中似的，似乎过去的夏天只是一场梦魇。直到有一天，我忽然在社交媒体上看到了夏屿的动态。一则短短的文字信息，宣布她的父亲去世。我看到我跟她的共同好友已经在这则动态下面留言，让她节哀顺变。

我赶紧给她发信息，问她夏叔叔是怎么了呢，她现在是否还在海城，如果有需要的话，我随时去看望她。

夏屿还是很快就回复了我，说多谢我的关心。
随后她还发了一条语音给我。她的声音听起来有些颤抖，不知道是不是因为哭得厉害：
"爸爸是意外猝死，但具体的过程我也不知道。钱阿姨说是他吃什么东西给噎到了，然后引发心肌梗塞……但我是不信的……"

听到这里，我竟莫名感到毛骨悚然，仿佛看到那只巨大的虫子，卡在夏叔叔的喉咙里，他咽不下去，也吐不出来，只能大力大力地喘息、咳嗽，全身的脂肪都在他的挣扎下发抖……

忽然，夏屿的那条语音信息被撤回了。

我又发了几条关心她的信息过去，但通通都没有得到回应了。

十四

柯青竟然又给我发来了长长的邮件。他一如既往先交代一遍自己的学业状况，说自己已经完成了第一篇论文，导师们都很满意，拿去投稿给学术期刊。但期刊的编辑们又众口难调，给了他很多乱七八糟的反馈。那些意见看得他头皮发麻，他不想为了发表而改写自己的论文。但最终还是没有办法，他还是屈服了。这件事令他感到很难受。

但另一方面，他的经济状况大有改善。他已经加入了艾力克的组织。他神秘兮兮地跟我说，他现在赚的钱，已经足够在塞尔维亚买一个大别墅了。

"不过，我并不打算现在就把钱兑现出来。我觉得它还能再增值。现在就兑现就太亏了。"

他倒是再也没有提起之前说有了钱就把我带去塞尔维亚生活、把我从资本主义解放出来的话了。

我原本打算给他回一封什么，或者分享一些比特币的负面新闻，又或者告诉他人类被金丝虫吞食的故事。但我最终什么也没有回复。谁又有资格劝说谁呢？谁还不是一个与金丝虫共存的人类呢。

想到这里，我直接删掉了柯青的邮件，结束了与他的对话，并将注意力回到我手头的工作。现在是下午两点半，我需要在三个小时内完成一篇一千字的广告剧本，来宣传我们公司养老保险。

当然，这点小短文难不倒我呀。我很快就构思了一个带有奇幻色彩的小故事。两个少妇去逛街，遇到一面可以照见未来的魔镜。两人好奇，分别凑上去照了照，结果，少妇甲照得的未来是她年过六十仍然拥有健美身材，在沙滩上与年轻小伙子一起玩排球；而少妇乙照得的未来则是她年过六十在养老院凄惨度日。为什么?！少妇乙对着镜头发问。少妇甲答：因为你没有购买养老保险呀。如果你像我一样，年轻时就开始供养老保险，保证你退休无忧，一辈子都不用愁……

当我将这个文档上交给领导，并准时关闭电脑，拎着包离开公司时，我仿佛又听到了嗒嗒、嗒嗒的声响，但我已经对此感到麻木了。

下班人潮令人心悸。从高处电梯往下看，人来人往宛如蚁群搬家。我一般会选用一种目不斜视、横冲直撞的螃蟹行走法，在人潮中辟出一条道路，但今天我走到一半，忽被一群身穿汉服的少年吸引。我不知道他们是不是在搞什么行为艺术，个个长衫飘飘、逆流而行。这种新鲜的造型在商务中心很少见，自然令我们这些打工老油条感到新鲜，纷纷主动给他们让路。而我则情不自禁地跟在他们身后，想象自己成为他们其中一员。

我跟着他们行走，逐渐远离人潮，经过一片尚未营业的大排档，立满大型垃圾桶的后巷，亮起灯光的便利店。风里飘来海水的味道，我知道，再往前走，就会有一片海滨长廊，供附近的居民散步。

长廊那边还有几个穿着汉服的少女在等待，远远冲着我前面的少年招手。很快，两班人马在海边聚齐了。他们在草坪上躺下来，互相笑着闲聊一阵后，逐渐归于安静，然后，我看到大家纷纷从口袋里掏出一张小小的纸。他们将纸片高高举起，令路灯直射到纸片上的文字。他们仰面对着月亮，齐齐念诵起来。

他们的声音在海滨长廊上很不起眼,很快就被海浪给吞噬。但他们依然投入地念诵,仿佛沉浸在一片只有他们才知道的世界里。

我也试着在草坪上躺下来,并打着滚向他们靠近。他们的声音在我耳里逐渐清晰。

我听到了,他们是在念诗[①]:

> ……
>
> 有时工作使我疲倦
>
> 中午便到外面的路上走走
>
> 我看见生果档上鲜红色的樱桃
>
> 嗅到烟草公司的烟草味
>
> 门前工人们穿着蓝色上衣
>
> 一群人围在食档旁
>
> 一个孩子用咸水草绑着一只蟹
>
> 带它上街
>
> 我看见人们在赶路
>
> 在殡仪馆对面
>
> 花档的人在剪花

---

① 也斯的诗《中午在鲗鱼涌》。

……

有时我走到山边看石

学习像石一般坚硬

生活是连绵的敲凿

太多阻挡

太多粉碎

而我总是一块不称职的石

有时想软化

有时奢想飞翔

……

  远处传来轮船的汽笛声。海水里不断泛起腥臭的味道。一个塑料袋漂在青蓝色的海浪上,越荡越远。我沉浸这帮青少年的吟诗声里,短暂地屏蔽掉了那枯燥又执着的嗒嗒,并希望这个时刻可以久一点,再久一点。

纸皮龟宅

○

十八岁那年，我在香港艺术学院念书，艾琳曾是我的编剧老师。初见她时我已觉得这女人不一般，尽管年近六旬，满头银发，却蓄着发尾内卷的童花头，欧式双眼皮藏在猫眼型老花镜后，鼻梁和腰板一样笔挺，常穿一身及踝长裙，奇丽花草在她仍保持匀称的腰身上摇曳。

起初同学们都很喜欢她，暗地里称其为"大家姐"。但不到一学期，艾琳的名声就坏了。她上课迟到早退，课间跑去楼下吸烟，常在聆听学生阅读剧本时打瞌睡，点评学生作业又言语苛刻，毫不留情。于是，同学们齐心协力撰写投诉信，一次又一次。三年后，艾琳被学校开除——但此事与我无关，大一下学期我就拿到香港中文大学offer，转去读广告学。

离开艺术学院后，我没再和那里的同学联系。我看不起那些自以为文艺天才的理想主义者——若不是高考失利，我不会委屈自己，跑去那里上学。转学后没多久，我就选择性遗忘了与艺术学院有关的一切，包括艾琳。

一

与艾琳的重逢发生在人流湍急的九龙塘地铁站。那时我刚从中文大学毕业，在一家上市广告公司做市场策划。

"阿筠！"艾琳大声唤我。她还是四年前那样，银发垂肩，五官仍像欧亚混血儿那般凹凸在皱纹间，唯一的变化就是腰背微驼，四肢肌肉松懈，装扮也素了，曾经飘逸的热带植物似乎被台风刮走，留下一大片旧旧的水洗蓝，贴在浮肿的肉身上。

"想不到真的是你！你转学的时候，我和其他老师都觉得好遗憾，你写的那个短片剧本，如果拿去参赛，一定能拿首奖。"艾琳对我说。想不到她还记得我四年前的学生作业，我有点不好意思：

"老师，这不值得一提……"

我与艾琳边走边聊才知道，原来她就住在这地铁站上盖的私人屋苑里——那可是豪宅区。而她两年前被艺术学院辞退后，一直做自由职业者。

"偶尔给朋友写写剧本,活得下去。"她笑的时候毫不忌讳地露出六颗牙齿,土黄色烟渍若隐若现。

当她问起我的近况时,我夸张了一点,告诉她,自己是广告系高材生,还没毕业就被上市公司请了去,马上就要成为资深员工,月入三万有余。

艾琳听完,又重复了一次:

"你的那个短片剧本啊,真的很不错,一看就是有天赋的。如果你做编剧,一样混得好。"

这便是她与我那次重逢时,说的最后一句话了。

二

繁忙工作的时间总是过得飞快。两年零三个月后,与我同时入职的同事纷纷跳槽,我如愿以偿,成了资深策划。

那是个炎热的夏天,主管派我去负责一单案子,拨了三个手下辅佐。我觉得这案子不容小觑,一来它是我升职后主理的首个策划案,二来它神秘兮兮,我司所有人,上至CEO下至清洁阿姨,都与客户签了无条件永久保密协议。

客户是本港知名地产公司汇发,擅于低价收购旧楼,在原本低廉的社区建立高档购物中心、娱乐设施,从而提高那片地区的楼价,再高价卖出。正因如此,汇发在香港的名声不好,它的市场部常与我司合作,拍摄公益广告,维护企业形象。

这一次，汇发递来的资料是一条短视频。画面里，一个驼背老人出现。她弓着身子，推着堆满纸皮的铁板车，乌龟一般缓缓挪动。侧面看去，她好像一只行走的虾仁，腰背没了骨头，只有圆弧状的脊背。

这种拾纸皮为生的驼背老人我见得多，香港街头、店铺门口、垃圾桶边，他们时常蹲在角落，拱起圆鼓鼓的驼背，将收集来的纸箱踩扁成纸皮，再拿起打包绳索，将成沓纸皮五花大绑，奋力扔到推车上。年少时我曾问大人，这些老人是因为蹲得太久，所以成了驼背吗？大人却告诉我，要好好学习，以后才不会成为这样的驼背老人。尽管大人的忠告激励我努力读书，但至今也无法解决我的疑惑：到底是驼背的老人都恰好晚年凄苦，必须拾纸皮维生，还是纸皮拾得多，伤了身子，才变了驼背？

我正神游时，视频忽然出现的内容叫一屋子的同事都瞠目结舌：

驼背老人进入僻静小巷，躲在比她还高的纸皮山后，除去上衣，趴在地上，反手向后，狠挠驼背——淡红爪痕很快出现在绵软肌肤上；随后她停手，抽取纸皮重重扔向背部。纸皮仿佛受了磁石吸引的铁器，逐个逐个、由大到小，在驼背上站成高塔。塔尖形成时，老人身子瞬间缩小，纸皮层层消逝，最终，出现在画面里的，是一只长约六十厘米的陆行乌龟。龟似乎刚睡醒，脑袋笨拙又缓慢地转了转，蹒跚迈开干燥四肢，爬向一个被弃置的大沙发底，缩在阴影里。

视频停止，灯光亮了。

"大家不要紧张，在解释老人的变身之前，我先来讲讲背景资料。"汇发市场部的米娅小姐打开投影仪，开始她的演说。

她噼里啪啦连翻几页PPT，五颜六色的曲线和饼图在我眼前像蝴蝶一样飞过——那都是花架子。米娅真正想表达的一言以蔽之：本港贫穷人口中，老人数目高达三十万；其中，每三个老人，就有一个贫穷——而那一个，十有八九生着驼背，拾纸皮维生。

"你们有没有想过，为什么那些拾纸皮的老人，都会生出畸形一般的巨大驼背呢？"米娅发问，眨着圆溜溜的大眼。

我坐在台下有些想笑，她当这里是幼稚园吗？

但下一秒，米娅又吓我一跳：她魔术师一般，从身后的黑箱子里，抱出一只陆行乌龟——和刚刚视频里出现的那只一模一样。

同事们坐不住了，吓得直往后缩。我掐着大腿肉，假装淡定，保持微笑，以不变应万变。

只见米娅将陆龟放在铺着柔软地毯的地面，蹲下来对它轻声说：

"阿妈，快醒醒，我想同你去饮早茶。"

陆龟仿佛被咒语启动，四肢伸长，龟壳软化，肤色褪浅，还原成四肢伏地的驼背老人。

米娅将食指放在嘴唇前,示意我们安静,然后温柔扶老人起身,从黑箱子里掏出衬衫给她披上。我屏住呼吸,细细观察,只见那老人满脸褶子,好似风干的馒头,但嘴角却流泻孩童般无知的笑意,一双眼也飘忽不定,身子更是玩偶一般,任由米娅摆布——我猜这老人痴呆了。

米娅好似背台词一样,附在老人耳边说:

"阿妈,你说你有一个秘密要告诉我,是什么来着?"

老人立马好似见了糖果的孩子,眼睛顿时亮了,转过脸来,调皮地对着米娅勾勾手指,然后又颤颤巍巍起身,趴在地上,拱起后背。

这时候,米娅无声地把我一拽,让我跟她一起站到老人身后。我不知道米娅想做什么,但我能看见,老人就在我的眼皮底下重复着视频里的那套动作。当我看到那蜡黄的苍老胴体,浮现粉嫩的挠痕时,我觉得心脏像痉挛一般不适。

这一次,老人没有扔纸皮砸背,而是捏住背脊发懈的皮肉,用力向左右两边撕扯——忽然,驼背裂开,骨肉相连的洞口宛如妖怪张开大嘴,对我喘息。

还不及我作任何反应,米娅就扒着我,大步向前,踏入那驼背上的血窟窿,我也瞬间随她跌了进去。

毫无失重的惊悚感,仿佛一阵微风吹过,我就站稳了。环顾四周,我发现自己正和米娅处于一座复式楼内,客厅方正、开扬,落地窗帘半开,金黄色阳光射进来;水晶灯下摆放白色真皮沙发，围着茶几。而刚刚那老人，则已穿着居家服，腰背挺直，迈着轻盈的步子，从客厅侧面的旋转楼梯上向我们走来。

米娅抢在我发问前继续对老人念"咒语"：

"阿妈，我想一个人出街逛逛嘛。"

老人乖巧点头，反手向后，轻轻拧一拧背上的皮肉，那干净明亮的寓所瞬间不见。我与米娅回到了会议室里，老人不在了，只有那只龟，乖乖趴在地板上，望着惊呆的同事们。

三

与汇发市场部开了几轮会议后，我大概搞清了事情的来龙去脉：

几年前，汇发市场部经理收到一份匿名邮件，说是有办法利用驼背老人和废弃纸皮来做房产生意。起初经理没有理会，不久，又收到视频——就是那老人变龟，人跌入龟壳，并进入复式楼的画面。尽管视频内容荒诞，但看上去真得可怕。谁会花大价钱制作特效来糊弄我呢？无论如何，经理决定见见这人。于是，一个自称是安老院院长的中年女人带着那只陆龟来了。就像米娅示范的那样，院长假扮女儿，骗老人变回人形，打开驼背，并带经理踏进背里的豪宅参观。据院长说，不知这痴呆老人从哪得来的办法，每日用纸皮混着自己割下的血肉，扛在背上，砌成驼背，再撕扯驼背变龟，自己的肉体跌入龟壳去享福。驼背越大，龟壳越大，房子空间也越大——但老人承受的皮肉之苦也越多。

此事引起高层重视。他们先是从院长那里高价雇来被弃置已久的痴呆老人，加以研究、调教，将其驼背内的复式楼开发为样板间，又与侦探公司合作，跟踪调查所有拾纸皮的驼背老人。果然，以纸皮砌驼背的技巧，早已在拾纸皮的老人间流传。那些无人留意的角落里、夜色中，总有那么一两个驼得好似虾仁的老人，隐在纸皮山后，变成陆龟，遁入豪宅。

于是，汇发开始以自己的方式，尝试和那些神秘的驼背老人达成合作关系。

"至于是什么样的合作方式，我就不能泄露了，这是商业机密。我唯一能告诉你的，就是我们集团将会推出一系列名为'纸皮龟宅'的计划，服务包括租赁、旅游及娱乐。而你们要做的，就是以纸皮、驼背与龟宅为主要元素，制作一系列娱乐性强且具有公益性的网络短片，为'纸皮龟宅'奠定庞大粉丝群。"米娅如是告诉我。

"清楚，明白。"我连连点头。

按照汇发的要求，我和同事马不停蹄地开会、头脑风暴，确定出宣传短片大纲。我们将老人设计成陆龟侠的形象。龟——象征吉祥、长寿。侠——则暗示将驼背幻化为复式楼的怪诞之事是一种超能力。至于那些血肉模糊的脊背、蜡黄苍老的胴体，通通都不能出现。那么，真人动漫的表现形式，最合适不过了。

至于故事情节，可以通俗一点。一个平日看似拾纸皮维生的驼背婆婆，每逢夜晚便化身为陆龟侠，带无家可归者、流浪猫狗等，进入自己的龟壳，同享家的温暖。演员自然不能找那痴痴呆呆的阿婆，必须得是一个气质脱俗，满眼透着灵性，笑起来让人相信即使变成龟，也能活得潇洒快活的老人。

这样的老人，除了艾琳，我不认识第二个。她除了外型出色外，也深谙编剧之道，加上她又那么看好我，说不定不仅愿意友情出演我的广告片，为我司省预算，还能给我剧本上的指导。

事不宜迟，我赶紧从弃用的旧手机里，翻出了艾琳的电话，发了信息：

"老师，好久不见了！你最近忙吗？我这几天刚好在九龙塘附近工作，有空的话，约你饮茶呀。想你。"

艾琳隔了几个钟才回复：

"谢谢挂念，但我已搬家，你来深水埗找我吧。"

"深水埗"三个字令我觉得蹊跷，那可是鱼龙混杂的贫民社区，艾琳那样孤傲高贵的老太太，怎么会跑去那里住？可能，鲍鱼燕窝吃多了，也想体验平民生活吧。再说，艾琳这样的有钱人，在不同地段坐拥房产，轮流住着玩玩，也是正常。于是，我与她约了见面时间。

四

临近深水埗,一股又穷又奸的气味好似幽灵一般、四面八方朝我袭来。它来自南亚人猥琐的扫视,菲律宾女佣摆在石凳上的赤脚,师奶裹在肥腻大腿的渔网袜,独身男人光秃秃的脑袋、凸起的肚腩、抚摸动漫手办女孩的短粗手指,还有卖售十蚊产品的破旧店铺,泛着肉臭味的街头集市……这里的一切都让我觉得不安又熟悉,仿佛回到童年居住的佐敦,那里有着和深水埗类似的穷。发霉肮脏的日子熬了我十三年。父亲北上做生意,忽然发财,才带我搬去了珀丽湾,一个可以看到海的高雅社区。尽管如此,父亲仍继续北上,努力买楼又卖楼,不敢松懈;母亲也勤俭持家,严苛待我,督促我学习赚钱的技巧,毕竟还有三个弟弟,靠我去帮衬。

"阿坞!"我听到熟悉的声音,醇厚的烟嗓,透着一股不羁的悠扬。我回头一看,却不敢相信,眼前人就是迎接我的艾琳。

她比以前瘦了一圈有余,原本饱满的面颊向里凹陷,双眼皮浮肿在眼袋里,曾经经典的童花头也没了,随意盘起发髻,露出额上的皱纹。原本微驼的腰背,此刻好似多了个小肉团,挤在脖颈后,突兀在棉质T恤里,像个翘首等在幼稚园门口的寻常外婆。

"吃了吗?"艾琳依然笑着,露出愈发苍黄的烟牙,"我带你去吃点什么?"

"喔不了,不了……"我连忙摇头,"我已吃过,今天就是想来……看看你。"话到嘴边,我又咽了回去,没有提起任何与广告片有关的东西。

艾琳也许真的以为我挂念她,一路上牵着我,好似真当我是她的外孙,说说笑笑,毫不顾忌:

"我今天特别高兴。你知道为什么吗?"她对我调皮地眨眼。

我摇头。

她告诉我,自己终于过了六十五岁,可以领长者卡了。

"拿着这卡,即可享受交通优惠!"她一本正经地模仿公益广告里的宣传词,忍不住又笑,仿佛吃了天上掉下的馅饼。

艾琳的新家在一个改造后的唐楼里。

"我学生——"她经过大堂时,指着我对看更大叔说,"特地来看我的!"

大叔敷衍地笑笑,眼神扫过我露在一字肩外的皮肤。

"新家有点小,不过我一个人还是够了。"艾琳一边说,一边带我进入一条又瘦又长的走廊,经过三扇大门,那里分别传出孩童啼哭、粤语残片曲调,以及一股浓郁的中药味——"到了。"

推门而入后,艾琳点亮了灯,屋子便一览无遗。二十平左右的空间里,依次出现在墙边的是鞋柜、洗碗池、迷你冰箱、折叠餐桌、电脑台、目测一米五宽的床。艾琳率先走到床边,利索地将床沿向上一推，它就被折叠成了一个长沙发。

"我去食烟，你随意坐。"艾琳走去我身后，拉起折叠门，躲进一个仅容两人站立的小小厕所。

我坐在沙发上，摸了摸铺在上面的床单，光洁滑溜，不敢相信那是真丝材质，湖蓝底色，印着浅金暗花——这一定是从她那豪宅里带来的。

"老师？"我终于忍不住发问，"你为什么从九龙塘搬到这里呀？"

艾琳没有理我。想必她又沉迷在尼古丁的浸泡中，半晌才悠悠地应了一声：

"之前那房子被我卖了。"声音被抽风机吹过，飘飘忽忽的。

食过烟后，艾琳看似平静许多，从短裤口袋里掏出一个手帕，来回擦脸——我这才留意，她稍稍用力说话，便会满头虚汗。

"其实呢，我对你们那一届的学生一直觉得惭愧。"她忽然又说起往事。

"怎么呢？"

"那年是我最衰的时候。我妈病重，我一直忙着照顾她，整个人都抑郁，睡不着，没精神上课——以前我不是那样的。想不到，过了一年，我妈还是死了。"

她说起这些，我才又回想起六年前她在课上打瞌睡的模样。

"没有其他人帮你一起照顾母亲吗？"我问。其实我也并不想知道，但看艾琳陷入往事的样子，觉得还是象征性和她聊聊比较好。

"我爸在我很小就跟人跑了，移民去外国享福，丢下九龙塘那房子。我和妈一直在那房子里住着，有个菲佣，跟了我们很久。我妈死的第二天她就辞职。我还奇怪她怎么那么着急走？后来才发现，她偷了我妈的首饰。"

"那你其他家人呢？都不管你的母亲吗？"

"我就只有我妈一个家人呀。"艾琳又笑，"我是独生女，兼独身主义。"

一来二去，我真和艾琳聊开了。原来这女人年轻时是舞者，一次演出伤了腿，只好转行。那时TVB演员班正流行，她去报名，却被老师发现创作天赋，临时拉去做编剧助理——这就误打误撞进了编剧圈。

"但我脾气不好。最鼎盛的时候得罪了人，不肯道歉，离开电视台找别的工作。谁知道呢，没了平台，我就什么也不是，做过广告，也做过公关，跌跌撞撞地，才终于爬到公司高层，但椅子还没坐热，公司就被大集团收购，我们这些前朝遗老通通被炒。"说着说着，艾琳又掏出手帕来擦脸。

"好在有熟人介绍，让我去做老师。我安安稳稳度过了中年危机——哪知道，晚年翻船了。"

说到这，我才又想起自己最初的疑问：

"对了，九龙塘的房子为什么要卖掉呢？"

艾琳叹口气，当着我面连抽两根烟后，才说了出来：

"我傻，被骗了。"

艾琳告诉我，母亲死后，她抑郁不减，看医生、吃药，花了很多钱，没多久，艺术学院又把她辞退，她就慌了。

"我这个人，提前消费惯了，根本没积蓄，忽然一下没工作，又没到可以领长者津贴的年纪，怎么活呢？我就想，反正妈不在了，就把她的卧室出租吧。结果，中介一听我这个情况，就给我推荐了一个以房养老的理财计划。说什么把我的房子授权给他们，他们再帮我把房产投资到理财产品里去，这样我不仅不用和陌生人合租，还可以每月有收入。我哪懂那么多？那时也吃药吃迷糊了，只觉得他们说的正是我要的，就签了合同。结果呢，半年还不到，追债公司的人来了，说什么我的理财账户已经入不敷出，必须卖房抵债——你还记得上次在地铁站碰见我吗？那时我就已经卖了房，在九龙塘附近和别人合租，毕竟在那住了一辈子，不舍得离开。但跟陌生人住久了，还是觉得不自在，而且租金又涨了，我承受不起，才搬来这里，一个人住。"

居然是这样。我久久说不出话，脑子里回放艾琳过往的身影，摇曳的裙摆和邋遢的牛仔布衫不断重叠。或许我高估了岁月对艾琳的仁慈。此刻我才意识到，她其实也是一个老人，一个并无儿女傍身，又无长辈可依的老人，并不如她曾精致装扮的那样，仿佛从时装剧里走出来的传奇富太，精灵古怪、无所不晓。

"那你现在还好吗？有找其他工作吗？"

"放心，我还有几个老友，介绍我做网剧编剧。不过我很少看过网上的东西，总是被骂，说我写得像TVB的狗血剧——废话！我本来就是TVB出身的嘛！"艾琳又笑了，"现在我的上司比你还年轻，我拿的稿费也和刚毕业的年轻人一样。我真是逆生长呀。"

望着艾琳突兀在空气里的黄牙，我不知是笑还是不笑。

好在电脑台上的显示屏在此刻亮起。

"喔，等我一下，我看个邮件。"艾琳起身，坐到电脑前。

她从抽屉里翻出眼镜——还是曾经时髦的猫眼镜，但镜腿断了一只。她弓着身子，伏案向前，双眼无限逼近屏幕，像嗅着气味一样，努力扫过密密麻麻的文字。

我看着她那弓如虾仁的背影，仿佛见到一只乌龟，攀在岩石上，缓慢又努力地喘气，一呼一吸，消耗的都是血、都是肉。

五

离开艾琳后，我久久无法将思绪从电脑前的背影上抽离。这个背影不断变形，弯曲，膨胀，又缩小，最终成了那个在我面前脱下上衣、变身成龟的痴呆阿婆。她对着我笑，努力扬起满脸的褶子，似乎要把自己折成一朵纸花献给我。

但广告策划案依然得继续。即使我此刻提出抗议，拒绝拍摄将贫苦老人浪漫化的宣传片，主管也一定会派别人来完成——那人说不定会提出更虚情假意的故事大纲。我又何苦为此丢了饭碗？再说，米娅小姐也提过，汇发集团会和拾纸皮的老人合作。既然是合作，那就是双赢，说不定，那些老人会因此而得到不错的报酬呢？就像那痴呆老人，之前住在安老院有什么好？现在被汇发集团买了去，反倒有了独立的生活空间，被专人服侍着，活得比以前更有尊严吧。

就这样，我说服了自己。接下来的一切就都好办了。虽说请不到艾琳做主演，节省不到预算，那就干脆找整容失败的老牌艳星董晴晴。别看她脸塌了，但放得开，时常拍直播自黑，网络人气不减。很快，汇发集团就与我司签了合约，我也就松了口气。此后，这个案子便不归我管，派执行部门的同事按照我的策划案去完成拍摄、后期制作与视频投放即可。

汇发集团看过样片后很满意，又与我司电子营销部进行下一步合作。三个月后，当《陆龟侠》网剧开播时，我司策划的"纸皮龟宅传奇"的专页也在Facebook等社交平台同步建立。此平台专门发布与《陆龟侠》有关的传说故事——大多由同事杜撰，无科学依据，只有一则，由我访问折纸艺术家马建先生后，又加以香港灵异史料整理而成，米娅觉得颇具说服力，决定放在"纸皮龟宅"计划推出前发布：

上世纪60年代初期，一英国魔术师来港游玩，途经九龙城寨时，遇到卧在街边折纸卖艺的独臂老人。魔术师惊叹于独臂老人的折纸技巧——那些惨白无奇的纸片，在灵动的手指下，瞬间被赋予生命，成了一个个仿佛能跑会动的鹦鹉、马、大象、长颈鹿……魔术师蹲下与老人交流，才知其是流浪者。出于同情，魔术师给了折纸老人一个"以纸变宅"的秘诀。

那天，老人用石块割裂大腿，再抹血于一块由纸箱压扁的纸皮上——每天反复这动作，数日后，这块纸皮已被血迹复满。随后，老人将血纸皮扛在背上，四肢趴地，头紧贴在地面，背部用力拱起。

老人很快感到头昏脑涨、腰背酸痛，但按照魔术师的指令，他不可变换姿势。大约五小时后，老人背脊如火烧般炽痛。他挨着痛苦，又两小时过去，疼痛感如风般消逝。他连忙反手去摸，果真触到罗锅般的驼背，它仿佛从天而降，耸在腰上。从那以后，老人只需抓挠背部，再大力撕扯，就可以瞬间变龟；而他的肉体则自动跌入龟壳中的复式楼，同时，驼背也随之消失，残疾的胳膊长回来，像年轻人那样精力充沛。

这龟宅虽浑然天成，但它建基于老人血肉与纸皮摩擦而产生的能量，若想维持龟宅魔力，老人必须转行，以回收纸皮为生，每日辛苦劳作，释放体能供养背中之宅。一旦老人停止回收纸皮，龟宅就会在三日内消失，但驼背会遗留下来，成为老人余生的累赘。

此文一出，人们的好奇心再次被引爆。

"我也想拥有这个魔法啊，那我拾纸皮就能住豪宅了""我经常在路边看到驼背老人，一直觉得他们很厉害，驼成那样还能走路、扛起重物""好想去龟宅看看啊",网友纷纷在帖子下回应。

那天以后,与"纸皮龟宅"有关的租赁服务正式上线。

"想要和陆龟侠做室友?坐享梦幻复式楼,每月只需一万起!"

诸如此类的广告像牛皮贴一样出现在各类网络平台。我也好奇,点开来看,这才明白米娅所说的合作。原来,汇发集团签下了一批身藏豪宅的驼背老人及其龟宅,让他们提供"陆龟侠主题"租赁服务。老人除了做房东外,也需与住客共同生活,扮演"陆龟侠"的角色,为他们煮饭、洗衣、打扫屋子。

如此说来,独居老人不再孤独,繁忙的年轻人也能以正常租金享受豪宅空间,还能体验被"陆龟侠"服务的感觉。加上纸皮成本低廉,老人的身价估计也不高,汇发集团应能从中赚得不少差价。

那些租赁帖子里已有了用户好评。我点了其中一条来看:

"我本来在九龙湾租二十平两居室,一家三口,还算OK,但房租年年加,从最初的九千八,飙升到一万七!老婆又怀孕,想换大一点的单位——感谢汇发地产中介为我提供性价比超高的复式楼!房租不到两万,但面积就大到让你开个幼稚园班都没问题啦!虽然还需要与老人合住,但可分住楼上楼下,房间也有四五间,孩子也很喜欢陆龟侠,一家都开心啦!"

看着这个好评,我也仿佛被光芒照耀,觉得自己的策划案促进了三赢的合作,愈发得意,也愈发坦然地投入忙碌,逐渐不再关注与纸皮龟宅有关的事了。

艾琳偶尔会与我联系，但我们聊得不多。有一次，她说自己可能写不了东西了，因为生了眼疾。我关心了她几句，她又问我，能否借她一万？她一定还。我想了又想，虽说自己事业正值上升期，但一万也不是小数，给了她，也不知是否真的能收回，作为她的学生，我也不好时不时催债，最终我婉拒了。她没回复我，我也没敢再找她。

就这样又过了几个月，主管再次派给我一个紧急任务，说是大名鼎鼎的金氏集团可能需要我司合作，拍摄一些公益短片，进行危机公关——但目前还没有详情。

当晚，一则爆炸性新闻在坊间流传：

> "巨无霸"金氏集团忽然将全港纸皮回收权一次性买断。此后，废弃纸箱将会由金氏集团专员进行回收、压瘪成纸皮，再运输至指定区域，进行龟宅改造。没有了纸皮，也就不存在龟宅——汇发集团自然不同意。激烈谈判后，两者终于签下友好合约：汇发集团同意被金氏集团高价并购，任由其改造纸皮龟宅。这样一来，想要维持龟宅魔力的老人，不得不配合金氏集团进行改造，否则，就只能放弃龟宅所有权，做一个连纸皮也拾不了的驼背老人。

对着这新闻报道，我看了一次又一次，竟然从文字间望见了痴呆老人的脸。她那风干馒头一样的脸，已经被老鼠啃空了心，泪水大颗大颗往下掉。

米娅不断召我开会——这一次，她代表的是金氏集团与我商量危机公关之事，因为有关纸皮龟宅的负面报道已经铺天盖地。新闻视频里，龟宅老人分化成不同阵营。有的誓死捍卫龟宅，破坏家私、装修，将室友逐个赶走。还有一些则彻底绝望，直接自杀。而那些没有加入龟宅改造计划的老人，则集体前往中环静坐。

"阿筠，你一定要和我们共渡难关啊！"米娅握着我的手，又眨了眨她的乌黑大眼。

这一次，我没有点头，但也不敢摇头。

终于挨到了星期天，我无须返工，犹犹豫豫地，最终还是来到中环。刚一出地铁口，我就被人流挤到远处，登上天桥。俯视时，我才看到，高楼大厦下的广场上，驼背老人成片成片，四肢伏地，集体除衫，一个接一个上演人变龟的大戏。我拿出望远镜，盯着广场那一个个向天拱起，布满老年斑、皱纹、死皮、疤痕的肉球，仿佛忽然看到艾琳的背影，她弓在电脑屏幕前，小心翼翼地，对着密密麻麻的文字，逐个逐个轻声阅读。当她回过头时，那张日益消瘦的脸，竟向里凹陷出一个圆弧，干裂成龟壳的模样，粗糙的外皮如钝刀，剜了她的肉，榨了她的血。

六

但日子不会让人跌到谷底。世界总是绝处逢生。

两年后,最大型的纸皮龟宅体验公园成立。它位于马湾,与诺亚方舟公园连成一片——也刚好在我居住的珀丽湾附近。

为了继续给纸皮龟宅体验公园制作宣传片,我在导游的带领下,入园调查。只见一群群孩子拿了门票就一窝蜂冲进去,迫不及待跑去小剧场,参观老人变龟的魔术。也有老师带着学童,进入体验小径,陪老人一起,弓着身子拾纸皮。远道而来的游客还可以入住龟宅宾馆。被改造的龟被放在二十平大小的玻璃房里,房外就是观海平台。住客只需将用贝壳制的钥匙用力划过龟壳,壳就会向两边张开,露出一个小洞。住客用手碰一碰,整个人就会被吸进去——"欢迎光临",穿着陆龟侠制服的驼背老人正趴在地上,欢迎住客的到来。

除此之外,一周一次的龟舞表演也是公园的最大卖点。驼背在这个舞蹈中成了重要的道具。每个老人只需四脚朝天躺在舞台上,四肢穿上布偶般的戏服,随着音乐缓慢摆出滑稽动作即可。

"你瞧,那个戴着猫眼镜,举着猫爪子的银发老婆婆,曾经还是舞蹈演员呢。"——导游这样对我介绍着。

狗人

一

凌晨两点半。一辆通身猩红的小巴在马路上驰骋，金属色的灯光，缠绕着树影、霓虹、街头卷闸反射出的幽紫光芒，一簇簇闪跃到车窗。玻璃被推开了一半，豁口里倚靠着苏叶的头，在光下闪着暗暗的玫瑰红。夜风吹起她脑门顶上毛躁的发丝，也将她涂抹在太阳穴的风油精飘散，甜辣的气味不断刺醒她的醉意。在刚刚过去的长达五个多小时的公司年会里，苏叶干了五小杯龙舌兰、三杯香槟，以及一盏琴酒，这是她可以掌控的极限了。再多一杯，就要吐。但再少一杯，就无法被突如其来、如梦如幻的灵魂出窍所击中。这也算是她大学毕业以后习得的技能之一。如今她已不愿喝这么多，酒精化作脂肪，堆积在她小木桶似的上半身，但只有喝了，干了，并在人群里面佯装尽兴，才能避免被同事们打上"我行我素"的标签——这是她工作四五年后才终于学懂的功课。

小巴停了，苏叶下车，走在九龙湾街头。从车站到家，也只是十分钟的距离，她想走得快一点，却又总感觉路面在跟她作对。灰白的长条石板，明黄色的盲道，她踩着它们，却仿佛踩着水中的直立板，往左踩，板子却向右滑，向右踩，板子又往左滑。她知道自己又在走S形的路线了。每次喝多了，她就会这样。好在意识尚清醒，控制着她的四肢，一步，再一步。她知道再经过两个打了烊的门面，向右拐，便进入一条美食街，如今店铺打了烊，徒有灯光洒在地面，如河流淌，夹岸生着高楼，樱花粉色的外墙，茂密如林，其中一栋的小窗口里，便藏着苏叶的独居公寓。就在她朝着自己那栋楼最后冲刺时，一阵尖锐凄惨的吠叫，闪电般钻入她的耳朵，令她的太阳穴又疼了起来。呜呜呜，呜呜，像是小孩子在扮演一只哀号的野狼。苏叶将视线从石板路上拎起来，望向惨叫的发源地，不远，就在路口前的橙色垃圾桶边。那里躺卧着一只狗，中型唐狗，瘦得干瘪，四肢仿佛棍子；灰褐色的毛发也许被人拔过，一撮长，一撮短，瘦腿被两个矮胖小男孩死死擒住，脑袋被另一对高瘦男生踩在地上，狗嘴被戴了套子，张不开，发不出汪呜，也咬不了敌人。他们身后是一家自助找换店，二十四小时营业，霓虹招牌绿影叠叠，闪烁在那群孩子身上：皮肤如土壤般棕黑油亮，穿着过大的T恤，脚踩拖鞋，折磨着狗，笑嘻嘻地说着一串让苏叶听不懂的语言。

——喂！苏叶冲着那几个南亚裔男孩吼了一嗓子，并抡圆了壮实的胳膊，将沉甸甸的帆布手袋砸了过去，对方顿时松开了狗，嬉笑着向着更黑的夜里奔跑，拖鞋在石板上发出"啪嗒啪嗒"的声响。狗忽然被松了绑，立马支棱起来，耷拉着脑袋，暗暗地回过头，望着苏叶。它似乎想表示感谢，或者期待苏叶给它解下嘴套，但又浑身发抖，保持随时逃跑的姿态。旋转的霓虹光落在它的脸庞——这真是一只丑狗。长脸乌黑，眼眶却是褐色的，五官被挤压了一般，呈波浪状缩成一坨。苏叶与它望了望，失去了想去摸摸它的欲望。仿佛经历了一场噩梦似的，她拾起帆布袋，转身继续行走在河面的直立板上，摇摇晃晃地荡回了宿舍。

那一觉，苏叶睡了很久，中途被胃痛烧灼醒来，窗外似乎还是黑夜，她从抽屉里翻出止痛药吞下，再躺下继续睡。等再醒来的时候，她被暗橘色的灯光晃得眼晕，光影摇曳，一团黑乌乌的影子在灯泡下飞，她起初以为那是肥硕飞蛾，定睛瞧，竟是生了翅膀的老鼠。她吓得尖叫从床上滚落，却一屁股坐在一大堆写着"Nutrilite"的牛皮箱上，箱口未封，她不断地跌进去，一层又一层，最终落地，但却觉得身子底下肉乎乎的。"喂——"身下传来声音。只见一个披散着长发的女孩，赤裸裸地躺在她的身下,旁边还有另一个赤裸裸的男孩。居然是室友和她的男人。"说好了不让随便带男人回来的,你怎么又破例了?""带男人怎么了。你是不是就嫉妒我有男人,而你没有?"愤怒、羞愧、不安……像是无数条小蛇包围着咬噬着她。她疼得大叫一声——她醒了。房间内安静无恙,唯有新安装的冷气机在匀速输出人造冷风。床边的海蓝色垂地窗帘如屏障般替她遮挡了一切的光照。她拨开帘子,飘窗外的世界被笼罩在薰衣草紫的暮色里。看了看手机,居然已经是星期天傍晚了。她睡了一天半。头皮被冷风吹得生疼,稍微摇晃一下都觉得有汪湖水在脑壳里荡漾。踩在木地板上,走出卧室,顺手开了灯,方正的小客厅便窝心起来;她连接蓝牙音箱,播放最新一集的英文播客,空间热闹起来;顺手捡起甩在湖蓝色沙发上的脏衣服,扔到厨房里的洗衣机,转手从冰箱里拿出巧克力面包,蘸着牛奶狼吞虎咽。厨房小窗可以望见远处青山。山间有座中学,绿油油的操场,在暮色里仿佛仍散发花露水的青春味道。她庆幸梦里与人合租在破旧公寓的日子远去了,随之消失的还有从租房论坛里找到的室友,被室友堆满公共空间的营养品,挂满走道的内衣内裤袜子,忽然裸身出现在浴室的陌生男人,堵塞的马桶,满地的发丝,在深夜打来电话骚扰的中年男房东……如今她独立地生活着,独自地居住着,做一个自尊的月光族。哪怕这份自尊是昂贵的,需要加大强度自我操练成一台连轴转的机器,才能买来。但她已经不再去思考其中的荒诞性了。二十六岁以后,她只想吃喝拉撒得更像一"人"。于是她租下了这个中产小区里的一居室。虽然楼龄比她还要大几岁,但租金仍高达一万五:整个屋子几年前刚刚翻修过,一切装潢都是偏美式简约风;家私是上一届日本租客留下的,九成新。楼下便是巴士站,走多五分钟便抵达地铁。一日三餐都可以在美食街里游荡,起得早还可以下楼看早场电影。无论是有大理石包装且日夜泛着金光的大堂,还是穿着制服亲切与邻居交流的保安,抑或经过翻修而橱窗亮丽的社区店铺,都像穿梭其间的街坊一样,弥漫着小资气息——再忙也要坐在咖啡厅吃英式早午餐,再累也要换上全套的运动服去小区后的山中花园夜跑。那是一座隐藏在盘山公路后的小森林,有几盏鸟笼状的小亭供人歇息,时不时望着双层巴士在身后高处盘旋而下,车身洁净,灯光如火,仿佛承载着闪电的大鱼缸在飞翔。一切如梦的场景,都是苏叶换了新工作后才买得起的。她说什么也要将这份工保住。尽管它的频繁加班、一个人要完成三个人的工作量令她作息混乱,且养成了吃药的习惯——止痛药、胃药、醒酒药,她　　咽下。这是她每个月定期看一次医生得来的存货,也是公司的医疗福利。但药到病除,她的头不晕了,胃舒服了,换了身宽松衣服,匆匆下楼觅食了。

星期天的美食街总是热热闹闹,好几条长龙排在热门的餐厅前。苏叶却绕过人群,穿出社区,拐弯,在一条不起眼的后巷里，摸到一家小馆，温馨米线，门脸窄小，桌凳不多，台面上的菜单总是泛着油渍，不算多人来帮衬，但她格外喜欢。这里的食物时常让她回想起在家乡，上学路上那对摆摊卖米线的夫妻。她在一张二人方桌坐下。桌面上写着"繁忙时段请搭台"。几勺热汤入口，她整个人仿佛踏入了温泉池那样松爽，暖流在胃里流荡，耳鸣也散开了。她一边嗦米线，一边查看手机。几百条未读消息，全是来自WhatsApp聊天群——在她昏睡的时光里，同事们沉浸在对派对狂欢的缅怀里，不断分享各自拍的视频、照片。她看都懒得看，直接关闭了对话框。然后，另一条私人信息弹出来：

"Hi，派对上的事情，谢谢你……可以请你不要说出去吗？"来自一串陌生的号码，但头像显示是一个年轻女孩，穿着开满大叶紫薇的长裙，披散着羊毛卷长发，倚靠在沙滩椅上，正对着夕阳，扬起一张圆润的脸，宛如一只挂在绿丛间的黑布林，厚唇肆意张开展示笑容，将无瑕的果核绽放给世界。苏叶认得她——卡尼卡，刚来公司没多久的大学毕业生。

"昨天发生了什么？我有点醉，记不太清楚。"苏叶这样打了一串话，但想了想，又觉不妥，所以又没有发出去，只是保存了卡尼卡的手机号。她暂时不去回想昨晚的事，继续低头嗦粉，但眼前的汤水却成了一汪浑浊的湖，不断映出她对于昨晚的记忆。粉色灯光如霾，电子音乐像爆竹般不断炸裂，闪着烟花的香槟酒瓶穿梭在迷离的高空，狂醉的同事们使劲摇晃、跳跃、尖叫，仿佛要将一整年因赚钱而出卖的灵魂，都在这一场由公司付费的昂贵夜店体验里给补偿回来。苏叶与人群保持着清醒的距离，站在舞池最边缘，假模假式地跟着DJ的节奏，甩一甩胳膊，摇一摇脑袋，眼神漫无目的地飘过雾色里的肉体，扭动的腰、臀不断泛起涟漪的曲线。忽然，一只手，像鲨鱼一样挤到了扭动的肉体里，像是嗅到了腥味一样，左舔一下，右啃一下，最后，停留在一个印着棕榈叶图案的臀部上，动作那样温和、静默，却还是惊动了整株绿植，大片的棕榈叶摇曳起来，却怎么也甩不开那只鲨鱼似的手。苏叶认得那只手，那是戴文的手，权力的手，他宛如一块野兽的肥大舌头，时不时就摊在女同事的肩头，摩擦，轻抚。但从来没有停在她的肩膀上，毕竟那是一块肥沃的肉土，如今经泰拳的操练而硬邦邦。反倒这手会出现在她的办公桌上，按在她打印出来的策划方案，留下一些似是而非的否决审判。但是她不得不服。自从聘请她的主管离职后，戴文就成了她的临时上司。"不要多管闲事"。她听到内心有声音在警告自己，但身子还是借着酒劲冲了过去——啪唧一下，她狠狠打开那只讨人厌的手，像是打死一只苍蝇。手缩回了，凝固了，但并未反击，而是向着更深的远方游去，所到之处，激起一片嬉笑。那差一点被吞掉的小绿植安静下来，回过头来，看着苏叶，露出一张失色的脸，少女的脸——这是卡尼卡。苏叶没说什么，假装刚刚的一瞬间只是酒后的幻觉，两人在火热的舞池里，微微地、悄悄地战栗着。

苏叶回忆至此并未暂停，而是向着更远的青春期飞去：她看到班主任教训班里最矮小的差生，揪起他的校服领子，弹着他的大脑门，问他是不是猪脑子时，她猛地站起来，冲到老师面前，以粗壮的胳膊打断了班主任挥舞的手：你做老师就可以欺负人了吗？她问。结果差生被放过了，而她自己差点被学校开除。当她站在操场上，大声朗读检讨书的时候，心里倒是有一种因为劫富济贫而被推上断头台的潇洒。整个人顿时变得轻飘飘的，仿佛是一阵风，吹过操场边的杨树，整树的绿叶便自由了，成了蝴蝶，唰唰唰地飞，飞走了，飞远了。这遥远的记忆让苏叶停止了自我怀疑。她又抓起手机，回复卡尼卡："放心吧。职场很险恶，你要自己小心了。以后戴文再欺负你，你就跟我说吧。"就在她沉浸在侠义的自我感动中时，完全没有留意到，有个人正在靠近她。

那人身材精瘦，略微驼背，在盛夏却穿了毛绒外套，棕色的，走起来飞快，胳膊摩擦衣服，发出噗噗的闷响。他在苏叶对面坐下，一片倒影就流泻在她的碗里。她并没有因此而抬头，正在用后牙大力嚼着一坨猪颈肉。男人对她说话了：

"你要……咬人……吗？"

他的声音好像在喘气，嘶哈嘶哈的，不清楚。

苏叶这才抬头，只见眼前的男人戴着一顶渔夫帽，帽檐下露出几缕灰褐色发丝，鼻头上架着一副奇怪的黑色墨镜，眼镜框比脸颊还宽,并在脖颈裹了一层黑纱,拉得很上,遮住了嘴巴。

"你说什么?"苏叶问他。

男人向前探了探,苏叶下意识地往后躲了躲,整个后背都贴在了椅子上。

"我是你之前……救下的那只狗……我必须帮你……去咬一个人……"

苏叶感到鸡皮疙瘩起了一身。她想迅速起身离开,但又没有动弹——也许出于好奇,以及估计他那个瘦弱的身板打不过自己的底气。

"你在说笑吗?你明明是人。"

男人四周望了望,他们就坐在店铺最角落,她身后是墙,附近的餐桌还空着,老旧的空间里并没显露任何监控摄像头。他摘下墨镜,露出一对眼睛,它们被挤压在一起,呈扭曲的波浪;然后又撤下纱巾,露出一张大嘴,嘴角边贴了几张创可贴,一对尖锐的牙从下嘴唇里冒了出来。他微微张嘴,跌出一条舌头,发出嘶哈嘶哈的声响。

苏叶吓得凝固了。

"我有时是人……有时是狗……你救了我……我必须帮你咬人……这是规矩……"

说着,他从口袋里摸出一张狗爪形状的牛皮纸卡片,上面印着一个二维码。

"你想好了,就扫描这个卡片……告诉我……"

男人走后，苏叶还僵在椅子上，等再清醒过来的时候，碗里的汤都被空调风吹凉了。她掏出手机扫了扫那个二维码，还真的弹出一个网页，蓝底白框的表格，可以直接输入文本，以及填写个人资料。

这个过于简陋却又非常普遍的页面，将苏叶从恐慌中拉扯出来，她想，这大概就是一个盗走个人资料的骗局，也许提交了表格，我的手机就会被远程控制，手机里的银行账户也会被偷。她记得之前在深圳高铁站，时不时遇到让她扫二维码捐款的哑巴。骗徒的手法真是层出不穷。狗怎么会变成人呢？他只是化了装，吓唬我罢。于是，她将卡片撕成一片片，揉成一团，扔在桌上。

尽管如此，人变狗的念头仍在她宿醉后的脑子里反复回荡。梦里她也在不断变形，一会汪汪汪地趴在地上叫唤，一会又坐在办公桌上打字。醒来的时候，梦里的一切似乎仍在延续，她的确已经坐在了一张长长的办公桌前，对着电脑，听着其他的同事汇报工作。此刻已经是星期一的早上了。

二

这是一间被三面落地窗围绕的观景会议室。窗外远景是大片起伏的山脉，被沥青公路画出黑灰的弧线，车辆驰骋在其中，好像坐着滑滑梯，上上下下。山下是海，海面泛着青绿，泊着白色的船——与天海相比，显得格外小了，好像只是一块珍珠蚌，嵌在了天鹅绒上。苏叶盯着玻璃外的世界，恍如置身于透明的大棺材，陪葬的还有其他二十多个同事，他们宛如被植入芯片的兵马俑，手指不断敲击键盘，"噼啪噼啪"，同质化的微笑在空气中轮流展演，一串串英文经由声带震动而散播出来。"上一个星期，我完成了周报，交给了客户，在等反馈……""汇财保险的电视广告在推进中，剧本写了第一稿，但是客户觉得不太好……""启福珠宝的网红合作项目已经交了第三稿，在等反馈……""古奇内衣的海报宣传已经到了尾声……""客户……""反馈……""数据……"每一周都在更迭，每一周又在重复，似乎永无止境的循环，将苏叶的魂魄封印于此，贴在玻璃窗上的维多利亚港。然而一听到，"下一个，苏叶"，她的脖子便条件反射似的支棱起来，脑袋向着斜前方转移，嘴角被无形的绳索牵引，向上，划出微笑的弧度。嘴巴一张，一串英文便溜了出来。而她的魂魄还在飘，从窗边飘回到了天花板，俯视着桌边的肉身，圆滚滚、肉乎乎，在血橙色的针织短袖衫下，成了一朵向日葵，冲着主席位上的安德里亚绽放。

安德里亚在微笑，随着苏叶的工作汇报轻轻点头，偶尔也会蹙一蹙眉头，仿佛在思索，但很快又会回归微笑，以表示思考后的恍然大悟。他好像不会对任何员工的汇报表示不满，只是坐在那里，坐在海景的前方，融入光线里，成为一尊剪影似的雕塑。然而当他从阳光里走出来，他非洲血统的纯黑面庞，在初次会面时，曾令苏叶感到惊讶的反差。或许在苏叶看来，他本应该狂野奔放、编织成一串串脏辫的卷毛被修剪得过于整齐，完美熨帖着头皮；而他那莫兰迪配色的西装三件套、胸前口袋上别着的那支万宝龙钢笔，反衬他的肤发愈发原始，宛如尚未经加工的椰子外壳；过分修长的四肢仿佛生机勃勃的树木，却被强行束缚在一层层的精纺面料里。不过，当他微笑，露出定期接受私人牙医护理而靓如象牙的牙齿，并发出代表伦敦上流社会的英文口音时，他的肤色似乎也逐渐变浅，变白，直到不见。在这家英国集团旗下的香港广告公司里，安德里亚的存在宛如具有伦敦风情的吉祥物，向客户证明，时至今日，驻港分部仍具有老派殖民者的高雅，以及对种族多样性的包容。自从被伦敦总部调遣来港后，安德里亚已经在香港生活了十九年，却还是一句粤语都听不懂：只会说一句"恭喜发财"，用于开年给员工发红包的时刻。当然，作为一个拥有英国籍的鬼佬，他根本也无须学习粤语，和其他鬼佬一样，平日也只在上中环至半山区一带出没，那里就连空气都弥漫着欧美的气息，以至于给那些崇尚欧美文化的华人一种错觉，认为那里的夜空比其他任何地方都美，就连灯光也比本地的月亮更亮。为了与香港本土客户建立友谊，并管理好香港本土员工，安德里亚需要戴文的辅佐。他们两个搭档十多年了，戴文刚刚大学毕业就来了这个公司，从安德里亚的实习助理，一路爬到了商务总监，一人之下，万人之上。

　　戴文就坐在安德里亚身边，但跟安德里亚的绅士风格形成鲜明的对比：黑色廓形T恤，外披牛仔外套，头顶上扣着一副墨镜，脑子圆溜溜的，生出一层栗子色的小草。据说他十几岁就去澳洲生活了，但他的面相仍是典型的粤港人模样：皮肤蜡黄，额头高，鼻头大，嘴唇厚，一双眼睛倒是又大又亮，可惜长期被黑眼圈晕染，如今他已开始发福，斜靠在椅子上，像是一只横躺的番薯，但也正是因此，他浑身散发着一种曾志伟式的幽默，令客户倍感轻松。但苏叶却觉得这是笑里藏刀——也许因为她刚进公司，她那时的主管芮姐就告诉她，戴文其实反对请她，觉得她的过往经验以媒体为主，而非广告，不适合做策划师。"但我看重你，因为你在金融公司做过市场策划，文案功底也强。"芮姐说。她当时还是大中华组组长，也是安德里亚的直属手下，与戴文平起平坐，只不过大中华业务仍在开拓，所以人手不多，只有策划师苏叶和另一个助理策划师。然而不久，芮姐莫名就收到了客户投诉，诡异的是，这个投诉是直接通过戴文上交给安德里亚的。那段时间，芮姐每天下午都在会议室里，不知与安德里亚洽谈什么，好几次，苏叶都见她擤着鼻涕走出来，不确定是否哭过。最终，芮姐还是辞职了——这是一年内，第三个主动离职的大中华组组长了。她一走，安德里亚就开会宣布，大中华组的业务也由戴文代管，直到新的主管来临。又过了几天，苏叶手下的助理策划师也见状辞职了。这样一来，苏叶成了三头六臂，工作像是暴风吹来的秋叶，一堆堆落在她身上。她想要申请实习生帮手，戴文却以各种理由不审批；她与客户意见不合，请求戴文帮忙，他也"已读不回"。她大概明白了，戴文就是希望她也知难而退、主动离职，那么大中华组就会被正式取消，这样他一个人可以掌管两地业务。但是她不能走，她好不容易涨到了两万五的月薪，还要付完一整年的房租。她悄悄找安德里亚谈过，他的意思是，让她放心，公司正在请新人了，她最多再顶一个月，就有新的帮手了。结果一等，三个月又过去了。组里的新人没有来，倒是来了一个精通中英文、在香港长大的印非混血女孩卡尼卡，一个人可以同时帮忙本港、内地及海外的三种业务。

此刻，戴文正在汇报金豹银行的项目进展。那是一家基于香港的国际银行，除了本土受众外，也十分看重外来人士在港的业务需求。为了强化对香港文化共融的贡献，银行特地开了一个少数族裔大使的服务，即在指定的分店里，派驻一位能够用南亚语言与顾客沟通的员工，为那些既不懂粤语，又不会说英文的少数族裔提供服务。银行品牌部经理找到了戴文，委托广告公司拍一组伪纪录片，讲述少数族裔大使帮助在港南亚人的故事，以此巩固银行具有国际多样性的品牌形象。视频推出后，会同时在YouTube和微信公众号推广，因为想同步吸引在香港的外国人及新移民。按理说，这种视频项目，应该也会让苏叶参与管理，因为她曾经做过电台视频编剧，且熟悉推广，但这一次，戴文直接略过了苏叶，将它交给了自己组的同事——苏叶相信，这也是戴文暗示她不受欢迎的意思。

"客户定了故事线，讲一个南亚人很害怕跟香港人沟通，然后在少数族裔大使的帮助下，迈出'第一步'——不仅仅是开户的第一步，也是开启了他们在香港生活的新篇章。我打算让卡尼卡也加入这个项目。她比较了解南亚人在香港的生活，可以帮忙把剧本写得真实一点。"戴文说完，侧头看了看安德里亚，仿佛做完一组表演，等待主人认可的宠物。

安德里亚没有说什么，只是大力点头，配合严肃的表情，显示出他的深思熟虑。

"欸，那是不是还可以直接让卡尼卡加入演出哦？让她做演员，还省预算了。"资深策划师薇薇安忽然插话，眉毛随着语气而玩笑般地向上挑起，尽管她是土生土长的香港人，但英语口音却总是带着加州海滨小镇的八卦气息。她一直辅佐戴文完成各种项目。

"那要卡尼卡假装听不懂英文咯。"特蕾莎搭腔，她是初级策划师，虽然是香港籍，但一直在深圳读国际学校，后来去英国留学，如今回来香港发展。她这么一说，气氛忽然就活跃起来，大家好像对卡尼卡的演技来了兴趣。

"欸，对了，卡尼卡，你是不是还有非洲血统？你家人会说英文吗？"爱丽丝询问。她也是一个初级策划师，在纽约长大的上海女孩,一年前才随家人移民来港。

"嗯,我爸爸是非洲人,我妈妈是印度人。他们其实都会说英文的。"卡尼卡说。她的声音微弱,仿佛从远方飘来的蒲公英种子。苏叶循声环望,才发现卡尼卡并没有坐在长桌边——椅子不够了,她和另外几个实习生坐在窗边角落的沙发上。阳光直射在她身上,她仿佛一个聚光灯下的纪念品玩偶——从外国景点买来的那种。

"这样啊……那让你和你爸妈做演员可能容易穿帮吧。"

"欸,那你是不是还有其他亲戚可以借用一下,例如外公外婆之类,感觉那个年代的南亚人,应该很多都是偷渡来的难民吧……估计都没什么文化的。"

"干脆让我去演咯!你看我晒得这么黑,大家都说我像菲律宾人欸!反正在香港也没什么特别多人认识我。我还可以再搽多几层黑油。"爱丽丝说罢,将廓形西装撸下一半,露出小麦色的肩背,一条吊带晒痕在她的锁骨旁若隐若现。

这对话飘在空中,掠过室内的每个人,却成了闪电一般击中了苏叶。一时间,她的灵魂好像在烈日里高速飞翔,逆着时光,飞过一年、两年、三年……飞回到2017年。还是同样的玻璃房、同款的长桌,但窗外的景色完全不同,桌边的人也换了一拨。陌生的粤语像是鹦鹉螺里的风声,她努力地听,竖起耳朵听,但也只会偶尔得到那么几个词的含义。直到大家忽然别腔别调地说起普通话来,她才听明白,目前公司接到了一个新的项目，需要给一个大陆客户的新品牌做市场推广。明明是大陆品牌，但偏要在香港注册、香港上线，并要求用最本土的方式来做推广，其目的就是想给顾客错觉：这是一个香港货。大家叽叽喳喳地进行头脑风暴，苏叶却闷不吭声，因为她那时还不太会说广东话，一张嘴就要闹笑话。她前一晚加班熬夜而没有洗头，唯有将长发扎起来；额头上的暗疮无处遁形，那是垃圾食品和睡眠不足的恶果；她的脑子昏昏沉沉，但手指不敢停下来，噼里啪啦地敲打键盘，记录大家讨论的内容。然而，他们却越说越离题。"苏叶，你可以加入这个项目吗？你比较了解大陆人。""苏叶，为什么大陆人总是那么讨厌大陆啊？为什么要假扮香港品牌啊？不是说，大陆人已经不稀罕香港的东西了吗？""苏叶，你有吃过胎盘吗？听说大陆人小时候都要吃胎盘。""苏叶，你老家那边的人，也很喜欢随地屙屎屙尿吗？""苏叶，你其实为什么要来香港？感觉大陆更有钱喔。""苏叶，你是不是就是为了拿到香港永居才在香港工作？欸，那你直接找个香港男人嫁了不就好了……""哈哈哈哈哈哈哈……嘻嘻嘻嘻嘻嘻……"大家在笑。苏叶看到数年前的自己愣愣地坐在那里，像是一尊木雕。

啪唧——一声突如其来的脆响，将苏叶的灵魂一下子拉扯回来，回到此刻，这间面对维多利亚港的玻璃房。只见戴文的手一掌拍在爱丽丝的肩头。他就坐在她身旁，好像审视动物的皮毛那样，向上摸一下，又向下滑下来："你怎么都晒出鸡皮疙瘩了？"

"乱讲！"爱丽丝推开了戴文的手，但还是笑得东倒西歪。

嘻嘻嘻嘻嘻……哈哈哈哈哈哈……

那只手也在笑，在空中前仰后合。

苏叶看了看安德里亚，他竟也在笑，只是皱着眉头，一边笑一边摇脑袋，好像一个仁慈的长辈，看着一帮小孩在自己面前打闹，并送上"童言无忌"的宽恕。苏叶又了看角落里的卡尼卡，她将卷发扎了起来，顶在脑袋上，戴了一副圆框眼镜，眉头微锁，正对着电脑打字，似乎并不得闲聆听他人的玩笑了。苏叶看着她，那个宛如从植物上摇摇欲坠的果实，那样脆弱，任人拿捏。一个奇怪的画面出现在她的幻想里，她仿佛看到卡尼卡在她的鼓励下，从树上跌落下来，开出一朵盛大的花，花走向安德里亚，花芯张开，不断向他讲述戴文对她的骚扰与欺压。苏叶就在她的身后，不远不近地旁观着，她看到安德里亚终于收起了被绣在面容上的标准微笑，他的眉头紧紧锁了起来，他的双眼瞪大了，他双手抱胸、大力摇头，仿佛听着什么不可思议的鬼故事。下一秒，她看到戴文的背影，他那圆滚滚的身子被一箱被辞退的文件压得直不起来，然后她向前对着他的屁股一踢，他就成了一颗巨大的土豆，在公司的地毯上闷闷地滚出门去。

画面结束。苏叶的视线回归现实。她给卡尼卡发送了信息：

"你还好吗？我看你好像很焦虑的样子。如果你不想参与那个南亚人的视频项目，你可以拒绝的。不要害怕。"

很快，角落的卡尼卡就回了信息。没有文字，只回了一串"哭脸"表情。

三

周一的晨会结束后，整个办公室的气氛就轻松下来，毕竟还有一个多小时就可以进入午休时间，最重要的事情是商量午餐该吃什么。苏叶并不太喜欢跟同事们出去觅食。她时常觉得自己跟不上同事间的闲聊。有时听他们说起某个童年时喜欢的粤语歌手最近要开演唱会，又或者最近红遍香港的本地选秀节目，她好像隔着屏风在听人说故事。她从楼下的西餐厅买了意粉套餐，并多买了杯泰式奶茶，向着卡尼卡的工位走去。她之前就留意到了，卡尼卡喜欢坐在自己的位置上吃午餐，一边吃一边看美剧。

"一起吃饭？"苏叶说，并将奶茶递给了卡尼卡，"多买了一杯，送你。"

卡尼卡连忙将蓝牙耳机取下来："送我的？哇！谢谢你喔，我超喜欢这家的奶茶。"说着，她将自己的饭盒端起来，那是一个透明的方盒子，可以看到里面盛放了蔬菜沙拉、炸薯饼，还有几块鸡翅。

"不客气啦。"苏叶领着卡尼卡向前走，穿过一片类似的工位，位置上的同事几乎都已经外出，寂寥的工作区好像被掏空的巨人身体,已无内脏,徒有躯壳。经过玻璃大门时,门外传来嬉笑声,是戴文和那几个他请来的女同事,他们在门口等电梯,戴文一只手搭在特蕾莎肩膀上,两人亲密地耳语着什么,然后猛地爆笑出来。笑声像是浪花一样涌进来,将卡尼卡的注意力挟裹过去;苏叶看到了卡尼卡注视门外的神情,一时竟不知该如何解读它,仿佛看到了一个站在沼泽边的人,盯着那片乌黑,思考自己是否一脚踏进去似的。

她们在休息空间找位置坐下。那里有一片吧台,对着落地窗,窗外是正午的海。

"你周末还好吗?我看到你信息的时候才刚刚睡醒。"苏叶开启话题。

"嗯,我有点头晕,不过多睡了几觉,就好啦。"卡尼卡说。

"你是不是跟戴文他们组都挺熟悉的了?你看你这两个月好像都在给他们做事情。"

"差不多。我一开始以为我是要去帮国际组做事,但好像那边也没什么业务要忙,外国同事都在休春假。不过下个月,他们假期结束了,就有任务派给我了。"

"公司很会省钱啊,请你一个人,可以帮所有组做事。什么事都丢给你做。"

"唉,有什么办法呢。你刚刚做新人,是不是也这样?"

"我还好吧。我最初也不是这个行业的,我最初……"苏叶顿了顿,觉得不应该把主题集中在自己身上,于是又把话题岔开,"对了,戴文有承诺什么时候给你转正吗?"

"嗯,他说下个月就可以。"

"是吗?我听说,他请的实习生没有可以真正留下来的,都是一直被延长试用期,之前那几个都是等不下去了,自己走掉了……"

苏叶停了停,想看看卡尼卡的反应,但卡尼卡似乎对此并不意外,正在认真地啃着鸡翅。

苏叶继续敲打:

"你最近很忙吗?我看你开会时还一直在打字。"

"嗯,薇薇安和爱丽丝的项目都增加了英文文案的服务。因为我的英文比较好嘛,所以她们都让我写……"

"她们英文难道不好吗?都是从外国回来的。"

"谁知道呢?可能就是很忙,需要我帮忙吧。"卡尼卡耸耸肩,并将薯饼切了一半,递到苏叶碗里,"你尝尝,这是我自己做的。"

苏叶吃了一口,它经过长时间的浸泡,已经不那么松脆了,就算不断被牙齿咀嚼,也发不出任何反抗的声响。苏叶觉得自己的言语要更尖锐一点了。

"卡尼卡,你不能这么老实。她们就是在剥削你,知道吗?"

卡尼卡看着苏叶,嘴角向下撇,无奈地摇头:

"你以为我不知道吗?我也经常在加班的时候偷偷流泪。可是那怎么办?我也是刚刚才毕业。我的专业又不受欢迎,没

197

有哪个公司想要一个哲学系毕业的新人吧。戴文愿意带我入行，我已经很开心了。唉……我妈说，让我忍一忍，新人就是要被人剥削吧。"

"当然不是了。"苏叶打断她，"工作都让你做了，她们做什么啊？她们的工资恐怕是你的两倍吧。这样分工是不公平的。安德里亚知道吗？"

"应该知道吧？戴文每周都要跟安德里亚汇报工作进度的……我甚至觉得，也有可能就是安德里亚要求戴文找我帮忙的？他肯定觉得，公司预算能省就省吧？一个实习生，肯定做的事情越多越好？唉，我也不知道。或许也是好事吧？说明大家都欣赏我的能力……"

"你是不是很害怕戴文？"

"什么？"

"我感觉你就是在默默吃哑巴亏。戴文要求你做什么你都不敢出声似的。是不是因为他经常骚扰你？感觉你很怕他。"

卡尼卡连忙摇头。

"没有没有没有……你可千万不要乱说……"她压低音量，好像做错事情怕被发现似的，"戴文那个人的性格就是那样啦，你看他对其他女同事也是那样，比较热情、开放……可能他被西化了吧。而且他也算是我们的大佬嘛，他让我做事情，也是应该的……"

苏叶摇摇头。她想告诉卡尼卡，不要那么胆小怕事，你越是胆小,越被人欺负。你的种族本来没有优越性了,你还在哑忍什么呢?你要反抗。你反抗了,日后才有机会成为安德里亚那种超越种族的上层人,如果你不反抗,你就永远是一个棕黑皮囊的景观,代表着无知、弱小,被别人踩在脚底,你明白吗?

但她的思绪太多太乱了,还没有想好如何慢慢说出来时,就被手机铃声打断。是公司前台的接待员打来的。对方告诉她,有一个快递员在大堂等她,说是有非常重要的信件,必须她现在下去交收。

卡尼卡见苏叶面露难色,便连忙劝说:

"如果你有急事的话,就不要管我啦……我自己会处理好的,真的。"

苏叶见卡尼卡笑得那样淡定,心里也少了几分担忧:

"嗯,总之,你想想我刚才说的话,我一会再回来跟你继续聊……"苏叶说着,就匆匆离去了。然而,她的背影看不到,窗边的卡尼卡逐渐缩小成一团剪影,灰灰的、飘忽的,宛如乌云。

四

公司大堂在午休时段十分冷清,徒有华丽光线的空间,好似一片唐三彩盘子,却只有光影在其上滑过。苏叶远远就望见那个等待她的男人,那是个奇怪的背影,高大,却佝偻,好像一株被狂风刮得歪斜的老树。快递公司的制服对他而言太小了，仿佛一个坎肩被披在背上。而他真正穿在身上的，却是一件毛茸茸的长外套，棕色的，毛的质地不好，一块长，一块短。苏叶越看它越觉得眼熟，不远不近地踱步，琢磨着，打量着，并没有做好与他会面的准备，但他却已经远远嗅到了苏叶的气味，猛地一回头——凌乱的头发下，露出一双扭曲的眉眼，它们被挤成一坨，仿佛波浪一般，而眼下的部分再次被黑色纱布遮盖……苏叶记起他是谁了，想要逃走，但来不及了，男人已经疾风似的跑到她面前，并狠狠握住她的胳膊——他的手掌已经生出了狗毛，像是巨大的兽爪，任凭苏叶铆足了劲挣扎，竟也死死捏着她。苏叶有点害怕了。她觉得这个男人比上次高大了许多，也多了几分杀气。然而，他并没有伤害她，只是再次将那个狗爪形状的卡片塞到她手里。

"嘶哈——嘶哈——"他呼吸沉重，仿佛随时会有涎水顺着他的纱布滴下来，"你救了我……我必须帮你……咬人……否则……危险……"

男人的眼神死死钩住苏叶的双眼——那双眼睛已没有眼白了，在圆溜溜的琥珀底色里，突兀着浑浊的黑眼珠。他不仅比上次更高大了，语言也更破碎了，呼吸更杂乱了，仿佛即将变形的狼人："否则……咬……咬你……"

男人一边说，一边撤下了黑纱：他的獠牙也变长了，如今像两根锥刀般锋利。

苏叶赶紧收下卡片：

"我会帮你的。"她的声音已经开始发抖。

男人没有再说话，将黑纱重新戴好，松开了苏叶的胳膊，双腿像是高速旋转的风车，一眨眼就将这具肉身给吹远了。

苏叶这才松了口气，瘫坐在大堂的沙发上，望着手中的二维码，像是刚刚在冰窟窿里潜水，差一点就冻死了。

别害怕，她不断自言自语。别紧张，她安慰自己。也许这不是什么坏事。他能坏到哪里去呢？他不过就是一只狗嘛。她想起，小时候，她在一辆越野车下面，救了一只即将死掉的小奶狗。它是那么地小，像是被揉成一坨的牛皮纸团，似乎是死了，但被风一吹又有点生机，抖动了几下。她赶紧从街对面的超市里买了牛奶、消毒纸巾，就地喂奶给它喝，并笨拙地为它擦洗身上的污泥。不久，它竟睁开双眼了，在她的双手里抬起头来，舔舔她，好像一团云。她想抱它回家的，但想到天天在家打麻将的父母，乌烟瘴气的叔叔阿姨，她又犹豫了。她将它捧在怀里，一路走啊走，走到一家超市里。超市是那样光亮，暖气是那样舒适。陌生的家庭穿梭在温馨的物品之间。一辆装满了婴儿用品的购物车就停在她前面。她看到推车的主人就在几步远的地方，是一对年轻夫妻，蹲在货架边挑选奶粉。她想，就是他们了。于是，她将那团刚刚活过来的云朵，放到了盛满希望的购物车里，然后不等小狗发出任何声响，她掉头就跑，一直跑，跑了好几条街，才停了下来。回头看，已看不到任何狗的踪影了。对不起了，小狗。她想。不知它后来怎样了。也许被新的主人好好养大，也许再次被遗弃流浪街头不知道它遭受了什么，长大了有没有变成一只狗人。

她看了看手中那个狗爪形状的卡片，将它与自己的手掌叠在一起，一半手掌是人，一半手掌是狗。她想，谁不是忽人忽狗地活着呢？毕竟，在这个世上活着，我不咬人，人就会咬我。

"叮——"电梯来了。苏叶走了进去。

电梯里只有苏叶一人。灯光低沉，四面是灰色的金属镜面，反射出她的身影，模糊的、扭曲的。她望着头顶上方不断变化的楼层数字，心里也不断跳转着记忆里的人物。

谁更需要她去咬呢？

为了卖楼而忽然将她赶走的前房东；不愿为她续签IANG而强行辞退她，害得她差点无权留在香港的前老板；因为嫌弃她是大陆妹而禁止儿子与她继续交往的前男友妈妈……这些人的面孔逐一浮现，像是被从江底打捞出的尸骸。她望着他们，竟觉得十分遥远与陌生，不知该从哪个下手。

叮——电梯门打开了，她的回忆断了。她揉了揉太阳穴，向着工位走去。然而办公区域几乎没人，大家都跑去外面午餐了。她这才忽然回过神来，自己走错了地方，应该去休息空间的吧台找卡尼卡，于是又匆匆向着反方向走。当她经过一条通往茶水间的走廊时，恰好望见一对身影从走廊尽头的会议室里闪了出来，像是两团鬼祟的孤魂。打头的是卡尼卡，她扎起来的头发散乱了,披在肩膀上,一只手正在迅速地调整跌落下来的内衣肩带。而跟在她身后的是戴文,他低着头,一边看着手机,一边缓缓踱步,很快与卡尼卡分道扬镳,打着电话向大门外走去了。苏叶的眼光继续回归到卡尼卡身上,只见她已经匆匆推开洗手间的门,进去了。

苏叶犹豫了一阵,还是跟了过去。刚一推门,她就听到一阵窸窸窣窣,夹杂着擤鼻涕的响动。眼前的镜子里,正是卡尼卡的脸庞,她还没有留意到苏叶,只是将双手放到洗手盆,哗啦啦的水流立即从感应式水龙头里喷射出来,她似笑非笑地望着水流,捧起一簇簇水花,倒影里是她红灿灿的嘴唇,唇膏被蹭掉了一半。

"你还好吗?"苏叶上前询问。她并没有看到卡尼卡那抹意味深长的笑。

卡尼卡好像吓了一跳,赶紧将手缩回来,水流停止了,笑意也瞬间萎靡。

"我刚刚看到你跟戴文两个人从房间里出来。你没事吧?我看你好像不太开心。"

"哦……没有啦。我们刚刚在给客广打电话,说那个少数族裔剧本的创意。"卡尼卡说。她又恢复了笑容,但已不是刚刚在倒影里的那种笑,而是努力地张开嘴巴,露出牙齿——但在苏叶眼里却像是哭泣。苏叶仿佛已经看到了刚刚在房间里发生了什么。她仿佛看到那只手将卡尼卡的发髻撕开,扯下外套,还有松垮的内衣肩带。沉默的哭声在房间里氤氲,发酵。

一道闪电再次击中了苏叶。

"不要害怕,卡尼卡,我会帮你惩罚戴文的。"

"什么?"卡尼卡一脸疑惑。但苏叶没有回应。她已经被快速运转的计划所牵引,推开洗手间,掏出手机,对着狗爪卡片上的二维码扫了一下,并在屏幕上的表格里输入了戴文的名字。"提交成功"的信息弹出,宛如一张公板拍在案上,在苏叶脑子里发出代表着正义的鸣响。

五

狗人的办事效率比苏叶想象得更高。当天下午四五点的样子,苏叶见到安德里亚从会议室里走出来,他的个子很高,双腿用力地迈开,好像两条石柱在交替插向地板,以往,他的步伐是轻快又悠闲的,此刻,他却身子向前倾,宛如背上驮了巨石。苏叶盯着他的脸,仔细搜索,也没发现一丝笑意。他罕有的严肃神情,令他乌黑的脸庞显得更阴沉了,尽管经过工位也没有坐下,而是向着更远的会议室走去。她又瞥了一眼戴文的位置,那个靠窗的大班椅空着,仿佛一个寂寥的寡佬,独自面对的风景。窗外,夕阳散射出一片香槟色的光芒,笼罩在如匕首般插入云雾的大厦群,玻璃幕墙好像一大片镜面帷幕,反射出对面的格子间,密密麻麻,上演着永不落幕的繁忙。苏叶完全能想象到安德里亚的心情，大概就是武士失去了左膀右臂的沉痛。但这一切，其他人却毫无察觉，他们还在趁着大佬不在，一边聊天，一边工作，心不在焉。

"哇，好好看的日落哦！"薇薇安又用她那猫子撒娇似的嗓音感叹，同时凑到窗边，拍照发到社交媒体。

与她要好的那几个女同事也都聚拢过去。她们将戴文的大班椅推到一边，获得更宽敞的拍照位置。

"戴文跑到哪里去了？"

"谁知道。说好了要跟金豹开会的，结果他忽然就不见了，安德里亚都快气死了。"

"他不会是做了什么亏心事，畏罪潜逃了吧？哈哈。"

"那我们可就惨咯。他一走，那些客户谁来管？安德里亚连广东话都不会说，还搞什么香港市场……没了戴文，我们今年的分红就得泡汤。"

苏叶听着她们的窃窃私语，竟有一种刺激的快乐。她好像一个预先知道事态发展的上帝，在悄无声息地洞察着一切。而她忘了，自己的神情也暴露在他人的凝视里，这种莫名其妙的窃笑，太像一个侥幸的肇事者了。

忽然，她收到一条私信，是卡尼卡发来的：

"戴文怎么了？你在厕所里说要惩罚他，你是不是做了什么？"

苏叶赶紧将这条信息在电脑桌面上缩小，生怕被身旁的同事看到。她抬头望了望，只见卡尼卡还坐在斜对面的工位上，仍然满脸焦灼，正在噼里啪啦地敲打键盘。

"你别担心，不会有什么大事的。只是想替你出口恶气。估计过不了多久，他也会回来。"

"真的吗？唉，如果他不回的话，金豹的项目可能会被中断，那个客户只想跟戴文合作……"

"不会中断的……但我没有办法跟你解释发生了什么。他的缺席是一个绝佳时机。你快去举报他，将他性骚扰的事情通通告诉安德里亚。"

"啊？我不懂你在说什么。什么性骚扰？为什么要举报戴文？"

"你不要害怕了。也不要哑忍了！你趁他不在，要抓紧时间反抗，明白吗？剩下的事情，我会处理的。"

苏叶发完信息，等了一阵，却还没有收到卡尼卡的回复，她抬头看了看，发现卡尼卡不在工位上了。她不确定卡尼卡是否明白自己要做什么，但是她也不想浪费时间去解释了。她开始整理自己的简历和作品集。对她而言，这或许是一个契机。她要跟安德里亚去谈一谈。首先，戴文不是一个好人，他天天仗着权力，欺压女同事，骚扰新人。这种人就应该被踢走。其次，金豹的视频是要在微信公众号传播的，理应内地同事去跟进。另外，她是唯一一个真正在金融公司做过内部市场策划的人，她更了解金融业客户的需求。最重要的是，她还写过剧本。她在进入广告业之前，就是在电视台做见习编剧啊。这个项目，舍她其谁？应该由她来接管。她不断用英文整理自荐陈述。她不想再默默被欺压了，一人被当三个人用的滋味她受够了。她要反击，她要借此项目争取权利，起码争取到一个助理来帮手。如果这个项目做得好，她可以进一步去谈，也许她也可以成为大中华组组长。那么她的工资可以再涨一涨……她感觉一股力量在自己的体内疾速生长。她不断地敲打键盘，仿佛文字成了一根根的獠牙，钉在屏幕上……

然而，还不等她将自荐方案发送出去，工作群的消息忽然吵闹起来。大家都在分享一个热门本地新闻：某男子在街头忽然被疯狗袭击，多处重伤，脸部溃烂，而右手几乎被咬断，目前他正在医院接受治疗。据悉，他是某国际广告公司的高层主管。然而疯狗去向不详，正在调查中……

"戴文好惨，现在像个木乃伊……"爱丽丝在群里说。她晚上已经去医院探望过他了。其他同事对此表示惊讶，一片哀号。

"重伤""溃烂""咬断"……这些字眼令苏叶感到一阵胃痉挛。她没有想过那只瘦弱的丑狗，能够具有如此大的杀伤力。她以为最多就是咬住他的小腿，害得他要去医院缝针、打狂犬疫苗，受点皮肉之苦，浪费点医药费……

然而一切还没有结束。同事又分享了一条路人偷拍的视频:一只巨大得宛如野狼的生物出现在街头,疾速奔跑,像是具有锁定功能的子弹,绕过人群,精准地朝着正在街头垃圾桶边抽烟的戴文扑过去,用它的牙齿、兽爪,不断地搅乱他、掏空他。他几乎没有还击之力。画面里,不少路人都在惊呼,倒抽冷气,掏出手机拍照,但没有人敢上前,就那样呆呆地,怯怯地,望着暴力的发生。一切结束得很快。短短几分钟,当狗确认眼下的人已经疼得失去意识后,便再次飓风一般逃走,所过之处惊起尖叫连连。

这是那只狗吗?

苏叶将肇事狗的样子截图下来,放大:这明明是一条巨型狼狗,灰棕色毛发浓密,在风下闪烁着威严,四肢粗壮,狗爪宽大,面庞端正,五官冷峻——完全不是她救下的那只又瘦又秃,面容仿佛被门夹过的丑狗。

她的胃痉挛更严重了。

忽然,卡尼卡的信息再次来袭。

"那个疯狗……就是你说的惩罚吗?!"

卡尼卡的语气为何忽然改变了。苏叶不解,难道她还指责起我来了吗?

"原本不应该是那条狗出现的。我只是看不惯他总是欺负你,所以我就安排了一个恶作剧,就想让他付出点代价……但我想不到会是那样的一条疯狗!"

"你也太可怕了吧?就因为你觉得戴文不喜欢你,你就这样害他吗?"卡尼卡反问道。

苏叶惊呆了。怎么会是这样呢？在卡尼卡眼中，她竟是这样一个自私的人吗？不行，她觉得应该跟卡尼卡解释清楚，这一切都不应该这样发展。她给卡尼卡打了电话，但是被拒接了。

"嘟嘟嘟"的忙音好像针，一下下刺穿她鼓胀的外壳，慢慢泄掉体内的那股势力。她看着屏幕里的自荐书，好像看着一些痴人说梦的废话。

这一晚，苏叶几乎一夜无眠，但第二天醒来，她还得照常去上班。好在同事群组已经不再聒噪，网友也不再转发戴文被咬的片段，太阳照常升起，日光之下一切如常运作。然而，当苏叶再次踏入公司，她却觉得办公室里的空气不同了。她经过薇薇安、特蕾莎、爱丽丝时，感觉她们的目光好像暗箭，射入她的后脊梁，但当她回头看，她们却格外安静，像是痴呆了似的，对着电脑，机械地敲打键盘。苏叶坐下了，但她并不安心，回头看了看戴文的位置，那个大班椅仍然空空如也；戴文旁边的安德里业也不在座位上。苏叶又回过头来，她望望斜对面，卡尼卡的位置竟然也是空的。

一种诡异的感觉笼罩着她。她说不出这是怎样的感觉，怀疑自己是不是正身处一场噩梦。

手机的震动忽然打响了空间的死寂，是爱丽丝的手机响了，她的声音令一切仿佛又回到了过去：

"喂——啊，王先生呀，你好你好……"

假笑，寒暄，试探性的问题。熟悉的气息逐渐回归，令苏叶开始相信，这只是普通的一天，与过往的每一天都没什么不同，直到她听到爱丽丝说：

"啊，戴文遇到了一点意外，短时间可能都需要住院治疗哦……但是没关系啊，你的想法，我会和其他同事一起跟进的……啊？什么？喂？"

爱丽丝的声音断了。

一些窸窸窣窣的询问在工位间传开。

"他们说，没有戴文，就不想跟我们合作……"

"完了，分红果然要泡汤。"

"妈的，我都做了三版策划案了，如果客户没有签单，我就白做了……"

讨论的声响越来越大。一些尖锐的词句像是将玻璃摔在地上，玻璃碴弹起，刺痛了苏叶。

但她还来不及思考，就看到人事部主管向她走了过来。那是个胖乎乎的中年女人，经常穿着宽松的长袍，面带幼儿园老师似的温柔笑容。苏叶看到她走过来，她听到人事部主管在跟她说"苏叶小姐，麻烦你跟我过来一下……"，但她的灵魂却再次与肉体分离，飘在办公室的天花板。她俯视着自己的身体，在众人的注视下，跟着人事部主管，走向远处的会议室。那是一间没有落地窗的小型会议室，墙壁上贴满了黑色的壁纸。

　　人事部主管张开了嘴巴，一些柔和的语句散播在空气里。没有指责，没有质疑，只是像和面一样，将一些散落的含义，四两拨千斤地凝固在一起：安德里亚收到了同事的投诉，并收到信息对话作为证据，以此判断她对戴文有私人恩怨，而这种负面情绪会波及他人，所以建议她放个长假。

　　"不是这样的——"她听到自己在跟主管解释，"一切都不是你所见的那样。那些黑暗的、肮脏的事情正在发生，我真的看到了。我不能做一个冷漠的旁观者。所以我希望能够做点什么……你说我多管闲事也好，说我维护正义也好，我就是想要反抗……但这一切，都不是按我期待的那样发展，我也不知道那条恶犬是哪里来的……"

　　她看到自己的肉身抽搐了起来，肩膀一上一下地抖动着。是在哭泣吗？为什么要哭呢？傻子。人事部主管抽出纸巾，为她擦泪。主管还在微笑，那样温柔，却又不容置疑："我想，你还是今天下午四点准时离开公司比较好。"然后，她在主管的陪同下，走了出来，走向自己的工位。

　　苏叶再次坐在自己的椅子上，坐在电脑前，四周的同事似乎都变成了布景，她知道他们肯定是在议论自己，但她却也什么都听不见了。她甚至不知道自己坐了多久，也许是几分钟，也许是几小时，直到她看到一个身影从斜前方飘过来，像是从热带岛屿飘来的风，那样活力、青春——那是卡尼卡。

唰一声，苏叶的灵魂回归了肉身。她冲向卡尼卡，死死拽着对方。卡尼卡也许在挣扎，也许没有，苏叶顾不得那么多了。总之现在，她们两人站在了落地窗前的角落，明晃晃的阳光刺痛了苏叶的额头。她不明白，为什么她最初只是想帮助卡尼卡，却得到了对方的背叛。为什么她才是真心在工作，一人被当三个人用的那个，却得不到公司的重视？为什么只有那些自甘成为玩具的女人，才会得到自己想要的？

"我明明是在帮你。"苏叶说，"你知道吗？如果你说出实话，让安德里亚不再信任戴文，我就会自荐去接管金豹的……"

"帮我？"卡尼卡举起一只手，遮挡刺眼的阳光，同时也遮住了她那皱起的眉头，"你以为我是傻子吗？让戴文摸一下，就可以多拿到一个项目，为什么你要多管闲事？"

苏叶愣住了。她觉得阳光好辣，辣得她嗓子眼都疼了。

卡尼卡继续说：

"你知道吗，那个少数族裔的项目，是我求他给我做的。你知道金豹有多少钱吗？那是个多重要的客户，你能理解吗？如果没有这些业绩，安德里亚又怎么会留意我，我又凭什么去升职？你以为我什么都不做，就可以在香港立稳脚跟吗？再说，你以为你是谁？人家金豹凭什么需要你接管？你知道吗？我有同学在金豹，他帮我打听过了，那个王生，是戴文的小学同学。所以戴文是不可取代的，你明白了吗？"

苏叶觉得阳光要将自己烤煳了。她的身体在热烈的炙烤下又麻又痒。

"现在好了，什么都完了，戴文完了，客户完了，我又要去找新的靠山。这些就是你帮我的结果吗？"

说罢，卡尼卡摇摇头，用力甩开苏叶的手，扭着粗壮的大腿，向着远处走去，很快，她便消失在一片一模一样的工位里，宛如隐入浑河里的一颗沙。

苏叶还没有走。她不知道自己在这窗边站了多久，阳光晒得她头有点晕，直到一块厚云缓缓飘过，一切才又疏忽阴凉下来。这种突如其来的凉，好似悲伤。一瞬间，一股力量扭曲了她的眼睛、她的眉毛、她的鼻头，满腔的委屈，化成眼泪暴发出来。不可以哭。她告诉自己。起码不可以哭出声来，否则被人笑话。于是她按住嘴巴，克制着抖动的肩膀，弯曲身子，将自己蜷缩成一团。逐渐地，她觉得自己越来越低，离地面越来越近，最后她趴了下来。她泪眼模糊地望着地上的双手，它们的指甲生长，手指变瘦，逐渐生出浅棕色的毛发，并长出梅花状的肉垫。忽然，她条件反射似的对着天花板发出一阵呜呜，然后四掌踩地，夹着尾巴，一溜烟地跑了出去。

逃出棕榈寨

一

母亲已经一年多没有出现在我的生活中了。上一次见到她的动态还是去年春末,她发了一幅画在社交媒体:一片紫,深浅荡漾,像海或傍晚时的薄雾;中间斜躺姜黄色女体,四肢被截去,乳房淌血,血迹在腰间对称晕染开,好像被折断的翅膀。图片角落还有一段手写棕榈寨文,那是母亲坚持使用的家族符号,极小众的东南亚文字之一,据说目前仅有几百位使用者了。为了看懂她图中密文,我特地购买了最新版"冷门语言AI翻译"会员,才得到蹩脚的中文意思:"春光灿烂,飞翅膀吗?香港离去。"对此我猜测,她可能又飞去异地旅游了,她总是这样"说走就走"。我那时没有多想，给那张图片点了赞，便钻回自己的生活里去。

我并非对母亲漠不关心，只是忙于处理"火烈鸟女团"宣传案。

那是来自东南亚的表演团体，由数十名变形女子组成。她们平均年龄为十八岁，报名参加"火烈鸟小姐"改造计划后，便会被送去曼谷集训，表现优异者可与女团签约，并进行变形手术。从手术台上醒来后，她们的皮肤已从棕黄褪成橘粉，背脊更生出一对漂亮的电子羽翼。羽翼依靠太阳能充电飞行，羽毛色泽随光照可经历浅粉至橙红的渐变，如梦如幻。不过，每年仅有十强选手才能成为火烈鸟小姐，其家庭亦可得到一笔相当可观的报酬——据说这是自人妖后，最受东南亚人期待的行业。

在东南亚各国首都赢得大量粉丝后，"火烈鸟女团"决定进行亚洲巡回演出——自东京、首尔后的第三站就是香港，时段在圣诞节前一周。自10月起，我便负责为"火烈鸟女团"策划线下广告。

当橘粉肤色女孩在地铁站内的全息投影广告牌飞天起舞时，我意识到圣诞节快到了。我暗自观察路人的反应，他们纷纷议论那对翅膀，兴奋地讨论它插入女体的过程。不知怎地，我忽然想起母亲的那幅画——姜黄色的女体，泛着羽翼状的血迹。我刷回她的个人网站，却无更新。我又发了信息问她，在旅游吗？她没有回复。我甚至给她打了电话——却被告知对方用户已停止服务。我开始紧张,并在梦里见到她:她的身体被大小不一的树叶层层覆盖,只露出一对铜黄色乳房,乳头汩汩流血。我在梦里说,你是我的妈妈吗?她面无表情,但乳房却对我摇摇头。我说,那你是谁?你的乳房为何这般恐怖?她听完便发怒,张嘴吐出巨爪,将我撕碎。醒来后我再次给母亲打电话,依然不通。我无法再安然沉睡,工作也心不在焉,终于,在一个星期日的早晨,我从保险箱里拿出母亲留下的备用钥匙,乘上去往西贡的小巴。

二

坦白说,我曾憎恶我的母亲,巴不得她消失。我恨她曾是情色演员的身份,恨她与我父亲结合却又被他无情抛弃,恨她将铜黄肤色、高耸额头及厚重嘴唇遗传给我,还让我永世无法逃离"东南亚贫民窟"棕榈寨人的标签。不过随着胸部的丰满、臀部的挺翘,我的面部瑕疵、家庭背景不再遭人白眼,反而,男同学逐渐钟意我异于香港女生的身材曲线。几次恋爱后,我也更能理解母亲被父亲抛弃后而愈发孤僻的性情。于是,我退掉了与男人合租的房间,搬回港岛的家陪母亲——那年我二十三岁。

但好景不长,母亲与一个年轻艺术家谈了半年恋爱后,便痴迷绘画,终日将自己关在卧室,最终,她搬离港岛,回到西贡。她在西贡拥有一栋两层楼的村屋——准确来说，那是我祖母留给父亲的遗产。或许出于同情，又或者想一劳永逸，离婚时，父亲答应，这个村屋可在未来二十年内无偿借给我的母亲，但之后的抚养费便能少则少。据说我曾在那里度过长达三年的无忧童年，但我却对它印象浅薄，只是偶尔整理云盘相册时，才瞥见它与我共度的时光。例如四壁墨绿的书房，啡色书架呈半圆弧，立在复古吊扇下；母亲头戴棕榈寨特有的尖塔状镀金高帽，披透明雨衣，内里着猩红色比基尼，颈上挂孔雀毛穿成的链子，赤脚，脚踝戴一串铃铛。或许她正摆着性感的姿态，等着被我父亲拍摄写真照片，却被幼小的我干扰：画面里，她一边扶着帽子，一边侧头大笑，胳膊伸向右下角，那里正趴着一个哇哇大哭的我。

但此刻，墨绿色的四壁看不到了——它被母亲挂满印花棉布。书架还在，但书已被清空，堆满杂物；书柜旁是画架，空着，浅啡色的骨架已蒙了浅尘——这让我确定，母亲已经许久不曾回家。

我又去卧房搜索。房间摆设简陋，除了单人床外，就是红木衣柜。我打开一看：姹紫嫣红的夏日招装都乖乖待在里面——那是她最钟意的服饰，反而在香港不常穿的秋冬装，通通不见——看来母亲没有出意外，她只是一时兴起，去北方旅行了。这么一想，我放松了，顺势往床上一躺——就在这时，我瞥见一张照片，散落在枕边。抽出来一瞧，原来是明信

217

片，正面印着一片棕榈树，树下有一头幼象在缓缓行走。我原以为它是被遗落在这里的老古董，但我将它翻到背面一看，就有些难以相信它的真实性——邮戳显示的日期竟是今年的9月9号，而邮票下还写着几行简体中文——笔画间隔很大，像还未掌握笔力的孩子字迹。而句子开头更令我吃惊："绮绮姨，你好。"绮绮是我的小名，与我关系好的朋友也会这样唤我。我连忙读下去——尽管语句极不通畅，文法也用错，但我努力凭联想捕捉大意：

> 我从舅舅那里得到这个地址。听说你会和姨外婆一起回家，看我外婆，我太激动。你的手链我戴，一直。等你来带我去香港，一直。11月23日下午三点，等舅舅去棕榈寨机场接你们，再来见我。
>
> 爱你的
> Srye
> 2029年9月9日

Srye，思蕾或思瑞——我反复咂摸这个落款，无法确定它正确的读音，但它却仿佛一道咒语，逐渐在我的记忆里点燃微弱的光：

幽绿的光影下，一个棕榈寨女孩从路尽头小跑过来。她四肢纤瘦，马尾扎得老高，赤脚，踏在干裂的土地上，裸露的四肢也如尘土般泛着深棕。她一路跑，一路唤我的名字，尝试用刚刚学会但十分难听的中文：绮绮姨，绮绮姨——

我完全想起来了——Srye是我其中一个表姐生的女儿，也就是我的表侄女。上一次见到她是十多年前，我随母亲回乡参加外婆葬礼。那时我还是中学生，Srye不足十岁，却非常聪明，被母亲教了三次，就能模仿出"绮绮姨"的发音，而光是看我比手画脚，便能懂我意思——这十分讨我喜欢。余下的时光我便与她玩耍而过。我记得那天下午，她带我穿过芭蕉树丛，经过吃草的瘦牛，进入几乎无人的山谷，爬到圆滚粗壮的老树上吃甜腻腻的芒果，望泛紫的天空落下一枚香橙般的夕阳。很快，天色暗了，两边山壁显出鬼影，投射到地面令我恐慌，我起身要走，却被Srye拽住胳膊。她指着天空，张开双臂，做出飞翔的姿态——下一秒，几团黑雾状的生物便从高处的山洞飞出来，箭一般消逝不见。我惊得大叫，Srye连忙捂住我的嘴巴，我屏住呼吸——就在这时，一连串黑雾从山洞汹涌而出，像被放飞的乌云，一团接一团，源源不断，无穷无尽，跃过树梢，朝着远处的湖面驰骋；又像是透明的画家在夜空中练笔，刷子在同一处描来绘去，成了愈发浓烈、流淌的黑。这是什么？我满脸疑惑。Srye便又作出飞翔的姿态，尝试向我解释。我还是不懂：是什么鸟类吗？她灵机一动，双腿挂在树枝上，双臂在下方摆动，我恍然大悟——是蝙蝠！夜幕降临，蝙蝠出洞了！我又惊又喜，连忙拿出 iPhone，拍摄眼前的奇观——这回轮到 Srye 好奇了，盯着我手中发光的屏幕，一脸茫然。我记得那时，棕榈寨尚未被旅游业开发，所有人的衣食住行似乎还停留在上世纪。于是我揽过她，打开我的相册，一张张给她看手机里的香港。我给她解释，这个中环，那个是铜锣湾，这个是我们在九龙塘的房子，那个是我们中学生的派对——也不知她是不是真的能听懂，总之是聚精会神。

但 Srye 不能陪我玩太久，她每日都要帮家族大人做粗活。她一离开，时间又煎熬起来。好在第二个夜晚，有几个亲戚便与母亲产生争执——其中有一个女人，一直在劝架，结果被一个男人拽起头发拖走。我至今还记得，那个男人对着母亲拳打脚踢，还对她双乳吐了一口痰，她气得大哭，立即收拾行李，决定带我离开。我倒是满心欢喜，终于要离开这个无聊的村落，等待母亲从城中心请来的司机接我们去飞机场。

翌日一早，一辆老旧的皮卡车来了。临上车，我听到有人大声唤着我的名字"绮绮姨"——回头一瞧，Srye 从夹道生着翠绿植物的小径朝我跑来，手里拎着一袋芒果。如果没记错的话，我就是这时被感动，却一时不知该送什么给她留念，便将胳膊上的紫水晶手链卸下来，给她戴上。然后，我用贫瘠的棕榈寨词汇表示，我会再来看她，并带她去香港玩。她紧紧握着我的手，带着哭腔对我说着一些棕榈寨话，母亲似乎还在生气，瞪着 Srye，甩开了那双深棕色的小手。车开了。我靠在皮卡车厢上,一路回头冲Srye招手,大喊:我会带你去香港,带你去香港——我发誓那一刻我没有骗她,只是皮卡驶远,我看不到Srye的身影后,一些问题便浮现到我脑海:Srye应该没有护照,母亲似乎不喜欢Srye,我更不知如何与这不发达的地方取得联络——看来这一别便不会再相见吧?想着想着我感到怅惘,在颠簸的车厢里盹着了。醒来我便随母亲登上返回香港的飞机。我在高空中逐渐忘了自己的承诺,忘了Srye,甚至也忘了自己还留着一半棕榈寨的血液。

三

离开西贡的村屋后,我反复阅读这明信片上的文字,猜测着它能给我的暗示。但反复琢磨,我所能得到的信息只有一个:棕榈寨老家或许有事情需要我与母亲共同出席,但母亲独自一人去赴约,丢下了我。为什么呢?这让我又开始反复做梦,除了怪物一般的母亲外,梦里还多了一个模糊的身影,一个极其瘦小的、黝黑的女孩,穿越一片翠绿而来,紧紧握住我的手,盯住我,求我带她走。

被失眠反复折磨数日后,我向经理请了三日年假,于11月23日早晨搭上从香港飞往棕榈寨的飞机。

说来惭愧,虽然身为棕榈寨与香港的混血儿,我却对棕榈寨所知甚少。或许因为母亲拒绝与我说起棕榈寨的往事——她在很小的时候就教我回避身份问题，即每当有人问起为什么我的肤色看起来偏棕，我就说是去沙滩晒的，以至于当我坐入被旅游团包围的经济机舱时，我竟感到自己是去异国旅行，而非回乡寻母。

好在座椅上插着一本薄薄的《棕榈寨是个好地方》，我连忙翻阅，尽可能减少自己对于家乡的内疚：

扉页是一张打磨精致的裸眼3D照片：碧蓝天空下，被旅游局修复过的棕榈寨古国石窟壮丽；由石头堆砌起来的塔，仿佛森林般成片，塔面上雕着佛的微笑，笑容倒映在澄蓝的湖水里；一红裙女子，戴着VR眼镜仿佛幽灵般凭湖而立——"棕榈古国VR之旅，让你踏入时光隧道，带你穿梭在过去与未来，让消失的辉煌重现！"——我便登时想起，在初中的亚洲地理课学过"棕榈寨古国的消亡"——但具体内容记不得了，并不是什么必考重点。

再往下翻，便都是精美的广告：五星级古塔式酒店、寨式足疗城、水上市集、竹火车漫游、火烈鸟小姐舞蹈秀、仿生象骑行……不久我便盹着了，直到飞机降落，我才被眼前的美景惊呆：

蓝天碧蓝如湖，阳光仿佛刺穿大地，空气透亮得摸不着一丝粉尘。仿棕榈古塔的建筑立在机场，墙壁镶着金色的佛像。

金光闪闪的建筑让一众游客都跑过去拍照，这忽然增加我的自豪感，并逐渐想象着家乡如今发展的盛况——直到排队出关的时候，我才记起自己的任务，四处张望，却根本不见母亲的身影。我盘算着：如果母亲失约，Srye也未出现，那我岂不白白请了这次年假？以至于一个穿着浅绿色制服的工作人员来到我身边的时候，我都没有察觉。我见他对我双手合十，便想起棕榈寨盛行佛教，于是也双手合十还礼——哪知他忽然变脸，扯着我的袖子拉出队伍。

我用英语求助，他并不理睬，倒是队伍末尾的几个年轻游客告诉我——我该给小费。

于是，经过第二轮排队后，我乖乖给了十美元作为小费，这才顺利出关。

一进入会客大厅，视野便开阔许多。机场并不如我想象的那样大，很快便走到出口；也并不像其他的国际机场那样复杂，出口只有一个：一个玻璃制成的自动门，可以看到外面不少人在接客。他们举着LED名牌，各种各样的文字都有。我很快就被一个吸引："欢迎阿丽莎小姨、绮绮表妹"——看来还真的有人在等我。

但出于刚才的小费事件，我不得不警惕，戴上墨镜，佯装陌生人，随着人流，绕到木牌附近——举牌的人是身材敦实的棕榈寨男人，他戴草帽，脑袋圆圆，穿鲜黄色Polo衫，胸前印着菠萝形状的卡通人物，并将衣角扎到了系着皮带的牛仔裤里，腆着肚子——看起来不坏。我又站定，斜觑观察一阵。只见他时不时踮起双脚，探着脖子向出口那边张望——的确是在等人。于是我走过去，拍拍他的肩，还没来得及问候，他迫不及待地露出热情笑容，一张嘴，蹦出一串棕榈寨文。我其实听懂了，他大概在说"你好"之类，但还不及我回应，只见他撩起衣角，露出肚皮，松软的腰围显出一串针脚缝合的金属拉链——吓得我心一凉，直往后退。他却不慌不忙地，将拉链轻轻拉开，露出拇指般大小的黑色按钮，一按，再抬头，便吐出一连串标准的、但仿佛谷歌翻译般的中文发音：

"绮绮表妹，您好，我是那烈，您的表哥！欢迎您回到棕榈寨！啊，这是我第一次见到您，您看上去和您的母亲，也就是我的阿丽莎小姨，不太像呢，不过，也是一样的美丽。"说着，他双手合十，对我念诵经文，随后又给了我一个热情拥抱。

在短暂的身体接触里，我眼前不断浮现那个肚皮上的金属拉链。我猜测这是不是就是争议颇多的"人体翻译机"？没记错的话，它应该是两年前的科技发明，在北美初问世时还呼声颇高，甚至引起翻译界的恐慌，但由于植入人体的价钱颇高，甚至在试用期时引发过一宗人体爆炸案，不同国家的科技学生便联名在社交媒体上呼吁，停止此类发明的应用——因为它一旦有什么程序错误，就会为人类的语言系统带来致命性损伤。印象中，香港也早就禁止了此类产品的引进。

"阿丽莎小姨呢？没有和您一起出来吗？"那烈问我。我这才一激灵从沉思中抽离出来。

"没有。我也是来找我妈妈的。她没有联系你吗?"我问——但内心更想问的却是:你身上是不是被植入了人体翻译机?谁给你植入的?你知道这很危险吗?

那烈听完我的反问,瞬间陷入无措,皱起眉头,咬着手指,一副很为难的样子。

"怎么了?"我问他。

"我想我需要打个电话。您可以等等我吗?"那烈又问。他的官方语气愈发让我觉得自己与他是完全的陌生人。

我点点头,他走到一边去。

我望着他的背影,那上面写着"WELCOME",聚焦点却集中在四处散漫开来的人流:游客一拨接一拨地从出关口里拥出来,各种打扮,不同肤色,他们逐个被举着名牌的棕榈寨地陪领走——一时间,我仿佛见到各国不同的语言符号,通过黑色的按钮穿越过人体血脉、细胞、肉、皮层,再从喉咙里跳出来,化成一串串机械的语言,热情欢迎陌生人的入侵。

"抱歉让您久等。"那烈又礼貌地回到我身边,"还是按原计划先去探望您的阿丽娜姨妈吧,再晚一点的话就怕她……"

"阿丽娜姨妈?"我疑惑。

"对,就是我的母亲,也是您母亲的亲姐姐。"那烈回答。

我这才想起来明信片里的内容。想起来 Srye 说的那句,"你和姨外婆要回来看我的外婆"。

"姨妈怎么了?"我问。

"我妈情况很糟糕,我们要抓紧时间了。"

原来如此。我开始想象,姨妈可能病危,于是与多年未曾联系的母亲取得联系,希望能见最后一面。母亲表面上答应会来,其实并未放下与老家亲戚多年前的过节,所以爽约——这像母亲能做出来的事情。可是既然来了,我替母亲去看看姨妈,也并没什么不妥——假都请了,总得做点什么。于是,我便随着那烈走出机场。他替我拖着行李箱,礼貌地请我坐入一辆银色的丰田轿车。

四

车从机场驶出,进入一个空旷的公路,两岸生着不修边幅的棕榈树,与我们并行的大多是载客巴士或轿车。尽管一路上都没见到路面标记或指示灯,那烈依然能熟悉地在车流里驰骋,嘴里还不断向我吐出饱含热情的中文,仿佛要试验他那人体翻译机的发音系统:

"棕榈寨不大的,只有三个区。第一个是金区,最有钱的,住着贵族还有知识分子;第二个是古区,游客最喜欢,看古国石窟遗址什么的;最后才是新区,是您母亲长大的地方,您应该听说了吧?我们现在就是在去往新区的路上。"

我点点头:"是的,我妈常跟我说起新区的事……"但其实她没有,我撒谎了。

"阿丽莎小姨一定很想家！可怜呀……她忙得都没法回家看看，多亏了她呀，不然我们哪买得起这车？那我也做不成导游呢！"

我一惊："我妈经常寄钱给你们吗？"

"哦其实也不是……大概一年一次，寄给我妈妈……但是我妈妈不用，就留给我，还有我爸。"

我没有说什么，但内心感觉奇怪，因为从没听过母亲与我讲起姨妈一家的故事。

忽然，那烈话锋一转，扬起下巴示意我看窗外：

"瞧，我们这就到新区的边界集市啦！"

我顺着那烈的指示向外看：那是一片五彩斑斓的木屋群，屋顶尖尖，搭着茅草，四壁大多被刷成柠草黄、樱花粉、芭蕉绿，宛如由植物变来的立方体。

"这里主要还是本地人居住，所以还很破旧，等去了酒店街，一切都会好起来。"那烈对我解释。

忽然，如鳄鱼般的瘦长拖拉机迎面而来，驾着它的一双少女头戴草帽，面裹鲜红纱巾，悬崖勒马般一个急转，去了另一个街门；前方皮卡的货仓上，隆起一座由废品捆扎、堆砌的小山，山顶坐着赤膊的年轻男人，发梢在低垂的树枝下飞起，鸟与之擦肩。

逐渐地，载客三轮车越来越多，皮肤棕黑的司机奋力在前方驾驶，身后驮着的二人或三人座椅上，黄皮肤或白皮肤的游客则满眼新奇，端起单反，一路扫射。

那烈减缓车速，挤上一架土桥。桥下的水几乎干涸，却依然有几艘木舟泊在泥泞上——它们瘦长，生着龙头，挂满色彩缤纷的饰物；男女老少在桥下的湿地边或站或立，跳舞、歌唱，几个赤膊的男孩轮番从岸边跳入泥塘，卷起裤腿，肋骨在阳光下清晰可见；几头白牛被拴在树边，瘦骨嶙峋，呆立着四处张望。桥的尽头有一个收费站，那烈驶过它，对着收费器扫码后，下了桥——眼前世界完全是另一番天地了：

沥青马路宽敞，拖拉机不见了，皮卡不见了，辅路上缓行着仿生大象——绯红、柠黄、茄紫或彩虹色，背上载着透明的圆球状车厢，像水晶缆车一般；车厢里的人则大多戴着VR眼镜，在高空手舞足蹈，表情各异。我猜测他们正在虚拟世界里骑象穿越热带雨林。

马路夹岸立着一幢幢漂亮建筑，有的似小型石窟，雕着佛像的石柱顶起圆拱形屋顶；有的则似宝塔，塔尖上镶嵌彩色瓷片，闪闪发光；还有一片矮木屋围成的庄园，木制外墙生长着人造绿植，屋顶上搭着防水稻草，门口燃烧全息投影篝火。每座建筑间都立着隔着鸟笼一般的栅栏，它被涂上金粉，黄澄澄的。栅栏前通常站着两三个迎宾男女，他们穿棕榈寨民族服——金黄打底的无袖马甲，领口镶嵌五彩珠片，搭配及踝长裙；女人的马甲较短，像抹胸，露脐，裙子颇紧身，塑造沙漏式身体——站在写着"WELCOME"的招牌前。

有轿车不断在门口出出入入，接送不同肤色的人们。

"这整条街都是酒店吗?"

那烈点点头：

"是，这就是我们新区最繁华的地方！可惜阿丽莎小姨没能回来看看——想当年，这可是个又破又穷的小村子啊，好在被一些外国富翁买下，才有现在漂亮的样子！"

"那原本住在这里的人呢?"

"基本都留在酒店里打工啊，住在地下室——顺便也可以把老人和小孩带进去住……"

忽然，一团粉扑扑的肉体在斜前方的塔尖上飞起来。我仔细看了一阵才辨认出来，那竟是个火烈鸟小姐。她戴金黄色齐腰假发，头上插着棕榈叶形状的发髻，穿孔雀蓝比基尼，四肢干瘪，肚皮塌陷，赤着脚，不断挥起双手对着大地飞吻；羽翼光泽黯淡，电力不足似的，除了上下振翅外，没有其他舞姿——我猜她是被淘汰的选手，羽翼已因长期缺乏保养而不再亮丽。车子经过她时，一个鲜红竖条横幅顺着她腰间捆着的金色伸缩绳垂坠下来，那上面写着英文，大致意思："棕榈寨火烈鸟小姐歌舞秀，火爆！"

那烈见我看得仔细，便伸手从车载抽屉里拿出一捆票，递给我：

"我跟这个酒店有合作，您要看演出的话，有七折。"

我连忙摇头：

"不了不了,还是看姨妈重要。"

那烈也并没有强求,收回票:

"不过这个小姐不好看的。我悄悄告诉您,她是个人妖啦。"

五

我不记得在这看似无尽的酒店街里驰骋了多久,可能只有十分钟,也有可能超过一小时——整齐又光鲜的景象让我仿佛回到香港,很快就看厌,打起盹来。醒来是因为人体对刹车的条件反射,我一睁眼,车已停了。辉煌景象已消逝,车外只剩一片芭蕉树林。

"啊,绮绮表妹,您醒了!刚刚看您睡得香,就没有叫您,沿路错过了很多风景啊——不过也好,您做了个梦,就到目的地了!来,我们下车吧。"那烈露出一个溜圆的笑容。

我随着那烈下了车,脚还没站稳,忽见一群孩子从树林里争相跑过来。他们看上去还不及我膝盖高,手里拎着比他们脑袋还大的篮子,里面摆着零零碎碎的复古小玩意:明信片、棕榈糖、菠萝干、椰子壳做的小娃娃之类。

"姐姐,买一个吧,姐姐!"他们围住我,喊着不成调的中文,"一美元,买一、二、三、四、五、六、七、八、九、十,十张明信片——"

"好好,那我来十张明信片吧——"我对其中一个孩子说。

其他孩子便喊得更凶，几乎抱住我的背囊，这让我十分窘迫——篮子里的纪念品几乎蒙了尘，食物更不知是否过期。我不断抬眼看那烈，他却不理会，我只好拿出钱包，几乎将每个孩子的东西都买了一件。但他们还不舍得放我走，"孩子们，我的美元快用光了"，我尴尬地说。那烈这才来解围。他高声喊了几句棕榈寨话，大手一挥，孩子们才作鸟兽散了。

我将那些看起来无用的小玩意通通塞进背包，不敢再望他们的背影。紧跟那烈穿出树林，终于见到一个村庄，村口立着一个木头大门，门上挂着一块牌子，上面刻着几种语言，中文的是"复古棕榈人家"。

我们走进去。里面的景色才终于符合我儿时对棕榈寨的记忆：一个个木屋简陋，各自敞开；土地不加修饰，在阳光下暴晒出粉尘；树与树之间晃荡着吊床——我这才发现，躺在里面的不再是无所事事的村民，而是举着手机自拍或戴着VR眼镜笑嘻嘻的游客。

我再仔细张望，村落其实大不同了。看似简陋的木屋里，已被安上瓷砖地板，四周墙壁贴着各式墙纸。有的是小吃店，有的是服装店，有的是水吧，有的是民宿。游客大多已换上棕榈寨的民族服装，穿着拖鞋，兴奋地在屋里屋外穿梭。而看上去像原住民的人，则统一穿上印着"复古棕榈人家"的简便制服，扮演接待员、清洁工、服务生等等角色。

越往深处走，木屋的功能就越多样，像带有主题的乐园。

例如，"棕榈田园"，内部装饰得仿佛农田，几个客人在服务员的指示下，在屋子里摘仿生蔬菜；"水上人家"里的摆设都是船的形状，地板上流淌着虚拟河流，船上的人戴着VR眼镜摇动船桨；"树林之间"的柱子都被装饰得好似大树，人们爬到树上的椅子上，喝椰子汁。

那烈一路跟往来的村民打招呼，喜气洋洋，直到我们在"棕榈魅影"的屋子前停下。它的大门虚掩，门上挂着一个女人的画像。一个背影，棕黄色的背影，沙漏状般的身体。有歌声从门内传出——嗓音甜腻，但曲调慵懒，配合吉他的扫弦，仿佛一只醉了的花蝴蝶，在海滩上不高不低地打着旋儿。

"绮绮表妹，您一定想不到吧？这地方您小时候来过的——"那烈一脸神秘地为我推开门——我差一点尖叫出来。

屋子正中间的小型舞台上，我看到了我的母亲——不，是年轻时的母亲，尚未瘦得干瘪，亦不曾将头发剪得极短，而是将马尾扎在头顶，额上缠一串淡粉色小花，花的形状像帽子；暧昧的浅粉灯光下，她穿一袭柠黄色直筒裙，裙面印大片树叶图案；一双眼直直地看向远处，握着话筒，左右摇摆着身子，机械地歌唱着。

我看出来了，这是全息投影做出来的影像。

"怎么样？很逼真吧！"那烈摘下帽子，从门边的鞋柜里取出拖鞋，像回家一般轻松，"投资我们家的老板是一个搞艺术的，他告诉我们，您的母亲简直是无价瑰宝！"

我不知该如何回应,四处张望。舞池后,隐藏着一个弧形酒柜,密密麻麻的酒瓶前,一个棕榈寨男子在低头调酒。长形吧台边坐了一个秃了顶的老头,搂着一个瘦小的女人接吻,她棕黄色的身子几乎被淹没在他白塌塌的肉里。在他们身后,一个被戴上彩灯串的佛像立在吧台尽头,五彩斑斓的灯光闪烁在静默的佛身上。

台下,嘴唇型的粉色沙发慵懒散布,不同肤色的男女独自瘫坐在上面,有的半睡半醒,有的戴着VR眼镜,脚下蹲着为之按摩足部的棕榈寨女人——"Srye在后院,我去找她出来。"那烈说着便走开了。

为了迎合浅粉色的灯光,四壁也被刷成了偏粉的紫,仿佛博物馆般,内嵌一个个玻璃窗,窗内亮着昏黄小灯。离我最近的那个橱窗里立着一本电子书,书里的文字随着我的到来而自动滚动:

"WELCOME——PLEASE SELECT LANGUAGE",我对着橱窗点击"CHINESE",电子书就翻页了:

> 欢迎来到棕榈魅影屋——传说,这里曾住着一个因内战而被遗忘的棕榈寨民谣歌手。
>
> 作为艺术家的女儿,她天生丽质,是家中掌上明珠。
>
> 然而,十岁的她遇上战争。那是70年代中,一

支自称为"荆棘花"的土匪军队入侵皇室,开启篡权内战,同时对获得权力的地区进行恐怖统治,且憎恨"文化",凡是与艺术有关的家庭都惨遭迫害。

她的父亲被充军,在内战中被地雷炸断了胳膊。母亲更是被遣送去做随军妓女,直到内战结束才被送回。

战乱中,她与姐姐相依为命,投靠新城的乡亲,靠着务农生存。

十五岁那年,亭亭玉立的她被姐姐卖到泰国曼谷做歌女。从那以后,她背井离乡,消失在棕榈寨人的记忆里。

根据曼谷考山路的酒鬼们回忆,她的歌声曾是最令人痴迷的。"像是一阵夏风,轻轻地挠在你的心上";"听她的歌声,就宛如见到初恋"。

尽管她一直拒绝卖身,但依然多次遭性侵。有一天,她在陪酒时忽然昏厥,醒来发现自己被五花大绑,躺在厕所里,身上已有多处莫名其妙的淤痕。她大呼救命,不知过了多久,终于被一个路过的外国人解救。那人自称是来曼谷红灯区拍摄纪录片的英国音乐人。

为了表示感谢,她为他唱了一首歌。他却一听钟情,把她带去了香港——他在香港一家唱片公司工作。

虽然她明知他在英国有家室，却依然甘心做他的地下情人。他答应她，再过三年，他就会辞职，独自开一家工作室，并且亲自为她制作发行首张个人专辑——《棕榈魅影》。

然而，三年后，她等来的却是他回归英国的告别。

从那之后，她的歌声便消失了。

"有一次我去香港，我见到她。"一个爱慕她的曼谷酒客说，"她已经结婚了。"

"不。"另一个酒客反驳，"她回到棕榈寨了，变成一只会唱歌的影子，飘浮在人们心头。"

电子书在这时便自动关闭了，出现了"Thanks for Reading"的字样。

文字下配有一张模糊的照片：一个棕榈寨女子，依偎着一个白人男子，他比她高出一个头，两人站在田野里，身后还有一头白牛。

很明显，那女人是我母亲年轻时的样子——可是我却仿佛不认得她了。印象中，母亲从没与我提起过这段"往事"，我一时难以确认这是被母亲埋藏多年的秘密，还是酒吧老板为吸引客户而编出来的故事。但就算它是真的，我也并不惊讶——母亲一向善于隐藏。为了不让我知道她"色情演员"的真实身份，她曾一度禁止我看电视。当然，年幼的我也并没什么机会接触到她与父亲合作拍的三级片。直到1995年，父亲执导的那部《狂女》入围了香港金像奖，我才终于在同学的玩笑中、大街小巷的电台新闻里，理解了父母的职业。我甚至在街边的娱乐杂志封面上，看到母亲半裸着身子，与陌生男人热吻的剧照——而我父亲的头像被拼贴在母亲的脑袋旁边，从嘴里冒出一个对话框，"Action"。从那以后，我开始用课上学来的成语定义父母：他们狼狈为奸，苟且偷生。

而就是这部带有色情画面的惊悚片，令我家仿佛一夜暴富。我们搬去了九龙塘豪宅区，我更是被转到一家国际学校念书，但父亲却开始越来越少回家。有一次吃饭时我听到他们议论，很多香港人都移民去了加拿大。加拿大是什么？我回到卧室从墙上贴着的世界地图里找出来——那是一个遥远的国家呀。后来，父亲就真的去了加拿大。他在电话里对我说，乖乖听母亲的话，他很快就把我们接过去。但母亲却仿佛越来越忧郁，她几乎不再出门工作，辞了菲佣，时常将自己关在父亲的书房。终于有一天，我的母亲告诉我，我的父亲不会再回来了——他在加拿大又有了新的家。

想到这，我忽然害怕"棕榈魅影"的故事是真的。如果那样，我母亲对我隐瞒的过去，便足以被榨出一碗苦瓜汁。可谁希望自己的母亲是苦瓜呢？

"绮绮表妹——"那烈的声音忽然又出现在我耳边。

我回头一看，那烈在屋子后门向我招手，示意我出去。我努力将自己从回忆中抽离，经过一个个摆着棕榈寨女子服装、头饰、鞋的陈列橱窗，朝他走过去。

六

后院种满了棕榈树，树与树间捆着吊床，上面攀着几个女孩。她们穿着背心、短裤、短裙，戴着五颜六色的假发，像练习空中瑜伽一般，利用吊床倒挂自己，上身则摆出妖娆的姿势。

树下还站着两个女人，一个正对着我，身材丰满，浓妆艳抹，一手叉腰，训斥她对面的女孩。那女孩戴着鲜粉色假发，穿银色吊带裙，裙面上镶着珠片，波光粼粼。她一双纤细的腿颀长，好似棕黄色竹竿，但右腿后面的皮肤有很大一片面积的凹凸不平，看上去像烧伤。忽然，女孩不知说了什么，浓妆艳抹的女人被激怒，狠狠揪住女孩的耳朵，前后摇摆。女孩的假发被耸掉，露出一头被剃成刺猬头的短发。

那烈连忙走过去，捂住那只揪在女孩耳朵上、戴满夸张戒指的手，又对着那浓妆艳抹的脸说了些什么。那女人便斜眼瞧瞧我，露出勉强的笑容，但手还没松，直到那烈从裤兜里掏出几张纸币，塞到她另一只手里，她才释放了女孩耳朵，走去一边。

237

女孩连忙揉了揉自己的耳朵,缩着脖子转过头——我看到她的脸,圆圆的轮廓,鼻子坚挺,但面颊却不知被擦了多层粉底,呈现毫无光泽的白,显得裸露的脖颈与四肢愈发棕黄;平胸,V字领在排骨边松松垮垮。

"绮绮姨?"

她轻轻唤了一声——声线依然如记忆中清脆。我半信半疑地点点头,她便大胆地笑起来,甩掉脚上那双透明的高跟鞋,赤脚跑过来。

"绮绮姨!"她走到我跟前,比我还出半个头,"我,等你,很长很长时间!"说着,她举起胳膊。我看到她瘦瘦的手腕上,紫水晶在夕阳下反光。她的中文比我想象中要流畅,但音调像机器人发音,看来是那烈翻译机的中文学生。

"你长高了,"我伸手摸摸她的头,短发泛着自然卷,"变漂亮了。"

Srye立马笑嘻嘻地,说:"绮绮姨,也漂亮,一直,漂亮。"——说着,她开心地拉起我的手,原地转圈圈,完全还像没长大的孩子。可我望着她那对被堆满翠绿眼影的杏仁眼,逐渐地笑不出来了。

"那个女人是谁?"我停下来,指着树下那个训练者。

Srye回头看了看:

"唔……我的爸爸的第三个……"她想了想,"第三个妹妹。"

"你们在做什么?"我指了指吊在树上的女孩。

"唔……"这个答案似乎有点困难,Srye想了一阵,"飞!"她又举起双手,像小时候那样,模仿飞的姿态,然后吐出一串我听不懂的棕榈寨文。

"她说的是'火烈鸟小姐'。"那烈在一旁解释,Srye反应很快,立马跟着学舌。

"火烈鸟——小姐——"

"你们要去报名做变形手术?"我吃惊。

"我不想,她逼我——"Srye指着那个浓妆艳抹的女人,翻了个白眼,"被她发现,她,打我。"说着,她又低下头,附在我耳边,"但我,还要逃。"

怎么逃?我想问,但被那烈打断。他强行地站在了我们中间:

"时间可不等人,绮绮表妹,我们要赶紧去看您的阿丽娜姨妈了。"

我看看天,四周围已经沉浸在淡紫色的暮色里。

"还要赶路吗?"我有点倦。

Srye连忙摆手,"不,不。"又指指地面,"姨外婆就在下面。"

那烈带着我们回到酒吧。享受足疗的人多了些。几个男人看到穿着暴露的Srye,吹起口哨——Srye对他们竖中指。

那烈立马回头对Srye说了句什么,我没听懂。Srye悄悄告诉我:"舅舅让我小心,小心被家族长辈看到我的粗鲁行为,我又被打。"然后她又调皮一笑,"打,不怕!"

经过吧台的时候,酒保抬起头——我才看清他俊朗的五官。他忍不住对Srye露出羞涩;我又看看Srye,她也对他抿嘴笑。我想,他们也许恋爱了。可那烈没有留意,他径直走到大门口,弯下腰,将一块瓷砖地板抬起来——那里露出一个约一平米见方的入口,嘈杂的人声立刻从下面模模糊糊传上来。

"绮绮表妹,这就是我跟您说过的地下室了。"他做出一个邀请的动作,"跟我来,不要怕。"

我连忙说:"这有什么可怕?我在香港,每天都在地下穿行,我们地下还有火车呢。"可依然犹豫着要先下哪一只脚。

Srye见状便抢先顺着木头梯子爬下去,她一半身子陷入黑暗,扬起脑袋,伸出手来。我看看她笑眯眯的绿色眼影,握住她的小手,顺着她的牵引爬下去。

与其说我踏足于地下室,不如说我进入迁移至地下的村落:木桩顶着天地,四壁攀爬电线,钨丝灯泡下,竹席隔断出房间。不远处传来嬉笑,还有金属摩擦地面的锐响——原来是几个小毛孩把易拉罐踢来踢去。

那烈走在最前;我紧握Srye的手,小心翼翼跟着。

我们很快走入深处,那里的灯泡已经灭了,却无人将它换新。几个赤膊汉子各自睡在木桩间的吊床里,像玩扑克一样摆弄与看棕榈寨文的木牌;中间的地面上,摊着筹码状的小圆排，还有几瓶啤酒。其中几个回过头来与那烈打招呼。有一个尝试抚摸Srye的小腿，却被她巧妙避开。那烈蹲下来，与男人们交流着什么。

"他们是，我爸爸的，朋友。"Srye悄悄与我解释，"他们，不好。"她使劲摇头。

那烈走了回来。

"您很快就可以见到您的阿丽娜姨妈了。"他说，并牵着我们向前走。

我却感到Srye在逐渐放缓脚步，仿佛在回避什么。

忽然，一个男人从黑暗的角落里现形——我闻到一股酒精味。

他身材健硕高大，蓄络腮胡，花白头发散落在肩头，好似野人，张开手臂，阻住那烈的前进。那烈失去了一贯的圆滑，看看我，又看看他，刚想说话，却被那男人一把揽过去。我听到他大声说笑，嗓音沙哑，相比之下，那烈的回应温吞得不像样子。他不断地点头，双手合十，做出祷告的模样——似乎在央求什么。男人听完，抬眼看我，却不理我，只是走了几步，冲着我身后伸手，一手抓住Srye的脖子，把她拎过来。他用一双大手在Srye头发上抚了抚，又捏捏她的鼻子——她完全不敢挣扎。

"你干什么？"我忽然呵斥他——也不知哪来的勇气。

听完这话，他松了手，走到我面前。我有点想往后退，但又不知为何，反而挺直腰板。

他对我似笑非笑地说着什么，那烈连忙在旁解释。

"不要误会，不要误会，他是我继父，也就是您姨父啦！"

说完，他又用棕榈寨对我的姨父解释——一副和事老的姿态。

只见姨父摇头，一只手指着那烈，一手甩着空酒瓶，嘴里滔滔不绝地冒出愤怒的文字。

那烈一边对他点头，一边面露难色地问我：

"绮绮表妹，我爸问您，您的母亲，大概，何时才能到呢？"

我明白了。我的姨父——这个粗鲁的酒鬼，因为我母亲的缺席而不高兴。

可他凭什么对我这样无礼？我可不想顺他的意，故意摇头耸肩，露出一副无所谓的样子。

他见状，更加放肆地对那烈大喊，"乌拉乌拉"的。Srye趁势从他手边溜出来，躲到我身后。无奈我比她还矮，似乎挡不住她——但我还是紧紧握住她的手。

"他一向都是这样野蛮吗？"我小声问Srye。

"是。所有人都怕他。"Syre点头，"但我，不怕。所以，我被烧。"她指了指她的腿，伤疤好像粉色的小蛇，攀在纤瘦的骨架上，看得我触目惊心。

"那你为什么还要住在这里？你爸妈呢？"

"他们在金城，赚钱，但是他们也不好，每天打架……"

242

Srye的声音小了下去,她对我眨眨眼,我冲着她指示的方向看过去:只见那烈掏出几张美元塞到姨父手里,这个野兽似的男人倏地冷静下来,仰着脑袋,叉着腰,对我们挥挥手,一脸不耐烦。

"绮绮表妹——"那烈再招待我的时候便有些气喘,尽力挤出微笑,"跟我爸去吧,他带您去看我妈。"

"你爸是不是对我有什么意见?见到我就那么牛气。"我问。

那烈摇头。

"您别误会,继父也不坏的,就是喝醉了,有点生您母亲的气。"

"我妈怎么了?"

"您不知道吗?"

"不知道。"

"您母亲每年都会寄回来一笔钱给我妈。但现在我妈病重,我爸就发信给您母亲,希望得到更多的资助,为我妈举行葬礼……但您母亲却迟迟不回复……"

那烈忽然闭嘴 我一回头,姨父正用下巴对着我的脑门,鼻孔盯着我的眼睛。他的身后,竹席被掀开,一条船躺在地上。钨丝灯的黄晕散射在船舱,一个女人缩成一团,像豆子一样,窝在荚里。她用几片已经枯萎的芭蕉叶盖在身上,只露出一张枯黄的脸。脸型偏方,瘦得只剩皱纹。一对颧骨硬邦邦地撑着脸皮,眼睛仿佛许久不曾闭上,睁得大大,望着黄惨惨的天花板——我不能相信,这位看似僵尸的干枯女人,是我的姨妈。

那烈蹲下来唤她,她仿佛没听见,仍然直勾勾睁着眼,直到Srye也蹲下来,抚着她的额头,对她唱儿歌般说着话,她才逐渐反应过来,眼睛也有了神,看看Srye,又在Srye的指示下,望向了我。

"安娜斯密莎!"她忽然对着我喊起来,嘴唇颤抖。

那烈连忙起身小声翻译:"她在叫您母亲的名字。"

"安娜斯密莎,无屋里大喜?"

"她问您,是不是原谅了她?"

见我不吭声,她愈发焦急,不断喊叫,手伸出来,伸向我。

那烈一边安抚姨妈,一边又对我解释:"我妈有幻想症,总是认错人,看来您要假装成您母亲了……"我点点头,赶紧蹲下来,握住姨妈的手——那双手焦黄又干瘪。

姨妈终于平静下来。她望着我,嘴角抽动,仿佛有许多话想说,但又无力出声。Srye也握住她另一只手,仿佛想给予她勇气。她却忽然挣脱我们双手,掀开芭蕉叶,露出一对苍老的乳房,她指着它,一边摇头,一边呜咽般重复着什么。Srye怕她出丑,连忙又将芭蕉叶给她盖上。她不理,自顾自地说着,一边说,一边掉了眼泪。

"她在忏悔。"那烈在一旁翻译,"她说,当初实在是穷得没钱吃饭,才把您母亲卖给歌舞厅。她以为您母亲去了曼谷，能有餐饱饭吃，但没猜到您母亲受了更大的委屈……又说，当年您被我继父欺负，她却没能保护您，害得您被羞辱，离开了家乡，再也不回来……"

我恍然大悟，原来记忆中那个在我妈胸前吐口水的男人，就是姨父，而一直劝架的弱小女人，就是姨妈。

"……前几年外公去世，她是想通知您母亲的，但我继父想独吞遗产，打了她好几个小时，把她打趴下了，她才没能寄信给您母亲……其实也没什么遗产，就这么个屋子！哎……"那烈还没说完，姨妈再次挥手对着空气呼喊，她的五官仿佛被哀伤挤压得粉碎。我捉住她的手，尝试令她平静。

"你为什么不帮帮你妈妈呢？"我有点生那烈的气了。难怪母亲不愿在姨妈临终继续寄钱回来，我想，她最终是看明白了，多年来的善意并未落在姐姐身上，而是被家中野兽吞食。"你每年都收到我妈妈寄来的钱，为什么不带着你妈妈离开呢？你就眼看着你的继父欺负你亲妈这么多年吗？"

那烈忽然愣住了，失语了一阵才小声说：

"……大人的事，晚辈不能插嘴，如果冒犯了父辈，整个村子都会被乌鸦神啄死，我不敢做这么大的罪人呀……"

我看着他那认真又恐慌的神情，仿佛看到了忌惮神灵的愚昧帮凶。怪他又有什么用呢？他也只是一个蒙了心的傀儡罢了。

姨妈又继续说话，她好像回光返照一样猛烈颤抖。

那烈赶紧翻译：

"……她说，她感谢您母亲。她知道您母亲每年都在给她寄信还有钱，但还不到她手里，就全被我爸抢走了……"那烈继续替我翻译，"请原谅她的懦弱，她打不过我继父，也逃不出棕榈寨，正因如此，她才遭了报应，乳房发烂，五脏六腑都在下垂……她说，那一定是菩萨在惩罚她。"那烈说到这，又停下来安慰我，"您别害怕，她这只是她的幻觉。"

幻觉？不，我不觉得。尽管我不认识她，却相信她的痛苦是真的。睡在这艘船里的女子，谁不会感到疼痛呢？想到这，我忽然能理解母亲留在香港做色情演员的选择了。我甚至在那一秒变成我的母亲：望着同胞姐姐，望着看起来比自己苍老一倍的体肤，我能因为她出于贫困的出卖而怨恨她吗？而所谓出卖，谁又说得清呢？我不也为了逃离难堪的出身，多年不曾再回家看一眼吗？

于是，我蹲了下来，望着姨妈的眼睛，又望了望那烈，轻柔又笃定地说：

"麻烦你告诉我姨妈——我的妈妈，原谅她了。"

还不及那烈开口，Srye就替我说了。

她像大姐姐哄小宝宝一样，缓缓将姨妈的上身托起来，一边抚摸着她满是皱纹的额头，一边轻轻哼唱：

"呜大喜呀，呜大喜，呜大喜呀，呜大喜——"

"她在说，原谅你了，原谅你——"

于是，我也学着Srye，轻抚姨妈额头，跟着哼唱：

"呜大喜呀，呜大喜，呜大喜呀，呜大喜——"

姨妈一定听懂了。她嘴角不再紧张抽动，眼中的光也逐渐柔和，甚至还露出微笑。她看着我，又轻轻说："安娜斯密莎——"我附到她耳边。她还在说什么，我听不懂也听不清。还不等我起身问那烈，她的声音没有了。我将身子抽离，见到她的笑容凝固，但双眼还睁着，我将手指伸到她鼻子下——

"她死了……"我不由自主地说，这声音小得仿佛并不是从我的声腔里发出来。

"什么？"那烈问。

"——你的妈妈，死了。"Srye替我回答。

七

我没想过自己会被卷入一场死亡，我忍不住自责。或许我不该自作主张，甚至觉得可以替母亲完成什么任务。如果今日出面的是我母亲，她会不会比我处理得更理性？又或者，按照母亲的原计划，不出面，那姨妈是不是就不会在今日死亡？

但我还来不及多想，很快，表姐夫已发现了姨妈的死。他冲进来，掐着我的脖子，嘴里呜啦乱叫。那帮赌博的男人闻声赶来围观，呐喊助威。

那烈被夹在中间，一边劝架，一边向我解释姨父嘴里的怒吼——这令姨父的愤怒变得有些滑稽：

"我爸问，您把您母亲藏到哪里了？现在您把我母亲，也就是您的阿丽娜姨妈害死了，葬礼的钱谁来出？他说，如果您不把您母亲交出来，他就不会放你走！他还说，您和您母亲都是背叛棕榈寨的臭婊子！哦我的天啊……"

那烈停止了翻译，他双手合十，蹲在地上向姨父乞求。Srye对我大叫，"逃，逃——"却被姨父一脚踹开。

那群男人在姨父的召唤下围了过来，醉醺醺，笑嘻嘻，反拧我的胳膊，纷纷抽下皮带，将我捆绑，然后扔到那艘船上。这时，我就和死去的姨妈睡在一起了。

那烈一边抱住姨父双腿，一边对我说：

"绮绮表妹，您快告诉大家，阿丽莎小姨到底在哪里吧？他们说，如果阿丽莎小姨不出钱办葬礼的话，就……就把您活活饿死——"

"报警，快报警——"我居然想到了这样的办法，在这样的地下室里，我为自己的反应感到可笑。

男人们给了那烈一巴掌，集体将他拖了出去。姨父举起手中的啤酒瓶，哇哇大叫，对着我额头重重一击——我失去了意识。

不知过了多久，等我在头痛中醒过来的时候，隐约听到有人唤我。睁开眼，我看到Srye。她似乎已经卸了妆，一双清亮的眼，在乌黑的夜色里焦急地看着我。她的脑袋旁边还有一个脑袋，我似乎见过，但又想不起来是谁。

"嘘——"她对着我比画，然后吩咐她旁边的脑袋过来，将我拦腰抱起——我想起来了，那是我见过的酒保。我无力地瘫在他怀里，感到他们小心翼翼地行走在熄了灯的地下世界。我低眼四顾，那群男人已不见，只有几个孩子，躺在吊床里熟睡。

我本想问Srye，姨父他们呢？但又怕吵醒别人，犯了大错，便屏住呼吸。

天梯下，酒保将我迅速松绑，又反手背我在肩上，在Srye的推动下，一点点爬上去。

外面的夜很亮，大排档成片地开在木屋前，纷繁游客在躁动的巨型音箱边跳舞狂欢，大地被震得颤抖——我瞥见了姨父和那几个男人，他们在不远处，伺候客人打扑克、吸水烟——我赶紧收回目光，生怕被发现。

酒保腿脚利索，很快背着我从后院的棕榈树林绕出去。我远远望见一条小径——仿佛就是记忆里的那一条，夹岸生着翠绿的植物——但近了才看到，小径其实是铁轨，上面停着一个安了轮子和发动机的竹筏，路旁还有一个广告牌，牌上写着几种语言，中文是：复古竹火车体验，二十美元一位。

Srye抢先爬上竹火车，我紧接着被酒保抱了上去。当我被Srye扶着盘腿而坐时，我才感到额头发紧，伸手一摸，原来脑袋已被包了纱布。Srye见我已坐稳，便对酒保挥挥手，酒保起身站在车尾，抽动发动机——哐当哐当，哐当哐当——竹火车开起来了。

　　夜风拂面，幽绿在我眼前无限散开，我感到一阵清爽，头也不怎么痛了——这真是不可思议、死里逃生的一天。

　　"对不起——"Srye忽然在风中对我喊，"我帮不到你，不好，对不起——"

　　我使劲摇头——以至于脑袋又痛了起来。

　　"这不关你的事……"我扶着额头，"不怪你……"

　　Srye似乎没听清楚，愣了一阵子，但见我举起双手，手指迎风伸展，她便知道我已经原谅。

　　于是，她干脆立了起来，站在我身旁，肆意大笑着，用双手在空中模仿展翅飞翔的姿态。

　　那一刻，我仿佛在浅黑的天空里看到了一团火，她化成少女的姿态，向着辽阔的远方无限飞翔。

　　当大家都适应了"哐当哐当"的噪声后，Srye又坐下来与我交谈。

　　她比手画脚地告诉我，下车以后，会有一个车站，那里有很多等客的三轮车，我随便坐一辆都可以去机场，不远的。

　　我握着她的小手，想起了十年前的分别。我想，这一次，我不能再辜负她。

我问她：

"你不和我一起走吗？"

"什么？"

"和我去香港。"

她没说话，一双眼像闪着光。

但下一秒，我就知道她不会跟我走，因为她回头看着开车的酒保——那个在夜风里立正如旗杆的英勇少年。

"你们在一起了？"我问她。

她笑了，连连点头。

"我会和他，一起，逃——"随后，她又做出飞翔的姿态，"飞走——"

"打算去哪里？"

她耸耸肩：

"无所谓，只要不是这里，就好。"

我点点头，若有所思。半响，我又问她：

"如果带他一起走呢？"

她眨眨眼：

"什么？"

"他，和你，一起，跟我去，香港——"

这下她明白了，兴奋地张大嘴巴。我也兴奋起来，噼里啪啦地畅想未来：

"对，我可以让我朋友的公司给你们办一个工作签证——如果朋友不肯帮我，那我就找中介帮忙，反正就是花钱，钱我还是有的。总之我会让你们留下来，你们再慢慢找工作，不怕，你们这么聪明，一定可以找到工作——"

她或许听不懂我说什么，但她一定明白我的好意，她高兴地摇头晃脑。

但说起签证，我又想到了身份问题，于是我按住她的肩膀，让她先不要激动：

"你先告诉我，你有没有，身份证？"

她听不懂，使劲摇头。

我赶紧从背包里掏出身份证，给她看：

"身份证——ID Card——你有吗？"

她恍然大悟，眼中的光也逐渐暗淡。

"怎么了？"我问她。

她摇摇头：

"被我外公，藏起来。"

啊——我听到内心叹了一大口气——但我不敢当着她的面叹出声来，甚至连一丝沮丧也不敢表露。我尽力地张嘴笑着，想转移话题：

"没关系的——"我说，"会好的。"

她这一次没有笑。

我还想再说点什么，却又想不出别的有建设性的鼓励，只能再说一次：

"会好的。"

竹火车逐渐缓下来。不远处的市集在夜晚不再热闹，只剩下五颜六色的商铺在黑夜里绽放。酒保扶着我下了车。Srye陪我走去街口。也许是刚才的事情令大家有点失望，我们一路无话。

帮我招揽到一个三轮车后，Srye便准备再乘竹火车回去，她不敢逗留太久，担心姨父会发现，然后追过来。临别，我问她，她回去以后怎么和姨父交代呢？她又耸耸肩，重新露出一脸调皮：

"打我，我不怕。"

我看着她瘦弱的肩膀，怎么也不忍心就这样一走了之，于是，我心一横，从背囊里掏出钱包——这才发现美元已经不见，看来是被姨父他们搜刮去了。但我并没有当着Srye的面变脸，而是又从笔记本上撕下一张纸，写了张欠条，表示一周内，我会回香港将负责姨妈葬礼的钱打到那烈账户，并留下自己的邮箱。

"你让那烈发信息告诉我，他的银行账号——但也要警告你外公，如果我发现他打了你，那么他就得不到一分钱。"我一边说，一边将这段话写在纸上，吩咐Srye务必转交给那烈。

Srye看我，又看字条，犹豫着要不要接受。我便攥紧她的小手：

"要好好活着,才能和他一起飞走啊——"

她似懂非懂,什么也不说,抱了抱我,随后目送我上了车。

八

在机场辗转几个钟后,我拖着满是疲倦与尘土的身体,飞回了香港。

一到香港,我就赶紧联系私人医生为我检查——还好脑子无碍,不过暂时不能工作。再次向经理请假的时候,经理表示对我非常失望——"如果这个火烈鸟案子的后期工作做不好,你觉得你还有希望升职吗?"我没有回复他咆哮的信息,我甚至暗自希望这个火烈鸟女团可以倒闭,越快越好。

没过几天,那烈就按照我的吩咐,给我发来语音信息。他用机器人的语调对我表示漫长的感谢,甚至还念诵了一段梵文。我其实并不知道棕榈寨葬礼到底要多少钱,但我将上个月的奖金——近三万港币转成美元,一次性转账过去。这个行为多少令我有些自我陶醉,仿佛做了一件了不起的善事,以至于接下来的几天,我都仿佛飘在天上。

至于母亲,她的社交媒体更新依然停留在去年春末那幅画,直到平安夜的早晨,我忽然收到母亲的信息。她仿佛只是消失了几小时那般,平淡地回复了我铺天盖地的询问:

"平安夜快乐。你的信息我都收到。上个月我去欧洲参加了一个画展，没用香港的手机号，为了专心创作，也不想上网。本来想早点跟你联系，但半个月前又去拍了个公益广告。"

紧接着，她发来一条链接。

我赶紧点开：

那是一个三百六十度影像互动网页。页面中，怪兽巨爪为天，血盆大口为地。十个三百六十度可旋转的女体裸照被挂在空中。我一一点开来看，有中国女体摄影师骆诗、瑞士情色电影导演克莱尔·伊顿、印度粉色女团团长伊蕾、中国台湾彩虹组织成员阿旗等，而我的母亲，则被称为"移居香港的棕榈寨艺人，阿丽莎"。她们十人一字排开，各自被捆绑，裸露着，蜷缩着，皮肤光洁如婴孩。一个匕首状的光标指引我的鼠标，对着她们背部戳过去。一下，两下，三下，四下……血淌下来，背部生出血色的翅膀，在空出画出漂亮的弧形。

当我将一串女体的血色翅膀全部完成时，唰——，她们在血液中凝成一团跳动的心脏，跌入血盆大口——吧唧吧唧——怪兽吃得津津有味。画面在众人的掌声与嬉笑声中黑屏。一串白色字体如血液般流动出来：

"请拒绝消遣血与肉。"

我迅速为这个公益网页点了赞，并转发到自己的社交媒体上。除了这样，我似乎想不到第二个支持母亲的办法。母亲也很快给我的转发点了赞。我以为她还会在信息里说多几句，但没有，我看到她很快就下线了。

或许母亲已经习惯我与她之间的疏离。若是以往，我得知她平安回港后，便会安心回归自己的生活，但这一次，我主动给母亲打了电话——她的手机号终于又能用了。

母亲很快接了电话，但并没出声。她那边很安静，我猜她已回到西贡的书房。

"回来了？"我明知故问。

"是的。"她说。话筒里，她的声线依然细腻，如我在棕榈寨听到的歌声一般。

"有空一起吃饭？"我问她，"明天就是圣诞节了。"

她顿了几秒——我猜她一定怀疑自己是否听错。

但很快，她就又平淡地对我说：

"好啊，我去港岛找你。"

虽然我没有看见母亲的表情，但我相信她一定是笑着。

于是我也对着空气笑了笑：

"早点来，我有很多事要对你说呢。"

海胆刺孩

夜晚十点多，我从麻雀馆行出来，一团火色身影夺命似的烧到我跟前——是枚姐。我瞬间尴尬。这些天我不听她电话，不回她信息，她现在就矗在我眼皮底，让我无法再扮失踪。

"带走你个仔啦。"枚姐说，"他发癫了。"这话她已经在信息里讲了好几次，但我不信，觉得她唬我，无非想找我多要点"寄养费"，毕竟，我已经连续三个月周末没把阿藤接回家仕了。

但枚姐不听我讲废话，指着对面巴士站，说她已经把阿藤带出来，如果我不领走他，就让他睡街吧。只见阿藤正坐在站牌旁的银灰色长椅上，身后广告灯箱将他浸染成一团安静的火烧云。他蜷缩在松垮的外套里，低垂脑袋，盯着一本摊开在膝盖上的巨大画册，鼻梁上的金丝边眼镜摇摇欲坠，镜腿上绑着一串肉色橡皮筋，嫁接曾经断裂的骨架。

我问枚姐到底出什么事,枚姐说要我眼见为实。她拖着我过马路,车灯陆续在我眼下滑过,我这才留意到,她垂坠的右手上裹着一层白色纱布。

阿藤听见响动,抬起头来,跟我打招呼。他苍白的脸愈发清瘦,颧骨下的皮肉微微塌陷,尖下巴上有一块乌云似的胎记。

"嗨。"他说,若有似无地微笑着,瞳孔在镜片后闪烁褐色微光。我没理他,只是盯着枚姐,见她从口袋里拿出一个气球,吹胀它。当鼓胀的气球出现在阿藤面前,他猛地弹起身,像嗅了腥血的僵尸,右手握拳从过大的袖口里打出来,锤向气球——我惊了,他那原本惨白、干瘪的拳头上竟长满黑刺。嘣——气球在我眼前爆炸。枚姐继续吹气球,吹胀一个,阿藤就刺爆一个,嘣嘣嘣在夜色里响成一片。

枚姐用完最后一个气球。然后,她指挥阿藤:
"除衫给你妈看啦。"

我还没反应过来,阿藤已经照做。随着外套拉链下移,我仿佛看到一根根黑色的刺,在他五脏六腑飞速生长,刺透血管,刺破皮囊,刺向我的双眼。一阵电击般的酸痛向我袭来,令我麻痹、冰冷,直到我听到阿藤笑嘻嘻对我说:
"妈咪你看,我的身上长满了刺。"

那晚,我和阿藤搭小巴回家。我全身僵直,生怕挨到阿藤，被他刺伤——就像枚姐的手那样。她解开纱布，把伤口给我看，密密麻麻的血窟窿，好像哭红的眼睛，布满肌肤。据说，她养的小仓鼠、小金鱼、小白兔，以及那一排码放在沙发上的毛绒公仔，全在一夜之间，遭到阿藤的黑刺暴击。"你快教你个仔做个人吧……"枚姐半哭半怒地向我投诉阿藤的暴行。此刻，他静坐在我身边，侧脸凝望窗外，完全不像枚姐叙述得那般狂躁；绿色树影滑过路灯，向他投去一片叶海的金黄。

"你看什么呢?"我问他。

"月亮。"他说。

到家以后，趁阿藤冲凉，我爬到床底下，扯出藏在收纳箱里的旧棉毯，铺在客厅的折叠沙发床上，当作阿藤留宿的空间。这个沙发床虽是社工送给我的二手货，但布艺表面印着我钟意的大叶紫薇、棕榈树叶，我不希望它被阿藤满身的刺给扎坏。

"妈咪——"

他很快就从浴室里出来，裸着上半身，好像发黑的仙人掌树，向我走来。

我叫停他，让他不许乱动，然后，我从衣柜里掏出一件卡其色工装外套——这是一个土耳其男人在我家过夜后留下的。

"穿上它。"我命令阿藤。

"好热。"他说。四月香港温暖，他的额上有一层细密水珠，不知是刚刚冲凉留下的水，还是汗。

"穿上它，保护你的身体。"我说。其实，我只是不想他刺坏家私。虽然我住的只是一百八十英尺公屋，但我将它打理整洁，地面铺着莫兰迪色泡沫地毯，墙壁挂着喷绘画布和彩色亚克力收纳盒，好像装满生活的风铃。方窗防盗网生锈，我就挂上邻居送的暗灰窗帘，在染了油污的地方缝上波希米亚彩色方格，那全是我亲手钩织的，明黄、翠绿、宝石蓝……每个来我家睡觉的男友都喜欢这里，他们说好像一个拥挤的梦。

"妈咪……"阿藤又叫我。我回头看，他已经穿上卡其色工装，加大号的外套像是麻袋一样将他整个人包裹。

"妈咪，我是不是给你添麻烦了？"

"怎会呢？"我撒谎，"我一早就想把你从枚姨那里接回来住，但她不舍得你，因为她自己无仔女，当你是亲生的。"

"但我不想再返枚姨家……"

"为什么？"

"她日日打我……"

"我同你讲过几多次？她是你教母，打你是为你好。"

"但是好痛……"

"所有小朋友都会被大人打的啦。"我打断他，"你快睡，不要乱想。"

"妈咪。"他说，"你不要怕我，我不会刺伤你的。"

阿藤没再说话了。他裹着外套，仰卧在棉毯上。我将一个电扇放在他床脚，熄了灯，没关窗帘，对面楼宇密集的方窗亮着，灯光流泻进来，为我照明。我将桌椅折叠，搬入厨房，再将一米五高的晾衣架从厕所搬出来，放在沙发床旁，搭上一条床单，它便成了一堵轻盈的墙，隔开我与阿藤。我擦洗泡沫地毯，席地而睡。屋子窄，身边一手远的地方，便是三开门板材衣柜——这是社工捐赠给我的二手家私。它里面装满五颜六色的衣服：五彩植物、斑斓波点、密集色块……有些是我从二手市场淘来的，有些是约会过的男人送我的，它们填充我贫瘠的生活。我天生对色彩有着狗对肉般的敏锐，小学美术老师常说，我以后会成为时装设计师。但她说得不准，我现在只是一个洗头妹，在旺角的salon里，最常接触的颜料便是染发剂。

那晚我一直做噩梦，梦里，一只手握着大剪刀，刀尖戳向一只海胆，向下凿开一个孔，顺着开口向侧用力裁剪，每剪一下，就像有毒刺扎向我，疼痛钻心；但剪刀不停剪，我就不停疼，直到海胆成了两半，露出鲜橙浓稠的卵巢，忽然，一个球体从中蹦出来——竟是阿藤的头，他血肉模糊地在地上打转，一边转，一边地对我说：妈咪，是我呀，妈咪……

我惊醒了。才七点多，阿藤已在穿衣服，准备上学。阳光如微火，缓缓烧开我的视线，我看到阿藤青绿色的校服衬衫，已被刺扎出密密麻麻的小孔。我赶紧爬起来，翻出医药包，抽出层层白纱，裹住他的四肢、腹背，蒙住黑刺，并让他在衬衫外多穿一层毛线外套。

"无论几热都不要除衫。否则你的刺会被同学发现。"我说。

阿藤点头。我知道他在对我笑，褐色双眼发出讨好的光——但我就是不愿看。

阿藤走后，我睡不着回笼觉，扒拉手机，不停在网上搜索资料。"如果人身上长满了刺会怎样？"我在搜索栏里打下这行字，得到的只有"刺身""倒刺"的照片作为回应。

怎么办？我想，阿藤变得这样奇怪，肯定没人愿意收养他。

——抵死。一个声音忽然在我脑子里说话：你行衰运，所以生个仔都是那么衰。衰婆。

这声音总时不时与我对话，它打击我，嘲笑我，讽刺我，击垮我花了好久才重新拼凑起来的自尊。社工告诉我，下次再听到它，就要捂住耳朵，深呼吸。我照做了，但我的视线还是再次脱离现实。我不再看到手机，而是看到那张脸，那张浮雕般立体锋利的脸，被百分之五十的英伦血统涂满白釉。他在对我微笑，向我走来，牵住我的手，轻轻吻它。但我一摇头，他就成了一个高大瘦长的背影，时而穿燕尾服，时而穿高尔夫球套装，时而完全裸露在泳池中。我不断追，他不断跑，待我好不容易拽住他的胳膊，他猛地一回头，一只冒着火焰的鬼向我袭来，灼烧、疼痛，我动弹不得……"欧阳柏林"，我不断在 Instagram 上输入他的名字，疯狂浏览与他相关的图片。他与名模在邮轮出席慈善晚会；他与整个剧组吃杀青饭；他和朋友观看香港国际七人橄榄球赛；他在吃晚餐；他在过圣诞；他在祈祷……他捧住一双新生儿的小脚丫。他在文案里写：感谢主，让我们迎来新的希望……七年过去，时光给他的眼角留下细微纹路，胡须爬上他的下颌。但他比以前更幸福了。

不是说恶有恶报吗？为什么他还没死？

仇恨像钝刀子一样，缓缓将我凌迟——但我死不了，只是在噩梦中睡去，直到闹钟再次将我吵醒。快十点了，我起身去salon。

我原本学理发的，师傅说我有天赋，审美好，很快就让我接触大客户，例如每隔半个月就要来修剪发型的少妇，把发色染成彩虹的潮童，要在鬓角修剪出字母的型男……后来，在社区大学念书的第二个暑期，我没事可做，被师傅推荐去跟剧组，做小工。跟剧组开工很好玩，只是拍一条几分钟的广告片，都要用一个星期搭场景。货车进进出出，留下家私、道具、服装……最后竟在一个废弃工厂似的空间里，搭出一个家。我跟着美术组，什么都做，烫衫，油墙，给假发套修剪发型。正式拍摄的时候，演员到齐，坐在亮满灯泡的镜子前，化妆师、发型师就在他们脸上、头上一顿操作，我在旁递工具，端茶倒水，好似看真人秀。我还记得那个发型师，是个男人，瘦瘦高高，却要盘个女人发髻，着中式长衫。我叫他裙哥，他叫我阿妹。他说，你好似好young。我说，是呀，我读大学

263

year2。他说，那你做事都几快手。我说，OK啦，跟师傅在salon混了一年多。他说，那我下次开工再叫你。我说，有无明星先？他说，无就不叫你。我那时笑得好开心，给他递烟，点火。想不到这就过去了七八年。也不知现在裙哥混得好不好？那件事以后，我已经退了学，注销了社交媒体账号，换了电话，不跟圈内人来往。我不能再理发，心思总是飘散，手一抖，就把剪刀戳到客户头皮。师傅可怜我，介绍我来现在这家salon，做洗头妹。起初我都不钟意，但后来发现，洗头几好啊，好轻松，不用脑，时间顺着手上的泡沫就流过了。Salon里的姐妹都很喜欢跟我聊天。什么这个商场，那个餐厅，这个打折鞋子，那个廉价机票，令我很快就把烦恼扔到脑后。休息时，我喜欢去后巷抽烟。这么多年，我只买些便宜烟，口味重。小妹妹们喜欢抽那些细细的、尼古丁含量低的女士烟。"一样都有毒，"我跟她们说，"早晚都要生cancer。"她们纷纷骂我乌鸦嘴，我却笑得很大声。"今晚去你家打牌？"她们问我，烟圈弥漫开来。"等过几天，最近都约了人。"我撒谎道。

我跟阿藤在一起生活了十几天，他与我印象中一样乖，懂得自己洗漱，更衣，上学，放学，写功课——我想，这都是枚姐严厉管教的结果。每晚等我到家，他已穿好工装外套，躺在棉毯上睡着。小夜灯的昏黄渗漏在他脸上，面容看起来终于不那么惨白；紧闭的眼睑仿佛两抹浅浅的叶，遮蔽褐色眼珠。每当这种时刻,我才愿意多望他几眼。看着那些从他锁骨上露出的黑刺,我想,不过就是一些反常的小东西,就像有人生暗疮,有人长麻子,也没什么大碍吧。我每天只需为他包裹纱布,把刺屏蔽,不要伤到他人就好。我甚至怀疑枚姐骗人,因为我从未见到阿藤做任何暴力行为。我打算过完这个月,再请枚姐吃餐饭,把阿藤给她送回去。我必须与阿藤保持距离——这是社工对我的建议。他说我需要隔离一切令我回忆起过往的事物,于是我把阿藤推出我的生活。朋友说我狠心,但我觉得自己还不够狠,否则阿藤都不会被生出来。最初我发现怀孕,是想死的。但是阿妈不许,她说自杀有罪,会下地狱。我说那我去落仔,她吓得反锁房门,不准我出去。她是一个迷信的基督徒,不许我做任何在她看来背叛上帝的事,否则会阻碍她上天堂。我尝试撬门逃跑,她就派那些教会的兄弟姐妹去捉我,绑我在家,把我当宠物养着。后来肚子越来越大,我怕再去堕胎会痛死,只好生下阿藤。都说生仔超级痛,但我几乎像拉屎一样轻松。生完我就自由了。阿妈也不再锁我,天天守着她的乖孙。可能她太开心,有次带阿藤出去玩,阿藤一路跑,她一路追,笑得上气不接下气,就倒地死了。阿妈一死,我快活了,天天把男友带回家,都是在tinder上认识的、印度的、土耳其的、法国的、墨西哥的。其实我以前对爱情多少有点幻想,但那件事以后,我只想认识新男人,没有最新,只有更新。因为只有初识的男人才会对我好。阿藤有时也哭闹,但我不理他，我是故意冷落他，后来他就习惯了，一人在卧室里看漫画。有一晚，一个加拿大男人饮醉酒，发癫，打我，我在床上尖叫，不久，警察居然来了，是阿藤报的警。那次以后，就有社工联络我，跟进我的生活，日日给我打电话、发信息，嘘寒问暖，搞得我很烦。不过有时，又很感谢社工，是他们给我送来漂亮家私、衣服，还帮我找到枚姐。她是中年教师，一生未婚、独居，就想找个小孩来教育。送走阿藤那天，他一直抱着我大腿，是被社工还有枚姐一点点将他的手指从我身上抠下来，抱走了。他的哭声在走廊里回荡——欧阳柏林，你的孽种终于被我扔走了，我自由了。我这样想，以为会有一种复仇的快感，但是好像也没有，反而觉得家里好静，屋子变得好大，我好小。

就这样，又平安过了一日。午饭时间，我正窝在充满洗发水味道的角落里吃盒饭，忽然，手机一阵响，来电显示是圣基小学马Sir。如果是以往，我会挂断，然后叫枚姐替我打过去，但我这次犹豫了几秒，还是自己接了。马Sir的咆哮从电话那头传过来。他命令我马上赶到学校，否则，他对阿藤所造成的任何严重后果都不负责任。他的语气那样笃定、急迫，令我脑子再次闪现可怕的噩梦：阿藤变成一只巨大的海胆，在校园里横冲直撞，用他满身的刺扎向一具具脆弱的肉体。血肉模糊的画面令我全身冒冷汗。我顶着被扣钱的风险，强行跟老板请了假，迅速赶往学校。当的士计价器上的数字不断飙升时，那个声音再次与我对话：

——你为什么要为了阿藤那么做？他只是一个肮脏的产物，你忘了吗？

但我来不及自我搏击了，司机已把我送到目的地。不知是不是因为我染了一头红毛，又露出覆满脖颈的曼陀罗文身，我被门卫扣留身份证，才让进校门。下课铃响了，孩子们像疯鱼一样拥出来。我逆着鱼群，向教学楼五层的走廊尽头行去，感到目光纷纷粘上我的背脊。

办公室门紧闭，我正要叩响它时，里面传来一阵咆哮。我破门而进。在充满温热汗臭的小房间里，我看到阿藤——披着破烂的校服衬衫，腰腹上还挂着几条纱布，他此刻像是被僵尸附体，硬着脖子，张大嘴巴，伸长胳膊，仿佛要掐死马Sir。好在那双失控的胳膊已被马Sir肥硕的大手紧紧捉住，但也正因如此，胳膊上的黑刺深深扎入手掌里，血水渗出来，手掌主人惊慌大叫。

我立即关门，反锁，跑到阿藤身边，想把他从马Sir身上扯回来，但又怕被他刺伤，手足无措时，正好望见办公桌上堆了些派对用品：礼花筒、生日帽，还有一包气球。我拿起一只气球，吹胀它，将它扎到阿藤后背的刺上——"嘣"——阿藤瞬间就被施了魔法般清醒过来。他身子软了，胳膊耷拉下来，转身望着我，褐色的眼睛像是湖泊般，泛着委屈的涟漪。

马Sir不断挥舞满是伤口的双手，骂我：

"好心你做个人啦！你个仔身上长刺，你都不带他看医生？他如果有病怎么办，如果传染怎么办？生了仔也不管教，生来做什么？不懂做人，就不要学人做阿妈啦！"

恍惚间，周遭日光消失，我仿佛不断下沉，坠入暗黑，我的头被踩着，双臂被反绑，一张张照片甩到我脸上，我看到自己，裸露的身体、痴迷的表情，唾液从歪斜嘴角渗出来……它们仿佛皮鞭抽着我的耳光。我听到陌生男声在骂我，羞辱我。他们让我闭嘴，永远消失，不许说出任何与欧阳柏林有关的真相。

我感到尖锐的物体划开心房，血水好像眼泪，漫过我被踩在地上的侧脸。

——起身。反抗。那个声音又跟我说话。现在机会来了，为什么不报仇？

刹那间，日光再次明亮，我的视线恢复正常。马Sir还在喋喋不休，我却只是望向阿藤，他满身黑刺，瑟瑟发抖，刺随着他的战栗而在皮肤上震颤起伏。我走向他，像是被施了魔法的公主，朝着邪恶的纺锤，按下我的手指——

"妈咪！"阿藤赶紧弹开，但也迟了，冰凉的痛意已深入我心，血珠在我的拇指上绽开花。

我不是没想过报仇。Salon里有个姐妹，跟古惑仔拍拖。

我问她，条仔能不能帮忙劈人？她听了笑我，什么年代，还劈人？现在发发信息、打打电话，用个靓女相片跟猪头男聊聊天，就可以骗到钱，谁还要见血呀。

我又跑去找私家侦探。那是个全女班的侦探社，贴满了"为女性伸张正义"的slogan。在那个私密的会议室里，我对社长说了自己的遭遇。社长也是女人，短头发，穿三件套西服。她听完义愤填膺地，发誓要动用全部资源，帮我筹备复仇大计。我很兴奋，落了订，几千蚊。结果，那班仆街，收了我的钱，却只给我调查出些边角料，什么他经常去西九龙私会情人，太太每周五都要去澳门赌钱，女儿在九龙塘国际学校上小学——她叫做Melissa。每周三下午，欧阳家的菲佣都会把Melissa从小学接走，然后送她去又一城的溜冰场，随后，菲佣就会跑去跟泰国女友约会，直到两个钟后再出现。侦探把偷拍到的照片及视频给我看。Melissa穿着浅粉色小衬衫，蓝色格子小短裙，人生混血儿的发色闪着浅啡光，一对丸子头被高高盘起在脑门上，好像从玩具店里走出来的洋娃娃。我问侦探，给我这些资料有鬼用呀？侦探说，你看看要不要搞他的家人然后泄恨啰。我说，谁搞，你有人吗？侦探说，欸，我们只负责打探信息，不负责劈人喔。如果你想报仇，可以设计一场"意外"嘛……

什么样的意外呢？那时我想不到，现在我有了灵感。

一到家，我就将之前侦探给我的资料从柜子里翻出来。望着Melissa纤细的身影,那么白皙的四肢,我觉得阿藤的刺是伤害她的绝佳武器。

此刻,阿藤还在为自己误伤同学的事情懊恼,蜷缩在角落里,自言自语:"不关我事的……纱布从校服里跌出来,同学笑我是木乃伊,逼我除衫……然后,那些刺就发癫,它们要我去伤人……"

我走过去,抚摸他的头发,对他说:

"不要哭了,妈咪带你去溜冰。"

我很久没溜冰。小时候在老家,我爸是体育老师,教我轮滑,叫我想象自己是哪吒,穿上轮滑鞋就是踩上了风火轮。他在前方牵着我,叫我将重心向前,右脚在地面一踩,腿部重心就马上换到左边;如果感到快要跌倒,双膝合拢,整个人向前倾,轮子就会缓停。我很快就学会了。体育课上,我经常踩着轮滑鞋,跟同学玩贪吃蛇。我站在最前方,后面的同学扶着我腰,以此类推,我们一致向前,左脚、右脚,好像一条巨大贪吃蛇,在操场上飞速滑行。到了香港后,我没再玩轮滑,人太多,车太多,而街道太窄。我搬来香港时才八岁,那年我妈闹离婚,嫁给一个比她大二十岁的香港人。继父当年在内地开公司,卖保健品,因此认得我妈,收她为下线。我最初不想跟我妈走,但我爸逼我走,说我不要做他的拖油瓶——其实我明白,他是希望我去香港过好日子。只是那时大家都猜不到，没过几年继父的保健品公司被查封，他就跑去搞理财产品，结果被2003年的金融风暴杀得片甲不留，日日被追数佬恐吓，得了抑郁症，看医生也没见效，吃了一大瓶安眠药死掉了。他的遗产都拿去还债了，我妈只好带我从美孚新邨搬去彩虹住公屋。很好奇如果我妈一早预知未来，当年还会不会拖着我远嫁来香港？继父死那年，我已是中学生，偶尔跟男生逃课去冰场里拍拖——原来懂得在土地上轮滑，溜冰就易如反掌。

此刻，阿藤已在我的指导下，穿上黑色溜冰鞋。起初，他很兴奋，但也有点害怕，一手牵着我，另一只手抓着围栏。

我想起以前爸爸教我轮滑时说的话，便重复给阿藤听：

"别紧张，想象你是只雀仔，双脚是你对翼，你好轻好轻，飞过冰面。"

他好像有所领悟，逐渐放松四肢，迈步自如了些。我又抓过他另一只手，缓缓向后倒退，拉着他向前。他的手裹了纱布，又戴了毛线手套，握在手心里好像小动物的肉爪。他努力掌握平衡，有时滑得快了，会向前倾倒，额头撞到我腰间。就这样带他滑了三圈，我尝试放手，让他独自一人，左一脚、右一脚地踩在冰上，有时前倾，有时后仰，一不小心双膝向前摔倒，但也可以很快爬起，逐渐滑远，绕过旁人，顺着圆形冰场，滑出一条弧线。我看着他小小小小的身影，竟恍惚间看到多年前的自己，在操场，滑过灌木丛、蓝球框，又回到起点，我爸就坐在那里，等着给我擦汗。

——你不要圣母心泛滥。那个声音再次响起，打断我的回忆。它持续冷却我的对阿藤若有似无的情感，反复对我呐喊：你记住，你要报仇，报仇，报仇！

这些天，我谎称带阿藤看医生治疗，为他申请了短期休学。每日上午，我都带他去溜冰，中午再一起吃麦当劳，下午我再去salon工作。一个多星期过去，阿藤已经可以独自在冰上滑行。他还不知道自己做这些的目的是什么，只是很容易被满足，一圈又一圈地在冰上行走，经过我时就憨笑，好像在漩涡中的快乐小鱼。

终于到了星期三。下午四点，我再次带阿藤来到溜冰场外，但并没放他进去，而是在休息空间坐下。阿藤什么也不问，像一只识趣的狗，盘起腿，将一本漫画从口袋里拿出来，静静翻看。

我举起一只迷你望远镜，对着溜冰场大门守望。四点十五分，Melissa终于出现在我的镜头里。她似乎长高了些，真人比照片上的模样更靓，棕色头发上别着彩色发夹，两条拳击辫搭到肩头。而她身边的那个菲佣没什么变化，还是将头发扎成马尾，穿一件男款墨绿色T恤，下搭浅粉色沙滩裤，踩着明黄色人字拖。我看着她将Melissa送入冰场，她就四处观望，打了个电话，不久，一个梳着脏辫、戴着鸭舌帽、嘻哈打扮的泰国女人出现，两人手拉手向着商场别处走去。

"你现在去溜冰。"我将阿藤拉起来。

今天是工作日，冰场里的人不多。有一个穿着教练服的女人在冰上旋转，高高举起一只腿，表演花样动作。不久，Melissa出现。她已穿上湖蓝色镶钻溜冰裙，踩着洁白冰鞋，好像冰雪公主，轻盈地滑进场内，滑向那个教练。

"看到那个妹妹了吗？"我指着Melissa，对阿藤说。

阿藤点头。

"你觉得她靓不靓。"

阿藤笑了，害羞点头说：

"靓呀，好似鬼妹。"

我蹲下来，抚摸他额头，郑重其事对他说：

"等一下你进去，用你的刺，把她刺伤。"

阿藤被我吓到，呆呆看我。

我继续说：

"刺她的脸，不停地刺，狠狠地刺，就像刺破一只气球。"

阿藤笑容消失，双眼垂下来：

"妈咪，马Sir说我不可以再随便刺人啦，否则我会被警察抓走……"

"马Sir骗你的。错的不是你，是你的刺。刺要发癫，你也无法控制，对吧？"

阿藤咬着下嘴唇，没出声。

我继续说：

"你想同我一起生活吗？"

阿藤使劲点头。

"那你就去刺她。刺了她，你就不用再返枚姨家了。"

这句话果然充满魔法，瞬间点亮阿藤眼中的光。

他上冰场了。

起初，阿藤按照指示，一点点向Melissa靠近。但Melissa有专门的教练跟随，练习冰上动作，他无法实施行动。我在场外对他打手势，示意他继续滑，不要停。于是他就围着冰场转圈，余光望Melissa。终于，她脱离教练，自由练习。她在围栏的附近，头向后拧，望着身后的空地，练习冰上逆行。机会来了。阿藤看了我一眼，便开始加速向她滑行。他好像一只顺风而行的小小风筝，一边滑，一边解下右手的手套。我看着他一点点逼近Melissa，纱布一层层被解下，一片片白色飘在他的左手里，好像风中的旗帜。就在这时，Melissa忽然停下，转了个身，望向阿藤。这突如其来的对视令阿藤紧张，他顿时向前倾，左右手上下摇摆，却还是没站稳，脸朝下，摔在冰上。我吃了一惊，想跑进场将他扶起，但是想起自己还没换上冰鞋。就在我担心阿藤右手的刺会被旁人发现时，Melissa却滑向他，看似要俯身搀扶他。阿藤却被吓到，他在冰上打了几个滚，爬起来，丧家犬似的急速滑向我，滑向冰场的出口。

"妈咪……"他已经在哭，上气不接下气，"我不敢……不敢刺……"

不知为何，看着他那懦弱、扭曲的小脸，我仿佛再次看到自己，看到自己的脸被压在枕头上，双手被人紧紧捏住，眼泪一直流。

——为什么不反抗？那个声音再次响起，废物，废柴，loser！它骂我。

莫名怒气在我心中烧起。我一巴掌扇在阿藤脸上，揪起他的肩膀，扯他往外疾走。

"不准哭！"我命令他，"你个废柴。"

也许是计划的失败令我难堪，又或者过往的回忆刺激了我，我觉得体内有一股龙卷风，不断操控我的手。我一到家就把阿藤甩到沙发上，反锁房门，然后从厨房里拎出一把大剪刀，那是专门用来剪肉的，比普通的剪刀更锋利些。我不管阿藤的尖叫，揪住他后脑勺，将他摁在沙发上，对着他身上的刺剪去——刹那间，我的视线又再次出现错乱，我仿佛回到那艘神秘的船屋里，眼前是一张餐桌，桌上铺着印花的金色桌布，桌上放着玻璃盘，盘上堆满冰块，冰上是十二只生蚝。一只手在为我倒酒，我顺着那只手看上去，见到一张白皙立体、仿佛浮雕活了过来的英俊脸庞，那是七年前的欧阳柏林。错乱中，我仿佛又回到了二十岁，跟着袏司，来到海边的剧组开工。在海滨的流动化妆车里,我为欧阳柏林整理衣领、裤腿,他忽然抚摸我的头发,说我so cute,那时我只知道他是一个金融集团的太子爷,港英混血儿,从外国留学回来,到这个剧组里客串玩玩。Thanks!我对他说,心里觉得他好靓仔。当晚,道具组都在海边铁皮屋里休息,我却被裙哥叫走,他说欧阳柏林想约我晚餐。他指了指远方的海,夜空下有一只白色大船,停在岸边,好像一只巨大的珍珠蚌。

音乐忽然响起,欧阳柏林拉我起来跳舞,他的手捆住我的后背,体温很低,好像一只神秘的冰雕人。一个穿着制服的服务生进来,献上一个铁桶,欧阳柏林兴奋地把我拉到桶边,我低眼一看,有几只黑乌乌、长满刺的东西,让我害怕。欧阳柏林却十分兴奋,戴上手套,从中拿出一个,甩到桌上。"这是海胆。"他说。紧接着,他打了个响指,服务生就给他递来一只大剪刀。他将海胆翻身,它对他露出一块白色的壳,好像狗子露出柔软的肚皮——他狠狠戳下去,凿开一个小洞,然后顺着洞口,裁剪、裁剪、裁剪……"我最喜欢杀海胆了",他笑着对我说。

——仆街!人渣!我抄起剪刀,对着记忆中的欧阳柏林刺过去,好像这样就可以剪碎后来发生的夜晚:我在高贵的海鲜里沉沉睡去,脑子里不断出现迷幻的情节,身体却被他肆意辗压和玩弄,就算我中途意识恢复,也无法做出任何动作,好像一具活死人,就那样麻痹、僵硬,任由眼泪打湿枕头……

不知过了多久，等我视线恢复正常，我才发现脚下全是黑刺，刺上带血，在泡沫地毯上绽开一片猩红。

原来阿藤身上的刺已经没了，全被我剪光了。他惨白肌肤被渗着血珠的粗大毛细孔覆盖，好像全身都在哭泣。这时我莫名感到内疚，为阿藤全身涂抹酒精。原本沉默的他更加阴郁，就算被酒精刺痛，四肢发抖，也不曾发出任何声音。

这夜，我们谁都没有说话。也好，长痛不如短痛，剪光了他的刺，他以后就可以继续做正常人，我这样安慰自己，逐渐睡去。然而，令我害怕的是，一觉醒来，阿藤身上再次长满了刺，新刺比旧刺更粗，更硬，更密集。

我开始在工作时走神，洗头时将泡沫跌入客人眼里、热水烫到客人耳朵，被骂了好几次。每次到家，阿藤不是蜷缩在沙发，低头看他手中漫画，就是依靠窗边，呆呆望着天花板。地板上总是散落着各种各样的受害品，有时是被戳烂的抱枕，有时是被扎满洞眼的杂志，有时是被刺满花纹的碗碟。终于有一天，他的卡其色工装被划成一条条破烂碎布，睡毯里的棉花被掏出来散落成一地积雪，沙发表面上的花纹被刺烂，成了哭泣狰狞的脸。阿藤什么也没说。他赤身蹲在角落里，既不看我，也不发出"妈咪"的哀叫，如一团带刺的乌云，散发着令我害怕的阴森。

我无法再把阿藤独自留在家。我想起小时候，家里养过一只不听话的狗，它总是咬烂拖鞋，撕碎衣服，谁教训它，它就对谁叫唤。于是有一天,我妈就把它带出去散步,然后它再也没回来。也许是它自己走丢,也许被我妈给丢了,没人告诉我真相。当我看着满屋狼藉,我就想起了这条狗。

第二天一早,我带阿藤走在街上。他好些天没出门,注意力不断被经过的店铺吸引。我带他在一家动漫城门口停下。

"你先进去玩吧。"我说,"我去对面超市买东西。"

"真的吗?"阿藤惊喜雀跃,并向我保证,他一定会控制好他的刺,不让它破坏任何东西。我看着他一溜烟钻进斑斓的动漫世界,像一只小虫,附上玻璃橱窗,浏览琳琅满目的公仔,然后,我逐步向后退,一点点,一点点,直到人群将我的身影隐没,我立即转身,向着对面街小跑起来。

我一直跑,一直跑,生怕被阿藤追上来。但我却不知可以躲去哪里。Salon吗?没用。阿藤随身携带的卡片上写着我的工作地址,他那么机灵,一定会通过那串地址找到我。回家吗?更没用。阿藤闭着眼睛也能摸回家。就算他真的迷了路,无处可归,那他的刺也许又会发作,随机性地刺伤路人,后果也许还是要我来承担。

——你以为可以逃吗?那声音再次嘲笑我:你无处可去。他是你的影子。他是你的孩子。

最终,我又回到动漫城。

阿藤并没像我想象的那样敏感。他完全没发现我的离去,正在书架边看着一本手掌般大小的漫画书,头低得很低,仿佛整个魂魄都被吸进故事里。

"走吧。"我对阿藤说,"和我一起去salon吧。"

我不敢把阿藤独自留在家里,也没法把他一个人留在街上,只得带他一起去上班。我把他的外套拉链拉到最高,并给他已经缠满纱布的手戴上手套。

"如果别人问起,你就说你今天感冒了,怕冷,明白吗?"我吩咐道。

阿藤点头。

Salon的姐妹见我带了阿藤来,纷纷围过来八卦,问我什么时候有了这么大个仔。我叫她们闭嘴,不要到处声张,免得被客人投诉。然后,我让阿藤猫坐在前台桌子底,乖乖看漫画,不要随便出来。

今天是周六,客人很多。我一时洗头,一时给头发涂抹染发剂,一时又要将头发夹到烫发器上,满场连轴转,心里却忐忑,担心阿藤发作,便隔二岔五往前台那边跑。不过万幸,今天坐前台的是绮妹,才十八岁,顶着黄澄澄的童花头,每天笑嘻嘻,是团队里的开心果。每次我往前台那边瞥,总能看见绮妹低头说笑,也许是在跟阿藤聊天。可当我第五次经过前台,却不见了绮妹,走近一看,才发现她居然也钻到桌底下,蹲在阿藤身边,将右手摆在他面前,而他正用食指上的刺,在她的肉上扎来扎去⋯⋯

我赶紧冲过去,叫阿藤快停手。绮妹却对我摆出"嘘"的动作,还把我拉扯到桌底下。

"你干吗那么恶?我让你个仔给我免费文身而已嘛。"说着,绮妹抬起手背给我看,那里竟多了一只由黑色线条勾勒而成的哆啦A梦。我一把抓过她的手背端望,公仔线条的周边是完好无损的皮肤,没有血珠,没有伤口,只有哆啦A梦的圆脸在对我笑,嘴角上扬出讨喜的弧线。

我还是不敢相信眼前的一切:

"不疼吗?"

"不啊。"绮妹一边嚼着薄荷糖,一边对我说,"By the way,你个仔都几有型喔,那些刺是怎么弄来的?是最新的潮流吗?"

我没有回答她的玩笑,只是扭头看了看阿藤,他也正静静望着我,我们似乎许久未曾这样近距离对视,salon前台射灯的光铺满他脸庞,反射出一种我从未见过的笑容——不是讨好,也不是礼貌,而是自豪。

为了验证阿藤的刺具有无痛文身的功效,我在午休时召集了几个好姐妹,一齐躲在后巷,逐个让阿藤来尝试。她们雀跃着排队,纷纷献上自己的右手背、左胳膊、小肚腩……阿藤在她们的期待下终于成了一个真正的小朋友,调皮地深呼吸几下,默念一串咒语,还对着右手食指吹了口气,最后以刺为笔,在不同的皮肤上作画。没有血珠,没有伤口,只有黑色的墨汁从他的刺下流淌出来,并瞬间贴合在人体上,绽放出松弛熊、米老鼠、美乐蒂……一个个卡通刺青。大家忍不住尖叫、惊呼,大笑着赞美阿藤梦幻刺功,还怂恿我也赶紧试试。"你怎么做人阿妈的?你个仔是神奇天才文身师,你都不知?"她们笑得前仰后合。很奇怪,我听到这样的玩笑,竟一点也不恼。

"妈咪……"阿藤仰着脑袋对我说,"不要怕我,我真的不会刺伤你的。"

也许是因为姐妹们的支持令我无比松弛,又或者是后巷正午阳光太辣,晒得我唯有低下眼,与阿藤对视:

"那你给我画个史努比吧。"我说,"我喜欢狗。"

说着,我在大家的欢呼下,用衣角布料擦干胳膊上的微汗;她们纷纷举起手机,为我记录神圣的时刻,特地让我放慢动作,缓缓将手臂递向他的刺——

"啊……",我却疼得叫了一声,血珠瞬间渗出来,阿藤也愣住了。

只刺了这一下,欢乐气氛就土崩瓦解。大家谁都没敢吭声,只是拿出纸巾给我擦血。我看着阿藤低下头,好像失去太阳的向日葵,满面的自信碎了一地。他从口袋里掏出纱布,再次包扎右手,戴上手套。

午休过后，大家又投入到工作里，阿藤也被绮妹带回到前台桌子底。有好几个客人在等着我去服务，但我的脑子却好像被乌云覆盖，怎么都清醒不起来。我一边为一个男人搓洗头发，一边反复琢磨，为何阿藤的刺一接近绮妹，就变成神奇的无痛文身笔，但接近我，却再次变回伤人利器。难道他的刺，会因他人态度而改变？我逐一回想起他刺伤的人：打他的枚姐、嘲笑他的同学、骂他的马Sir……

"喂呀！你想烫死我？"怒吼从我眼皮底传出——原来我走神，忘记调低水温，还将花洒直对着客人的眼睛喷射。那是个矮小男人，他痛得站起身，湿着头，跳着脚骂我。

"Sorry，sorry……"

我不断道歉，递上毛巾，却被他狠狠推开。

他一手捂着被烫的左眼，另一手掏出手机录影：

"你个死八婆想害死我？我这么辛苦赚的钱，给了你，是为了享受，不是受苦呀，我屌你老母……"

他的骂声像惊雷一样砸向我。我身后原本还躺着两三个正在洗头的客人，现在都纷纷离场。几个姐妹围过来尝试安抚他，亦都被他的叫骂轰走。

就在众人逐渐适应了他的谩骂，开始恢复正常秩序，各做各事时，他忽然声调一转：

"唉呀呀呀……"像是发出痛苦的哀号。

他一边嚎，一边趔趄，身子一闪，我竟看到阿藤，裸着满身的刺，狠狠撞向客人后背——血色如霾，在他米色Polo衫上弥漫开来。

客人惊呼报警，其他人像受惊鸡仔乱窜。阿藤却成了上了发条的士兵，一边发起攻击，一边默念：

"我不准你欺负我妈咪……我不准你欺负我妈咪……"

我赶紧扒开人群，拖着阿藤向外狂奔。

"快捉走那只怪物——"

我听到客人在喊，感到有人在后面追，一只手已经抓住我的胳膊。我使劲挣脱，转身又踢又踹，然后再继续向前跑。

我感到越来越多路人围观。我边跑边把外套脱下，盖在阿藤身上，遮住他的刺。我不知道为何要这样做，但我的行为告诉我，这就是我必须要做的事。

我们越跑越远，叫骂、吵嚷似乎被我们甩掉了。一个圆形石门在前方向我展开，我猫腰冲进去，进入一片几乎无人的公园，一股脑在草坪上躺下，气喘吁吁。

"妈咪……"阿藤蹲在我身旁，一边哭，一边将剩下的纱布从腰腹上取下，再一层层裹住我的手——我这才发现，手掌全是血。一阵痛感同步袭来，像是千万只电钻在我手心里刻字。

"我不是故意的，妈咪，你不要生气……"

"没事，没事……"我将他拥入怀里，"我不生你的气……"

不知过了多久，阿藤似乎哭累了，睡着了。我本想让他多睡一阵，却忽然想起什么似的，连忙将他从我的怀里移开——不是幻觉，也不是我的麻木令我感受不到被阿藤刺伤的痛，而是一件神奇的事情的确在发生：

阿藤身上的刺不见了。

条形码迷宫

一

阿Mint总觉得右手背瘙痒，动不动就挠：发邮件给上司的时候挠，打电话给客户的时候挠，就连夜晚发梦也在挠，指甲大力划过肌肤，在暗夜里留下抓痕，翌日醒来，挠过的肉块生出一片浅白与深黑交替的竖型条纹，间隔有序地排列，粗粗细细，好像斑马纹。

黎岛大惊："什么斑马纹？明明是条形码。过来让我仔细看看。"他举起手机，打开摄像头，对准阿Mint右手背，不断放大画面，毛细孔在逐渐模糊的像素里肿胀成一片沙漠，其上开出黑白栅栏制成的迷宫。黎岛的国语说得稀烂，但还是坚持说："叫你不要每日想着赚钱，买野，你看，你自己都成了一件野。"

"买野",就是买东西。"野",就是东西。

"乱讲。这不就是晒纹嘛。前些天去浅水湾比基尼市集拍vlog,晒伤了。你看我这里,不也有这种纹路?"阿Mint指了指她的肩膀,小麦色肌肤上突兀着几道亮白纹路,那是被泳衣肩带覆盖而躲过紫外线的皮肉。

"那你还不去看医生?小心皮肤病,生cancer……"

"呸呸呸。乌鸦嘴。不是说了嘛,等我下个月过了试用期,拿了公司医疗卡才去看医生,不然太贵了,光是门诊费就要好几百……"

阿Mint把右手抽回来,拇指不断点击鼠标,眯眼盯着电脑——她正在将一组照片剪辑成动画:银色亮片抛光皮革高跟鞋、拉菲草编织坡跟凉鞋、灰白色马衔扣防水台乐福鞋、手工镶八角形切割彩色水晶高跟鞋……这些原本住在锃亮橱窗里,被灯光温暖、毛绒毯子铺垫的高贵物品,倏忽间成了"SOGO开仓感谢祭"祭品,横尸于花车上。如海啸拍岸的手一双又一双涌过去,抚摸、拉扯、翻转它们。阿Mint身为"香港买买买"的小编,被商场公关邀请过去,亲临现场拍摄开仓盛况。她机械地翻起一件件商品,拍照,拍照,拍照,再将照片剪辑成短视频,同时发布在"香港买买买"的抖音、小红书、视频号、Instagram……这是她港硕毕业后的第一份正式工作。

"……原价一万八,现价九千?原价八千八百八十八,现价四千四百四十四?"黎岛凑近屏幕看热闹,将产品吊牌上的价钱念出来,"痴线,这么贵,买来有鬼用?"说着他又把阿Mint右手抓过来,将其手背上的纹路与吊牌上的条形码对比,"你看,你手上的条纹跟那些商品的条形码一模一样。是不是吊牌落色,染到你手上了?"

阿Mint把手抽回来,紧紧握住鼠标:"……掉什么色啊,那些都是国际大品牌,你什么都不懂……"

黎岛一听,一张长脸拉得更长:"赶紧辞职吧,不然你也要变成一件商品了。"

阿Mint恨透了黎岛这态度,怎么动不动就辞职?越混越像个loser。自从他裸辞去参加了个什么文学夏令营,回来之后就疯了:除了一日三餐,什么东西都不买,翻出中学校服来穿,还在后背上写满"反资本洗脑";简历也不投,说是不想再为无良资本家出售灵魂。他说自己正在寻找一种全新的生活方式,一种无须违背良心也可以活得很幸福的办法,但阿Mint不信,觉得他就是逃避,找借口,没钱给她买钻戒求婚,也没钱跟她一起在香港合租,害得她总被爸妈催分手、催相亲、催回老家。一想到这,阿Mint开始喋喋不休,两片嘴唇奋力扑扇,芭蕉扇似的,在十几平米的零居室里扇起一场山火。

但黎岛不惧,他有他的绝招——摔东西。砰——嚓——吧唧——阿Mint见盘子、碗、花瓶、茶杯,一个个在瓷砖地板上绽开花，心里不断蹦出数字，98、100、50、21.99、32.54——钱，这飞溅在地的都是钱做的血和肉啊，心疼死了。没办法，为了制止黎岛暴力的抗议，她只好住嘴，摔门逃了出去。

夜晚七点的旺角街头，明晃晃全是人。拎着精致购物袋的，拖着装满果蔬小车的，滚动着印满大牌logo行李箱的，他们挤得阿Mint颤巍巍，一时失了方向。空手赤拳的她唯有一个侧身，躲进了"大快活"。

"大快活"是香港版的"麦当劳"，但它比麦当劳还勤劳，早上有肠粉、萝卜糕、糯米鸡等港式点心，也有通粉、鱼柳、三明治等西式小吃，中午可选中式几菜一汤，也可选日式咖喱鸡、番茄肉酱意大利粉等异域菜肴；两点半后便是下午茶，碗仔翅、西多士、鸡中翼、迷你热狗……；晚餐最丰富，牛扒、香脆海鲈鱼、火锅，甚至煲仔饭……早七晚九，它永远像跳蚤市场一样热闹，无论你是急着见客，匆匆吃个西多士的上班族，还是拄着拐杖、推着轮椅，说话也哆嗦的空巢老人，甚至是脏兮兮、臭烘烘，为了打游戏而几天不洗澡的宅男，你都可以在"大快活"里找个空地坐下，喝杯奶茶，享受一下免费冷气。运气好的，坐进卡座，在软皮沙发上打个瞌睡，都不会有人撵走你——店员都像机器人似的连轴转，不得闲搭理你。此刻正是晚饭时间，阿Mint在"大快活"里绕了四圈，才终于望见空位：四座方桌，两个男人面对面坐着，另一个椅子上堆了个大背囊，还有一个椅子空着。她小跑过去，一屁股坐下，摸出手机——十五分钟过去了,黎岛既没打来电话,也没发来信息。完了,他不在乎我了,阿Mint一撇嘴,差点要哭,忽然,手机弹出来一则App动态消息:

SASA夏日大减价　必买日本药妆抢先看

好似一束阳光,点亮了阿Mint差点被泪水侵占的双眼,她手指一滑就点进去了。做学生时,她也不怎么关注打折活动,但自从做了"香港买买买"的社交媒体小编,从早到晚都要帮各种商家撰写促销新闻,顿觉世间太多优惠便宜,不占白不占啊——买不起四位数的减价高跟鞋,但两位数的药妆还是不在话下嘛。都说在香港活着很贵,但只要不去思考那些掌控之外的东西,一切还是如鱼得水。

就在她细细对比两款热门减价酵素洗颜粉,不确定是加了杏子粉粒的好,还是加了玻尿酸钠水质的更好时,忽然听到身旁大叔长叹一口气——"哎!"　像是失了魂的狮子,徘徊在巨石上,仰天哀号。阿Mint发现香港人很喜欢这样叹气。并不是轻轻地发出一声吁叹,而是将"ai"这个音节用力发出声,声调一波三折,有时还会配上港式粗口。这声"哎",她最近也时常从黎岛嘴里听到。例如在她说自己要加班参加商场的公关活动而不能跟他约会、为了写美食测评而吃了十款不同西多士导致便秘三天、舍不得医疗费连胃痛到站不起身都不去看医生的时候,黎岛便会发出那样一声"哎"。这耳熟的哀叹,令阿Mint忍不住观察对面那位大叔:他发际线略高,头发染成酒红色,但白发却野火烧不尽地从两鬓生了一茬子;眉毛淡淡的,戴着黑框眼镜,皮肤蜡黄,长脸,嘴巴有些往下耷拉,嘴唇泛着点儿乌青,仿佛有诉不尽的苦。

"前阵子阿Jay转了行,紧接着就结了婚,老婆现在已经大肚啦,如果不是赚了钱,他哪敢?"大叔狠狠地吸了一口可乐,望着阿Mint身旁的男人。

阿Mint不好意思直接拧过脸去看旁边的男人,只能用余光扫了眼:他比对面的大叔显得更加愁苦,低着头,头发不加修饰,卷毛泛滥;两手摆在桌面上,手指粗糙又干瘦,不理手边的咖啡,但偶尔会摸一摸安放在桌上的笔记簿——4A大小,牛皮封面——好似在抚摸一头睡着的小兽。这样的小动作令让她联想起黎岛。黎岛喜欢写作,用手写,外出总要带笔记本。有次他在地铁站等阿Mint下班,一个人坐在月台最尽头的长椅,在膝头摊开笔记本,右手转着圆珠笔,写一写,停一停,抚摸微微凹凸的字迹。他的个子很高,又瘦,弯曲身子在长椅上,好像那尊"思考者"的雕塑,沉默的侧脸是阿Mint最喜欢的,单眼皮凹陷在突出的眉骨下,鼻梁尖锐地在空中划出三角,厚厚的嘴唇微张,随着他的思绪念念有词。这个画面令阿Mint走神——要不是这张好看的脸,我才不会那么轻易被他欺负呢，混蛋，总是跟我发脾气，她又在心里生起他的气来。

但很快，阿Mint思绪再次被对面大叔的烟嗓打断：

"转行啦！我知你喜爱艺术，但如今，艺术连条铁都不值。"阿Mint身边的男人哧了一声，不知是否在自嘲。

对面的大叔不理会这似笑非笑的反应，自顾自地说下去：

"你看那个阿东，拍纪录片那个，拍得再好，拿了再多奖，有鬼用吗？穷到脱裤。现在好了，跟他那个做制片人的老婆拍档开公司，给那些房地产啦、保险公司啦、银行啦拍TVC，赚到飞起。哎——"大叔再次重重叹气，侧脸望向远方。这侧脸好像一面魔镜，令阿Mint照见前些时的自己。

——你别写了。写这么多谁看啊？还不如出去工作。赚点钱，搬出来跟我一起住。阿Mint贴着一张乌黑面膜跟黎岛打视频电话。——我知道，我只是不想给我不喜欢的资本家打工，我肯定会找到我喜欢的赚钱方式……黎岛在屏幕那头说。他的卧室很小，其实是客厅被布帘子隔出的空间，摆了一张折叠单人床；床单上印着《海贼王》的路飞，斜斜地对着阿Mint咧大嘴笑。阿Mint没有心情笑，她一把摘下面膜：之前不是说好了嘛，等毕业就搬出来跟我一起合租？怎么只有我一个人在赚钱啊，你怎么都不努力啊？现在房东要涨价，我又要搬家，一万多一个月，我真住不起了。我到时回了老家，跟你又要分开，你怎么一点也不为我们的将来着想呢……

"……仆街啦！"对面大叔忽然拍桌爆粗，将阿Mint从回忆的镜子里扯出来。

大叔继续向他对面的男人慷慨陈词：

"你这样等下去，不知要等到几时才有人要买你的画。你那些画卖不出，同垃圾有什么区别？哎，活人的钱难赚，那就赚死人的钱嘛。反正日日都有人死的啦！"说到这，大叔忽然低下脖子，直勾勾地盯着对面，双目浑浊但又圆瞪瞪，令阿Mint心里一寒，赶紧低下眉——但越怕就越好奇，全神贯注偷听下去。

"……师傅明白，你有性格，想做艺术家，不肯为了搵食什么都食，但你老婆要食饭，你个女也要食。你自己饿死就算，但不要揽住全家人一起死嘛……"

阿Mint瞥见身边的男人沉默地点头。她在心里琢磨，难不成对面这大叔是……做寿衣的？做棺材的？这令她浑身起了鸡皮。

"跟你说，不是个个都入得了这行，师傅带你，真是看中你，明白吗？看你生得清靓白净，阴气重，不会惊了那些野……"

——嗡嗡——嗡嗡——

阿Mint的手机在口袋里振动起来，是黎岛打来的。

"——喂？"

阿Mint侧脸轻声说，但还是打断了两位大叔的对话，他们条件反射似的望了望她。

"——你跑哪里去啦？我到处都找你不到。你快点回家啦。那些东西被我砸坏了，我赔给你就是，你不要跑掉嘛……快点回来啦，我到处找你，急死了……"

电话那头传来的黎岛的呼喊，还有车辆疾驰而过的轰鸣、红绿灯嘀嘀嘀的提示音、路人的说笑，嘈杂，拥挤，急迫。一时间她仿佛回到了初到香港的那个傍晚，她独立于陌生的语言星系里，迷航无措，两个齐腰高的大箱子像是装满巨石的蛇皮袋，束缚她的行动，而汹涌猛烈的人潮冷冷地向她涌来，不断发出机械的唔该唔该唔该，好像礼貌的诅咒，将她推开，推到车厢最里面的角落，扶手电梯的左侧，冰冷又狭窄的铁闸口——卡住了。她在出闸的时候卡住了。八达通发出奇怪的警告声，箱子太大且不受控制，斜斜地夹在闸门之中。她感到身后人群的急躁像篝火，烧得她满头大汗，直到前方伸来一对木桨似的胳膊，与她一起发力，将行李拔了出去，也将她从尴尬的沼泽里救了出来。"你以后一个人，唔好带那么heavy的东西啦！好危险㗎！"那个男孩说着很难听的普通话，头上戴着傻里傻气的运动头箍，身穿蓝色篮球背心，下面却搭了条不配套的绿色沙滩裤，踩着一双款式过时的白色气垫运动鞋，似乎刚刚从球场回来，额头和鼻梁上还堆着汗珠。他帮她推着箱子，领她穿梭在明亮光鲜的尖沙咀，穿过在街边碰撞的高脚酒杯，飘散在橱窗前的浓郁香水，精致裙摆与尖头皮鞋，玻璃幕墙里的霓虹倒影，海上漂浮的一片片游艇。她记住了他。不久后，他成了她的黎岛。

阿Mint举着电话跑出"大快活"。户外夜晚闷热，热风将她凉透的身心焗了一层雾。她小跑着听电话，按黎岛的指示四处环顾，直到看到一个熟悉身影，好像竹木似的，立在热风中，不断在明黄的路灯下晃悠，并对着电话不停说："……看到我了吗？我就在我们常去买薄荷糖的那家7-11门口……"阿Mint放下电话，也强迫自己放下其他烦恼，什么房租、工作、同居、婚姻……"活人的钱难赚，那就赚死人的钱"……她使劲摇头，像是摇晃一株犹豫的蒲公英，将自己变得很轻很轻，化作茸毛似的种子，飘向了爱的那边。

二

樊高从"大快活"里出来的时候，已经快十点了。零星而过的情侣懒散地拖着手，尚未打烊的小吃店门口还站着三五食客，等待碗仔翅、煎酿三宝或鸡蛋仔；橘色的垃圾桶边时不时停留抽烟的人，或打着无线耳机大声通话，或沉默无语地享受尼古丁的氤氲。日头的焦虑逐渐被亮蓝夜色稀释，化作淡淡防蚊水，混合鸡蛋仔新鲜出炉的奶香，渗入樊高的脑袋。他拧紧了一整天的眉头也逐渐放缓，荡入了7-11，买了盏竹叶青，175毫升，45%酒精度，廿几蚊，便可买到一夜烂醉，值。他拧开瓶盖，仰头灌了大半，一团火在口腔里迅速燃起，令他瞬间飘在浪花上。虽然到了发福的年纪,但因长年昼夜颠倒,他瘦得含了背,自来卷的头发下原本生了张圆润白净的小生面庞,如今腮帮凹陷,苍白如被洗烂的布头。优衣库墨绿圆领T恤穿了几天,他懒得洗,如今反转来穿,标签露在脖子上;笔筒牛仔裤在他干瘦的双腿上飘来荡去,每走一步都沉甸甸,好像被乌云笼罩,蓄积了哀怨,随时都有可能化作一场大雨,倾盆淹死他的世界。

——你那些画卖不出,同垃圾有什么区别?哎,活人的钱难赚,那就赚死人的钱嘛。反正日日都有人死的啦!

赵师傅的这句话不断在樊高耳边回荡。他不认同。艺术,怎可用"卖"来形容?他需要的是等待,等一个懂他之人,如同马蒂斯等到了谢尔盖·舒金。如果等不到,那么就成为高更又如何?与现实的自己彻底割席,远走高飞,隐居在密林中,让画作将尸骨掩埋,等世人在若干年后为之叹息。他多次想象过那样的生活,去暹粒的村庄或蒙古的森林,让人自然的色彩将自己包围。也不是没有尝试过,在他还没有到三十岁的时候,曾收到圣塔菲艺术村邀请,免费去那里驻留四个月。那是美国新墨西哥州的小镇,焦黄沙漠,棕褐群山,公路比香港的海更广阔,一望无际,沙尘滚滚。当地居民不像香港人,他们不看股市,不炒房价,他们相信神灵、自然,用木头制成神像雕塑,挂在鲜黄色的墙壁上。零星砖红的矮楼里,藏着酒精、嬉皮士、印第安人的传说。他在热烈的沙尘里，仿佛成了一只鹰，翱翔在神秘的色彩中，创作了一系列野兽派油画，入围了五六个艺术展，其中两幅陆续被买家收藏，成了他后续近十年的重要生活来源。然而计划按时结束，他的签证到期，必须回到香港，回到油麻地上海街，拥挤在果栏与老式歌舞厅之间，将羽翼折叠，放入廉价的衣衫里，打开鸟笼似的铁门，踏入唐楼里的租住单位。米荔站在暗紫色的傍晚里，她穿着一袭猩红色的练功服，一只脚搭在高低床架上压腿。他走过去抱住她的背影。"我们不如一起离开这里，"他说，"原来外面的世界很大，钱不需要太多。找一个纯粹的地方，我可以画到死，你可以跳到死。""——你回来啦？"米荔根本没有听懂他的意思，只是兴奋地转过身，用隆起的小腹抵住他："快摸摸你的宝宝。我故意没有告诉你，想给你一个惊喜，一个美丽的意外。"

一切原本是幸福的。樊高拿出卖画的钱，和米荔一起开了工作室，在租金较低廉的土瓜湾庇利街，一个唐楼的第三层。他们将它布置成新墨西哥州的热带风情，鲜橙色墙壁，画着巨大的蜥蜴、老鹰、仙人掌。米荔原本在舞蹈团做演员，除了演出外，偶尔也在私人舞蹈学校做老师，但有了宝宝后就不想再外出，便自己在工作室开舞蹈班，小班教学，强度不大，时间也自由。樊高继续画画，在野兽的色彩里驰骋。宝宝很乖，是个女儿，像樊高一样通体白皙，四肢像米荔，纤长精瘦。他们给她取名为眉眉。眉眉很静,无论是工作室里播放《卡门》,被米荔抱着旋转,还是被樊高举起小脚丫,在油画布上印上彩色的五指,她都毫无反应,双眼冷冷地望着侧面。很快,她被诊断出了自闭症。

后来,土瓜湾要通地铁了,多个街区被财团买走重建,庇利街一百多个商户被收回铺位,包括樊高的工作室。不过就算不被收回,他们也没什么心思经营。米荔全心全意在家陪伴眉眉,以防她忽然被想象力侵占脑袋,以为自己是一只小鸟而从楼上跳出去,或是再次将花盆扔到楼下,砸中街坊的脑袋。为此,他们也搬了家,油麻地过于嘈杂,他们搬去了西贡山上的村屋,租了其中一层。樊高继续在土瓜湾画画,有时画几个通宵也不回家。之前的画商联系他,说有收藏家看中,相约去了酒会,发现对方是个金融集团头目,专门卖骗人的伦敦金,樊高翻脸不卖了,嫌钱脏。画商气晕了,说等着樊高死了,再去炒他的画。之后再没商人找过他。于是,他尝试做老师。与他同龄的艺术家,很多都去外国读了博士,有资格在大学任教,生活丰裕。但他不行。他不爱上学,只有视觉艺术高级文凭,连英文也写不流畅,根本没有进入学院的敲门砖。他只好在工作室教书,从素描、调色教起。一拨拨小屁孩在家长的期望下来到这间充满梦幻的画室,但很少有真正热爱艺术或拥有天赋的。他望着粗糙、愚蠢的画作,不仅不能一把将它撕掉,还得给它贴上鼓励的笑脸贴纸,以此换来一家人的三餐生活,以及给眉眉的治疗费、私人家教费。有一次，他揪着一个小孩的耳朵，将其从睡梦中唤醒。孩子哇哇大哭，他毫不心疼，反倒想：这么响亮的哭声，要是配在我家眉眉身上就好了。这么一想，他竟笑了起来。然后他被家长联名投诉到报社，上了新闻，名声臭了，几乎没了学生。

工作室关了，樊高回到西贡，将噩耗带给米荔。在绯红色的暮色里，米荔什么也没有说，只是将眉眉递到樊高怀里，脱下睡衣，裸着身子匆匆化妆，贴上长长的假睫毛。他知道，她要去中环的夜总会跳钢管舞，她已经说了好几次，说去那里跳舞赚的钱多。她再次被樊高拉了回来。"你别去，我会想办法赚钱的。"他说。

但米荔却说："算了，我们不如离婚吧。"

一阵臭气扑鼻，这里是个大型垃圾场，旁边便是小巴站。站牌前有一队人在等车，樊高也走了过去。这辆小巴可以带他回家。在此之前，他已经离家出走一星期了。米荔说要离婚，他诧异、愤怒、伤心、失望。

"离婚？这就是你的解决办法？怎么好像所有错都是我一样。如果不是因为你怀了孕，如果不是因为你想有个稳定的家庭，开一个工作室，我当初卖画的钱也可以让我出国留学了。如果我有了文凭，我也可以去那些狗屁大学当教授。这一切都是我的错吗？钱都花在哪里了，时间都花在哪里了，你不知道吗？眉眉是你生的，又不是我！"

他说完这话就后悔了。他看到米荔在一片浓烈如血的火烧云里颤抖，破碎，好像跌落在地的蝴蝶标本。

"你走。"她哭着说，"我不想看见你。"

于是他便真的走了。

他一开始想死掉。死在即将被人收走的工作室里，让尸骨烂在新墨西哥州的梦想里。但又担心自己死后，米荔和眉眉不好过。也许应该先将她们杀了，这样她们才自由。应该怎样杀呢？怎样杀才能让她们最安乐？就在他沉溺于胡思乱想时，一通电话打来了，是赵师傅。

一串笑声从樊高身边经过，是一对年轻男女，男孩高高瘦瘦，像一株孤立的竹木，女孩则矮矮小小，肥嘟嘟，好像一丛灌木。樊高想起，他见过这个女孩，就在晚饭的时候，她坐在他身旁。她此刻左手捧着一束盛放的向日葵，右手挽着男孩的胳膊，他拎着一个大纸皮箱，里面装着一些崭新的瓷碗、瓷盘和花瓶；两人在暗夜中说笑打闹，给等车的路人留下一串清甜的青春。樊高想起自己很久没有陪米荔去逛超市了。他甚至不知道她与眉眉每天都吃些什么。他只是将自己埋在颜料和色彩里，仿佛那样就可以逃避所有的风暴。原来自己只是一个懦弱的鸵鸟。

小巴远远驶来。他将竹叶青一饮而尽，一串炮仗瞬间在太阳穴里炸开。

——你自己饿死就算，但不要揽住全家人一起死嘛！

赵师傅的声音再次在樊高耳边响起。酒精输入至全身血液，他歪歪扭扭地上了车，从口袋里翻了半天，才掏出八达通卡，"嘟"一声后，跌坐在椅子上。

活人的钱不好赚，那就赚死人的钱嘛……他噗嗤一声笑起来，望着车窗中的自己，在霓虹灯的反光下，闪着金绿的叠影。

"——从明天起，做一个幸福的人……"

"——为死人制作精美的棺材，设计华丽的寿衣，画上最美的妆容！"

他似乎在座位上喊出了声——他继续笑着对身旁的人说sorry啊sorry。

小巴开动了，好像冲浪的快艇，在夜色里驰骋。

樊高一手托着太阳穴，胳膊肘搁在车窗边沿，另一手还紧握着没有扔掉的空酒瓶，感到一路驰骋的呼啸顺着血管灌入耳膜，仿佛听到海螺里传来的大海。坐在他旁边的乘客一下子就睡着了，额头滑落到他肩头，他想这人大概是累坏了，就让他睡会吧，于是静悄悄的，不敢动，脑海里却不断绽放烟花。那一团粉色的火焰，是米荔的嘴唇，静默的时候也会微张，露出白又亮的门牙，但发起牢骚来就成了扑扇着的蝶翼，在他耳边忽闪忽闪，化成巨大的燕尾蝶，飞上她那微微上挑的丹凤眼，眼瞳好似缓缓转动的星球，散发着忧愁但迷人的蓝色光芒；那光芒一路倾泻,成了她及腰的长发,发丝好似海浪,蓬松啊忧郁啊,晃得他心里荡荡悠悠;倏忽间,他觉得有点凉,原来是漫天下起飞雪,雪花迅速变着颜色,从古铜,到砖红,再到孔雀蓝,一闪闪,一束束,成了寿衣的形状,刚一着地,又化成棺木,一件变两件,两件变四件,那棺木盖子印着一只只猫儿眼,它们泛着银色的光,光芒闪得他不断眨眼,刹那间,一声钝响,棺木们齐齐爆炸,幻化成了紫色的大别墅,猫儿眼跳上墙壁,摇身变成明亮的方窗,巨大的燕尾蝶缓缓拉开大门——他知道了,他知道米荔就在里面,怀抱着眉眉,穿着猩红色的佛朗明哥舞裙,等待他回家。

就这样,他沉浸在热烈的醉意里,下了小巴,爬上淡黑又幽长的西贡村小径。他望见路两边伸出幽绿的树影,铺成飞毯,让他加速前进。他偶遇邻居家的猫又在小院里不睡觉,睁着大眼,盯着他左摇右晃的脚步。他想,别急,很快你就变成漂亮的方窗,我会每日把你擦得锃亮。"咔哒——",他从荷包里掏出钥匙,拧开村屋 楼的大门。眼前是一道幽长的楼梯,此刻好似一层层自动升起的罗盘,拖着他盘旋往上。首先经过一楼,那是几个学生在合租,此刻还传出大声说笑的声响;再一转,到了二楼,那是一户印度人家;这时候他稍微停了停,他知道,再往上一层就到家了,就要打开那扇七天也没碰过的家门。他开始深呼吸,稳住脚步。他告诉自己,一定要紧紧抱住米荔,不等她那两片蝶翼飞舞就吻她,然后告诉她,他要为了她重生——他再也不要那没用的艺术了,他要从死人手里捞大把的钱,给她租一间看海的公寓,给她请个菲佣帮她买菜,让眉眉去最好的私立医院接受治疗——而就在这时,一束光从家门里发射出来,照得他一时头晕。

  是米荔感应到了他的归来吗?他一时激动得就要起飞了,却望见一个男人,从那光源里缓缓踱出来,那肥腻的腰上,还被一双纤细的胳膊环绕着,啊,一定是看错了,樊高使劲一眨眼,果然,肥腻的男人变了猪头怪,更呼哧带喘地滴着涎水,张大了嘴就要咬断腰上的胳膊——米荔!樊高喊了一句,他听到自己的声音被黑夜歪扭得不成样子,吓得猪头怪一个转身,随后米荔也从门后闪现出来。米荔!樊高这样喊着,一路飞上了第三层,他看到猪头怪还是死命缠绕着米荔的胳膊不放手,怎么办?他想,我不能让米荔就这样被那怪物抢走。他看到米荔焦虑的脸庞在暗光里若隐若现,米荔,我来救你,这时候,他纵身一跃,将手中的空酒樽奋力向猪头怪的头顶砸去——一声钝响,猪头怪消失了,眼前却是一个陌生的中年男人,顶着大肚腩,一脸惊慌,血顺着他秃了顶的脑袋上流下来,而他身后站着的则是惊慌失措的米荔,披着丝质睡袍,敞着留有妊娠疤的肚皮,靠在门框,不知所措。

  这并不漂亮的肚皮,让樊高忽然明白是怎么回事了,一瞬间,一股龙卷风从他燃烧的胃里席卷而来,吹起他紧握玻璃樽的手,不断向中年男人的头顶砸去,再用那尖锐的裂口向男人胸口插进去，又拔出来，再插进去，来来回回，直到风力减弱，他的手才不再被扬起，缓缓静下来。但很快，屋里传来眉眉的尖叫。我的眉眉学会尖叫了吗？樊高惊讶：发生了什么事情，令我亲爱的眉眉尖叫呢？是谁伤害了我的眉眉？是谁把猪头怪带到眉眉的身边？一个可怕的念头，令他抬起了头，两对深邃的黑眼圈，像一对铁饼似的，狠狠向米荔甩过去。米荔那对脆弱又苍白的蝶翼奋力扑扇，却很快被樊高的双手捏住。他那发了狂的双手，就像每一次作画时那样，完全脱了大脑的缰绳，在夜中飞舞——

三

黎岛一路小跑，上了巴士后才得空看手机：收到三条未读信息。

第一条来自阿Mint："我去上班啦！"后面加了一个太阳和飞吻的表情，他立刻也回了个飞吻，并附了一句："加油，祝你今天不加班！"第二条来自阿妈："我今日放假，朋友来家打牌，你不要那么早回来。"黎岛没有回复，直接关闭对话框。第三条来自原野："阿豪已在金宝大厦等你。"他回复了"OK"。

原野是黎岛在"山海文学夏令营"认识的大佬。他差不多快四十岁，硕士毕业，是两个孩子的爸爸，但他多年来隐

303

居于粉岭郊区，住在铁皮与石头搭建的屋子里，耕田，劈柴，用土灶烧饭，自制喉管从山中引水来用。他在"山海文学夏令营"做嘉宾，为大家展示家庭照片：自己亲手伐木制作的秋千、滑梯，一个儿子快十岁，一个女儿五岁，两个小朋友都像原野一样晒得黑黝黝，蹲在地上，学习钻木取火。他刚刚隐居时还会在区议员办公室做助理，保证每个月一万港币的收入，现在有了积蓄，便不再工作，偶尔出席电台、校园活动，演讲自己的低欲望生活方式，赚点出场费。这两年，他开始给几家网站写专栏，稿费也成了重要的生活来源。"收入不多，但多到用不完。当所有人都在费尽心思想一个月赚十万的时候，我只思考基本需求。如果，我每个月用四千就可以很快乐，那我为什么需要四万呢？"他盘腿坐在草地上，轻轻说出自己的想法，同学们围坐成一圈，身后是小溪，盘根错节的树木枝蔓，好像绿色巨鸟般伏在天空下的山脉。原野继续说："为什么在香港，大家明明那么努力赚钱，赚了那么多钱，却还是觉得不够用？因为都被消费主义洗了脑，觉得只有消费，才能获得快乐，只有购买昂贵的商品，才能得到高尚的社会地位。于是，大家拼命工作，就是为了赚钱，然后买东西，去旅行，恨不得把刚刚赚来的钱全部花光。然后呢？然后就是需要更努力地赚钱，才能完成更多的消费，达到更高的社会地位……久而久之，人就成了一台赚钱的机器。你以为自己是商品的上帝，其实你也不过是一个商品，明码实价的劳动力。而往往，你被资本家标签的价格，还远低于你的价值，你一直被剥削，只是你不知道罢了。"

夏风吹过山谷，绿色巨鸟的羽毛荡漾起来，其实是山间的竹林在摇摆。黎岛从没有深入香港山脉，探险废弃的古村，也从没有像原野说的那样去思考。他忽然之间能够明白，为什么97那年，阿爸会把家里所有的积蓄偷偷拿去买了一套房子，说是抄底投资，结果很快香港楼市大跌，新买的房子成了负资产，不久金融危机又杀到，阿妈阿爸都被裁员，唯有把刚入手没多久的房子贱卖，损失几百万。几年后，阿爸阿妈离了婚。他那时候不明白，为什么已经有了一套房子，还非要买第二套。明明他们的生活已经是安康的，为什么非要想办法搞更多的钱。或许阿爸觉得，多了一套房子，多了一些钱，人生价值翻一番吗？如果时光倒流，他一定要去问一问阿爸，多了钱，真的会更幸福吗？但是已经没有机会，阿爸离婚以后又学人搞金融，买了伦敦金，结果赔到借高利贷，被追数佬逼到天台，跳了楼。那年赶上沙士，阿爸的死还上了新闻。

那天，黎岛在原野的启发下，写下了几则句子：

你说你要追逐远方的风
跑得越快
风越快

于是你停下来

风便钻入了你的鼻翼

成了你的呼吸

夏令营结束时,黎岛找原野聊天。

"如果不给资本家工作的话,我怎么才能活下去呢?我答应过我的女朋友,我要多赚钱,给她在香港安家……"

"那就去给一些你真心欣赏的人工作,甚至是给那些反资本家的机构工作。"原野说。

黎岛若有所思。

"那我去哪里才能找到那些机会呢?"

"你把你的电话告诉我,如有合适的机会,我便找你。"

很快,黎岛便接到了原野的信息。起初是一些类似于义工的活动:去海边捡垃圾,帮宠物领养机构打扫卫生,到戒毒村画壁画。这些活动,黎岛也曾在网上见过。做了几次后,原野问他:"听说你表现不错,你想要做一些更大胆的事情吗?""什么?""加入'商品越狱联盟'吧。"

这是一个秘密组织,由原野的好友阿豪发起。目前已有一百多个成员,平均年龄为二十五岁左右。他们要做的事情很简单,打断一切大型的消费活动。例如,前些时,他们派出其中几个成员,穿着松弛熊公仔服,假装宣传人员,混进海港城的开仓活动,却故意跳上花车,将减价商品到处乱扔，令消费者受惊逃窜。又或者，他们跟踪那些带游客去购物的旅行团，等游客刚刚在商场门口下车，便一窝蜂围过去，戴上怪物头盔，对着游客鬼哭狼嚎，制造恐慌。成员行动迅速，吓唬了就跑，好像做一场恶作剧，也有几个被警察抓走，但很快就被释放——据说阿豪后台很硬。黎岛只参加了拦住旅行团的活动，短短十几分钟，他便得了几千酬劳。原本他不想拿钱，觉得拿了钱，反消费的目的便不纯粹。但原野却说：

"为反资本家的人工作而赚钱，你便不再是被剥削的对象了。"

黎岛便收下了。其实不仅是被原野说服，他更想以这个方式多赚几笔钱，就把这个秘密告诉阿Mint，让她不要担心，他已经找到心仪的赚钱方式。

"叮叮——"手机响了一下，是一条推送消息：

贫穷画家怒杀情夫　手刃出轨娇妻及白闲女　后割腕自杀

Fuck！这还是人吗？

黎岛一边在心里惊叹，一边爬上巴士二楼，找个靠窗的位置坐下了。

他速速看完整条新闻，便去 Google 搜索"樊高"，迅速弹出新鲜出炉的文章：什么"杀人画家""绿帽杀手""兽父杀子"——完全就是在网络鞭尸。其中，一条链接吸引了他的注意——"樊高与梵高"，是个 Facebook 专页，他点了进去。页面头像是一个扭曲的自画像：左边是梵高的半边脸，右边则是另一个苍白男人的侧脸——这大概就是樊高，黎岛猜测。页面好久没有更新过，只有几十个粉丝。上一次更新是在半年前，樊高上传了几张色彩忧郁的油画，并配上几行简短文字：

"金钱试图强奸画，但画却无力反击。""每一笔都淌着我的血，不可残杀，亦不可再造""蝴蝶驮着子弹，朝我的痛处扫射"。

哎——黎岛关上手机，望向窗外，巴士正好绕过一茬温柔的树叶，扫过临街的唐楼窗口，盘旋公路而上，望见远处大片山脉，在云海下悠然自得。坐在高层，便听不见底层的嘈杂。如此美丽的香港，也只会出现在双层巴士的窗户里，是无声的、脆弱的，只要推开窗户便会被现实扒皮生吞。

正想着，手机又弹出一条新闻：

全港首家邮轮商场即将建成　开幕日节目单抢先看！

顶！黎岛又在心里骂了一句，商场商场，香港都成一个大商场了！他愤恨地将这则新闻直接关闭。

黎岛曾经在一家网站的商务版做记者，每天都要去采访各个企业的老板，帮他们撰写人物专访，顺便宣传一下他们新开发的房地产、大商场、游乐场、电影院……那时候阿Mint才刚刚来杳港读硕士，专业是文化研究。她喜欢听他用粤语念诗，和他一起去my little airport演唱会，窝在他家那一百英尺的公屋里看《南海十三郎》。她的出现，让他想起了被遗忘的梦想，于是他辞掉了刚刚做满一年的记者工作，去参加"山海文学夏令营"。但想不到，他刚刚从商场里跳出来，她又跳进去了。为了工作，她关注各种打折消息，并制作花样百出的短视频，鼓励大家来香港购物。凝视深渊，深渊也会凝视你——他觉得阿Mint自己也被五花八门的打折信息给吸了进去。有时候，他看着她为了买一只减价口红，要对比五六个美妆博主的测评视频，才能做出最终决定——他知道了，消费的魔咒上了她的身，她已经被各式各样的条形码所束缚。他要想办法将她救出来……

"——下一站，新蒲岗"，巴士广播响起，黎岛回过神，连忙起身下了车。

新蒲岗是香港较大型的工业区，共有八条街，分别是大有街、双喜街、三祝街、四美街、五芳街、六合街、七宝街、八达街，黎岛不知道这些街名的来历，但听说它们在60年代十分兴旺，许多企业在此开了工厂，可惜如今工厂都搬了，只剩残旧的工业大厦，附带着铁皮包的地板、拉闸的老式电梯、无装饰的高天花、鱼龙混杂的商户们。因为租金较廉，这些工业大厦颇受独立艺术工作者的喜爱，暗藏了许多独立电影、杂志、摄影、舞蹈、绘画、手作工作室。阿豪除了是"商品越狱联盟"的发起者，也是独立摄影师，他在新蒲岗租了一间工作室，拥有一个拍摄团队，时不时搞些刺激活动，例如上个月，他和一个摇滚乐队合作，在地铁里车厢里一边游走，一边用锅碗瓢盆来代替乐器演奏，并将全过程拍摄下来，发到网上，以此表达对香港地铁"不允许大型乐器入闸"的不满。这次，阿豪在联盟交流群里说，自己有一个大型活动需要大家一起参与，于是原野便指派了几个心腹，到其工作室里开会，黎岛为自己被选中而感到欣慰。

通往金宝大厦的街道破旧，几辆大型货车停在路边，三五个印度人穿着工作服，推着板车卸货，他们指指点点，说着黎岛听不懂的语言；路的另一边连着开了几家小店，兜售传统香港点心，砵仔糕、白糖糕、菠萝油之类，一个穿着背心的女人坐在其中一个门面前，百无聊赖地望着路人来往，不时吆喝一两句"烧卖、鱼蛋"，黎岛望见她纤瘦的胳膊上还文了一条鲤鱼；他收回目光时，见对面的花坛边有个残疾人，他坐在轮椅上发呆，肚皮好似西瓜一般，圆滚滚地膨胀着，而左腿则纤细得好似木杆，右腿则从膝盖以下便没了，只余一个被打磨得光滑的截肢面，搁在花坛边缘上乘凉。这光滑的缺口，好似一只眼睛，直勾勾地向黎岛看过来，错愕之中，黎岛与残疾男人对视上了，那人眼神浑浊又充满怨恨似的，弄得黎岛一身冷汗，小跑着冲进了金宝工厦。

——他就住在工厦里吗？黎岛忍不住想，他过着怎样的生活呢？大概很凄凉吧。哎——如今香港的可怜人真多啊！

四

"海梦邮轮商场"即将开幕的新闻占满李察德的Mac机屏幕，他看得心烦，噼里啪啦敲键盘，催问手下：怎么还没有发来最新的proposal？然后大班椅一转，摸出手机，划拉屏幕上的消息，很快，另一条热门新闻让他全身发冷，仿佛被扔进冰窟窿：米荔死了，被她那个怪里怪气的画家老公给杀了。

过了好一阵，李察德的身子才暖回来，内心戚戚然。他望着落地窗外之着叶绿的维多利亚海港，围绕海岸的玻璃幕墙宛如一片巨大的钻石帷幕，反射着香港的瞬息万变。此时此刻，他猛烈感应到生命的无常，仿佛死神的镰刀曾悄悄划过自己额头，他打了个寒战，闭眼在胸前画了个十字叉，默念一句："阿门"。

就在米荔被杀的十天前，李察德收到过她的 WhatsApp 信息。她问他最近怎样，有没有空，一起饮茶？他并没存米荔电话，如果不是点击她的个人头像查看，他根本想不起这女的是谁。那张小照片上的米荔，与他记忆中的没差：她穿着猩红色的佛朗明哥舞裙，侧脸扬起，傲然对着镜头，丹凤眼微眯，似笑未笑。这热烈又孤傲的神秘感，令他一下就想起来，五年前，他第一次见她的时候。那是个周日，菲佣姐姐放了假，李太也飞去东京购物，只剩他一人在港，本想约老友去高尔夫俱乐部，结果被小女儿央求着去看她的舞蹈表演。演出时，观众席黑了灯，聒噪的《西班牙斗牛舞曲》令他头昏脑涨，台上一群小不点的笨拙舞姿，更令他眼花。他中途悄悄离场，找了个咖啡厅，扒开 Ipad 看看股市，顺便发信息跟少女们聊聊天——他记得那年陪着他的是个二十岁的大学生，忘了是叫 Susan 还是 Sue，总之是他手下的实习生。聊着聊着，半个钟一晃而过，他再回场时，灯光大亮，一眼就望见自己的小女儿，穿着裙摆叠叠的蜜桃粉舞裙，像只火烈鸟似的，蹦蹦跳跳，和其他孩子们合影呢。他便围了过去，眼神却被另一人勾走：孩子群里站着个高挑白皙的女人，漆黑紧身练功服如夜海，划过她精致骨架，腰下流淌火花裙摆，宛如愈烧愈烈的霓虹。李察德凝望这只美艳猎物，惊喜又谨慎地小步靠近，却被小女儿半路拦截，顺势跳进他的怀里，在他耳边叽叽喳喳，并指着女人说——她是我的Miss米！她这才转过脸望他，好似蝴蝶展翼，轻轻降落于他的陷阱。"你女儿跳得好投入"，米荔对他微笑。"那还是要多谢你呀，教得好。"他对她谄笑。两人寒暄之际，小女儿已走神，从他怀里挣脱，跑去和其他孩子玩耍；他抓住时机，一把捉住米荔的手，好似礼节性地握手，实则试探她的反应。起初米荔一惊，刚要挣脱，他便立刻用另一只手从口袋里找出名片，塞到米荔手里。

"你得闲就打给我，我请你饮茶。"说完他便松开了手，收回笑容，转身向小女儿走去。尽管李察德对自己名片上的头衔感到自信——傲群公关广告公司市场部总监，征服区区一个舞蹈老师不在话下，但此后他一次也没有收到过米荔的来电。可能她不好意思高攀我吧，他自我安慰，并很快用新的猎物将她遗忘。想不到啊，这五年前丢下的包袱，到底还是被拾起了，李察德得意，早就知道这世上没有不攀权附势的女人。他望了望米荔那张看似孤傲的头像，嗤笑一声，并发了个地址过去——那是在马湾的三层楼村屋，是他父母居住的老宅。父亲死了，母亲老年痴呆被送去了养老院，房子空了出来，他将其做了隔断，下面两层楼租了出去，剩下顶楼留作自用藏娇。

回忆至此，李察德又忍不住点开米荔那张头像来看：颧骨过高了，腮帮没有什么肉，下巴那样尖，一看就是个克星——好在远离了。他愈发为自己十天前的决定感到欣慰。

313

那天是周六，李太早早出门去会所打牌，李察德派菲佣遛狗，叮嘱她要把狗带去西九龙海滨的宠物公园，不玩到天黑不许回家；尽管家人都走光了，但做戏做全套，他还是故意穿上高尔夫球套装出门，佯装去俱乐部练球。马湾是个宛如世外桃源的小镇，不通地铁，不允许私家车出入，可坐船直通港岛中环，它原本是一个渔村，但经过地产集团的收购及改造后，原始的村屋都被维修一新，成为一栋栋三层楼高的小洋楼，整体看起来好似加州小镇。李察德下了船，从马湾码头出来，走在海滨大道，远远可以望见对岸的青马大桥，好似钢铁制成的彩虹，架在波光粼粼的海面上，一切都是那么惬意，他甚至哼起歌来，轻快的步伐搭配限量版的球鞋，恍惚觉得自己是村上春树在晨运——他喜欢那个优雅且钟爱慢跑的老男人，不过他觉得自己比村上春树更迷人一点，因为他除了有文化外，还很有钱。

正愉悦着，便到了老宅楼下，不过四顾未见米荔身影。他想，女人嘛，总是要象征性地迟到一下——这一秒，他望见不远处一个女人向他招手。那是米荔吗？他一时错愕，这个身着浅褐色T恤、黑色紧身长裤、面容憔悴、披头散发的女人，是米荔？还不及他犹豫，女人已经行过来了。她高高挺立的脖颈，以及白皙纤细的四肢，让李察德又觉得这应该就是米荔；等她走近再瞧：虽然眉眼秀丽，但五年前的明艳消失了，苹果肌没有了，皮肤干枯了，就连嘴唇也瘪了。一瞬间，李察德狩猎的激情没了。他只喜欢两种女人，一种新鲜多汁，对他的一切都充满崇拜与好奇，另一种神秘、高傲，虽有着绝美的样貌，却对他的一切视而不见——就像五年前的米荔。然而此刻向他走来的俨然是一副从地底里爬出来的孤魂、徒有历史盛名的干尸，让他想要转身逃跑。

但他跑不掉，她已经站在他面前，并抢先握住了他的手：

"好久不见。"

"是啊，好久不见。"李察德很想抽回自己的手，但作为一名绅士，表面礼仪还是要有的。随便寒暄几句就把她打发掉吧，他心想。

但她却不许他走似的，望着他身后的老宅：

"你住在这里吗？"

"不是不是，这是我阿爸阿妈以前住的屋子……"

"我也住在这样的村屋里。"米荔幽幽地说，"不过在西贡，租了其中一层。"

"哦，西贡也很好啊，环境很好，我常去那边打高尔夫球……"

"我可以上去你家看看吗？"她打断他，好像渴了许久的吸血鬼，苍白的枯手紧紧抠住他的手指。

他想拒绝的，但是又不好意思，邀请是自己发出的，地址也是自己给的，如果此刻跑掉，也太不像个男人，而且，万一激怒了她，她将此事闹大怎么办？哎，像她这样的女人，可不好得罪了。于是，他将她带上了楼。

"最近怎么样？"

他尝试与米荔像朋友那样攀谈，否则空气的凝固更令他煎熬。

"没有跳舞了，在家照顾孩子。我生了个女儿。"米荔的声音似乎比五年前沙哑了许多。

"也不教课了？"

"之前也有教，自己开了工作室，但现在专心陪我的女儿了。"

"哦，那要多注意保养，到时我让Maria给你送汤料吧，看你脸色也不太好，不要太辛苦啊。"Maria是李察德的菲佣。

说着，李察德好像想起什么似的，起身到厨房里，拿出一个铁罐子，里面还装着上次约会时没有喝完的茶叶。他又从橱柜里翻出茶具，打开水龙头盥洗。哗啦啦的水流声令室内的尴尬消散了几分。

待李察德再坐到米荔面前时，手里多了一壶茶，以及一对空茶杯。

"这是从梅州茶庄带回来的单丛茶，你尝尝。"

茶水入杯，李察德一边低眼看表，算着最多聊二十分钟吧，就想个理由把她打发走。

米荔并没有喝茶，只是幽幽地发问：

"你的小女儿还跳舞吗？"

"哦，她在美国读书呢，好像参加了学校的啦啦队。"李察德托起茶杯品了一口，心想，好像淡了点。

"——那我给你跳舞看，好吗?"

"哈?"李察德吃了一惊，口中的茶差点被呛到气管。

不容他多思，米荔已经起身，绕过茶几，扭动她的腰肢，屁股左摇右摆，双手扯住衣角，缓缓将其撩起。李察德看出来了，她是打算跳脱衣舞。望着她那干尸般的苍白肉体，他仿佛被羞辱了。

"米女士，请停一停。"他板着脸说道。

米荔仿佛听不见，一个S型的转身，褪了色的T恤被她甩到地上，露出穿着肉色胸罩的上半身；她干瘦的肚皮上，荡漾着几层妊娠纹，好像一张老太婆的脸，满是皱纹，望着他哭泣。

"够了。"李察德低吼一声，努力克制怒火，恨不得一把将眼前这个恶心的女人拍死。

但米荔仿佛着了魔，双手拖着胸罩，努力挤出一条乳沟，对着李察德低下身子。

  啪叽

李察德将一个茶杯向米荔甩过去，渣滓碎了一地。

他指着她的鼻子说：

"米女士，麻烦你有病去看医生，不要到我这里装神弄鬼。你信不信我报警抓你?"

米荔这才停止了舞动。她吸了吸鼻子，蹲下来，将地上的衣服拾起，套在身上。

"对不住。"她轻轻说。

李察德转过身去不再看她：

"你赶紧走。"

他起身走到角落，背对着米荔，盯着墙纸上的霉斑，忽然觉得自己仿佛置身于荒诞的闹剧里。怎么自己馋了许久的猎物，摇身一变成了食之无味的癫婆？可恶。

这时候，一部手机被推到李察德眼底下，吓了他一跳。

"你觉得这画怎么样？"米荔举着手机，靠在他身边，气若游丝地询问。

这神经兮兮的举动，反倒令李察德好奇起来，他倒要看看，这个女人到底是想干什么。

他把手机接过来，认真看了看：背景是漩涡般的深蓝，画面中央呈现一只扭曲且苍白的嘴唇，它微张着，看似无力又苍老，却不断放射着蝴蝶；千姿百态的蝴蝶，每一个翅膀上都驮着一颗子弹，毫无方向地在蓝色的漩涡里慌忙飞窜。画下有一个手写的题名：Unbearable。

"看着有点忧伤。好像那个……那个画向日葵的梵·高。"李察德说。

"对，这就是樊高画的。"米荔忽然笑起来，门牙间有几丝鲜红，好像血迹。

"梵·高?"

"嗯,我老公叫樊高,他以前是个画家。"

"哦……画得不错。我年轻时也帮一些客户做过展览。这画的质量算是不错。"

"那你会买他的画吗?"米荔忽然话锋一转,两眼直勾勾地盯着李察德。

他忍不住翻了个白眼:

"米女士,麻烦你还是快走吧,你的大艺术家老公在家等你呢。"

但米荔还是不走,好似游魂一般缠着他:

"你真的不买他的画吗?他年轻的时候,获过很多奖的……"

李察德什么也不说了,只是不断地挥手,好似挥走一只恼人的苍蝇。

米荔的声音渐渐变弱,直到消失。她轻轻起身,走远,走出门外,好像从未来过。李察德确定她已远离后,这才放下警惕,一下子瘫在沙发上,脑海里不断浮现起五年前米荔那性感神秘的侧脸,竟感到莫名的遗憾——不过想到刚才她几次三番试图骗他钱财的模样,又忍不住泛起恶心。

直到此刻,他再次看着新闻上那一张张骇人的死亡现场时,那份恶心才逐渐幻化成死里逃生的欣慰:还好自己处理得当,没有上了她的当,不然惨死于她老公手下的,估计就是自己了。这样一想,他愈发对自己"无情胜有情"的人生哲学感到得意。

"噔噔——噔噔——"

李察德的手机响起来——是策划组组长打来的。他将自己从回忆里抽出来，按了按太阳穴，清了清嗓子：

"Proposal改完未？"

"Sorry，sorry，我今朝唔舒服，迟了少少回复……我头先已经把'商品越狱联盟'策划案的final version发到你E-mail了呢。我也同其他teammate一起check了三次，应该无什么大问题，麻烦你再看下，如果OK的话，我们今天收工前就可以发给客户了呢。"

"嗯。"

李察德挂了电话。他再次打开屏幕，点开未读邮件，打开刚刚收到的文件仔细阅读起来。密密麻麻的图像、表格令他的太阳穴再次涨痛。最近这一个月，他整个部门都在为海滨城派下来的事件营销案忙里忙外。

海滨城是仍在建设中的新商场，位于启德开发区，隶属于永基地产公司。他们最初的设想是将该商场打造成大船的形状，让香港人梦回"珍宝海鲜舫"，但是这个创意不知被哪个商业间谍泄露，竟被恒青地产公司抢先，在炮台山海滨建了个"海梦邮轮商场"。这下好了，海滨城的设计得重新来过。然而，这海滨城的老板郑智琪是永基地产集团最年轻的公子，才二十多岁，是出了名的"地产古惑仔"，他咽不下这口恶气，暗地里找教父出招，帮他恶搞"海梦邮轮商场"。教父是公关广告界的风云人物，很快便发现切入点：这个"海梦邮轮商场"在海滨开业，不断招揽顾客，岂不是污染环境，把海生物都吓跑了？于是，他提出以"保护海洋资源"为主题，在"海梦邮轮商场"开幕式搞一场"恶作剧"，带动社会舆论，搞臭它的名声。这个点子令郑智琪拍案叫绝，当晚就跟教父旗下的傲群公关公司签了合约。翌日一早，身为傲群市场部总监的李察德便收到了上层发来的新任务。他一看，头都大了：怎么这么硬的屎都让我吃？心里把董事长祖宗十八代都骂了一遍，但还是得赶紧组织各个小组开会，头脑风暴，不断暗中调查，最终，联系到了位于新蒲岗的"商品越狱联盟"。

"叮叮——"

又一封新邮件来了：

"……明天将有五十二位社交媒体小编参与'海梦邮轮商场'开幕式，附件里有他们的详细资料，请查收……"

李察德倒是蛮喜欢看这种资料的，因为社交媒体小编几乎全是年轻女生。他滑动鼠标，眼神飞速在右侧的小编登记照里扫过，看到靓女便停留几秒，放大，养养眼。其中有一个样子格外可爱，浅粉色的童花头底下有一张圆嘟嘟的脸，好似一个小汤圆，让他想要咬一口。

"张敏——Zhang Min——"

李察德对着资料上的中英文姓名念出了她的名字。是普通话拼音啊,他想,看来是大陆妹。他手指一划,页面又向下飞速滑走。他一边浏览,一边感慨:香港就是好啊,不管多少人死掉,都不断有新的青春和希望涌进来,涌入我的怀里来。他这样想着便又笑了,太阳穴都不痛了。

五

阿Mint的原名不叫阿Mint,而叫张敏。初来香港的时候,她用普通话跟人自我介绍:我叫张敏,你也可以叫我阿敏。对方反问:什么?阿……mint?误会多了之后,她才明白,说惯了粤语的香港人很难发出"min"这个音。于是她错打错着,干脆给自己起了个英文名,叫阿Mint,用粤语读起来顺口,意思也很特别:一颗薄荷。改了名的阿Mint才终于觉得自己与香港这座国际化大都市匹配了起来。

阿Mint收工时已经夜晚九点多了。原本可以按时收工,但下午忽然被召集开会,因为她被选去参加明天"海梦邮轮商场"的开幕式,不仅要将整个活动拍摄下来,还要对一些重要嘉宾进行访问,然后将视频剪辑,发到社交媒体。虽然这个新任务加重了她的工作量,她还是很兴奋,觉得自己被重用了,想要尽快与黎岛分享,但黎岛却没来接她放工,他发信息说自己接了一份临时工，很忙，走不开。她听说黎岛居然也工作了，高兴得不得了，连发几串飞吻过去，让他安心做事，不要挂记她。

十点多，她终于到家，虽然没有开灯，但屋里亮堂得很，对面建筑租了几层楼给平安福音堂，霓虹十字架每晚闪亮，下面还挂着巨大的灯牌：耶稣爱你——基督是主、钉十架、救赎人、在信的人凡事都能。她走近窗边拉上帘子，抬手开了冷气，老旧的窗机瞬间苏醒，发出呜呼呼——呜呼呼——的轰鸣。她甩掉外套，盘腿坐在客厅的泡沫地毯上，拉过一张彩色矮凳，当作茶几，摆放一盒什锦寿司拼盘——那是她从地铁站的"争鲜"里买来的打折便当，当作消暑晚餐。整间屋子很小，也就十几平米，还不如她老家住的卧室大，但一个月也要九千多港币租金。不过一居室，带家私，在香港算是很便宜了，毕竟是唐楼单位，没有电梯，楼龄比她爸妈还老了。交通也方便，走几步就到地铁站，过两条街便是朗豪坊——她很喜欢那个大商场，什么牌子都有，尤其是那条通天电梯，夜晚天花亮起亮蓝光芒，电梯将她缓缓送上去，她望着身下逐渐远去的人流，玻璃围栏，大理石地面，闪闪发光的一切，仿佛自己就要被送上星空。在入住旺角的唐楼前，她也时常经过朗豪坊，那时她还在读硕士，由于持有的是学生签证，不可以在港打工，但可以偷偷做私人家教，赚点零花钱。她每周都会来这边做家教，穿过朗豪坊，向着奥运站的方向走，便进入一座暗藏在闹市后的豪宅社区。教堂式的天花板，欧式圆柱子，穿着制服的保安，她站在大堂里登记身份，觉得自己来到了另一个阶层。乘坐电梯，进入空中花园，大片的绿地，被修剪成动物形状的植物，盛开的九重葛，椭圆形的露天泳池，有人推着婴儿车经过，里面躺着一只戴了太阳眼镜的柴犬宝宝——她觉得它比自己的人生还要幸福。叮咚——她按响门铃，一位身材健硕的菲佣为她开门，请她在客厅坐下，稍等，太太还在书房里陪女儿上钢琴课。她踩在实木地板，坐在填充了羽绒的橙色真皮沙发上，听着叮咚——叮咚咚从走廊后传来，温馨的松木香熏逐渐将她包围。她眺望着这家阳台外的风景，毒辣的阳光显得只剩下明媚的温柔，远处的青山好像巨大的油画背景，为家中带来遥远的阴凉。她想起自己居住的那间卧室，竟有一种希望时间停止，赖在这个沙发不走的渴望。那时她还不住旺角，住在大围，跟另外两个女生合租：一个自称是伊斯兰教徒，每天都要在客厅对着一个方位朝拜，洗澡时间超长，每次要霸占厕所一个多小时，因为淋浴中途不可以被打断，偶尔打嗝、放屁就得重头洗过；另一个是卖安利的，公共空间被其堆满了货物——这令阿Mint深受折磨，因为她租的是客厅，睡在折叠沙发床上，有时一个翻身，就会踢倒几个堆在墙角的纸箱，哗啦啦将她掩埋。三个女生住在一起争吵不断，但合约签了一年，不能中途退出，阿Mint因此发誓再也不要跟不熟的人合租，但香港房租又太贵，想要一个人住，只能住"老破小"。

她现在一个月才一万二工资，房租就花了九千多，再扣除水电煤、网费、电话费，她成了月光族。

阿Mint一边吃寿司一边扒手机，发现Instagram被同一条新闻分享洗版：

过气画家怒杀情夫　手刃娇妻襁褓婴　后割腕自杀

——啧，光是这骇人的标题已看得她背脊发寒。她记得上个星期，也发生过一单差不多的惨案，是一个住在天水围公屋的老爷爷，先用痒痒挠摁死中风的老伴，随后自首。他说，他又穷又老，实在无力照顾她了，还不如送她上天堂。哎……阿Mint关闭新闻，不想被负面事件影响心情——这半年来，她基本不深究任何社会新闻，什么比特币大跌、迷你仓失火、失业率破纪录……看了有什么用呢？除了让自己变得越来越焦虑，什么也改变不了，不如做一个一心挣钱的社畜，老板说什么，她就做什么，做得好就有钱赚，只要有钱赚，日子就能好起来，想到这，她感到手背又痒了，忍不住望了望手背上的黑白条纹。

叮叮——叮叮——

微信视频电话突然响起来，是妈妈打来的。

阿Mint赶紧穿上外套，将身后堆满沙发的衣物抱起来，塞进卧室，以免又被妈妈在视频里看到，唠叨说自己不收拾房间。

"哈喽——"阿Mint接了电话，故意把笑容咧得最大，显得非常精神。

画面里，阿Mint妈妈穿着印满花朵的宽松睡裙，盘腿坐在酸枝木中式沙发上，身边的爸爸则穿着白色汗衫，斜躺着刷手机。他们身后是开式餐厅，摆着一张圆形胡桃木餐桌，桌后的墙上贴了香槟色暗花墙纸，正中间挂了幅《清明上河图》，那是阿Mint妈妈亲手制作的十字绣。墙边立着一株滴水观音，绿叶后是一片深灰色的夜，那是可以眺望小区风景的阳台。

"你才吃饭呀？"妈妈瞥了一眼就望见了寿司盒。阿Mint后悔刚才没把它放到视频死角区。

"不是啦。我早吃完了，忘记把它扔掉了。"

"你不要那么晚吃饭，不然会长胖的。你已经不瘦了哦。"

"我很忙呀。我今天被主管表扬了呢，而且还获得了一个很难得的机会，被选派参加一个超级大商场的开幕式，据说还会有明星来做嘉宾……"

"那黎岛怎么样了，他找工作了吗？"妈妈打断阿Mint。

"哦，他也很努力的，找了一个新的临时工……"

"他什么时候跟你去合租大一点的房子啊？"

"应该快了……"

"欸对了，你大姨的朋友带我见了一个人，是美国回来的工程师……"

"——小伙子很帅气!"她爸爸一边玩手机一边插嘴,"比你爸还潇洒,一米八大长腿……"

"比你大五岁,我算过了,八字很配。他一回来就在国企做小领导了。买了房。还没有谈女朋友。"

"对了,你也赶紧回来,我给你安排工作啊,你不是喜欢搞媒体吗?刚好,文化馆有个机会……"她爸爸也凑到镜头前。

"欸等一下啊!我这里好像信号不好……啊……"

阿Mint故意摇晃手机,制作画面晃动的假象,然后按断了微信视频。

但爸妈还没有放过她,转成发语音轰炸。

她不听也能猜到台词:敏敏啊,咱一个女孩子,不能太累自己了;敏敏啊,香港房子多贵啊,咱可不能租一辈子的房啊;敏敏啊,要我说,找个有房有车的男朋友,少奋斗十年啊;敏敏啊,黎岛连正经工作也没有,他靠得住吗;敏敏啊,你要是回老家,咱们给你好吃好住的,还能给你找个好单位,你看你自己一个在香港漂着,住不好吃不好的,爸妈帮不到你什么,多担心呐;敏敏啊敏敏啊敏敏啊……简直就像魔咒一样,催得她脑壳疼。

她不想回老家。老家有什么好呢?熟人跟熟人都绑在一起,好像被扔到同一条轨道里的螃蟹,一路向着既定的方向横行,毫无惊喜。在香港,虽然她不可以住老家的大房子,不能跟发小们

327

周末聚餐，飞快的生活节奏令她停不下脚步，但这样的连轴转才让她感到自己充满了活力。她想做什么都可以，不会有人认出她，也不会有人想要与她捆绑。前些时，她看到一个内地年轻女教师，因为染了粉色的头发，就被网暴致死，她感到愤怒，于是也去把头发剪短，染了粉色。她就顶着这头粉毛走在街头，行走在公司里，穿梭在各种传媒公关活动里，根本就没人会因为发色而多瞧她一眼。这样的自由，是她在老家怎么都得不到的。她尝试把这些说给爸妈听，可他们不能理解：就为了染头发留在香港受苦吗？算了，她也懒得解释了，就先这样吧，赶紧冲凉睡觉，明早还要去参加"海梦邮轮商场"的开幕活动呢……

但她想着想着就歪在地板上睡着了，连手机震动也没有将她吵醒。

于是，她错过了黎岛的来电。

黎岛一整晚都没有回家。他不回也能想象家中的环境：烟雾在白炽的吸顶灯下氤氲，麻将搓得哗啦哗啦响，巴掌大的客厅被一张桌子占了大半，另外一半被黎岛妈妈及其牌友分割，她们的手不再是手，而是上了发条的机器，快速且精准地摸牌、出牌、推牌，就这样轮番交替，摸过了一整晚，一整年，一辈子。自从离婚以后，黎岛妈妈便消极抑郁，差点自杀在浴缸里，被救活以后，开始跟着表妹一起打牌疗伤，麻将是个好东西啊，让她忘掉了烦恼，快乐地活了过来。她目前还没有退休，在亲戚开的公司里做后勤阿姨，一个月也有一万多收入，和黎岛两个人住在政府资助的公屋里，每个月只需支付几千房租，剩余的钱就拿去搓麻，赢了钱就去商场开仓日抢减价商品，买了也不用，都攒着，堆在卧室床下的收纳箱里。他不喜欢这样的妈妈，做人怎么可以只知道吃喝拉撒、赌博和购物呢？那跟一头快乐的猪有什么区别呢？他有一次故意将她赢钱买的皮草大衣扔到垃圾桶，但她也不怒，就把它们捡回来，处理干净，再放进箱子里。保持沉默似乎是她最擅长的武器。现在母子二人关系冷漠，他就算彻夜不归，妈妈也不会找他，他也懒得发信息去报平安，免得影响她摸牌。他本来也不想给阿Mint打电话，因为明天要参与的活动必须保密，尽管他签了保密协议，但还是怕自己忍不住告诉她，毕竟是第一次参与这么刺激的"恶作剧"，心里还是有点紧张，想要听听阿Mint的声音安安心，不过她没有接。

也许她已经睡了。他想，那就不要打扰她了吧。

"我已经回家啦。很累，先睡觉，明天再聊，晚安。"他发了一个信息过去。然后，他将手机丢入了桌上的箱子里，那里面已经装了几十个手机，阿豪规定，所有人都不可以离开这间工作室，也不可以用手机与外界联系，直到明天的活动结束。工作室是一个没有装修的毛坯房，里面堆满了摄影设备，此时此刻，地板已经铺满床单，几十个年轻人躺在地板上熟睡。黎岛也躺了下来，他望着天花板，那里有一些光影在游走，好像獠牙，随时可以将他们咬碎。

也许是前一阵太过焦虑，而这一天过得又太忙碌，阿Mint总觉得自己睡了也仿佛醒着，好似漂在一湾海上，荡荡悠悠，后脑勺枕着海水，昏沉沉，不过这眩晕的感觉又让她觉得十分迷幻，她仿佛潜入海底，见到黎岛，他变成一个水中王子，穿着燕尾服，捧着一大捧向日葵就向她游过来，"阿Mint，我有钱了，可以给你买豪宅了。"她仿佛听到黎岛这样说。这样的说辞让她觉得好奇怪，她从来没想让黎岛变成什么有钱人，只希望他不要为了反资本主义而走火入魔，做一个正常人，上班、下班、赚钱、攒钱，跟她在香港过上安乐的生活。于是她试图阻止他，让他别这样说，可一张嘴，什么话都变成了咕噜咕噜的气泡，不仅说不出来，还让她自己呛了不少水——这一呛，阿Mint醒了。此刻已是第二天早上九点，她正穿着黑白条纹连衣裙，坐在去往"海梦邮轮商场"的巴士上——原来她刚才又眈着了。

六

李察德站在观景台，望着对面的山脉——闷热了好几天，今天香港忽降大雾，白灰气团好像巨人吐出的烟圈，一层层，一片片，逐渐扩散，吞下整个山头。此时此刻，他正位于"海梦邮轮商场"顶层的露天甲板独享雪茄,再过十几分钟,开幕式就要正式开始了。

这架邮轮长三百米,宽三十米,足足有十三层楼高,除了购物区域,还设有大型影院、溜冰场、露天泳池、儿童乐园。美食城是热门看点,主打海洋主题,设立于水族馆内,可通过巨屏观赏五千多条珍贵海洋鱼类,在天花板、四壁游来游去。

李察德看看表,走入室内,乘坐电梯,看着玻璃门外的世界层层下滑,一片热带白沙离自己越来越近。今日开幕主题是"海滨狂想曲",一楼中庭铺满人造白沙,四周架着LED大屏幕,通过光影营造出椰林、树与树之间的吊床、停泊的独木舟、飞舞的海鸥。

叮咚——

电梯门开,音乐与人声像潮水般向李察德涌来。只见中庭正中央立着一对混血儿双胞胎DJ,穿着红黑波点复古连体泳衣,一边打碟,一边摇头晃脑。她们身后的身后挂着巨幕,上面滚动播放即将入驻"海梦邮轮商场"的品牌广告,Gucci、Prada、Dior、CHANEL……几排沙滩越野车散落在白沙滩上,其实不是真的车子,而是做了造型的四人桌椅,桌上摆着嘉宾名牌。他们有的还在商场大门口签名、拍照,有的已经陆续入座:明星、企业家、慈善家、文化人、投资者、KOL……为了配合开幕式主题,大家都穿上充满夏日风情的海滨服饰,一

331

边走,一边为摄影师镜头留下缤纷色彩、绚烂植物。而在这梦幻布景的后面,被保安带隔开的空间里,还放着几排黑色塑料板凳——那是为受邀出席的媒体人准备的。在媒体席侧面的角落里,穿着白色衬衫的泰国酒保在表演花式调酒,吧台前排出一条队伍,跟随着电音扭动、闲聊、互换名片,却又十分有秩序地逐个向前——这些都是被邀请来的记者、小编,虽然不能入座正席,但可以凭邀请函到这里领走一杯被3D打印机印上"海梦邮轮商场"logo的鸡尾酒。

阿Mint站在队尾,对眼前的一切充满好奇,一手举着相机录像,一手用手机不断拍照、拍照、拍照。这是她第一次在香港参加这种大型活动呢。她拍完就发小红书,附上一串标签:香港、港漂、香港活动、港漂生活、香港海梦邮轮商场开幕式……她还不忘发给黎岛,连着说了几串语音,以表自己的兴奋。但是很奇怪,WhatsApp显示黎岛从昨晚到现在都没有上线过。是不是太累了,还在睡懒觉呢?

"——张敏?"她忽然听到有人唤他,回头一看,一个中年男人站在她身边了。他蓄着削边油头,脸型偏方,五官立体而英气十足,但黝黑的肤色、粗糙的毛细孔、双眼皮周边的鱼尾纹,以及覆盖在下颌两侧的胡须,都显现出被岁月反复敲击的创伤;个子不高,但看起来身材健硕,穿了一套莫兰迪蓝色西装,内衬浅灰色圆领T恤,双臂及胸前的布料被肌肉充实得满满当当。阿Mint看了他好几眼,还是没有想起来他是谁。

"不好意思，请问你是……？"

"我知道你，你是那个什么……的编辑对吧？"

"香港买买买！"她说，"我是香港买买买的小编。"

"对对，就是你！"

说着，他握住她的手，并递出一张名片。

她低眼一瞧：傲群广告公关公司市场部总监李察德——她双眼亮了。

"啊，原来你是傲群的李先生！哎呀我特别喜欢你们公司，我上大学的时候，就学过你们公司的案例！"

她赶紧从排队的人群里撤出来，离李察德更近一步：

"你等我一下，我给你我的名片……"她低头在书包里翻找，却忽然想起，最后一张已经派出去了。

李察德感觉出了她的紧张与尴尬，趁机拍拍她的肩膀：

"不用找了，你有事情就WhatsApp我好了。"

他对她笑着，颧骨下也荡漾出两条深深的皱纹；他那背负着厚重劳力士的右手，在她被晒出泳衣吊带纹路的肩膀上，入力摩挲了几下，觉得它十分软糯，然后他放开她，转身离去。

阿Mint还没有完全反应过来是怎么回事，只是愣在那里，沉浸在一种莫名的惊喜里。这个前辈怎么会认识我？太神奇了吧……难道是我的工作做得太好了，已经在广告圈出名了？嗯，很有这个可能，我的主编之前就是傲群的，她可能就是他的朋友呢？说不定，主编跟他提过我，说我这个小女孩很努力，值得提拔？哇，这个傲群可是大集团，要是我可以跳槽过去就好了……这个想象叮一声令阿Mint清醒过来——机不可失，时不再来，她连忙向着李察德的背影追过去：

"李先生……"

忽然，一阵激情鼓声响起，灯光不断闪烁，主持人迈着猫步走上舞台——开幕式开始了，阿Mint的声音被主持人的致辞淹没。

她继续跟着李察德。

"李先生！"

她拽住了他的胳膊。他心里一喜，故作镇静地回头：

"怎么？"

"李先生，我有点好奇啊，请问你是怎么认识我的呀？"

他眯眼一笑：

"这是个秘密，迟点再告诉你。跟我一起看演出吗？"

"啊？"

他立即抓起她的左手腕，不由分说地拉着她穿过保安带，向嘉宾席走去。

陌生的肢体接触令她感觉奇怪——但只是手腕，也不算什么敏感部位，如果挣脱的话，会不会得罪前辈呢？就在她犹豫时，他放开了。眼前是一辆宝蓝色越野车四人座。

"啊，谢谢李先生的好意，不过，我不是嘉宾欸，真的可以坐吗？"

"为什么不可以？这个位置是为我和我家人预留的，但是她们今天都不在香港，空着就太浪费啦，不如你来坐吧。"

阿Mint想，那就别拒绝了吧？不要得罪了前辈……于是她微微欠身，坐在他的右边。

刹那间掌声雷动，只见"海梦邮轮商场"创始人李盛东从后台走出来，向大家挥手。

阿Mint赶紧起身，举起相机拍摄。

李察德瞥了瞥她裙摆下露出的腿，肉乎乎的，让他很想捏一把。但他的手机响起来，他看了眼，是策划组组长发来信息：

"所有人都已经在后台ready。"

他将手机反转倒扣在桌面上。

"你是从哪个城市过来香港的？"他跟阿Mint搭讪。

"呃……襄阳。"

她想，为什么他要问我这个问题？是我的粤语说得太难听，所以他猜到我不是本地人？

"你自己一个人在香港吗？"

"嗯，我的家人都没有过来。"

"那你是一个人住在香港？"

"算是吧……"

他不再追问，心里却很满意——这是一个毫无背景的小花朵，想要连根拔起简直易如反掌。

335

阿Mint却因为他的沉默开始纠结。为什么他要问我这些问题？他会不会不喜欢大陆人？那我如果想要去他那里工作，会不会被我的身份连累？哎，我应该再多努力学粤语，不让别人那么快就看出我的背景才是……

掌声再次响起，李盛东致辞完毕，他对着台下的嘉宾鞠躬。紧接着，灯光昏暗下来，全场的屏幕开始播放裸眼3D视频。哗啦——哗啦——亮蓝的波浪好像真实地从屏幕里涌出来，冲向在座的每一个人。紧接着，五彩的鱼群从四周包围而来，巨大的邮轮漂浮在海浪之中，惊起大家一阵又一阵的欢呼。随后，画面一转，开始播放邮轮搭建的过程，从草图设计，到海外设计师的激情讨论……

——滴——

视频忽然发出刺耳的警告声，台下的人则纷纷捂住耳朵，有工作人员赶紧跑出来，调整音响，但下一秒，噪声又忽然停止，灯光全黑，一瞬间，阿Mint什么都看不见，她吓得叫了一声。

一只巨大的镊子反复出现在四周的屏幕里，它伸向一只乌龟，龟粗糙的肌理在屏幕里好像长了海苔的岩石，一根白骨似的东西被镊子从乌龟的鼻孔里一点点、一点点地扒出来，啊——乌龟张大嘴哀号，鲜血流出来，镊子还在使劲，那根东西逐渐显现原本的身份——是塑胶吸管——啊——乌龟哀号，嘉宾也开始发出惊呼。下一秒，一只幼小的鳄鱼被砍刀劈过，身子一分为二，横截面里裸露出血淋淋的五脏六腑——啊——尖叫不断蔓延——鲜血不断流淌，直到变成一片红色的血海，海中旋转着如银河星系般庞大的垃圾群，向着观众席卷而来。

"Stop，stop！"阿Mint听到有人在大喊。

"——破坏海洋，血债血还！"

音响里开始播放这句口号。

人们起身，推搡，就在阿Mint犹豫要不要留下拍摄整个突发事件时，她的手腕再次被李察德紧紧握住，被拖着往场外跑。

她边跑边回头望：竟真的有血色的雨从四周喷射，雨中裹挟着一条条还在活蹦乱跳的鱼、虾、蟹……

她好想拍下这一幕，但是她已经被李察德拉入了观光电梯。

"这是……这是怎么了？"她气喘吁吁地问。

"我也不知道，总之很危险，我带你从顶楼离开。"

电梯缓缓向上，阿Mint趴在玻璃门往下看，只见一楼中庭灯光终于亮起，一群穿着道具服的人从后台里冲出来，向那片人造沙滩跑去。他们是龙王、虾兵、蟹将、鱼官……他们一边走，一边朝着人群大喊：破坏海洋，血债血还！

嘉宾们纷纷尖叫着逃窜，而摄影师倒是一拥而上，闪光灯对着那些扮演海洋怪物的人不断地咔嚓、咔嚓……保安们逆流包抄，却不断地被人群拍倒……

阿Mint抓住机会，举起相机，对着案发现场连续俯拍，镜头的鸟瞰好像上帝视角，让一切细节尽收眼底。

叮咚——

电梯在十三楼开启。

户外是一片露天水上乐园，碧蓝池水好像蓝天，倒映着大块的云雾，海风如梦般轻柔，一楼的一切似乎都不曾发生。

阿Mint不明白李察德为什么会带她来这里，但她似乎觉得除了跟着李察德走，也没有其他出路。她看着自己的手肘被李察德紧紧握着，双脚跟在他的身影后加速小跑，忽然感到自己好像被什么大人物保护，竟有了一丝奇怪的感动。他们绕过无人的泳池，池子的角落，那里有一个巨大的洞口——她在商场的宣传资料里看到过，这是一个超长滑梯的入口，也是这个商场用来吸引更多游客的噱头。

"来，我们从这里滑下去，就可以直达码头。"

"啊？"

"不要怕，就像是坐滑滑梯。"

说着，李察德已经将阿Mint拦腰抱起，将这个矮矮小小的身体，塞入了彩色的滑梯里。

——啊——

阿Mint尖叫着飞速滑下，失重的刺激感竟令她逐渐轻盈，忘记了自己的工作任务，也忘记了刚才的一切，好像成了在游乐园玩耍的小孩。

她跌落在一个彩色的气垫上,眼前是邮轮商场的反面,身后是巨大的草坪公园,散落着野餐的游人。

——啊——

惊呼再次从她身后的滑梯里传出,她知道那是李察德在飞速下降,她赶紧起身让位。不久,那个原本令她觉得遥不可及的前辈,也以一种顽童的姿态出现在她身后。

她逆光看着他,感到他的手拍了拍她的肩膀,又摸了摸她的额头,问她怎么看上去脸色不好,是否受到惊吓?眼前光下的轮廓,竟令她感到一种突如其来的小幸福——她已经忘记上一次体会这样的感觉是什么时候,也许是初来香港那天,被黎岛从地铁闸口救出的瞬间,也许是更早以前了。

李察德已经察觉出她反常的羞涩,于是把握时机,故作轻松地将她搂了一下,好像安慰一只受伤的小兔那样,低头对她说:

"不要怕,我们在这里等一等。等我司机到了,我送你离开。"

阳光洒在阿Mint的皮肤上,他的眼神顺着她的手臂往下看,这才发现,她的右手背上竟有黑白相间的纹路。他突然握住了她的右手。她吃了一惊,但不确定是惊吓,还是惊喜。

他对她说:

"你这个文身很酷啊。"

"哦……这不是文身……"她顿了顿,继续说,"这是我的条形码。"

后记

"海梦邮轮商场"开幕式被一群"海洋生物"袭击的新闻火遍全港,并引起多种不同角度的分析和讨论。经过调查,这是一群年轻人自发的"行为艺术",他们是充满善心的义工,时常去海边捡垃圾,由于看不惯海滨被资本家利用,所以特地进行一场先锋的"视觉盛宴"来唤醒公众对海洋的保护。尽管如此,他们还是被"海梦邮轮商场"起诉,现在全部被拘留,等候审讯。这件事不断发酵,所有与恒青地产有关的黑历史都被网友翻了出来,知名KOL几乎一边倒全在批判"海梦邮轮商场"——当然,有一大部分都是李察德手下买通的合作伙伴。很快,恒青地产股票大跌,损失超过二十亿欧元。

开幕式当天,几乎所有的社交媒体小编都在抢先发布自己拍到的现场视频,但只有阿Mint一人发布的内容是俯拍的,她出色且独到的视角赢得主编青睐。就在她即将转正的时候,她忽然收到傲群人事部的电话,说现在公司市场部需要请一个初级社交媒体策划师,不知她是否有兴趣?她兴奋地尖叫。但很快她又想起,如果跳槽过去,试用期又要重头算起。她瞥了眼手背上的条形码——看来又要再等三个月，才能拿到医疗卡去治疗了。她挂掉人事部的电话后，再次地给黎岛发信息，留言分享这个好消息。然而WhatsApp依然显示他最后的上线时间是"海梦邮轮商场"开幕日的前一晚。她到处都找不到他，她怀疑他是不是不爱她了。不久，她收到了李察德的短信，他对她说：期待我们再次相遇。

另一边厢，郑家公司非常满意这次的活动，并在私人会所宴请教父，教父也带上了李察德，说他才是这次策划活动的功臣。

几轮香槟下来，郑家公子醉醺醺地问李察德，在哪里找的这帮傻小子，愿意做这些蠢事？李察德说，那都是一群被"反消费主义"洗了脑的死文青，他们的头目才厉害，是个"野人"，住在山里。"——那下次可要会会他。"郑家公子如是说。

但"海梦邮轮商场"不会那么轻易垮台，不过是要多花点钱，请更多明星做广告，在各大媒体渠道进行宣传，编排种种品牌故事洗白自己，赞助五花八门的公益活动，最重要的是，举办几场大型的奢侈品开仓活动——几个月过去，人们便遗忘了需要"保护海洋"的任务，都在码头派对入场等着抢货了。不过，"海梦邮轮商场"的李氏集团已经花重金调查出来，整个"保护海洋"的事件就是死对头郑家集团搞的鬼。他们开了几天的董事会,决定也要再做点什么,对郑家实施报复……

太阳升起,月亮落下,香港的海啊,继续潮涨潮落,哗啦——哗啦——好像一片巨大且永恒的心跳,默默承载整座城的喜怒哀愁。每天那么多人死,也有那么多人继续活,条形码在钱银编织的人际网中此消彼长,不是长在身上,就是长在心头。

两个夏天

　　雪下了好久，此刻终于停了，白茫茫的天地沉浸在朦胧的阳光里，仿佛风寒初愈的孩子，明快又微醺。绯绯站在二楼的储物间，望着窗外，发现街对面那个大湖结了冰，金色的光从冰面上散出来，有人在光里滑冰，穿着五颜六色的花棉袄，鼓鼓囊囊，好似糖果。临湖而立的松树盛满了雪，像一株株饱满的冰淇淋。红通通的雕塑立在积雪里，模仿烟花绽放的样子，提前庆祝一周后的新年。绯绯就站在窗前，站在恒温二十五度的房间里，穿着轻薄工作服，将棕黑的脸颊紧紧贴在玻璃窗，幻想自己变得很薄很薄，成了一只影子，穿过窗户，飘在空中，在冰天雪地里畅游——直到她听到自己的名字被扩音器放大，并从楼下传来：

　　"绯绯，你找到了吗——绯绯——"

　　绯绯这才回过神，赶紧从身后的柜子里翻出不同造型的游泳圈,左手拎着"甜甜圈",右手举起"火烈鸟",脖子上再套一个"独角兽",飞奔至一楼,经过一个个好似障碍物似的四脚家私,推开一扇玻璃门,进入一楼外的花园——在这里,前卫又昂贵的人造夏天系统正在运作。蓝天清澈,阳光透亮,电子海鸥在恒温三十度的空气里翱翔,仿真白沙铺满泳池边,七八个青少年在泛着钻石波光的水里打排球,还有五六个女孩穿着比基尼,趴在躺椅上,一边为彼此涂抹美黑油,一边举着遥控器,将直射在身上的人造紫外线调得更强——这实在是绯绯无法理解的乐趣。在她的家乡棕榈寨,阳光是鬼见愁的火刀子,可以将青草割到枯黄,把白牛剐得瘦骨嶙峋,还能把婴儿活活烫死。

"你可算来了!"金妮踩着白沙小跑过来。她穿着一身荧光粉比基尼,像刚刚从海里涌出来的小狗,全身都甩着水珠子,棕色双马尾湿漉漉的。她一边从绯绯手里接过游泳圈,一边把自己手里的相机递过去:"帮我拿着,然后把镜头对着我。"

绯绯照做了。她看着金妮出现在画面中央——这个欧亚混血儿拥有芭比娃娃一样的脸蛋,眉毛浓密,鼻梁高挺,双眼皮斜长,眼眸闪着深啡色的幽光。相比之下,绯绯觉得自己是用泥土随意捏出来的东西,脸圆眼圆,鼻厚唇厚,酱色皮肤粗糙,毫无光泽。

金妮甩起胳膊,将游泳圈一个个掷到池子里,掀起一圈圈水花,还有朋友们的大笑。

"再拿点酒来好吗?"她转脸对镜头说,"想要黑啤、伏特加、琴酒,还要鲜榨果汁,什么口味的都行,我们打算自己调成鸡尾酒——但你千万别告诉我爸妈喔!"

绯绯点点头,心甘情愿地忙起来。她一向乐于听从金妮的指挥,并不是因为金妮是这宅子的唯一继承人,而是因为她觉得金妮把自己当人看。自从这个十七岁的金妮从国外寄宿中学回家过寒假,绯绯的生活便不再沉闷。金妮不仅带着绯绯一起录视频、看电影、玩扑克,甚至还教育自己的爸妈:"绯绯是我们家的一分子,大家没有等级之分。你们不让绯绯自由出行已经很过分了,难道她还不能在家里拥有娱乐时间吗?"就冲这句话,绯绯也没有理由背叛金妮。趁着金氏夫妇去外国做演讲的周末,她决定好好服侍金妮,让大家玩个尽兴。

绯绯来回穿梭于泳池与厨房,拎着一大桶冰镇洒水靠近泳池,一瓶一瓶递给那些趴在池子边缘的年轻肉体。忽然,一个男孩从水里跃出来,一下子捏住绯绯的脚踝,并对着那些正在晒太阳的姑娘们大喊:

"瞧瞧人家这纯天然的小麦色,你们晒到脱皮都晒不出

345

来的!"

"你快闭嘴吧!"

一块西瓜片被扔了过来,男孩机灵地潜入水中,游远了。绯绯望着被打湿的赤脚,还有碎在白沙上的西瓜,像是看到自己面颊上的红润。她赶紧将西瓜瓤清扫,然后拎着冰桶走远,坐在花园的入口,随时等待着自己的名字再次被唤起。尽管这人造的日光并不灼热,甚至柔和得像一层温暖的金色糖衣,但绯绯也忙得出汗了,全身热乎乎的。她从桶里拿出一坨冰块,敷在脸上,整个人便凉下来,仿佛沉入冰湖里。

绯绯曾经很爱冰,在那总也望不穿的炎热童年里,她时常穿越一整个芭蕉林,浑身大汗,到村口买冰。卖冰老人掀起铁柜上的白布,方正的大冰块暴露在烈日下,反射出星光。他抢起瘦如枯木的胳膊,挥起长长锯刀,将冰块割成两半,再装入袋中,递给她。重重的冰块,细细的袋绳,将她细瘦手指勒得生疼。当她疾步到芭蕉林,看不见旁人的时候,便会小心翼翼,将那珍宝拎起,靠近面颊,一瞬间,滚烫的脸就变得很薄很薄,整个人都凉下来,仿佛浸到冰凉湖底,松散,惬意。在冰湖的世界里,无须担心钱与食物,只需化作一尾鱼,游来游去。但大多时候,绯绯的童年都是在火炉里煎熬,像一串生肉,叉在滚烫的土地上。有时阳光像针,在她纤细的四肢上扎出红色小疹子,有时阳光像开水,给她胸前烫出一片火辣辣的红。与她共同煎熬的,还有整整一村的孩童。他们守在旅游景点的售票处前,见到游人经过,便一窝蜂地跑过去,抱住那些陌生的大腿,嚷出最基本的英文:买一个吧,亲爱的,两美元,好吗?拜托了。有一次绯绯昏倒了,后脑勺里波涛汹涌。在滚烫的地面上,她仰头看天,看到佛的微笑印在四面八方的古老石柱上,怎么也晒不化。她恨那样无忧无虑的笑,可她动弹不得,仿佛已经烧焦。等她的脑子清醒过来时,太阳下去了,取而代之的是一片淡紫色的暮色,没有风,细密的汗珠凝固在她的四肢上。她赶紧从灰尘里爬起,竹篮还在手边,但里面待售的纪念品不知被谁抢走了,她害怕得哭起来。

"你在这里干吗呢?"

金妮的声音响起来,吓了绯绯一跳,她赶紧把正在融化的冰块扔回桶里。

"欸,别动,你刚刚用冰块敷面的样子很有诗意,再来一次吧!"金妮的相机又伸了过来。
"诗意?"绯绯被这样的说法逗乐了。
"真的,快点再来一次!"金妮笑着命令道。
绯绯便再次从桶里捞出冰块,缓缓敷在脸上,尽情享受冰冷在肌肤上蔓延，旁若无人。

　　金妮总是惊讶于绯绯面对镜头时的自然与大方，在她看来，女佣是不可能懂这些的。她看过一个纪录片，拍摄一个东南亚女佣从香港放假回老家的生活。她看到那个身材健美、衣着现代、染着金发的女佣，踩着高跟拖鞋，行走在几乎原始的村寨里，周身都散发出格格不入的孤独。每当太阳落山，世界万物便沉浸在纯粹的夜色里，没有网络，没有空调，小彩电还在播放黑白老电影。这样的生活，透过荧幕，对金妮发出原始的魅惑，她想了解那些女佣在想什么。背井离乡，进入截然不同的天地里，仿佛穿梭到未来世界，虽然被丰富的物质包围，却始终没有自由，她们如何才能挣脱自己的命运？为了更了解这些女佣，她开始偷偷记录绯绯的一举一动，并打算以此作为申报大学社会系的加分项。

　　绯绯对金妮的用意浑然不知，但她也从不觉得被金妮的镜头冒犯，因为她早就习惯被陌生人拍摄——有时是游客，有时是来村子里的志愿者，他们对着她举起不同样式的相机，像是瞄准猎物，端起长枪短炮。"你长得很像一个陶泥娃娃。"有人这样说。"你的眼神好像很忧伤。"也有人这样说。逐渐，绯绯知道那些镜头并不会伤害自己，于是她若无其事地继续手头的事情，甚至享受那样的时刻。但她总也学不会在适当的时刻向摄影师伸手要钱，像她的弟弟们那样，嬉皮笑脸地说："一张照片，一美元。"为此她常被妈妈打。她害怕妈妈不喜欢自己，害怕自己的人生永远都固定在外来者的镜头里，直到有一天，从城里归来的表姐给她带来了希望。

"让绯绯跟我去女佣学堂读书吧，"表姐说，"在那里，她可以学英文，学家务，学礼仪……"

"那些我也可以教她！"妈妈打断表姐。

"不不，从女佣学堂毕业，她便有资格被选到不同国家做女佣。你知道吗？到外国做女佣，比在城里做律师赚的还多。"

绯绯的生活便从那一天开始改变。在女佣学堂的三年里，她过着苦行僧一样的生活，晨起跑步，睡前背诵英文课文，翌日便要在女教官的监督下，反复操作各种电子器具，以完成某种任务，或是在指定的时间内，完成一道异域佳肴。"勤劳、服从、亲和，英文良好，无不良嗜好，无婚恋史，擅长烹饪亚洲美食，可熟练操作高科技家电"，这是绯绯的个人简介，就是这样短短的一段话，让她得以离开棕榈寨，离开炎热的贫穷，在空中晕晕乎乎地经历三个半小时的飞行，抵达全新的家园。回想起来，她觉得这真是比梦还要不真实。

绯绯始终记得第一次面对金家宅子的情形：三层楼的屋子，方方正正的米黄色屋身，盖着等边三角形的薄荷绿屋顶，二楼的海蓝色玻璃窗好像一双眼睛，倒映出四周的绿色植物。

"这是客厅。这是餐厅。这是我练瑜伽的地方。"金太太领着绯绯进屋,一边走一边介绍。这个亚洲中年女人又瘦又高,穿一袭香槟色真丝长裙,漂成浅金色的长发泛起波浪卷,披在肩上,她脸长鼻长,一双丹凤眼随着眉毛向上勾起,不言语的时候,总像在瞪人,但只要轻轻咧嘴,就能露出一弯象牙白的漂亮牙齿,永远闪着训练有素的热情之光。"摁这个,就是开灯,摁那个,就是二楼卧室的冷气。"她拿起万能遥控器,教绯绯来操纵家里的用具。绯绯忍不住四处望。几串细瘦酒杯状的水晶灯柱从天花板垂下来,好像挂在人脖颈的链子。大大小小的圆镜,嵌在漆黑挂毯上,拼凑出一片银河星空。一个立体雪山模型,悬在窗边,日光刚好从外面折射进来,像要把它融化。最有趣的,是一具银色的金属雕像,那是一个人的上本身,贴在墙上,光着头,挺着胸,一只手从墙壁里伸出来,像是打算穿墙而过,却被卡在其中的傻子。

"这是我先生的作品。"金太太说,绯绯赶紧把目光从那具雕塑上收回来。但来不及了,金先生已经从楼上走下来,并对绯绯说:"你喜欢就多看看。"金先生是纯种白人,光着圆溜溜的脑袋,薄荷绿的双眼深嵌在眉骨下,笑容像皱纹一样刻在脸上,看起来比金太太老二十岁。

金氏夫妇喜欢看电影,听音乐,谈论美术,有时还会问起绯绯家乡的事情。那里的旱灾是否得到缓解?恐怖组织是否少了一些？妇女地位有所提高吗？家中事务不多，绯绯只需做好每一餐饭，保持室内一尘不染，并在派对时，用那标准的英文、训练有素的礼仪，迎接贵宾。

"这就是绯绯，我们资助的棕榈寨女佣。我们帮助她的弟弟上学，她就来帮助我们打理家务。"金太太总是这样向宾客介绍。

那些不同肤色的陌生人，便会闻声围过来，一双双眼睛盯着绯绯，蓝色的、绿色的、棕色的、黑色的，像欣赏一只刚刚剃了毛的贵妇犬那样，发出啧啧啧的赞叹。

"你很上相！"金妮说，她把刚刚拍的录像给绯绯看。

这是绯绯第一次见到自己用冰敷面的样子，棕黑的面颊，在透明的冰块下变得扭曲、模糊，冰块融化成水，像眼泪一样顺着她手肘滑下去。

"一点也不上相。"绯绯笑着反驳，"很像个呆子。"

"欸！"金妮又抛出新的点子，"不如我给你弄个仿妆吧？"

"什么仿妆？"

"就是把你打扮成一个明星的样子！"

还不及绯绯反应过来，金妮便拉着绯绯往衣橱跑。她们穿梭在五颜六色的衣裳里，让不同的质地滑过手心，薄纱、真丝、尼龙、皮草。在这眼花缭乱之中，绯绯想起水龙节的时候，她也要穿起妈妈传给她的民族服饰，跟着村里的女人们上街。猩红色的短背心、金灿灿的纱笼,与汗液黏稠在一起,让她觉得自己像是行动不便的木乃伊。街上人很多,各种肤色的肢体都拥动在一起。有一年,一个高大的男人尾随在她身后,她闻到一股股异域香水味从身后散出来,紧接着,她就感到自己的大腿被捏了一把。她什么也不敢说,死死抓住身边姐姐的衣服。但那种若有似无的抚摸却一直伴随她,直到另一边的人群爆发出争吵——玻璃瓶子被敲碎,老板娘在咒骂,游客在反抗,众人向着那团怒火拥过去凑热闹,跟在绯绯身后的鬼影才终于散开了。

"这样会不会太奇怪了?"绯绯望着镜中的自己,套着草绿色的超大T恤,上面印染着紫色的骷髅头,下搭一条白色紧身五分裤,令她圆润的双腿看上去更粗壮了。

金妮不理她,继续从衣柜里翻出各式各样的配件,不由分说地给绯绯套上假发——黑色直发,挑染荧光绿色,又给她脖子上挂起粗铁索似的金色项链,从脖子坠到胸前;还有银色的假指甲、宝蓝色的隐形眼镜、黑加仑色的唇膏、假睫毛、一层又一层的修容粉……当这些物品一点点爬上绯绯的身体,金妮觉得自己完成了一个伟大的改造,将一个原始朴素的棕榈寨女孩,一下子拉到了当代的潮流里。

"快快,坐在地上,摆一个酷酷的姿势——对,就是这样,下巴上扬,眼睛斜视,嘴巴嘟起来——"金妮一边教绯绯摆出当代年轻人该有的姿态,一边不断按下快门。她已经想到了这组相片的主题,肤色、阶级与流行文化。

"你们干吗去了?躲在这里干什么?"一群女孩子冲进衣橱里,带进来一股潮湿的阳光气息。

"哇,你给她化了Billie Eilish的妆吗?"

"好酷欸!"

女生们雀跃着要跟绯绯合影,但照了几张又嫌光线不好,最终金妮提议,到三楼露台上去,那里光线最棒了。

根据金妮的指示,绯绯固定着一个姿势,像一尊雕像似的,在原地一动不动。其他女生们则举着手机,对着她,从不同的角度来自拍、直播,跟他们的朋友赞叹,一个棕榈寨的女生,竟然也能打扮出Billie Eilish的味道。

在陌生人的凝视下,绯绯觉得自己不再是人,而是一幅被固定在框子里的画。这样的想法让她吃惊,并有一种"生活总是在重复"的恍惚,就在一个月前,的确有一幅画在她所坐的位置静立着。那是一幅很大的画,长两米,宽一米五,镶嵌在金属画框里,并被一个架子支起。为了陈列这幅画,金太太让绯绯准备了十几样食物,装在银色的自助餐盆里。金先生也一改往日的慵懒,戴着白色巴拿马帽,穿上草绿色的亚麻西装,下搭鹅黄中分裤,将粗壮的小腿塞到高帮帆布鞋里。他不断地接待来访的人，滔滔不绝讲述创作心得。闪光灯围着他不断闪耀，参观者围着那幅画拍照留念，纷纷恭喜金先生沉积三年再创佳作。绯绯穿梭在人群里，不断地为陌生人更换酒水、增添小吃，却心不在焉。她望着那幅画，画中的婴儿巨大无比，无辜地坐在城市之中，双脚却踢翻了一排楼房，眼泪像冰雹，砸落在逃难的人群身上。她看着那个孤独的巨婴，心里却惦记着柯瑞斯——那幅画的真正作者。

记忆里，柯瑞斯总是穿着宽松的花背心和一条宽大牛仔裤，把弯曲小卷的金发扎成短马尾，大大咧咧地行走，摇晃的四肢绽放着鲜红翠绿的刺青图案。在绯绯的家乡，总有那样打扮的游客经过绯绯的村庄，他们背着厚重的行囊，弥漫着汗气与香水结合的味道，像从花丛里穿越而来的小兽。这类游客总是受到绯绯村民的青睐，因为他们总是那样快乐，大声欢呼，尽情奔跑，并认真地夸赞每一个害羞的孩子：你真美呀！

那段时间，柯瑞斯每天早上十点都会准时按响金家门铃，并在绯绯的带领下，爬到二楼，进入金先生的画室。一般来说，金先生不允许任何人打扰他的创作，但偶尔，他也会嘴馋，便会通过对讲机，让绯绯送一些点心上去。一开始，绯绯能瞥见金先生靠在藤椅上，叼着烟，有一搭没一搭地说着什么，而柯瑞斯就坐在画架前，用铅笔勾画草稿。再后来，金先生便只是在一旁看书、打瞌睡，柯瑞斯就独自一人画画。

中午休息的时候，金先生喜欢独自在画室里用餐，随后睡个午觉，而金太太还在大学里工作，没有回家，于是就剩下柯瑞斯与绯绯二人在餐厅里。

"你从哪里来？"柯瑞斯第一次跟绯绯交谈。

"棕榈寨。"绯绯说。虽然心里有点紧张，但她还是沉重地用刀将牛扒切成小块。

"喔！我喜欢那里！"他随手撕了一块墨西哥薄饼，塞到嘴里，一边咀嚼一边说，"竹火车、蝙蝠洞、石窟宫……那些佛的微笑，浮现在石柱上，远远望去，像幻影，漂浮在阳光里……但它们却是真实存在的，经历战火、天灾、人为的修复而重新出现在我眼前……"

说着说着，柯瑞斯沉默了，绯绯不太懂他在说什么，只是偷偷瞥他，觉得他沉默的时候，看起来像一尊白石雕塑，温和又漂亮。

"其实你的家乡是一个非常美丽的地方，它本不该像现在这样落后。"柯瑞斯忽然又说，他的蓝色眼眸盯着绯绯，像深夜的湖泊，发出幽光，"其实你也不应该来这里做女佣，你应该做自己真正喜欢的事情，过自己想要的生活。"

时至今日，当绯绯穿着浮夸的衣服，坐在女孩们的视线底下时，她也想不透柯瑞斯所说的那种"真正喜欢的事情"应该是什么。她曾经在柯瑞斯的叙述里，找到一点幻想，例如他告诉她，有一个叫做泰丝的菲律宾女孩，也是通过女佣中介，去了香港工作。她遇到了一对富有的退休夫妇，送给她一台相机，鼓励她在业余时间拍照，记录生活。

"你猜怎么样？她拍的照片拿了大奖，还申请到全额奖学金去美国读硕士。现在她已经是知名的摄影艺术家了。"柯瑞斯用手机搜索泰丝的访问，展示给绯绯看。画面里，那个和绯绯一样，有着棕色皮肤、圆润身子的女孩，顶着粉色爆炸头，戴着豹纹眼镜和钻石唇钉，对着镜头侃侃而谈，并时不时露出一口洁白的牙齿，像金太太那样，毫无顾忌地绽放笑容。

这样的人生让绯绯感到新奇，但又觉得与自己毫无关系。

"拥有全新的人生其实不难，你可以从一点点的小事做起。"柯瑞斯继续说。

"例如呢？"

"例如背叛你的主人。"

绯绯吓得呛了一口水，咳嗽咳到脸都红了。柯瑞斯便在一旁嗤笑。

"这都不敢吗？看来你一辈子也只能做女佣了。"

不知道为什么，绯绯觉得这话令她感到羞愧。她说不出哪里有问题，但就是不想被柯瑞斯认定是"一辈子的女佣"——尽管她为了这样达到这个目的，的确付出了多年的努力。

回想起来，绯绯觉得自己是过于愚蠢，对柯瑞斯产生不切实际的信任。按照他的说法，想要做一个独立的女性、拥有理想的生活，首先要学会反叛。

"他们根本不把你当人，而把你当作一个做家务的工具。你有自由活动的空间吗？你可以像正常人一样独自出门玩耍吗？你可以上网、社交、谈恋爱吗？不能，你的中介不让，你的主人不让，对吧？那你凭什么认为，他们把你当人看呢？"

柯瑞斯的言论让绯绯无法反驳。他告诉绯绯，一定要打倒有钱人的强权，才能做自己生活的主人。具体怎么做呢？就是每天悄悄从金先生的储物间里，偷一个小艺术品，给柯瑞斯。

"金先生跟我说过，有不少搞艺术的年轻人都把自己的作品送给他，求他给点评价，但他根本不屑一顾。他不就是仗着自己在艺术圈有地位吗？一边霸占年轻人的资源，一边又看不起他们的作品。与其让那些年轻的艺术品在这个宅子里积灰，不如拿来给我。"

"你要那些做什么？"

"收藏，然后过几年再拿去拍卖。让那些艺术品找到真正欣赏他们的买家，难道不好吗？"

绯绯似懂非懂，但为了不让柯瑞斯小瞧自己，她还是照做了。

金家的储物室很挤，堆了很多金太太的旧书，又厚又重，还有陪伴金妮成长的高档玩具。在屋子最尽头的书架里，随意摆着一些奇奇怪怪的小玩意——那就是金先生收到的艺术品了。绯绯不敢引人注意，所以专门挑一些体积小、不起眼的东西，例如一个手掌大的金属雕塑、用麻绳编织的玩偶、画着女人裸体的折扇。每到午休时间，她便像幽灵一般，从这被遗忘的屋子里，顺手拎一件艺术品，献给柯瑞斯，以示她的勇敢。

然而没过多久，柯瑞斯就再也没有出现过了，甚至连告别也没有，就那样消失在绯绯的生活里，只留下一幅画，一个摆在花园里，任人观看的、不知所云的画。而最令绯绯感到失望的是，所有人都认为这幅画是金先生的作品，没有人提起过柯瑞斯，他仿佛根本就不存在。难道这就是柯瑞斯所选择的理想生活吗？难道他就自愿做一场大雨，浸湿了大地，但不久就被蒸发，仿佛不曾出现吗？她觉得被骗了。这样一个人，凭什么来指挥她的生活？她带着自责的心情给妈妈打电话，哭着说自己做了对不起主人的事情。妈妈把绯绯狠狠骂了一顿，并警告她，这个事情不能说出去，否则她会被打死："你学费的债还没还清，弟弟们还等着你的钱来活命呢！"在妈妈的骂声中，绯绯逐渐原谅了自己，并决定以后要更努力地服务金家，来弥补那些消失的艺术品。

一阵打打闹闹的声响从露台入口传来，绯绯回头一看，只见几个男生穿着泳裤、披着浴巾就冲了进来，打破了女生们的聚会。

"你们躲在这里干吗？我们打算玩真心话大冒险，赶紧下去——"男生们一把拽起金妮，其他女生也就跟着散场。忽然，其中一个男生的注意力被绯绯吸引：

"这位小姐，请问你是 Billie Eilish 遗落在棕榈寨的孪生妹妹吗？"他一边说，一边掀起绯绯的假发把玩。绯绯认得他，他就是在泳池边捏住她小腿的男生。

"查德果然是最会说漂亮话的。"

"裹着蜜糖出生的。"

几个女生拿查德打趣，他耸耸肩：

"这是天赋咯！"随后话锋一转，捧起绯绯的面颊，"亲爱的，我都饿死了，有没有吃的啦？"

绯绯这才如梦初醒，赶紧起身：

"对不起，我去给你们做吃的……"

"别给他吃，饿死他！"金妮假装生气，一脚踢到查德屁股上，他顺势往外跑，其他人就一窝蜂地去追他。绯绯没有跑，她留下来，将露台上的水渍清扫干净，将扔到地上的抱枕放回秋千椅上。很快，天空开始自动放映系统自带的夏日暮色——宝石蓝云层作底，几抹粉紫光划破云层，拼接渐变橙黄，像一幅巨大的印象派油画。望着这不真实的一切，绯绯想，也许自己正过着一种"真正喜欢的生活"呢？

回到厨房，面对熟悉的工作台，绯绯很快想出了菜谱。

冬阴功汤、柚子虾沙律、手撕鸡肉、椰子果冻……这阵子，金妮很喜欢吃东南亚的食物，每次都让绯绯多做一些。

绯绯在金属表面的厨具之间忙活，她的倒影模模糊糊出现在锅碗瓢盆上——扭曲、夸张、奇怪——一种全新的样子，绯绯从未预想过的样子。

看着那些倒影，绯绯忍不住学着歌星的样子，轻微扭动身躯。

忽然，屋子里爆发剧烈的音乐，不知道是谁把手机里的音响接驳到室内的无线音响里。

一段节奏怪异的歌曲传进来：

> White shirt now red, my bloody nose
>
> Sleepin', you're on your tippy toes
>
> Creepin' around like no one knows
>
> Think you're so criminal
>
> Bruises on both my knees for you
>
> Don't say thank you or please
>
> I do what I want when I'm wanting to
>
> My soul? So cynical
>
> ……

"绯绯——"金妮火急火燎地跑近厨房，"喂呀，别做饭了——先跟我们出去跳个舞！正在放'你'的歌呢！"

"什么我的歌？"

"Billie Eilish呀，你忘了吗？你现在可是棕榈寨来的Billie哈哈……"

音乐的声音越来越强，绯绯感到地板都在震动。在宝蓝色的夜色里，男男女女都陶醉在诡异又魅惑的音乐中。一盘六杯的"shot"被端到他们面前。

"金妮！就你没喝了！"

"干了它，干了它，干了它——"

两个壮实的金发男孩醉醺醺地起哄。

"喝就喝！"

金妮笑嘻嘻地捏起酒杯，仰头痛饮，随后又原地打转，蹲在地上，捧腹大笑。

绯绯这才意识到，这帮年轻人已经沉浸在酒精里，失去了规则。放眼望去，男孩们在水中抽烟，大声骂街，将啤酒瓶扔到空中，又看它跌入泳池，溅起水花。女孩们则瘫在沙子上，举起一杯杯五彩缤纷的鸡尾酒，对着相机自拍，笑成一团。还有一对小情侣，在树下的角落里接吻。

几个女生见金妮来了，一下子把她拉过去，在歌声里蹦来蹦去。

"你是不是喝得太多了？"绯绯担心地追着金妮跑，"金太太说了，你胃不好，不能喝太多酒……"

忽然，绯绯感到自己双脚离地——有人从她身后将她拦腰抱起。

"啊——"绯绯尖叫起来，但她的声音很快被淹没在歌声里。

……
So you're a tough guy
Like it really rough guy
Just can't get enough guy
Chest always so puffed guy
I'm that bad type
……

在逐渐强烈的音乐中，绯绯感到自己失重了，不断跌入水中，被捞起，再被扔进水，再被捞起，最终像一个娃娃那样，被摆放在沙滩上。水已经将她的假发套冲走，假睫毛像是凋谢的花朵，粘在眼皮上，她咳嗽着抹了把脸，努力眨眼，才发现眼前那男生正是查德。

"你——很——酷——"查德对着绯绯大喊，并搂着她摇头晃脑，像是被打了兴奋剂似的。他的胳膊很沉，压在绯绯肩上，她感觉好像回到了遥远的水龙节，被男人跟踪的夜晚。紧接着，另外两个金发男生也摇摆着走过来，又端着全新的六杯"shot"。

"喝一杯吧？Billie Eilish！"他们蹲坐在绯绯身边，将她围住。

绯绯还来不及反应，酒杯就被塞到嘴边，伴随着男孩们疯狂的大笑。就在挣扎之际，她感到一个大手掌捂住自己的嘴巴，一个微小的颗粒物顺着口腔和酒，滑进喉咙管，又辣又冰。几秒后，她的意识开始模糊，感觉自己仿佛漂浮在冰面上，眼前一片白茫茫，什么也没有。在这漫长的漂浮之中，绯绯仿佛看到一条蛇钻入她的小腹，扭来扭去，但她不疼，她所有的知觉都失灵了，似乎陷入了一场冬眠。

而另一边厢，金妮在半醉半醒间舞动，举着相机给女孩们拍照，然后又调成摄像模式。对她而言，这是一个难得放纵的夜晚。去他的家规，去他的未成年人不许喝酒，今晚她就要朋友们疯狂个够。她举着相机到处扫射，一会拍到热吻的好友，一会拍到划拳喝酒的男生，一会又拍到三个男孩趴在绯绯身上的模糊身影，只见他们像叠罗汉似的，在绯绯身上扭来扭去……就在这一瞬间，金妮一下子惊醒了。她连忙放下相机，甩开还在跟她开玩笑的女孩，跌跌撞撞地冲到绯绯那里，用尽全力揪起男生的头发，踢他们的屁股，掐他们的腰，才终于将他们的身子从绯绯身上扯下去。

363

"绯绯……"

金妮蹲下来,俯视着绯绯的脸,发现她完全沉浸在迷幻药的作用里,笑眯眯的,像刚刚吃完糖果的小孩。然而,淡淡的血,像眼泪那样,顺着绯绯的大腿内侧滑下来。

音乐还在唱。朋友们还在狂欢。金妮看着眼前的血迹,忽然想起了非常遥远的父母,她竟然害怕地哭了起来。

"妈……"金妮终于给金太太打电话了,她在哭,一边哭一边说,"妈,我该怎么办?我带了朋友到家里开派对,然后……然后绯绯……"

金妮在酒精的作用下,哭得很大声,哭了很久,但绯绯听不到。她躺在白沙上,感到那条恼人的小蛇已经从自己体内爬出来,化成小溪,从两腿间流走,一切归于平静。她完全地放松,整个人变得很轻很轻,仿佛进入了另一个空间里,在那里,她真的变成一条小鱼,钻到冰湖底下,漂荡在水中,再也不必忍受阳光的灼烧,无须背诵长长的英语文章,不用担忧弟弟们的生活费,什么也不想,什么也不做,醒着也像在梦中一样。那一刻,绯绯隐约觉得,自己已经在梦中完成了"真正要做的事情",于是,她对着金妮哭泣的脸庞,以及那永无尽头的夏日夜空,露出了痴痴的、幸福的微笑。

孖天使

○

霓城又有人杀妻。这回是八旬老人，用挠痒竹耙子紧压老伴脖颈，让瘫痪的她在清晨做了一场再也无法苏醒的梦，随后报警自首。

"我们两个无子女，又穷又蠢，住不起养老院，请不起看护，病痛来的时候，生不如死。我希望霓城能实行安乐死，这样社会就不用浪费那么多资源，穷人也不用那么惨。"新闻记者如是转述杀妻者独白。

我在返工路上看到这则报道，如获珍宝，一到公司立即将它改编成新故事：主角是被徒弟骗到破产的老杀手，大病一场，住进廉价安老院；在那里，他喜欢了一个患有脑退化的可爱婆婆，不忍心见她受尽病痛及护工的折磨，拿起竹耙子将她勒死于睡梦中。此行为恰巧被另一个院友看到，他竟然央求老杀手也给自己进行安乐死服务，这令其意外察觉发财之道，再次重归杀手圈……

自从加入一家主打惊悚犯罪片的影视公司后，我每天的任务就是搜集热门凶杀案，再创作出故事大纲和人物小传，献给剧本经理马齐。那是个做电视广告起家的中年男人，精瘦矮小，一对龅牙令他看起来像国字脸的鼹鼠；自称在加州混过十年，扬言要将好莱坞式的影视制作带入霓城。此时此刻，他正斜躺在大班椅，眯眼看老杀手的故事。

"噼啪——"，他像赌神甩扑克一样将我的文件扔到桌上，瞪圆硬币眼睛问我，"为什么是老人？"

还不及我开口，他就开始锤打桌面，好像说书人给自己打击前奏。

"你写老人的故事有人看吗？拜托你专业一点，用大脑思考一下。我们是拍什么的？网剧。看网剧的主要是什么人？95后、00后。你觉得，他们为什么要浪费打游戏的时间，去看一屏幕的老人在那里发癫？你以为你是许鞍华？！"

紧接着，他发了一坨新闻链接给我，让我回去认真学习和研究，再拿新的故事去见他。

看过马齐的锦囊后，我终于明白他的喜好：乱伦情杀，用刀砍、用剪子插、用椅子砸——毫无新意嘛，类似的新闻每隔几个月就发生一次。作为一个有创造性的编剧，我选了两宗案件结合，有了以下的故事雏形：理财师暗恋客户，无奈对方是有妇之夫，为了将他纳为己有，先是用染有哥罗芳的胸罩将其迷晕，再将水泥倒在他身上，将心爱人活活变成一具雕塑。

"这个可以，够刺激！"马齐咧嘴笑了。他掏出电子烟来抽，吧嗒着嘴唇，扔给我一沓A4纸打印的女人照片："哪，你选三个大波长腿的，样子似人妻的，作为女主演候选，然后搜一下演员资料，贴在人物小传后面，整成ppt，过几天我带你去跟导演开会！"

一

从马齐办公室出来，我碰见躲在茶水间抽烟的阿布，他问我新的大纲通过了没有？我点头：过了。

"都说啦，只要你把那些血腥情节往大纲上堆，马齐一定喜欢的。"他对我单眼一眨，洋洋自得。

阿布是我在编剧组唯一的同事，在这公司混了一年，收藏大量八卦，得闲便拿出来跟我晒一晒。

从他的描述里，我逐渐了解：这公司二十几个员工，承接电影宣发项目为主，近两年才开始搞内容创作，和同一个导演合作了几套犯罪惊悚片，清一色十八线班底，至今仍未在任何平台上映。

那个神奇的导演叫刘达，四十出头，做剪片出身，前几年自己拍片，处女作《春日波波球》邀请到热门艳星萧菲菲做主角，并在各大院线上映，但票房仆街，三天就下架。

"他超有钱的，拍烂片还能住豪宅，气死人。你猜为什么？因为他老婆就是制片人咯，在圈子里人脉广，有什么便宜都先让刘达占了，名副其实的狼狈为奸。"

阿布一边打游戏一边说八卦。

"但我就很好奇，刘达加马齐，这么廉价的团队，怎么还能骗到投资呢？难道有钱人都是白痴？唔……不可能。我猜啊，要么是那些投资人想借拍片来洗黑钱，要么就是马齐和刘达报高预算，从中赚差价。你觉得呢？"

"哈哈，我觉得你应该去做侦探喔。"我假笑着敷衍了阿布。

其实了解那么多黑幕又有什么意义？还不是要继续留在这里，批量生产狗血故事，我没有资格计较太多。那一年，我妈妈被爱情冲昏头脑，跟着年轻男友投资伦敦金，结果输得人财两空，我不得不休学打工。我那尚未毕业的"创意写作学士"无法为我带来任何商业价值，而菲佣对我多年来的照顾，令我很快就被洗碗和叠衣界淘汰——唯有马齐看中我，愿意用本科毕业生起步价买下我编故事的才能。尽管他那一副"我有钱，我最大"的姿态让我时常想一拳揍过去，但我懂得克制，深呼吸，然后默念：没有马齐，我就没有生活的本钱；是他让我成为一个编剧，可以利用自己的爱好挣钱；多谢马齐！我爱Money！

二

这天下午，马齐带我去刘达的工作室。电梯门开启，一股浓烈的烟味扑面而来，我忍不住咳了咳。

"你不抽烟的?"马齐转脸问我，我摇头。

"不抽烟不行的，拍电影都要抽烟的。"他一边说一边按门铃。我看不到门的边缘在哪里，忽然，砖红色墙壁向左右两边裂开，灰蒙蒙的光从里面飘出来。里面的烟味不再是烟味，而是一种尼古丁长久不散而发出的臭。整个空间好像黑盒剧场，吊扇下有一排苹果电脑，几个男人叼着烟，穿着背心短裤在剪片，屏幕里，有的正在撞车，有的在开枪扫射，还有一个女人正在被强暴。电脑后面是一块白板墙，贴着靓女照片，全穿着比基尼，脑袋被手绘的红色圈圈勾住，彼此之间的身子被手绘箭头围成网状，好像连环凶手作案前的计划。白板下面有人正在玩手机，见马齐来了，连忙起身问好。那是个矮胖女孩，一头粉色卷发，穿紧身包臀裙，瞄了我一眼。

"达哥呢?"马齐问。

"在里面呼吸。"女孩说着，同时在嘴边比画了一个吞云吐雾的动作。

马齐坏笑着刮了刮她的鼻子,带我绕过白板。

——噔噔噔。

马齐敲刘达的门。

里面闷声闷气应了一声,不久,一个年轻男人推门走出来。他高高瘦瘦,一头干净的圆寸染成金色,穿宽大灰色卫衣和牛仔裤,余光淡淡地刮了我一眼,擦肩离去。我忍不住回头看他远去的背影,觉得他高挑的走姿有一种轻飘飘的忧郁。

刘达的屋子没有开灯,弥漫着草药被燃烧过的味道,深蓝色窗帘紧闭,四壁贴着几幅裸女版画,地上放着充气沙发,他倚靠在其中一个上,挺着肚腩,戴着墨镜,半睡半醒的。

整个会议的过程都是马齐在讲,刘达在听。当马齐用一种自圆其说且谄媚的语气说出杀人情节时,刘达好似在听一首梦幻的后摇,花白色的武士头在灰蒙蒙的光线里晃来晃去。

当马齐派我介绍演员资料时,刘达忽然定了定,摘下墨镜,用那双陷入浮肿眼泡、只剩绿豆大小的昏花眼睛看着我:"咦,你长得蛮清纯喔,好像日本kawaii捏!"

马齐哈哈大笑起来,屁股下的沙发随着他的扭动发出咯吱咯吱的声响。刘达也跟着笑,边笑边拍大腿,双下巴荡出一层层浪花。

第二天一早,我又被马齐叫进办公室,他那摆满山寨古玩的长桌上多了几件裙子,都是学生妹的校服。

"你的故事，达哥很喜欢。过几天我们还会再跟他见一次，他反馈修改意见给我们。"马齐夹着电子烟的手指戳了戳学生服，"这是之前拍片时留下的服装，达哥让你选一套，下次开会时穿上。"

"不用了吧！"我连忙傻笑挥手，"我这个人很男仔头的，穿这些很古怪……"

"你不要怕。"马齐打断我，"达哥嘛，绝对不是衰人，就是喜欢和少女做朋友罢了。阴阳调和嘛，等你做了大编剧，难道不和靓仔演员约会吗？不约白不约嘛，是不是？再说，他也是有老婆的人，在公共场合下，不会对你怎样。"

事后回想起来，我当时有两条路可以走：第一是依据本能反应，冷漠拒绝，辞职离开；第二就是装傻，屏蔽脑海里一切不良后果的预测。最终我选了后者。我紧紧把握住这个向马齐讨钱的大好机会，软磨硬泡，他终于答应我，只要讨到达哥欢心，继续合作拍片的话，就给我涨工资。

三

再见到刘达是一周后的事。这回约在工业大厦里的一家酒吧。我穿着白色衬衫，外面套一件粉绿色背带裙，露出一截小腿，脚踩白袜黑鞋。

刘达甩了一沓纸在桌面，上面草书一样写着他的反馈意见，马齐连忙将它们珍藏在电脑包里。他们说了一些制片人（也就是刘达老婆）的计划后，又扯了扯影视圈八卦，大笑着干了一杯。随后，马齐这个混蛋，居然说要出去打个电话。我感到大事不妙，也准备跟着离去，但又看到马齐对我比画了一个数钱的手势——这令我想起自己的工资。于是我稳稳坐在沙发上，单独与刘达约会了。

刘达摘下墨镜，望着我，开始以一个长辈的姿态回忆过去。说起他的恋爱、婚姻、出轨、回归家庭、再出轨……我全程不想与他对望，低着脑袋，好似听书一样，频频点头。

"我们都是搞艺术的人，感情应该丰富一些。"刘达说。我余光望见他的身影好像在我对面站了起来，阴影逐渐向我这边挪过来。就在他的大腿即将要挨着我的大腿坐下时，我脑子里已经想到了他那双咸猪手抚摸我皮肤的潮热，这让我没来由地觉得恶心。

"呕……"

我的肠胃演技爆棚，即兴呕了一口酸水在手上。刘达猝不及防，屁股悬在座椅上方。

"不好意思，不好意思……"我连忙捂着嘴巴从刘达腋下钻出去，"我去一去厕所，马上回来……"

我在酒吧外的楼梯间踌躇，双手在胃部搓来搓去，它因为紧张而把肌肉缩成一团。到底要不要坐回去？我的脑海被分成两边，一边特写放映刘达的咸猪手兼大肚皮，一边播放马齐甩给我辞退信,我四处见工,无法帮妈妈还债而被她打骂的蒙太奇画面。忽然,我听到嘎吱一声,身后的防火门被推开,来不及回头,我的肩背被一条精瘦有力的胳膊紧紧揽住,同时冒出一个硬物顶住我的腰。透过绵薄的校服,我的腰椎感觉到金属质地的凉硬。

"不要出声!"身后人在我耳边说,是男人的声音,语气很恶,但也清脆,随后我听到咔咔的机械声响,似乎是手枪上膛。那极具戏剧化的响动像给我注射了一发薄荷味的醒神剂,我瞬间凉透,一切胡思乱想都冻成了一个感觉:害怕。

这样的情况我在剧本里写过。其实我可以选择说一些漂亮的台词,凭着高湛的心理技巧来吓跑这个莫名其妙的变态,甚至将左手伸进背带裙的口袋,解锁手机,悄悄报警,或者呼叫刘达来救我。但实际情况是,我怕得连思考的力气也没了。

身后人似乎感觉到了我的战栗,更加用力地勾住我的肩膀,下巴颏挨着我的天灵盖,男友一样给我披上宽大棒球衫,以此遮住顶在我腰上的枪,然后挟持我疾步下楼。三楼、二楼、一楼,冲出大厦,直达马路对面,打开一辆黑色小货车后门,推着我一起坐进去。

我的上半身笨拙地撞击座椅,双手被捉住反铐在背后,整个人好像砧板上的鱼被翻过来。此刻我才看见劫匪的样子:清爽圆寸,头发泛着金黄色的光,瘦削脸颊,内双眼凹陷入眉骨，眼神淡薄，像是有一层忧郁的雾——这不就是在刘达工作室与我擦肩而过的男人吗？就在我尝试用双脚踢开他贴过来的腰腹时，他拔枪抵着我的额头，另一只手像夹子一样捏着我的腮帮，令我的嘴变成O形。我感到片状药物被塞进唇齿间，矿泉水嘴瓶紧接着填补空隙，水流湍急冲刷我的舌苔，泄入我的喉咙。当他打开手电，照亮我的嘴腔，确认无药丸残骸后，掏出消毒纸巾给我擦嘴，随后撕了一条黑色胶布粘住它，同时托起我的脑袋，给我戴上一个画着大眼睛的眼罩。

一切都暗下来。

我依然能感到枪口挤压太阳穴，那带有弧度的金属已被我的脉动温热，不再冰凉。我的手指被反压在腰后，麻痹与颤抖相互搏击。此刻我才发觉，空气里弥漫着一种若有似无的草药味道，和刘达屋里的怪味相似，但更淡薄，好似一层牛奶潺潺流动，在呼吸的翕动间，逐渐软化我的意志。

四

等我再醒来的时候，眼罩已经被摘除。一阵酸麻从我的下半身蔓延开来，我意识到自己正靠卧在藕粉色浴缸，屁股下坐了一层棉花垫，下半身亦被毛毯盖住，粉色背景上印着Hello Kitty，瞪着无辜大眼望着我。我赶紧抖动身子想站起，却感到双手与脚踝皆被金属铐子锁住。一个红唇形状的闹钟在我脑袋旁的马桶盖上叫唤——就是那鸡打鸣的声响把我从沉重的睡眠里拖出来。一把火在我的胃内灼烧,后脑勺也疼得厉害。

木门忽然被推开,有人走进来。我惊怕地抬眼一看,还是那个高瘦青年。他又穿上浅灰色卫衣和水洗蓝牛仔裤,松松垮垮蹲在我面前。

"饿吗?"他问我,语气平淡,面无表情。

我提心吊胆地点点头。

"有两个选择,一是餐蛋治,二是干炒牛河,你想吃哪个?"

我从毛毯里伸出被铐在一起的双手,竖起右手食指。

他疾步出去,又很快回来,手里端着海蓝色餐盘,盛有餐蛋治,冒出一股刚刚出炉的肉香味。

"我并不想伤害你,但你要帮我打个电话,我就喂你吃早餐。"他望着我,眼神飘出一片雾茫茫的风,叫人捉摸不透。

胃绞痛逼我迅速点头。

他伸手给我撕嘴上的胶布,刚刚扯起一小边,皮开肉绽般的酸疼就从唇边袭来,我忍不住皱眉。他似乎感受到我的不适,转身从壁橱里拿出吹风筒,对着胶布边缘按下开关,热风呼呼呼直往我的嘴边灌。不久,胶布黏性弱了,再撕就没那么疼——这让我觉得他本性不坏,起码不是虐待狂。我的恐惧稍许减弱,尝试套近乎自救。

375

"谢谢你啊，你真是又靓仔又体贴……"

但那家伙并不吃这一套，冷言冷语对我说：

"给刘达打电话，让他带一百万赎金来救你。"

"什么？"我以为自己听错。

"别装纯情，都知道你跟刘达是什么关系。像你这样的女学生，我见多了。"

我瞬间明白了自己被绑架的原因，种种情绪在胃中翻腾，后悔、委屈、羞辱、哭笑不得。

"我想你可能搞错了……我跟那个刘达，就见过两次，他根本不会在意我的死活，甚至连我叫什么都不……"

"你打不打？"

"不是我不想打，而是我跟刘达没有任何关系，就算打了电话……"

男人站起身，从口袋里掏出枪来，对准我脑门顶，眼神硬邦邦，像雾气结了冰：

"我再问一遍，你、打、不、打？"

望着那柄黑色手枪，以及被刻在枪背上的斜体金字"bloody killer"，我好像一只见到皮鞭的猴子，四肢无力，捣蒜般点头。

"……嘟嘟嘟……"

男人用我手机拨通电话。

"喂——"

电话被接起，但传出女声，娇滴滴的。

我抬眼看了看男人，他点点头，示意我讲下去。

"请问刘达在吗？"我故意夸张地发出颤抖的声音，期望对方能感受到我的危险。

"你是哪位喔？"可惜对方更关心我的身份，她尾音上扬，语气不善，隔着话筒我也能感到浓浓醋意。

为了安稳持枪男人的手指，不让他按下扳机，我清清嗓子，一字一顿重复刚才那句台词：

"请问，刘达，在不在？"

"你是他什么人啊？"女人反问，音量渐强，仿佛发现领地被占的母狮子，"你打来找他干什么？你想找他就能找到吗？你以为你是谁?！"

女人的声音在厕所里飘扬，似乎还想继续质问下去，为了堵住她的嘴，争取自救，我赶紧道破重点：

"我是他的……合作编剧！现在被绑架，我求他救我，救救我……"

"你收声啦！死八婆！贱人！"

啪叽——电话被挂断了。

我握着手机，抬头看那男人：

"你看，我就说，我根本不是刘达的情人，对吧？他身边有其他女人，你应该去绑那个接电话的女人……"

"你收声！"他仿佛被自己的愚蠢激怒，一把抢过手机，又攥起盘内的三明治,使劲塞到我嘴里。

"早上找不到他就晚上找!"

望着愤怒的枪手,我不敢再说什么,一边乖乖点头,一边使劲咀嚼我的早餐,内心祈求各路神仙,可以保佑我智商爆发,与劫匪斗智斗勇,活着跑出去。

五

男人守着我吃完餐蛋治,又喂我喝了果汁,最后帮我擦干净嘴唇,再次为它贴上黑色胶布,并用力拍打固定。我看着他走到门边,又忽然折回来,低下身子将我从浴缸里抱出来,放在马桶附近的矮凳上坐着。紧接着他又出出进进,用胶条将厕所小方窗边缘封死,并将所有瓶瓶罐罐扔走,确认没给我任何逃走及伤害自己的机会后,才放心离去。

咔哒——我听到木门被反锁,随后便是一阵窸窸窣窣的杂音。男人似乎在不远处和谁讲话,回复他的好像是个小孩子,声音又尖又细,不知是笑还是哭。不久,对话声消失,脚步声再次响起,渐行渐远,嘭——我猜那是房子大门被关上,整个屋子安静下来。

自救的时刻到了!

我第一反应就是用脸紧紧贴住马桶盖,使劲蹭嘴上的胶布,可那玩意黏性了得,颧骨皮肉都发酸了,它依然纹丝不动。我又换了第二种办法,侧身从椅子上摔下去,横躺地上,虫子一般蠕动向前,直到双腿对准厕所门,然后用力踹它。一下、两下、三下……似乎没什么用,我又狠狠心,将整个人缩成球状,滚动着,人肉炸弹一般向门撞击——咚……咚……咚……嘭!

门忽然向里开启,撞到我的屁股。我顾不上疼,以为自己力大无比,满怀兴奋地滚过身子回望,却被一个庞然大物吓到差点窒息。只见它四肢好像充了气的肉柱,胸脯与肚腩一层层坠下来,裹着粘满羽毛的粉红浴袍,像毛球一样噗噗噗地滚进来。我生怕自己会被踩扁,挣扎着缩去墙角,而那东西仿佛看不到我似的,自顾自坐上马桶小便。这时我才看到她的脸,尽管五官被横肉膨胀,但依然带着几分女性的柔美,卷卷的短发贴在脑门和耳边,很像一个放大版的娃娃。

"呜呜呜呜呜!"

我尽力将声音透过封闭的嘴腔传出去,祈求她能救我。

一开始,她神情恍惚,左顾右盼,似乎活在另一个世界,直到她起身走到我身边,被我的小腿绊了一下,才低下头。这一刻,她的注意力终于被吸引,痴痴地盯着我,脑袋左摇右摆,喃喃自语。

我使劲撑起上身,挤眉弄眼,再次向她发出求救信号。也不知道我哪个动作做错,她仿佛受惊的小狗,疯狂乱叫,哆嗦着羽毛噔噔噔跑开,很快又噔噔噔跑回来——这一次,她的手里多了个东西：黝黑的外壳，方正有型的弧度，金色斜体字在扳机附近对我发出邪恶的光。又是那把枪！我一瞬间感到通体冰凉。

"呜呜呜呜呜呜！"

我一边呻吟，一边举起被铐在一起的双手，使劲表示投降。

她毫不理会，全神贯注，蹲下身子，慢慢逼近，端枪指着我。

我奋力扭动身子，尝试躲开她的瞄准，但一切都晚了，只见她食指扣下扳机——

嘭——

我来不及闭眼迎接死亡，也没有感受到丝毫痛感。一串彩色泡泡喷到我的脸上。

它们色彩斑斓，逐个爆破在我眼前。

嘭——嘭——嘭——

肥婆发了疯一样举枪四处扫射，在绚烂泡沫的包围下，转着圈跑走了。

顶你个肺！

我全身松软，平躺在地。

枪是假的。劫匪是假的。人质是假的。什么都是假的！我在心里大骂，骂着骂着又笑了，但笑不出声，气流在喉管与腹部流动，害得我难受了好一阵。

六

不知过了多久，我在地上睡了又醒，醒了又睡，脑子里不断浮现那个滑稽的、刻着金色字体的假枪，还有女孩一层层下坠的肥肉，仿佛做了一场漫长又诡谲的梦——直到男人再次出现。他皱眉盯着被我踢翻的椅子，还有门上的脚印，像玩弄提线木偶一样将我扶起，并迅速撕下我嘴上的胶布——疼得我五官扭在一起。

"再打给刘达。"他递来手机。

我不理他。

果然，他又从口袋里掏出手枪来吓我——还是那一把，刻着"bloody killer"的冒牌手枪。

我斜嘴一笑：

"不打。"

男人明显被我突然转变的态度吓到，不知所措似的望着我，但很快就再次用枪顶着我的头：

"你再说一遍？"

我翻了个白眼：

"你明知自己绑错人，还要在我身上浪费生命？"

"你说什么？！"

——咔咔，他像模像样地给假枪上膛。

"你信不信我一枪射爆你!"

我顺势用头顶了顶枪口。

"有本事你就开枪啊。"

"你以为我不敢?!"

"就怕你手里是个水枪!"

男人愣住了,仿佛被施了魔咒。是时候进行心理战了。我开始念诵准备了一下午的台词:

"你真是蠢,你以为锁我在这里,就没有人知道了吗?我告诉你,我和刘达关系那么好,我莫名其妙失踪,他肯定会报警的。还有我那个吝啬经理,见我没有返工,肯定到处找啊。你也真是太没经验了,绑我也不该挑楼梯间啊,那里有摄像头的,你看不到吗?"

"没有!"男人打断我,"我查过了,那里没有!"

"怎么,怕了?你到底有没有脑子的,居然用我的手机给刘达打电话?拜托,警察随便一查就可以搜到定位喔……"

男人不理我,双手握枪在厕所里走来走去。

我继续碎碎念。

"你不要晃来晃去了,不如早点放我走啊,不然……我们就同归于尽咯?——哦不,和你,还有那个超级大肥妹,揽住一起死!"

"够了!"

糟糕,他比我想象中的冲动,居然跑过来要掐我脖子,我赶紧低头躲避，坐在地上，伸长双腿猛力踢他，又用手铐边缘砸他的膝盖。混乱中，外面忽然传来剧烈哭喊，撕心裂肺的。

——"救命啊！救命啊！救命啊！"

男人立马停手，连我也被吓到。他不再理我，风一样飞出去。

我隐隐约约听到他在外面说话，逐渐又变成吟唱似的儿歌，似乎在说"阿妹不哭，阿妹乖"之类。我不清楚那个女孩到底是什么人，但狂风一般的哭喊令我有点惭愧，也许不该说出那些恶毒的话语。

等哭声逐渐逝去，屋子再静下来，我兔子般跳到厕所门边，只见男人斜靠在走廊，一摊烂泥似的，弓腰驼背，双手捂脸，仿佛承受了巨大的悲伤。

"喂——"我尝试与他交流，"你们两个是不是遇到什么困难了？"

他没有理我。

"是不是缺钱花？"

他还是不理我。

"我可以帮你的——我是说，帮你绑架刘达来挣钱。"

他回头看了我一眼。

"真的，我很有犯罪天赋的。你知道台湾有个悬疑影视剧本大赛吗？我去年有参加，写的就是两个好朋友合作犯罪的故事，虽然没有得奖，但有入围喔。不如我们合作啊！我编，你做，怎么样？"

"你编，我做？"

"赎金可以五五分。"

他没有接话，似乎还在犹豫。

"大不了，你六我四咯？"

他忍不住笑了：

"你有什么好办法，说来听听？"

"你给我松绑先。"

七

男人给我松了绑，但将左手与我右手铐在一起，以防我逃走。同时，他与我写了一份合约，确保两件事，一、我绝不会将他把我绑回家的事情说出去；二、我将与他合作进行绑架，得益与他五五分，损失也共同承担。我想了想，又加了一条：我有权将整个绑架事件改编为剧本，且拥有其版权。

"那你不能写我的真名啊。"男人强调。

"没问题。"

于是他捉着我的手，在合约下方按下指纹，随后自己也按了一个，并签下自己的名字：何小明。

"好了阿明，从现在起，我们就是一个团队！在绑架之前，我们要有一个好的剧本，就好比开公司之前，老板需要一份清晰的策划书。而好的剧本，核心是什么？就是一个有血有肉的人物。而你，就是我们绑架故事的男一号。"说完这堆，我居然有几分激动，甚至看到我和阿明将钞票扔向天空的画面已经被明星演绎，并在大屏幕播放。

但阿明却盘腿嗦着泡面，似懂非懂地点头。

"首先，你需要跟我说说你的家庭背景、成长经历、情感状态，诸如此类。"

"嗯？"阿明咬断一束面条，"这跟我们绑架计划有关系吗？"

"当然啊，没有这些，如何塑造一个有血有肉的人物？如何为你编排最合适的作案手法与绑架情节？"

"唔……我不知从何说起。"

"那我问你答。"

经过与阿明挤牙膏似的交流，再结合自己的想象，我整理出了初步的人物小传：

男，二十五岁，性格内向，患有轻微读写障碍，中学时跟着朋友在旺角混黑社会，成绩越来越差，中六毕业后放弃学业，跟着师傅去西餐厅做甜点，在后巷抽烟时，无意认识了大麻贩子，加入其中。此后便以gogovan司机为主，运送大麻为辅。本来生意小有起色，却沉迷赌马，身欠债务，急需用钱，刚好认识了大麻买家刘达，又听闻他极其好色，为了女人肯两肋插刀，于是计划绑架他的情人来勒索……

"不对。"阿明打断我。

"怎么了?"

"我没有赌马，也没有欠债，你不能这样乱写。"

"我这是赋予你一个动机嘛，让你的绑架计划来得更合情合理……"

"不行，这有损我的形象。"

我忍不住翻了个白眼：

"刚刚问你为什么要绑架，你说要保密，让我随便给你编个理由，怎么现在你又那么多要求?"

"你不要写动机不就好了? 反正我缺钱就对了。霓城人谁不缺钱，你不是也缺吗?"

"你我不一样啊，你又不是赚不到钱……"

就在我们争执不下时，那个该死的唇形闹钟又咯咯咯地叫唤起来，吓得我差点人仰马翻。

"你等着。"

阿明伸长胳膊拍了拍书桌上的闹钟，迅速为我解开左手手铐，转而将它铐在床头。我看着他打开嵌在墙壁里的深蓝色柜门，一些奇奇怪怪的东西从里面冒出来：兔八哥头套、皮鞭、淌着血的人腿、燕尾服、警官帽、韩式宫廷长袍、孔雀羽毛制成的蓑衣……

"哇……"我忍不住好奇,"这都是什么鬼东西……你有变装癖?"

阿明不理我,自顾自从里面翻出一件及踝白色长袍披上,背上一对毛茸茸、闪着金光的大翅膀,往脑袋上盖了一个顶着金黄光圈的娃娃头罩,瞬间变身为一个对着我傻笑的雪白天使。

"……你想干吗?出街打怪兽?"我忍不住笑出声来。

"你怎么那么多废话?"

"哪,如果你不告诉我真相,留我一个人在这里的话,我就在剧本里设定你是一个变装舞男……"

"够了够了!"

阿明再次打开衣柜,又翻出一套天使服装,扔到我身上:

"你也穿上,跟我一起出去,但不要乱讲话,不然我跟你毁约!"

客厅没有开灯,淡紫色暮色笼罩四周,闹市人声与车响从防盗网里洒进来。我们经过餐桌、沙发、茶几、电视柜,直达客厅的另一边,像跨越一条并不宽敞的河流,然后他轻轻推开第二个卧室的房门。

那里面亮着日照般的鹅黄色灯光,四壁上倒映缓慢旋转的云朵状浮影——一盏摩天轮模样的小射灯在窗台上运作。对窗而卧的正是今早所见过的那个肥胖女孩,此刻她的四肢已经被软皮带固定，仰面躺在松软的床上，一层又一层的肉舒缓下来，随着她的呼吸而微微起伏。

我跟着阿明轻轻走到床边，女孩毫无反应，盯着天花板上的液晶屏幕自言自语，偷偷笑着，小猪佩奇的声音从电视里传出来，直到阿明在床边跪下，她的注意力才稍微被吸引。

"小朋友，天使来给你送礼物啦。"阿明的声音穿过头套，嗡嗡嗡的。

女孩似懂非懂，伸手抚摸阿明头上的金光圈。

阿明从袍子里掏出糖果，剥开糖纸，露出粉色的药丸。

女孩接过药丸，放到鼻子边闻了闻，又伸出舌头舔了舔，最终才吃进嘴里，眯眼咀嚼着，心满意足的样子。阿明仿佛松了一口气，在床边坐下来，轻飘飘地哼起歌来。

女孩有那么一瞬间似乎又清醒过来，望着阿明，又指了指我："家里来客人了？"

阿明没有回应，只是轻轻抚她的额头。

浮云反射在阿明的白色袍子上，成了一朵朵淡金色的花，金色的光圈随着他的吟唱而微微颤动，好似水里的波纹泛起涟漪。望着他与那女孩仿佛静止的画面，我觉得阿明真的就是天使。

八

从卧室出来后,我和阿明瘫在客厅的沙发上,看着窗外夜色渐沉。他告诉我,那个女孩是他妹妹何小欣。

"爸妈很早就离婚,各自有新家,我带着我妹,在不同的亲戚家轮流住,就那样随随便便长大了。"他从电视柜里翻出相册给我看。相里的女孩不怎么笑,椭圆脸,一双猫眼嵌在眉骨下,下巴尖尖,鼻也尖尖,童花头的时候像陶瓷娃娃,长发飘飘又有点像油画中走出的人。我无法想象这样一个美好的女孩,到底经历了什么,才会疯癫失智到自我放弃。

"她傻。暗恋大学老师,被骗去他家参加什么读诗会,结果就被害了……"阿明抚摸着照片,头埋得很低。那是阿欣十八岁的样子,穿着米白色收腰连身裙,参加中学毕业派对,没有化妆,只涂了一抹珊瑚粉唇膏,纤瘦地立在浓妆艳抹、急于成熟的女同学中,好像一只沉静的天鹅。

"她那年去了台湾读大学,时常打电话要我去看她。但我那时忙着挣钱、追女仔,没怎么理会。后来她电话来得越来越少,Facebook 也几乎没更新,临圣诞的时候忽然收到电话,是台湾的医院打来,问我是不是何小欣的家属,我说是啊,然后对方就说,她喝消毒水自杀了,现在抢救。"

说到这里阿明停了停,仰面看天花板,我猜他是想把眼泪咽回去。

"她活过来之后，什么都不肯讲，完全变了一个人，有时自闭，有时狂躁，乱砸东西，有一次把花盆扔到大街上，差点砸死路人……我不知道她经历了什么，但知道她有写日记的习惯，我很肯定能从里面找出点线索，就请人盗了她所有社交媒体的账号，偷看她的秘密。"

他翻出手机给我看私密日记截图，密密麻麻的字。

——那天，洪老师带我去他家，邀请我欣赏他写的诗。我们一边喝酒，一边读诗，灯光比月色还美。可是忽然，他就变了，像饿坏的野兽、决堤的洪水……

后来我们都有点醉，只听到他说他爱我，黑暗将我没顶而过……我的确当他为偶像，可是他有妻子……我应该远离他。可是每次回到学校，看着他若无其事，轻松幽默地与其他女同学交谈，我又心如刀绞。难道他说的都是骗我的？难道他对所有女学生都是一样好？

……今天他又忽然给我打电话，说想我，爱我，每次见到我都有一种莫名其妙的冲动……他说他想和妻子摊牌，他说他想和我永远在一起。我竟然觉得很开心。天啊，我到底算什么，无辜的受害者还是插足婚姻的施害者？我真想杀了他，也想杀了自己，结束这复杂的一切……

阿明将截图内容一段段念给我听。

"怎么不去告那个混蛋？"我听不下去了。

"我当然有找他算账，可是没用，我一见到他，就被他震住了，怎么说呢，他就是有一种……文化人的气质，让我没法跟他来硬的。然后他又跟我谈心，非常真诚的那种，说他和我妹是自由恋爱，他对我妹是真心的，又拿出各种各样的定情物给我看，甚至还有接吻自拍……看着那些东西，我又有点怀疑，难道是我妹妹自己有问题？最后的最后，他说，这件事如果搞大了，他最多被老婆甩，被学校开除，可我妹呢，说不定会被媒体议论，被同学笑……他这样一说，我又觉得，的确有道理……"

"你傻！"我一拳打到沙发上。

阿明没有理会，自顾自说下去。

"一开始，阿欣狂躁的时候人可怕，我没有别的办法，只能把她绑在床上。后来我发现，她只要一看动画片就会平静——碰巧那段时间我认识了一些搞影视的大麻买家，见到他们在片场清理道具，我就收购回来，套在身上假装公仔，逗我妹开心……"

"枪也是吗？"我问，"那个可以射出绚烂泡泡的枪。"

"对，我有时跟她玩警察捉贼的游戏，故意输给她，她就用枪来射我，每次看到泡泡出来，她都好开心——我怀疑她在拿枪的那一刻，就把我幻想成了那个混蛋男人，然后砰砰砰一顿扫射……"

"可你这属于自欺欺人，不是长远之计啊。"我有点担心。

阿明用手机翻开一个网页给我看：

"我有带她看心理医生，可是他们总是建议我把她送去精神院。你知道，那种地方不能随便去的。最近我看到这个广告，说是鲤鱼岛有个荣乐疗愈花园，雇了不少海外归来的优质疗愈师，对心理疾病患者进行一对一治疗，据说疗效很好，住院费也不算很高，但奇怪的地方就在于，它们对患者家庭条件有所要求，必须出示七位数资产证明……"

"这什么强盗逻辑啊！"我惊了，"住个院还要分高低贵贱了？"

"你知道，我不可能一夜暴富，除非中六合彩。怎么办好呢？我想过很多赚快钱的办法，都觉得不太可靠，后来我认识了刘达，跟他的小弟也混得很熟，时常听他们聊天。你知道刘达为什么那么有钱吗？他老婆其实和地下钱庄有合作，偶尔会以投资文化事业的名义帮人洗黑钱，而刘达那个工作室里，就有个临时存放不义之财的暗箱……"

"所以你就起了贼心，想要绑架我来勒索刘达？"我恍然大悟。

"嗯……你不要怪我啊,我一直听说刘达有个心爱的学生妹女友,但从来没见过,刚好那天又碰到你,之后又听他那个秘书八卦,说你就是刘达新宠,所以才误打误撞绑了你……"阿明面露尴尬,自嘲似的笑,"你看我,就是一个连绑架都会出错的废柴。"

九

不知道是不是何小欣的事情激发了我的犯罪天赋,还是我被阿明憨厚的本质打动,那天晚上,我一夜无眠,迅速写出了绑票剧本。

"就这样简单?"阿明看完,有点不敢相信。

"不要想太多。"我一边煮咖啡,一边鼓励他,"当你不具备强大火力时,你唯一能制胜的就是三个字:稳、准、狠。"

阿明挠挠头,一脸迷茫。

"知道南亚铁锤帮吗?"我尝试启发他。

"就是拿着铁锤去砸海港城橱窗,三分钟抢走几亿珠宝,然后成功逃走的那帮人?"

我点点头:

"他们就赢在了'稳、准、狠'。没有真枪实炮,那就拿铁锤,没有强大匪帮,那抢完就跑,根本不给对方反应时间。而我们更容易,连铁锤都不需要,只需要演一场戏,就可以拿到我们想要的。"

阿明咕嘟咕嘟吞咖啡，还是一副不敢置信的模样。

我一巴掌拍他肩膀：

"怎么回事？之前拿着假枪挟持我的时候，不是挺有自信的嘛。"

"你是你，刘达是刘达，他可不是好骗的……"

"如果你担心穿帮，那我们就排练一下咯。"

首先，我们选中的排练对手是大麻买家麦高。据阿明描述，麦高是个键盘战士，最喜欢在论坛到处骂人，但现实生活中却胆小怕事。于是，我们约他星期天午后交易大麻。

那是在新蒲岗工业区，街道行人稀少。阿明像往常一样，戴着墨镜从车里出来，一路行至六安大厦楼下的后巷——那里偏僻狭窄，几乎无人光顾。五分钟后，麦高穿着背心短裤出现。他与阿明嘻嘻哈哈地聊了几句，然后一手交钱、一手交货。

就在这时，我穿着一身冒牌警服，端着假枪出现："你们两个不许动！"

阿明见状，吓得两腿一软，大麻跌落在地。麦高更是脸色发青，好像兔子一样飞跑而去。我象征性地在后面大喊着追跑了几步，直到麦高的背影消失不见。我与阿明笑得差点在地上打滚。

以上这一场戏，我和阿明总共换了三个对手，在不同地方演了三次，屡演屡胜。让我们惊喜的是，那些吓得屁滚尿流的大麻客，居然毫无提防，没过几天就又找阿明订货。我们一不做二不休，借用"你已经被警方盯上，太危险"为借口，坐地涨价。

排练的成功激发了阿明的想象力。在他的安排下，我们又选了一个小有名气、时常出席社会活动的艺人来演戏。当阿明与那艺人在小货车内交易大麻时，我在不远处偷偷拍下二人交易画面，再发送视频和勒索信给他们的经纪人。连二十四小时都没过，我们直接就在指定的垃圾箱里取得了装有二十万的箱子——简直像做梦。

对于"排练"的意外收入，我和阿明有了第一次分歧。他提议拿去投资理财产品，说是可以稳健发财，我不同意。

"在实行最终计划前，我们不能太张扬了，毕竟做的都是灰色交易，万一被人盯上就不好了。"

"那怎么搞，总不能扔进大海吧？"

"拿去捐了？当是积福，保佑我们大计划成功。"

"不不不……这些钱来路不明，我们身份也奇奇怪怪，很难应付捐款中心要求填的表格啊。"

"也对……那些慈善机构也不是吃素的，不知从中抽多少水。"

想来想去，我们决定把"排练"收益分发给住在红英安老院里的长者。它就在阿明家对面，每次推开厕所窗户就能看木质招牌，红漆楷体，立在飘窗里，透过模糊的尘埃，散射到高空。而左右两边的安全网里，总有那么几张苍老的脸，戴着口罩或巨大太阳帽，隐在铁丝间的罅隙里，向我们这边望过来。

当我们寻到红英正门，才发现它一直夹在茶餐厅和士多中，从早到晚对外敞开，毫无戒备。我们轻松走进去，却只见到一道去往二层的楼梯，草绿色油漆看起来生机勃勃，台阶却又窄又陡，很难界定这是长者的通道还是牢笼。

我跟着阿明往上爬，感觉自己似跳在黄金阶梯上的超级玛丽。一个塑胶脑袋在二楼高空迎接我们——原来是个充气公仔，瘦瘦长长，一身茄紫，微笑着摆出欢迎的姿态。

院内大堂方方正正，铜绿色墙壁和木质前台让我仿佛踏入上世纪老电影。黑色长条沙发像一条条细窄的麻将阵，靠墙而立，零散坐着些老人。他们几乎没有动作，也没有任何表情，轻飘飘地存在着，对周遭的一切视而不见。我和阿明悄悄绕过他们，就能瞥见内里的房间、远处的防盗网，但看不到人，只有一个个肉色屏风，咳嗽和呼噜声从中传出来。

"喂！你们干什么呢？"三五个粉袍护工从另一边冲出来，没戴口罩，虎背熊腰，撸起袖子对我们。

我们按照事先准备好的台词来说，介绍自己是大学学生啦，想来义务劳动啦，并准备了一些礼物给老人家，诸如此类。但话音未落，那帮孔武有力的护士已经围了过来，推我们的后背，拉我们的胳膊，很快就把我们轰了出去。

"没有预约，没有许可证，谁都不能进来！"

这是他们留下的最后一句话。

"你猜那些老人，在红英里过着什么样的生活呢？"我窝在沙发里问阿明。

阿明没有答我，蹲在茶几边榨橙汁，机器发出嘎吱嘎吱的声音。

"欸对了，你听说那个新闻吗？一个老人，亲手杀了瘫痪在床的妻子。他说他没钱送妻子去安老院，自己也病痛满身，实在无力照顾，所以只能选择死亡。"

阿明摇头，沉默地把一碗橙汁递给我，又拿起新的橙子装到机器里。

"看完那个新闻我就想，这真是个荒唐的世界啊，杀人也成了爱的表达。我可以理解穷人的痛苦，但……还是觉得这样对待爱人，有点残忍。"

这一次，阿明对我的胡说八道不再感兴趣，他好似梦游般，端着另一碗橙汁向阿欣房间走去，好一阵都没出来。我一人窝在客厅里东想西想，看着暮色渐沉，忍不住打了个盹，再醒来时依然不见阿明，屋子里静悄悄。

我昏沉沉地转了一圈，发现阿明正躲在厕所，坐在浴缸里，双手抱膝，头埋在腕上。起初他只是发出呜呜呜的声响，随后越来越激动，肩膀抽动，双手握拳不断捶击墙壁，似乎发出无声的号啕。

面对忽然失控的阿明，我不知该说什么，似乎说什么都是不对的，只能愚笨地蹲在浴缸边，轻轻拍拍他的肩膀。他这才意识到我的靠近，仿佛受了惊吓的动物，瞬间停止粗暴行为，用力吸了吸鼻子，又拿袖子蹭了蹭眼睛。

这样静默几分钟后，阿明才又出声：

"是我害了她……"

他抬头看我，一双眼红通通：

"你记得吗，我跟你说，我不愿意把阿欣送去精神院，所以把她留在家里？不是的……"阿明用力摇头，"我没有那么好，我骗了你……她刚刚发病的时候，我根本不知道该怎么办，看着她大喊大叫、乱砸东西，我简直要崩溃了……直到她砸伤路人，我知道我不能任由她那样疯下去，心一横，就把她送去了精神院……"他的声音弱了下去，随后又强烈起来，抓着我问，"你说我是不是混蛋？自己的妹妹病了，我不懂照顾她，不花心思去陪伴她，反而把她送去那种地方？"

他不断重复着责怪自己。

"你能想象那里的生活吗？洗澡、吃饭、睡觉、换衣服，做什么都会被人盯着，就像……就像挤在卡车里的猪，吃喝拉撒，毫无尊严。时不时还要眼睁睁看着同类被捆绑，被剥皮，被开水烫……那些狂躁的叫声，像大风一样没完没了……

"我第一次去看她的时候就发现不对劲了，我帮她申请出院，但出不来，说是还在观察期。我就跟医生吵，带人去恐吓，我真蠢……结果，阿欣不仅没出院，反而被转到智障人士宿舍……

"等我再见到她的时候，她就是现在这个样子了。是的，她是不狂躁了，但她也不再是她了。"

说到这里，阿明静了下来。他不再哭了，眼睛望向地面。而我却不敢再看着他忧伤的侧影，抬头望着窗外，只见红英的招牌下，又有老人扒着防盗网望过来。

十

之后的几天里，我和阿明陷入了莫名其妙的丧气里。做什么都不开心，有一天，我居然一出门就连摔了三跤，鼻子都流血了。而阿明更惨，那些大麻头家都听闻警察查得紧，全都不再与他联系。我们一致认为，这种坏运气是尚未被派发的黑钱带来的。就在我们苦恼地为它寻找出路时，一则新闻报道给我们带来全新角度：

　　　　北角天桥露宿者被赶走　议员刘伟琪公布清场成果

"不如把那些钱发给露宿者啊!"我灵光一现,"你想,他们无依无靠的,晚晚都睡大街,如果一觉醒来,发现枕边多了一袋钱,那多美妙啊!最重要的是,他们自己也身份不明,就算觉得这钱有问题,也不可能跑去报警。"

事不宜迟,我和阿明赶紧调整作息时间。白天睡足瞌睡,转钟后出动。我们从油麻地徒步到九龙城,又或者从土瓜湾晃悠到牛头角。经过一座又一座灰白沉默的桥洞,靠近一个又一个在洞里安睡的露宿者,留下装有钞票的信封,以及由保鲜袋分装的柠檬煎鸡扒、咕咾肉、咸蛋肉饼、牛肉丸、鲮鱼球之类——都是阿明的拿手菜肴。

那些夜游的时刻,奇奇怪怪的人和事好似梦一样撞过来。

我们曾在海滨花园的长凳上遇到睁着眼睡觉的男人,不知他多久没有洗澡,肤色变得和头发一样乌黑,但牙齿却黄中带亮,露在风中一闪一闪。明亮的光点吸引了我,我打算凑近一点给它拍照留念,却突然发现一双眼睛瞪着我。对不起对不起……我像做错事的小孩一样弹开。阿明也被我吓了一跳。但不久他就叫我不要怕。那个人就是这样睁着眼睛睡觉的啦。真的吗?真的,你听,有鼾声的。

我们还在油麻地的小公园边遇到与老鼠共眠的女人。她把我们送来的食物逐个逐个喂给老鼠,再瞪着一对双色眼睛,裂开兔唇微笑。

最神奇的是,有一天晚上,我和阿明一路从皇后像广场游荡去了中环码头,竟见到一队飘浮在半空的人,梦游一般排着队向前移动。我们走近才发现,白日里的码头入口变成了一个巨人的嘴巴,张大口腔,逐个逐个吸收那些排队的人。我和阿明也好奇地跟上队伍,但很快被发现。

"你们是什么人!为什么身上没有流浪认证!"巨人嘴巴怒吼,"你们没有资格进入安眠乐园!"

一阵狂风袭来,我和阿明被吹回了海的对岸。

"居然有那么多流浪的人啊!"我坐在海边的台阶上,吹着夜风感叹。

"是啊!如果我有钱了,就把那个巨人买下来,然后收租……"

"不可以呀!那些流浪者没钱的……"

"哎,我说笑而已啦……"

当所有的黑钱都顺利派发后,我和阿明如释重负,觉得一切霉运已经远离,可以尽情完成绑票计划。最后那个夜晚,我们第二十次围读绑票剧本,喝了点酒,戴上毛茸茸的天使翅膀,围着阿欣唱歌又跳舞。我们越玩越开心,追逐着冲下去,在夜晚十一点的油麻地,挥舞着天使袍子奔跑,掠过一个个惊呆的路人,感觉自己似乎真的就要飞起来。

第二天一早，我们像往常一样吃完早餐。但我没有再打扮成天使，而是穿上了黑色吊带背心、牛仔裤，外面套上猩红色棒球衫——就像《水果硬糖》里的女主角一样。

临走，我与阿明轻轻拥抱，他挥舞着翅膀拍拍我的背："我等你好消息。"

一个钟头后，一身猩红的我出现在公司。数日未返工，久违的空调风以及熏香味道扑面而来。我推开玻璃门，走进开放式办公空间，一眼就望见自己的工位——那里已经成了新人的地盘。一个全新的女孩，蓄着纯黑色齐肩梨花头，正扭着身子，和阿布有说有笑。我经过的时候，阿布诧异地望着我，我没有理他，快步穿过这一片工作场，直达马齐办公室，伸手敲门。

"进来！"里面传出那把男声，还是如往常一样，带着令人作呕的痰音。

我推门而入。只见马齐正窝在窗边的沙发，对着iPad戳来戳去，神情专注，直到我走到他桌前，才舍得抬眼看，随后便仿佛见了鬼，张大嘴巴——下一秒，愤怒取代了惊讶。

"你还敢回来？"他一边捶沙发一边咆哮，"你知不知道，那天你忽然离席，达哥有多难堪？！你的心中到底有没有我，有没有这个公司？！你有没有想过，达哥稍稍不开心，分分钟就可以甩掉我们，换掉编剧团队，那我怎么办？我的项目怎么办？我真是从没有见过像你这么不负责任的人！"

我没有反驳，更没有回骂，只是低着头，使劲吸了吸鼻子，假装抽泣。

"对不起……"我轻声说，并从口袋里拿出事先准备好的医生纸，"请你不要生气，那天我急性肠胃炎犯了……"

"你现在说这些有用吗？指望我给你报销医药费啊！"

"不不不……"我使劲摇头，再用手背擦眼睛，给人一种我泪流满面的错觉，"那天我真的真的真的是病了……"

"打住！"马齐大手一扬，"要哭出去哭，以后也不用回来了！"

"……什么意思？"

"你被解雇了。You are fired!"

震惊、委屈、难过，各种排演过的情绪从胃部翻卷而上，我适度抬高音量，夸张了表情：

"不要啊！不要……你知道我家情况的，我妈欠了很多债，我不能没有这份工。我知道，达哥是前辈，约我聊天是给我机会，但我不识抬举，辜负了他的好意……我知错了，我……"

停顿，哽咽，欲言又止，我深呼吸，仿佛犹豫再三那样，说出重要决定：

"可以再约他一次吗？我做什么都可以，只要能替公司挽回与他的关系，只要还能让我留在这里……"

马齐瞥了我一眼，没有作声，双手抱胸——太好了，我知道，只要他停止骂人，就说明他的心里已经开始打算盘，我决定趁热打铁：

"只要让我留在这里，我可以不要以后加工资，权当将功补过……"

果然，马齐不经意地露出了稍纵即逝的笑。他又窝了回去，还原舒适的姿态，装模作样地跟我推心置腹，讲什么企业与员工的关系、投资新人与回报，诸如此类。二十分钟后，他喝了一杯茶，长叹一口气，然后给了我一句满分台词：

"既然你这么有诚意……那好吧！再给你最后一次机会。"

第一场完美杀青！

我的内心大笑起来。

十一

为了顺利衔接第二场，我向马齐提出了和刘达约会的小小要求：在私密一点的地方见面，最好只有我和他两个人的那种。

"毕竟他老婆也是圈内人，霓城又这么小，万一碰到熟人，我以后怕是不好混下去……"我以此为借口说服马齐，"看看能不能就直接和达哥在他的工作室见面？单独的那种。"

马齐对我单眼一眨：

"你还是蛮聪明嘛。"

约会那晚，我再次穿上雪白衬衫，套上粉绿色背带裙，并在胸罩里贴上了人造血包。

叮咚——我按响了刘达工作室的门铃。

此刻之前，我曾想象过多次刘达开门后的场景。或许他还是像初见那样，云里雾里的，戴着墨镜，不可一世，又或者，色眯眯地跟我说起恋爱过往，再进一步行动。但这些都不如现实来得迅疾。门一打开，他的身子就如龙卷风一样将我扯了进去。灯没有开，只听到呼呼呼的空调冷风。

"你这个小家伙，还懂得欲擒故纵嘛……"他的声音伴随酒气散在空中。

我感到自己的身体被揉搓，衬衫开始向四面八方裂开。

哐当一声巨响，大门被撬开。光亮从走廊里投射进来。刘达的手停了停，循着光，我望到一个天使，飘着白衣，顶着光圈，举枪指着我——那是变装后的阿明。

嘭——

胸口的血包被遥控炸开，我顺势向后仰，揪着刘达的身子，一股脑倒在了地上。

"救……救我……"我假扮痛苦，气若游丝。

前一秒还梦游似的刘达，此刻被手中的血浆吓得面如死灰。他一把扔我在地，跺脚大叫。

只见阿明快步上前，直戳戳地将枪口塞进刘达嘴巴。

"收声！"——阿明声音经过无线变声器处理，变得好像机器人。

刘达安静了，双腿却忍不住打战，我感到地板被他抖得荡漾。

"……饶……饶命……"他喃喃自语，口水顺着枪口流出来。

咚——阿明一拳挥到刘达左眼。

"饶命？怎么饶？我可是收了一大笔钱，来拿走你的命。"

刘达吓得像狗一样喘气：

"……谁……谁……谁要杀我？"

阿明凑近刘达耳朵：

"M——I——C——K——Y。"

"Mic……马齐？"刘达如梦初醒，破口大骂，"我屌佢老母——"

咔咔——阿明制造出手枪上膛的声音。

"等一下！等一下……"刘达颤抖着举起双手，"他出多少钱？我买，我买！我高价买回我的命，行不行！求你饶了我，求你，求你……"

阿明暂停了动作，斜眼瞥着躺在地上装死的我，与我互换胜利的眼神，然后把枪从刘达嘴里拔出来，转而抵着他的太阳穴。

"他给了我……一，百，万。"

"我给你！一百……一百五……两百万！"

事情就是这样,当欺骗一个心里有鬼之人时,骗到他的不是演技,而是他自己。贪生的刘达在假枪之下变得好像一只听话的狗,不仅主动打开藏在办公室的保险箱,拿出两百二十万现金,还提出如果钱不够的话,可以写欠条。

"看你这么听话,就再送你个礼物。"说着,阿明给刘达喂了几粒大麻巧克力,再用枪柄将他击晕。随后,我们迅速清理现场的指纹与脚印,从垃圾房里搬出事先准备好的洋娃娃,将沾有血浆的学生服和烂掉的血包通通套在它身上。最后,阿明脱下天使服,给昏迷中的刘达换上,同时将消毒后的假枪塞进刘达内裤。

不出所料,第二天一早,刘达的事情就上了新闻。

"三级片导演在自己工作室内玩变装游戏,误食过期的大麻巧克力致幻,穿着一身天使服在街头游荡,被警方捕获。当他清醒后,却称自己被合作伙伴买凶谋杀,并被杀手持枪威胁。但警方已经从其内裤中搜出枪械,经检验后鉴定为假枪。目前,该事件仍在调查中。"

我与阿明一边吃早餐,一边享受新闻,捧腹大笑。

"你猜他会不会说自己被偷钱的事?"我和阿明讨论着。

"不可能。他如果说了就等于暴露了自己的地下钱庄啊。"

"也对……可是马齐会不会觉得蹊跷?他知道那天是我和刘达约会。"

"估计马齐此刻只想假装不认识刘达吧?"

总之，趁着警方尚未查明真相，我和阿明得尽快将阿欣住院的事情办妥。首先，阿明需要伪造身份，证明自己是一个值得信任的白领，再制作一套收入证明，表示那七位数资产的确可靠。这些都难不倒混了多年黑社会的阿明，作假什么的，太容易了，反而是入院前的家属面试让他担忧。

"你知道的，我从来都没有做过什么正经事啊，现在要装一个有钱人，想想就冒冷汗……"

"或许这就是上天让你遇到我的原因。"我斜嘴一笑，然后带他去了我妈妈租用的迷你仓。

那是一家新型的储物空间，拍智能卡进入，按标码寻找储物柜，再用钥匙打开。我们完全被橙色的储物柜包围，好像进入了一个漫长的科幻电影。

"要我说，这就是包庇地产商的做法。一家老小挤在三四百英尺的小房子里，还得再花钱租柜子来装东西。这根本不合理……"

直到我妈妈的储物柜门弹开，阿明明显被镇住。

"哗……"他一件件扫过去，"Armani, Gucci, Hermes……你这个有钱女深藏不露啊！早知道就直接绑架你……"

我白了他一眼：

"绑我没用的，我妈妈都破产了。这是她曾经的宝贝啦，以前还有更多……"我从中拿出一套Dunhill男装。

"这你爸的?"

"这是我妈妈的战衣。"

"怎么,你妈妈也有变装癖?"

"她这几年很喜欢和小男人玩在一起,每次都拿这套衣服送给他们穿,但如果分手的话,她就要求对方还回来。"

"你妈这算什么招数……

阿明嘟嘟囔囔地被迫套上了那身战衣,倒真是气质大变,并一整天不愿脱下。为了满足他期待已久的发财梦,我偷穿了一件Chanel连身裙,背上Dior手袋,陪他在中环一带游荡,穿梭在精美锃亮的橱窗前,拿起一件件天价产品,挑剔来挑剔去再无所谓地放下。

中午时,我们坐在皇后大道的喷泉边,看着那些西装革履的人围在垃圾桶边抽烟,我想起我的妈妈。

"以前我妈就在这附近上班。她总是把办公室的海景发到网上给大家看。曾经觉得她很厉害,但后来我发现,她做的不过就是把别人的资产投入一个仿佛看不到头的大海,然后再从中得到本不属于她的东西。"

"唔……"阿明似懂非懂,"你离家这么多天,她一次也没有找过你?"

我摇头。

"我跟她关系早就坏了。她爱钱胜过一切。有钱的时候,她让我去租房子住，免得干扰她私生活。后来她破产了，我才不得不跟她挤在一起。奇怪啊，我以为我对她没什么感情，可是看到她被追债，被恐吓，我还是忍不住想帮她。"

"所以你才愿意和我一起绑架刘达？"

"嗯。等我把这笔钱给了她，我就自由了，再也不要跟她捆绑在一起。我是不是很冷漠？为了自己，什么事情都愿意做。"

"别这么想啊。"阿明轻轻揽住我的肩膀，"你也不全是为了自己吧？我觉得，你也是为了我……"

这话说得我脸一红，使劲反驳，但最后还是像只麻雀，靠在了阿明肩头，在金融中心的午间，依偎着打了个盹。

十二

面试的日子要到了。阿明一次又一次与我排练他面试的对白和神态。

离别时，他拎着行李箱问我要不要跟他一起去。

"我有可能会和阿欣在岛上住一段时间，有了观察结果才能回来。"

"好啊。"我说。

"你真的不跟我一起去吗？"阿明捧起我的脸，好像捧起一汪池水。

我摇摇头。

"我还是先回趟家,解决掉我妈妈那边的问题。"

阿明低头亲了亲我的侧脸:

"那你万事要小心。有什么意外就打给我,听到吗?"

"打给你有什么用啦?你又没有枪,不能保护我!"

阿明笑着白了我一眼。我一直目送着他和阿欣上了van仔,然后在楼底下的人群中化作一个黑点,才整理自己的装扮,带上那笔灰色收入,踏上了回家之路。

在车上我想了很多。关于那笔钱的来源,以及解释它的语气。以我妈的性格,她应该不会不收,但八成会质疑我的能力,或者说讶异我居然能为她解决经济危机。

"真是见了鬼了,写个破故事还能赚一百万?"她也许会这样说,然后再大笑着收下。

又或者,多日的分离让她挂念,一开门就给我一巴掌,质问我跑到哪里去了,为什么一个电话都不打?

"你是不是不认我这个妈了?"她咬牙切齿地问。

然后我会卸下多年来的冷漠与倔强,紧紧和她抱在一起,哪怕就这一次也好。

但以上这一切没有发生,因为我妈根本就不在家。逼仄的客厅却堆满了东西,大大小小的纸皮箱,上面印着"雅尼保健品"的字样。我搜索了这个公司,大概了解是个什么东西了,我想不到我妈会为了赚快钱而加入这种组织。

如果她此刻出现的话,我一定会当她面踢翻那些箱子,再无情地将那袋钱甩给她，就像过往那么多年来的争吵一样，简单粗暴。然而她不在，我只能替她收拾了扔在地上的脏衣服，又拖了地板，开窗透气。做完这些，我有点困，午睡了一会。梦里，我似乎又躺在了藕粉色的浴缸里，水龙头里流出一张张潮湿的钞票。我顺着钞票游到一个无名之境，在那里，每个人都赤身裸体，却和和睦睦，仿佛一家人。醒来后，我做了一个决定，收拾了几件喜欢的衣服，拿走自己的手提电脑，再次背起那袋钱，离开家了。

我不会把这钱给她了，我一边走一边想，这钱救不了她，事实上，根本没东西可以救她了。

那我要把钱给谁呢？我想起了阿欣，想起了红英，想起了躲在铁网后的老人，想起睁着眼睡觉的流浪人，想起了与鼠群生活的女子，想起变成巨人的码头，想起我和阿明说过的那些与金钱有关的痴人梦话……

忽然，一群孩子像鸟群似的迎面冲过来。我听到叽叽喳喳的叫喊：快去看啊，有天使啊，快去看啊。我扭头望着他们飞远的背影，逆光跟在后面。

远远的，我望见一个圆圆的圈，正是它在放射光芒。它有一种无形的力量，引领我扒开人群，一步步向前。我看到他了。他正穿着一身白袍，顶着娃娃脸头罩，和小朋友玩滑滑梯。

"喂——"我大喊一声，"是你吗？"

他回过头,站起身,甩甩衣袖,只见钞票好像飞鱼一样,从纯白的袖子里跳出来,弹到天上,化成金灿灿的雨。

　　天上下金子了!身边人都随着雨水四处散去,天上真的下金子了!

　　我摸着砸到身上的金币,再次望向天使,这一次,他对我伸出手。

　　我迎了过去,与他手拉手,再次在马路上奔跑,所讨之处都开出一朵钞票,我们踏着钞票云,穿越人流,穿越车辆,穿越密密麻麻的楼群,化作了金子做的雨,飘散了起来。